손풍금 |
물방울 하나 떨어지면 외

김 원 일
소　　설
전 24 집

김원일 중편소설집
손풍금
물방울 하나 떨어지면 외

일러두기
1. 이 소설전집의 맞춤법 및 외래어 표기는 현행 맞춤법통일안에 따랐다.
2. 수록된 모든 작품은 최종적인 개고와 수정을 거쳤다.
3. 권별 장편소설 배열과 중단편소설집 배열은 발표 순서에 따르는 것을 원칙으로 하였으나, 여러 권짜리 소설 『늘푸른 소나무』와 『불의 제전』은 장편소설 끝자리에 배치하였고, 연작소설은 별도로 묶었다.

김원일
소설
전24집

차례

손풍금　7
물방울 하나 떨어지면　103
4가 네거리의 축대　175
용초도 동백꽃　241
카타콤　305
작품 해설 성실한 아픔 허윤진(문학평론가)　377
작가의 말　389

손풍금

손 풍 금

1

　내가 손풍금을 배우기로 마음먹기는 악기를 다루는 데 소질이 있다거나 그럴싸한 취미 한 가지쯤 익혀두려는 한가로운 생각에서 출발한 건 아니다. 좋게 말해 할아버지의 환심을 사기 위해서였다. 좀더 솔직히 의도를 밝히면, 과거의 기억 중 어느 부분만은 철저히 입을 봉해버린 할아버지의 회상을 내 손풍금 연주를 통해 재생시켜보려는 목적이었다. 석사 논문으로 정한 「인민 박광수 연구」를 완성하자면 할아버지의 보다 구체적인 회고담이 필요했기 때문이다. 박광수란 분은 역사에 이름을 남긴 인물이거나 기록이 묻혀버렸으나 발굴이 필요할 만큼 현대사의 한 가닥에 중요한 행적을 남긴 인물이 아니다. 박광수는 나의 작은할아버지로, 집안의 셋째인 내가 태어나기 전인 60년대 초 우리 집안에 평지 풍파를 일으킨 장본인이기도 하다. 작은할아버지는 내가 초등학교에 입학했던 해 여름에 타계했기에 나로서는 그분에 대한 기억이 흐릿할 수밖에 없다. 두 번인가 세 번쯤 그분을 뵌 적은 있었으나 당시의 인상이 선명하게 잡히지 않는다. 형 둘 아래 집안의 셋째인 내가 태어나자 부모님이 남대문시장 뒷거리에 식당을 차려 분가했으므로, 명절이나 제사 때 부모님 손에 끌려 강남 저 아래쪽, 지금은 시가 됐지만 당시는 용인군이었던 수지면 중손골 할아버지 댁으로 가서 한나절쯤 머물다 온 게 고작이었으니 그럴 만도 했다. 명절이나 제사 때 할아버지 댁으로 가면 폐지를 꽉꽉 채운 마대자루나 궤짝 꼴로 각지게 묶어 집채만큼씩 쌓아둔 폐지 더미 속, 함석으로 지붕 덮은 니은자 형의 판잣집에 작은할아버지가 살고 있었던가 하는 의문이 들 때도 있다. 왜냐하면 작은할아버지는 오랜 감옥 생활을 거쳐 할아버지 댁에 얹혀 지낸 게 일 년이 채 못 되었고 나날이 몸이 쇠약해져 가족 앞에 모습을 보이지 않은 채 일꾼들이 숙소로 썼던 골방에서 홀로 자리보전했을 수도 있었기 때문이다.

  작은할아버지는 생전의 모습을 사진으로 남기지 않았다. 가족 사진 어디에도 당신 모습은 끼여 있지 않았다. 장본인도 자기 얼굴을 사진으로 남기고 싶지 않았을 테고, 할아버지 역시 아우의 온전치 못한 모습을 무슨 증거 삼아 남겨두고 싶지는 않았을 것이다. 그러나 내가 소년기를 보낼 동안 집안 어른들은 은밀한 자리에서 낮은 목소리로 혀를 차며 그분 생전의 일화를 소곤거렸기에, 나는 우리 집안에 그런 무서운 분이 계셨다는 정도의 궁금증으로, 꿈에라도 나타날까봐 두려움에 떨었던 기억은 남아 있다. 작은할아버지는 화상으로 얼굴이며 손등이 멍게처럼 요철을 이

룬데다 살색이 얼룩덜룩했다. 집안 어른들 말로는 화상을 당했을 때 성대를 상해 목소리마저 쉬어 말을 할 때면 쉬쉬 하는 바람 소리가 났다 했다. 내 소년 시절에 어른들로부터 들은 작은할아버지의 얼굴과 목소리를 떠올리면 그분이 한 평 채 안 되는 독거 감방에서 꼬박 스물한 해를 보내셨다는 게 믿어지지 않았고 만화나 판타지 영화에서 볼 수 있는 유령인간, 또는 악령의 모습부터 연상되었다. 세월이 흘러 내가 대학에 입학해 사회과학도의 안목으로 우리 현대사를 인식하자, 그분 생애가 현실감 있게 내 의식을 침투해왔다. 마치 죽은 자가 부활하듯 작은할아버지는 흐릿한 기억으로 남은 으스스한 예전 모습으로 나타나 꺽센 목소리로, 이젠 너도 성인이 되었잖아, 민족 분단으로 찢긴 내 생애에 관심 가질 만한 나이가 됐어 하며 소곤소곤 말을 걸어오기 시작했다. 대학 재학 중 군 복무를 마치고, 졸업하던 해 신문사와 방송국에 원서를 냈으나 낙방하자 나는 '업자'란 주위의 눈총이나 면하려 장래에 대한 별 기대 없이 대학원에 진학했다. "삼팔따라지 집안이라 먹고사는 데만 급급해 우리 대와 밑 대는 대체로 장사치가 됐는데 네가 유일하게 대학원에 입학했구나." 아버지가 대견해하며 했던 말이 내게는 쑥스러웠다. 아버지는 자식 대에서 대학교수 하나쯤은 기대하는 눈치였으나 나는 여전히 신문사와 방송국 취업을 목표로 했기에 낮 시간은 강의실과 도서관에서 배겨냈고, 영화관과 록카페를 들락거리며 사랑앓이도 겪었다. 온라인 게임 일세대라 게임 중독에 빠져 밤을 밝히기도 했고, 인터넷과 이메일로 시간을 까먹으며 어영부영 이태를 보내자, 슬며시 떠오른 얼굴이 박광수 그분, 작은할아버지였다.

 작은할아버지의 생애와 그분이 살았던 시대를 두고 석사 논문을 쓰겠다는 마음이 애초부터 있었던 건 아니다. 그분이 설령 남이라 해도 분단 현실의 희생양으로서 당신 생애가 관심을 끌 만했는데, 제삼자가 아닌 우리 집안 어른이었다. 논문 부제로 붙인 '분단시대 어느 사회주의자의 생애'에 합당한, 고난으로 점철된 그분 생애는 누구든 정리해볼 만한 값어치가 있었다. '국민의 정부'가 들어서고 남북 화해 물꼬가 햇볕정책이란 이름으로 트이자 북한에 대해 거리낌 없이 말해도 좋을 만큼 시대가 달라졌다. 그러자 작은할아버지는 유령의 가면을 벗고 지하에서 지상의 가족 앞에 그 모습을 드러냈다. 명절이나 집안 길흉사로 가족이 모이는 날이면 그분의 일화가 이제 쉬쉬하지 않고 어른들 입에 자연스럽게 오르내리게 되었다. 작년 할머니 기일 때였다. 큰댁 식구, 고모님네 식구에, 우리 식구가 할아버지 댁에 모이니 어린 조카들까지 합쳐 스물에 이르렀다. 속칭 '1·4후퇴' 때 월남한 조부모님 아래 오십 년 사이 후손이 그만큼 가지를 쳤던 것이다. 그날도 추모 예배 끝에 작은할아버지에 관한 일화가 어른들 입에서 오르내렸다. "할아버지, 이제 새천년 이십일세기가 시작됐는데 올해부터 우리 집안 쪽에서라도 작은할아버지 기일을 찾아줘야 되잖겠어요? 그날 모여 추모 예배를 보면 어때요?" 큰집 준식 형이 말을 꺼냈다. "지금 너 뭐랬니? 대학 때 속깨나 썩이더니 아직도 삐딱한 생각을 청산 못했군. 뭐라구, 작은아버지 제사? 말이나 되는 소리니? 그 양반 제사를 우리가 왜 지내? 그 양반이 집

안을 쑥대밭으로 만들었는데. 아버지도 그럴 맘 없겠지만 난 반대야. 무슨 낯짝 있다구 우리 집 제삿밥 얻어먹어? 그 양반 망령인들 기독교식 제삿밥 먹으려 들갔어?" 술이 거나해진 큰아버지가 당신 맏이인 준식 형을 꾸짖었다. 그때도 할아버지는 의자에 꼬부장히 앉은 채 어깻숨으로 헐떡거릴 뿐 그 말을 못 들은 채 손가락으로 코딱지만 후볐다. 주름살투성이로 쭈그러진 할아버지의 손은 크고 험했다. 남한으로 내려온 뒤 칠순이 넘도록 종일 폐지 더미에 묻혀 살아온 할아버지의 마디 굵은 손은 하층 근로자의 생애를 웅변하고 있었다. 평생을 잡동사니 폐지 더미와 함께 먼지 속에 살아온 탓인지 노년에 들어 할아버지는 기관지가 좋지 않았다. 몇 년 전부터 호흡이 훨씬 거칠어졌다. 저러시다 갑자기 숨이 털컥 멎지 않을까 조마조마해 할아버지 댁에서 전화가 올 때마다 아버지는 신경을 곤두세웠으나 그럭저럭 팔순 연세를 바라보게 되었다. 누구나 인정하지만, 할아버지는 정신력·의지력·고집이 남다른 분이셨다. 어느 날 아버지가 내게 말했다. "아버지야말로 우리 집안에 중시조로 추앙받아 마땅한 분이시지. 맨주먹으로 월남해 오늘의 우리 집안을 일으키신 분이잖냐. 경식이 넌 넝마주이를 본 적 없지? 육십년대 중반까진 커다란 바소쿠리를 등에 메고 집게로 휴지 줍던 하층민이 있었어. 남으로 내려와 아버지는 넝마주이로 출발했구, 형님도 어릴 적엔 일요일이면 아버지 따라다니며 그 일을 했지. 나는 막대 끝에 바늘을 박아 거리에 버려진 담배꽁초를 찍고 다녔구. 장초라도 발견하면 웬 떡이냐 싶었지. 허구한 날 쓰레기 더미 속에 묻혀 사는 게 싫어 나이

들자 나는 중손골을 떠나 살 궁리만 했지. 그러나 고졸 출신에 직장 같은 직장이 걸려야지. 하는 수 없이 형님과 함께 아버지 일을 도왔어. 결혼하자 아버지께 분가 말을 꺼냈다가, 이남 내려와 막내와 네 어미 먼저 죽구 남은 가족이래야 넷인데 희옥이가 떨어져 나갔으니 너들 형제라두 아비를 지켜야지 분가가 말이나 되는 소리냐며 호통 쳐 결단을 못 내렸어. 내 손으로 너네 자식들 대학 공부까지 다 시킬 테니 내 밑에 눌러 있으라잖아. 네 어민 살림 따로 나자구 자나깨나 바가지를 긁어댔지. 할아버지 고집은 너두 알지? 네가 태어나 애 셋이 딸리자 너희들 교육 문제를 내세워 내가 첨으로 생사 결단해, 내 식구 데리고 서울로 나가겠다고 말했어. 네 어민 너를 업고 일주일이 멀다 하구 서울 친정집으로 나다니더니 남대문시장에다 살림방 딸린 가게부터 덜렁 얻었으니, 아버지두 고집을 더 부릴 수 없겠지. 아들만 내리 셋을 낳은 활달한 네 어미를 아버지가 장한 며느리라고 무척 귀여워하셨거든." 지난 시절을 얘기할 적이면 아버지 목소리가 처연했다. "아버지, 작은할아버지가 고향에서 인민학교 교사를 거쳐 군당 선전대에서 손풍금 타던 시절을 자세하게 증언해줄 분이 없을까요" 하고 내가 물었다. "아버지가 그 얘기라면 아주 입을 다무셨으니 난들 별 아는 게 있어야지. 전쟁 나던 해 형님 나이 여덟 살이었으니 개천 시절은 잘 알지도 못할 게구, 너두 큰아버지 성미 알잖니. 그 양반 얘기라면 무조건 말도 꺼내지 말라잖아. 나는 청계천 복개되기 전 개천변에 각목 세워 굴딱지처럼 늘어선 판잣집들이 첫 기억으로 아슴아슴 남았으니 엄마 따라 어떻게 피난 나왔는지,

먼저 이남에 내려온 아버지를 수용소에서 어떻게 만났는지두 들어서 알 뿐 기억이 없어." 아버지는 전쟁 나던 해 네 살이었으니 평남 개천에 대한 기억이 남았을 리 없었다. "개천군 향우회에 그럴 만한 분이 없을까요?" 내가 물었다. "개천 읍내에 살다 피난 나온 두서너 집안과 내왕이 있었으나 우리가 용인으로 내려와 살다 보니 그 쪽과도 연이 끊긴 지 오래됐구. 연세가 웬만하니 이젠 다 타계하셨을 게야. 개천읍에서 전쟁 전에 먼저 내려와 서청(서북청년단) 서울 중구지부에서 설쳐댔던 황점술 씨가 내 중학교 때까지 중손골에 들러 아버지로부터 돈을 뜯어갔으나 오일륙 나구 발길을 뚝 끊었어. 악독한 짓 많이 했던 사람이라 제명껏 살지두 못했을 게야." 황씨가 서청 출신이라는 아버지 말에, 그분에 대해서 아는 대로 말씀해달라고 내가 말했다. "나도 들은 얘기지만 일제 때 헌병대 끄나풀로 개천 지방 민족운동 씨를 말렸다더군. 황씨가 나타나면 개들두 꼬리를 사린다는 말이 있었대. 그러니 해방되자 처자식 버려두구 남한으로 줄행랑쳐선 서울 명동 바닥을 터 삼아 서청에서 장검과 몽둥이 들고 좌익 혐의자들 조지는 데 소매 걷어붙였다잖아. 서청은 각 지부마다 일본인들이 썼던 관공서를 차지하구 앉았는데, 중손골로 들어온 황씨가 하루는 평상에 앉아 자랑스레 말하더군. 지하 고문실로 좌익들 잡아들여 족치다 피범벅이 된 채 숨길 끊어지면 새벽에 가마니에 말아 끌어내 남산에다 묻었다구. 그러다 육이오전쟁 끝난 후론 자유당 정부 밑의 정치깡패가 됐지 뭐. 청계천 육가에 살 때부터 심심하면 아버지를 찾아와 돈을 뜯어갔지. 아버지도 황씨 그 사람 때메 골치를 무척 썩였구. 개라면 잡아먹고 싶다구까지 말했으니깐." 아버지는 그 말에 달아, "작은아버지에 관해서라면 어쨌든 아버지가 입을 열어야 해" 하곤 말문을 닫았다. 그러나 할아버지는 작은할아버지에 관해 입을 열 분이 아니었다. "난 몰라. 모른대두. 그 녀석이 쓰레기 속에 묻혀 살던 형을 왜 찾아와 평지풍파를 일으켰는지……" 내가 작은할아버지에 관해 뭘 물었을 때, 할아버지가 숨결도 거칠게 짜증 내어 뱉은 말이었다.

넝마주이에서 시작한 할아버지의 쓰레기 뒤지기는 청계천 6가의 폐지 수집상으로 발전했고, 청계천 복개 공사가 시작된 59년엔 판교 아래 수지면 중손골 뒤쪽 밭을 매입해 집하장으로 늘려 이사했다. 이듬해 4월에 학생혁명이 터졌고, 그 이듬해 오일륙 났던 해 2월, 작은할아버지가 북에서 남한으로 공작차 넘어와 중손골 할아버지를 찾아왔다. 반공을 국시로 삼았던 자유당 정권이 무너지자 북한은 남한 측에 남북 연방제를 촉구하며 남북 회담을 제의해왔고, 광화문통과 시청 광장에서는 남으로 오라, 북으로 가자, 휴전선에서 만나 자주적 민족통일 문제를 논의하자는 '민족통일연맹' 측 학생들과 진보·혁신 계열 재야인사들의 데모로 연일 북새통을 떨 때였다. 작년 추석날 중손골에 집안 식구가 모였다. 내가 육이오전쟁 전후 월남민 남한 정착 과정을 석사 논문으로 쓰겠다며 자료 발굴 얘기를 꺼내자, 아버지가 말했다. "온 김에 저기 다락을 뒤져봐. 잡동사니 속에서 뭐가 나올는지 모르니깐. 수원으로 자전거 통학하던 고등학교 때, 하꼬방 사무실을 기웃거리다 보면 아버지가 주판알 튀기다 일진지 뭔지 그런 걸

쓰던 눈치더만. 조심스러운 분이라 심중의 말을 제대로 기록이야 했겠냐만……" 나는 헛일하는 셈치고 할아버지가 뒷동산 묘터로 산책 나간 사이 전짓불 켜들고 다락으로 올라갔다. 십수 년 전 할아버지와 사돈어른 곽씨가 폐지 야적장 속에 있던 판잣집 생활을 청산하고 언덕 위에 서른댓 평짜리 블록 벽돌집 두 채를 나란히 지어 나누어 들었는데, 부엌 위 다락이야말로 내려앉을까 위험할 정도로 판자 바닥이 삐걱거렸다. 못 쓰게 된 냉장고에서부터 낡은 선풍기, 찌그러진 철제 사물함, 시간이 멈춘 벽시계, 각종 연장, 헌 책, 놋쇠 주발까지 보관한, 아무짝에도 쓸모없는 온갖 잡동사니 고물로 어수선한 다락을 뒤지다 나는 안쪽 구석에서 라면 박스 두 개를 발견했다. 박스 속에는 언제 쑤셔 넣어두었는지 비상식량 라면 봉지가 수북이 들어 있었고, 그중 하나에는 라면 봉지 아래 사무용 봉투가 여럿이었다. 봉투에는 폐지 집하장을 운영하며 기록했던 여러 권의 출납대장, 금전출납부, 각종 영수증 따위가 들어 있었다. 그중 대봉투 하나에는 1983년이라 적혀 있었는데, 그해가 바로 작은할아버지가 임종한 해였다. 내 눈이 번쩍 뜨일 수밖에 없었다. 나는 그 속에서 공책 한 권과 공책 갈피 속에 끼여 있는 명함 크기의 수첩을 찾아냈다. 어렵사리 쥐게 된 불에 타다 만 낡은 공책은 할아버지가 끼적거려놓은 낙서장이었고, 수첩은 작은할아버지 것이었다. 내가 작은할아버지 생애를 논문으로 재구성해보려 마음먹은 직접적인 동기가 두 분 기록장의 발견에서 비롯되었으니, 우연찮게 얻은 소득이었다. 작은할아버지의 수첩을 발견했을 때는 숨을 멈출 정도로 기대가 컸으나 기록

내용은 이에 부응하지 못했다. 수첩은 작은할아버지가 안양교도소에서 스물한 해 감옥 생활을 마감하고 출소한 후 할아버지 댁에 기거할 때 기록해둔 것이니, 마지막으로 남긴 필적인 셈이었다. 연필 글씨는 교사 출신답게 단정했다. 앞쪽에는 자신의 이력과 북에 두고 온 처, 1남 2녀 자녀의 생년월일이 적혀 있었다. 주소록 난에는 비전향 장기수로 이삼십 년째 복역 중인 남파 간첩들의 간단한 인적사항과 수감된 교도소 명칭을 메모해두었는데 그 수가 쉰 명에 이르렀고, 여성 장기수 이름도 서넛 있었으며 그중 몇은 옥중 사망 연도를 적어두었다. 비전향 장기수로 복역 중인 동료의 증언인지 이런 간단한 기록도 몇 가지 있었다.

—김문창(57세): 황해도 은율 출신. '50년 10월 전북도당 지령에 따라 지리산으로 들어가는 길에 남원 부근에서 토벌대와 총격전 끝에 대원 십여 명이 죽고 나는 다리에 총상을 입어 체포되었다. 남원경찰서와 특무대로 옮겨 다니며 고문을 엄청 당했다. 처음 대전교도소에서 복역할 때, 굶어 죽은 동지들도 많았다. 고무신에 밥을 담아주는데 양이 너무 적어 나는 쥐까지 잡아먹었다. 72년부턴가, 전향 공작이 절정에 달해 전향서를 쓰면 사면 석방해주겠다는 회유에도 고통을 많이 당했다. 이를 거부하자 배식이 중단되었고 열흘 넘게 날마다 몽둥이질을 당하기도 했다. 주림과 몰매질, 질병으로 죽은 동지도 내 눈으로 몇 명이나 보았다.'

그 외 복용 중인 상비약 이름, 투병 중 특별하게 통증이 온 날의 증상을 기록해두었다. 간단하게 정리해둔 그런 객관적인 메모 외, 사적인 기록은 북에 두고 온 자녀들에게 남긴 심중의 말 몇 마디뿐이었다. 유언 삼아 기록해두었는지, 당시로서는 보안관찰 처분을 받아 마땅할 만큼 그 선언이 단호했다.

―나는 시시각각 닥쳐오는 죽음에 **의연하게** 대처하려 노력한다. 돌이켜보건대 북남조선 시대에 평탄치 않은 생애를 살아왔으나 내가 걸어온 길을 두고 **후회하지 않았다.** 감방에서도 하루 몇 차례씩 남조선 해방전쟁 전후 혁명 전사로서 젊었던 한 시절, **무지개 같았던 나날과 손풍금 타던 즐거움을** 되새겼기에 그 긴 날들을 평상심으로 이겨낼 수 있었다. 너희들은 마르크스-레닌주의자로서 초심에서 흔들림 없었던 아버지로 나를 기억하라.

위 글에서 굵은 글자는 내가 임의로 만들어보았다. 작은할아버지는 마치 안중근 의사의 최후진술처럼 목전에 둔 죽음을 의연하게 받아들였으며, 스물한 해를 독거 감방에서 보냈으나 무지개 같았던 젊었던 한 시절의 즐거웠던 나날을 되새길 수 있었고, 양심수로 일관했기에 살아온 삶을 후회하지 않는다고 썼다. 하고 싶은 말을 아낀 기록을 장본인 심중으로 헤아려 풀어보자면, 자식들에게는 자상한 아비 노릇은 제대로 못했을망정 조국 분단을 깨부수려 견결하게 나섰던 민족 해방 전사로서 영광스럽게 생을 마친 아버지로 당신을 기억해달라는 유언이었다.

모서리가 불에 탄 공책은 할아버지가 80년대 초반에 쓴 낙서장이었다. 낱장이 떨어져나가고, 갈피마다 화기가 스민 낙서 첫 장에는 신약성경 중 로마서 9장 1절부터 4절까지의 말씀을 기록해두었는데, 그리스도를 향한 할아버지의 애절한 기원을 사도 바울의 편지를 통하여 압축하고 있었다.

—내가 그리스도 안에서 참말을 하고 거짓말을 아니 하노라. 내게 큰 근심이 있는 것과 마음에 그치지 않는 고통이 있는 것을 내 양심이 성령 안에서 나로 더불어 증거하노니 나의 형제 곧 골육의 친척을 위하여 내 자신이 저주를 받아 그리스도에게서 끊어질지라도 원하는 바로라.

할아버지의 낙서장은 고단한 근로의 나날을 검소와 검약으로 일관한 생활담, 만난 사람과의 대화, 갈 수 없는 고향 땅을 그리는 소박한 염원을 담고 있었다. 그중 83년 어느 여름날 기록으로 다음과 같은 대목이 다른 어떤 날의 기록보다 주목을 끌었다.

—**정군**의 눈동자가 한껏 열렸다. 천장 한 점에 고정된 부릅뜬 눈빛이 평소와 달리 날카로워 섬뜩했다. (……) 갑자기 사지가 뻣뻣해지더니 온몸이 경련으로 떨다 축 늘어졌다. 정군은 내 품에서 그렇게 숨을 거두었다. 숨이 끊긴 정군을 안고 나는 오랫동안 통곡했다. 그동안 정군을 살려보려고 안 찾아다닌 병원과 한약국이 없었고, 민간요법도 했건만 (……) 정군의 부릅뜬

눈을 감겨주며, 저세상에 가서는 네가 **원했던 나라**에서 행복하게 살라는 말 외 내가 해줄 수 있는 말은 (……) 참으려 해도 묵은 슬픔까지 합쳐 설움이 북받치는데, 문득 정군이 마지막 했던 말에 생각이 미쳤다. "**꿈에도 고향으로 돌아갈 생각은 마세요. 거긴 지옥이에요.**" 아니다. 그 말은 어제 저녁, 꺼져가는 쉰 목소리로 뱉은 말이다. "**제 손풍금 생각나세요? 지리산** 갈 때도 가지고 갔죠. 갑자기 **폭우**를 만나 계곡 물이 엄청 불어 대원들이 우왕좌왕하자, 밧줄을 연결해 계곡을 건너기로 했어요. 대장이 대원들에게, 비상식량과 피켈만 소지하고 다 버리라기에 나 역시 배낭을 버렸지요. 배낭 속에 손풍금이 들어 있었는데…… 왜 그 생각이 나는지." (……) 정군이 혼수상태에서 깨어나 잠시 평온을 되찾았을 새벽녘에 했던 말이다. 그래, 생각나. 그 시절이 생각나고말구. 정군 자네가 어깻짓하며, 땅바닥에 발을 팍팍 굴리며 신나게 손풍금을 탔지. 우리는 손에 손잡고 둥글게 원을 그리며, 뭐라 했더라? 잊었어. 군무를 추구 (……) 자네 말처럼 난 한시도 젊었던 한때, 한 울타리 아래 우리 가족이 함께 살았던 그 시절을 잊은 적 없어. 그 시절엔 흉터 없던 네 젊디젊은 얼굴에 미소가 떠나지 않았지. 그 행복했던 시절이 있었기에 나는 남한 땅의 쓰레기 더미 속에 (……) 주님, 꿈에도 그리던 가족을 상봉 못하고 한 많게 숨을 거둔 불쌍한 우리 정군을 부디 **천답으로** 인도하소서.

낙서장의 (……)는 불기가 스쳐 연필 글씨를 알아볼 수 없는 부분이다. 정군이 누군가? 할아버지 품에서 숨을 거둔 당사자는 분명 그해 별세한 작은할아버지였다. 할아버지는 자신이 쓰는 기록장을 누가 볼까 두려워 아우 박광수 이름을 정가로 둔갑시켰고, 정가 성은 남한에 내려온 작은할아버지의 가짜 도민증에 박혀 있던 성씨였다. 할아버지가 박가를 정가로 성을 바꾸었듯, 능청스레 작은할아버지의 입을 빌려 고향은 지옥이니 돌아갈 생각을 말라고 썼다. 숨을 거두기 전 작은할아버지가 정말 그렇게 말했을까? 독거 감방에서 이십일 년을 일관된 신념으로 당국의 집요한 회유 공작에도 전향서를 쓰지 않고 버텼으나 위암 말기로 판명되자 살 날이 얼마 남지 않았다고 판단해 석방 조건을 전향서와 바꾸지 않을 수 없었던 작은할아버지의 심중을, 문민정부 출범 이후 언로의 물꼬가 트이자 소리를 내기 시작한 골수 좌파 장기수들의 옥중 수기, 회고록, 인터뷰 기사를 통해서도 충분히 이해할 수 있었다. 마르크스주의자로 후회 없는 생애를 보냈다고 자부한 그분이 죽음을 앞두고 설마하니 할아버지에게 그런 말을 했을까? 두 분의 글은 모순으로, 어느 한쪽이 거짓말을 하고 있음이 분명했다. 먼저, 작은할아버지가 북의 자식을 그리며 사망 후라도 당당한 아버지로 기억을 심어주고 싶어 죽음 직전 마음에 없는 말로 위장하지 않았느냐란 점에 주목했으나 그럴 가능성은 희박했다. 83년 당시는 광주민주화운동을 무력으로 진압한 군사 정권의 서슬 푸른 국가보안법 아래, 지하 학생 서클이나 진보적 재야인사들 사이에는, 북한이 요람에서 무덤까지 삶의 한살이를 국가가 책임져주고 세금이 없는 세계 유일의 이상적인 복지사회주의 국가란 속삭임이 환상적 설득력을 얻고 있었다. 동구권과 소련 등 사회주의 국가가 몰락되기 훨씬 전이었다. 성의 개방과 타락이 위험 수위에 도달한 남한 사회를 빗대어, 북한은 성병이 없는 세계 유일한 국가라는 우스갯말도 돌았다. 당시 북한은 혹심한 식량난을 겪을 때도 아니었고, 그쪽 내부 사정이 남한에 전혀 알려지지 않았던 시절이라 작은할아버지 역시 북한 사정에 깜깜했을 텐데 북한의 현실을 지옥이라고 말한 점은 설득력이 없었다. 북한의 권력 구조를 두고 보더라도 부자 세습 체제로 주체주의란 미명 아래 영구 독재 집권을 획책한 북한 정치의 폐쇄성이 이 시대에 웬 쇄국 봉건 왕조로의 회귀냐며 코웃음 칠 만도 하다. 그러나 저쪽 인민들은 아이 적부터 김일성 부자를 태양 같은 존재로 떠받들도록 세뇌되었기에 부자 세습이야말로 최면술에 걸린 듯 당연한 귀결로 받아들일 수밖에 없었을 것이다. 한편, 작은할아버지가 61년 2월에 당의 지령에 따라 남한으로 넘어왔지만, 만약 진정 지옥을 탈출했다면 관계 당국에 자수할 일이지, 당신이 부모와 처자식 남겨두고 떠나온 땅을 지옥이라 말했을 리 없었다. 할아버지가 오매불망 고향 땅 한번 밟고 죽는 게 소원인 줄 작은할아버지도 뻔히 알았을 텐데, 그곳이 지옥이니 꿈에도 돌아갈 생각을 말라니 말이 되잖는 발언이었다. 작은할아버지가 하고 싶었던 말을 짐작해보건대, 할아버지에게 이렇게 전했을는지 모른다. "살아생전 형님이 고향 땅 밟는 날이 오면 제 처자식한테 아비는 죽는 날까지 양심수로 지조 있게 살았으며 휴전선 건너에서나마 너희들을 그리며 사랑했다고 전해주시고, 뼛조각이나마 고향 땅에 옮겨주시오……" 할아버지가 작은할아버지를 천당으로 인도해달라는 마지막 대목도 가식으로 봐야 했다. 작은할아버지는 마르크스주의자로 무신론자였기에 죽은 후 네가 원하는 나라에 가서 살라 해놓고선, 마지막엔 주님으로 하여금 천당으로 인도케 해달라니, 그 역시 말의 앞뒤가 맞지 않는 이율배반이 아닐 수 없었다. 그러므로 내 마음은 자연스럽게 할아버지의 낙서를 의심하는 쪽에 혐의를 둘 수밖에 없었다.

할아버지 고향은 평남 개천군 개천읍이었는데, 당신은 평생 고향땅 밟기를 소원한 분이다. 지난겨울 작은할아버지에 관해 고모님 회고담을 들으려 해방촌 연립주택으로 찾아갔을 때, 고모님이 말했다. "몇 해 전인가, 아버지가 폐지 수집에서 일손 놓은 후 서울 나들이 나와 우리 집에서 하룻밤 묵으실 때, 소주 한 병을 드시며 인천 피난민 수용소에서 엄마와 우리 형제를 찾아낸 얘기 끝에, 너한테만 살짝 귀띔하는데 만약 고향에만 갈 수 있다면 몇 년을 살더라도 거기서 죽고 싶다더라. 이북은 예수도 마음 놓고 믿지 못하게 하는 지옥이라며 남 앞에선 대놓고 욕질하던 분이라, 무슨 엉뚱한 소린가 싶어 깜짝 놀랐지. 속마음은 저렇게 다른 무서운 분이구나 싶어 아버지를 다시 보게 됐어. 이북에서 살다 온 늙은이들은 저쪽이 공산당 독재하는 줄 뻔히 알면서도 고향땅이라면 무조건 거기에 뼈를 묻고 싶다니, 알다가도 모르겠어." 고모님 말을 유추 해석해보더라도 할아버지는 작은할아버지가 체포된 61년 그해 가을 이후부터 확고부동한 자본주의 체제의 신봉자로 보이려 매사에 조신했으며, 주일 낮 예배를 빠뜨리지 않앉다. 그런 의미에서, 만약 어떤 일로 다시 일신상 위기를 당했을 때 낙서장이 증거 자료로 채택된다면 빠져나갈 구멍을 만들기 위해 위장했음이 분명했다. 그렇게 볼 때, 당국에 발각당하면 적잖은 고초를 겪게 될 작은할아버지의 수첩을 할아버지가 왜 없애버리지 않았으며, 소설 같은 거짓말투성이인 낙서를 왜 구태여 썼을까. 철부지 시절이었던 중학교 때, "할아버지는 왜 평안도에서 피난 나오셨어요" 하고 물은 적이 있었다. "남한엔 무엇보다 종교의 자유가 있지 않니. 그리스도 영접하러 자유의 땅으루 피난 나왔지" 하고 할아버지가 자랑스럽게 말했음을 미루어볼 때, "아우가 죽음이 임박한 줄 스스로 알자 자식들 앞에 체면 세우려 유언을 그렇게 적어뒀는지 모르지만, 죽을 때는 분명 북한 땅을 지옥이라구 내게 말했고 그 말을 사실로 믿으오. 나는 독실한 기독교인이오" 하고 수사관 앞에서 당당하게 우기려? '글쎄올시다'다. 고령이다 보니 이웃에 사는 큰어머니와 옆집 사돈댁에서 날마다 먹거리를 해다 나르고 말벗이 되어준다지만 할아버지가 여든에 이른 연세에도 혼자 살기를 고집하는 만큼, 당신은 아직 강단 있고 치매 증세를 전혀 보이지 않는다. 지금도 육이오전쟁이 났던 해가 몇 년이냐고 내가 물으면 50년 6월 25일, 한창 더위가 쩌올 때라고 말하는데, 십팔 년 전에 착란증이 있었다고 단정 지을 근거는 어디에도 없었다. 당시 할아버지의 심정을 나 역시 정확히 집어낼 수는 없으나, 골수에 맺힌 사연이라 이렇게라도 끼적거리지 않을 수 없다는 억하심정? 남북 문제라면 가위눌려 살아온 할아버지의 심중은 이해할 수 있으나 해석이 이쯤에 이르면 손자로서 절로 실소가 나올 만하다. 그나마 할아버지의 기록 중 정직한 기술은, 작은할아버지가 손풍금을 무척 아끼며 어디든 가지고 다녔다는 점이다. 한편, 작은할아버지는 젊어서부터 손풍금 연주에 능숙했고, 북한 개천읍에서 대식구가 한 울타리 안에 살던 시절, 할아버지가 아우의 그 연주를 무척 대견하게 여겼음이 분명했다. 내가 생각기로 팔일오해방과 육이오전쟁 사이, '해방공간'이라 일컬어지는 오 년간에는 작은할아버지의 손풍금 연주와 연관된 즐거운 나날이 있었음이 틀림없었다. 45년 해방 당시 할아버지 나이 스물셋, 작은할아버지가 스물한 살이었다. 두 할아버지에게는 그야말로 청춘의 황금기였다. 일제 말 태평양전쟁 때 강제 징집을 염려해 일찍 자손이나 보아두자며 할아버지는 열아홉 살, 작은할아버지는 스무 살에 결혼했다. 두 분 아래 자녀들이 생겨 가지를 쳤으니 부모님 합쳐 대식구가 한 울타리 안에 오순도순 살았던 그 시절의 추억은, 갈 수 없기에 볼 수 없는 얼굴들이라 더 그리울 수밖에 없었을 터였다. 할아버지가 이태 반을 옥살이하고 나온 뒤 그 부분에 대해 일절 함구했음에도 불구하고, 손풍금과 연관된 청춘의 한때, 가족 공동체의 체험을 마음 깊숙이 숨긴 채 아름다운 추억으로 간직해왔던 것이다. 그래서 할아버지는 낙서장을 통해 고난 찬 생애를 마치고 저승에 들면 네가 원했던 손풍금 마음껏 켤 수 있는 그런 세상에서 살라는 연민과 염원을 담았을 것이다. 그런 측면에서 보자면 할아버지의 기독교관은, 말끝마다 들먹이는 '종교의 자유'로 미루어볼 때 남한 토양에 종교로 뿌리내렸다는 안도감에서 출발하여, 나라와 혈육을 위해 고난 받는 자를 사랑한 예수 정신에 의지해온 신심이었다. 주일날 큰어머니는 할아버지 모시고 중손교회에 나갔으나 큰아버지는, 내게 종교 같은 건 없다며 교회에 나가지 않았다. 그래서 명절이나 할머니 기일에 조상 전례의 제례를 따르지 않고 기독교식 추모 예배로 대신함을 늘 못마땅하게 여겨 당신만이 따로 제상에 삼배 절을 했다. "우리 집안이 언제부터 예수 섬겼어? 평안도가 예수꾼 천지였으나 개천 살 때 우리 집은 이를 믿지 않구 제사를 모셨지. 피난 나와, 그때 영락교회가 평안도 출신이 많으니깐 아버지가 그 덕 좀 보겠다구 그 교회에 껴붙은 게지. 북괴가 종교를 박해하니 전쟁 전 월남민은 교인이 많았으나 전쟁 후에 월남한 비교인은 남한에 내려와 외롭다 보니 의지처 삼아 교회에 나가게 된 게야." 내 고등학교 적에 언젠가 큰아버지가 말했다. 나의 부모님도 집사 직분을 가진 신자였으나 나 역시 비신자라 내 눈에 그렇게 보이는지 모르지만, 매사에 털털하고 솔직한 큰아버지 말에도 일리가 있었다.

　지난 설날에는 손풍금이 반주된 스페인 플라멩코 춤곡, 러시아 민속곡 시디를 가져와 할아버지에게 들려주며, 나는 할아버지의 표정에 나타나는 반응을 놓치지 않았다. 오디오에서 흘러나오는 곡조를 듣던 할아버지의 구릿빛 얼굴을 온통 덮은 주름살이 순간적으로 긴장을 띠더니 할아버지는 의자 등받이에 머리를 기대고 눈을 감았다. 이윽고 당신 입가에 어설픈 미소가 떠올랐고 눈 가장자리로 눈물이 흘러내렸다. 겹 주름진 목울대가 격정으로 들먹거렸다. 나는 그 기회를 잡아 녹음기를 켜고 할아버지께, 작은할아버지가 손풍금 탔던 개천 살 때를 얘기해달라고 말했다. "아무할, 할 말이 없어. 해방되던 해, 일찍 장가 들어 자식 둘을 뒀으나 내 나이 한창때였어. 누구한테나 그 나이는 좋은 시절이지. 젊을 땐 세상 모든 게 좋아 보이잖아? 넌 안 그래? 지금 생각하면 눈 깜박할 사이에 지나간 개천 시절, 부모님 모시구 식구가 한 울타리 안에 살던 그때를 생각하면 여름 산천처럼 푸르렀구, 그립구……" 여기서 할아버지는 입을 다물었다. 내가 거푸 물었으나 할아버지는 더 이상 입을 열지 않았다. 낡은 응접 의자에 기댄 채 눈을 감고 손풍금이 반주되는 음악만 들었다. 이럴 게 아니라 내가 손풍금을 배워 할아버지 앞에서 직접 연주해보자고 결정하기가 그때였다. 작은할아버지가 손풍금 연주하던 해방공간 시절이 무지개 같았다니, 내가 쓸 논문 내용과도 직접적인 관련이 있고 거기서부터 작은할아버지의 생애에 어떤 매듭이 풀릴 거라는 판단이 강하게 마음을 움직였던 것이다. 지리산과 폭우를 내가 굵은 글자로 표하기는, 수첩에 정리해둔 자신의 이력을 토대로 짐작건대 작은할아버지는 50년 가을부터 51년 여름까지 머물렀던 지리산 산채에서도 손풍금을 지참해 전사들 앞에서 연주를 했다는 해석이 가능했다. 좀더 직접적으로 해석하자면, 고립된 후방부인 산채에서의 게릴라 활동이 화기 부족, 병참 지원의 동결로 소기의 투쟁 목적을 달성하기 어렵게 되자 지리산 산채를 떠나 대원들과 함께 월북 루트를 따라 북상하게 되었을 텐데, 소백산이나 설악산쯤에서 폭우가 아닌, 토벌대 국군과 조우하자 필사의 탈출을 위해 비상식량과 총기만 지참한 채 부득불 손풍금이 든 배낭을 버리지 않을 수 없었다. 그렇다면 할아버지는 산 이름 역시 작은할아버지로부터 들은 대로 쓰지 않고 지리산으로 위장했거나, 착각했을 수 있었다. 얼토당토않게 등산을 끌어들여 폭우를 만났다고 거짓말하는 걸로 미루어보건대, 위장 기록이라고 보는 게 더 정확할는지 모른다. 좌파·좌익·빨갱이·폭도·괴뢰·오열·불순분자·부역자·공비·간첩·공산주의자·사회주의자·진보적 급진파·인민민주주의자·보도연맹 가입자, 이런 쪽 사람이 악령으로 취급되고 그 용어를 입에 올리기조차 두려웠던 한 시절, 할아버지 역시 그 악몽에 얼마나 가위눌림 당했는지 나는 할아버지의 낙서장을 통해 쉬 짐작할 수 있었다. 나는 할아버지는 물론 누구에게도 발설하지 않은 채 할아버지의 공책과 작은할아버지의 수첩을 보관하고 있다.

2

손자 녀석이 손풍금 띠를 양 어깨에 걸더니 연주를 시작한다. "할아버지, 이 노래 아시죠? 북한에 계실 때 이런 곡조 들어봤죠?" 아직 귀먹보가 되지는 않았는데 내 귀에는 들어본 곡조 같기도 하고 생판 귀에 선 곡이기도 하다. "이 녀석아, 내 귀에 말뚝 박히지 않았어. 왜 그렇게 고함질이야" 하고 소리치며 나는 머리를 젓는다. "작은할아버지가 이 곡조로 손풍금 연주도 하셨죠? 작은할아버지는 전선 문예선전대 연예대원으로 활동하셨잖아요.

손풍금 연주를 아주 잘하셨고. 이 노랜 원래 스페인 민욘데 우리 말 가사를 붙여 일제 때도 많이 불렸대요. 일제의 착취가 하도 가혹해 권솔 이끌고 만주로, 보국대나 징용에 팔려 일본으로, 그 당시엔 고향 떠난 유랑민이 오죽 많았어요? 농경민족의 민족 대이동과 가족 해체가 일제의 압박 통치에 의해 본격화된 시기였잖아요. 정든 고향 땅 떠나 객지를 떠돌 때, 이 노래가 얼마나 심금을 울렸겠어요." 둘째 애의 셋째 녀석이 분명한데 준식인가, 명식인가, 경식인가, 이름조차 헷갈린다. 손자 녀석이 또 그 질문질이다. 중손골로 할아빌 자주 찾아와, 내가 할 말이 없다고 잘라 말했는데도 녀석은 말끝마다 끈질기게 광수를 물고 늘어진다. 황점술, 그 개자식이 하던 짓거리와 똑같다. 사일구 나고 중손골로 돈 뜯으러 왔다 우연히 광수와 맞닥뜨리자 놈은 사냥개 본성을 드러내 나를 협박하기 시작했다. 아우가 나를 뒤따라 월남했으나 서로 생사를 모르다 몇 년 전에 동대문시장에서 극적으로 만났다는 내 말을 황은 믿으려 들지 않았다. 경찰에 신고해 보상금이나 타야겠다며 협박할 때마다 나는 궤짝에 모아둔 돈을 헐어 쥐여주었다. 손자 녀석도 황가놈처럼 숫제 몽둥이 안 든 수사관 행세하려 덤빈다. 할아비가 치매에 걸렸나 안 걸렸나 시험해보자는 속셈일는지도 모른다. 고드러진 풀처럼 육신은 이제 만신창이지만 정신만은 아직 흐리지 않다. 무심코 수저를 냉장고에 넣는다든지, 신발을 짝 안 맞게 신는 따위를 노망났다고 우기면 할 말이 없다만, 그건 건망증일 터이다. 나는 손풍금을 연주하는 손자 녀석을 본다. 마치 망령 난 늙은이처럼 멍청한 표정으로. 광수 문제를 시치

미 떼자면 차라리 녀석 앞에 멍청이 노릇을 하는 게 낫다. 그래야 녀석도 성가신 질문을 더 안할 터이다. 녀석이 손풍금 반주에 맞추어 노래를 부른다.

"사랑하는 나의 고향을 한번 떠나온 후에 / 날이 가고 달이 갈수록 내 맘속에 사무쳐 / 자나깨나 나의 고향 잊을 수가 없으니……" 나는 눈을 감고 손자 녀석의 노래를 듣는다. 녀석의 속셈을 뻔히 알지만 노추한 할아비를 위로하려 부르는 노래라 의도야 어쨌든 좋게 생각하기로 한다. 손풍금까지 켜며 재롱을 떨고 있으니, 하는 짓이 기특하긴 하다. 어쨌든 손풍금 소리를 들으니 새삼 지난날이 떠오른다. 까마득한 저쪽 시간인데, 그 시절이 멀지 않은 과거 같다. 어느 때부턴가, 작년, 재작년, 몇 해 전, 이렇게 가까운 과거는 내가 뭘 했는지, 누가 뭘 물으면 까맣게 잊혀져 생각이 나지 않는 대신 먼 과거는 전기 스위치가 한순간에 어둠과 밝음을 바꾸어놓듯 빛같이 빠르게 그 시절로 넘어간다. 입속말로, 고향을 자나깨나 잊을 수 없구나 하고 녀석 노랫말을 읊자, 떠나온 고향 전경이 눈앞에 어린다. 방죽 따라 늘어선 실버들나무 아래 동무들과 씨름하던 모래사장이 있었고 소쿠리로 물고기 잡거나 고둥 줍던 개천 강물은 바닥 곱돌이 비쳐 보일 정도로 맑았다. 겨울철엔 꽁꽁 언 얼음판에서 썰매를 탔다. 남북으로는 평양과 삭주로, 동서북으로는 안주와 만포로 가는 십자꼴 열차 정거장은 밤낮으로 기적 소리가 그치지 않았다. 역 앞 신작로에는 광산 경기가 좋았던 일제 때부터 시가지가 정비되고 왜식 기와집이 줄지어 들어섰다. 갖가지 점방이며 여관도 생겼다. 조금 아래쪽에 장터가 있었고 대장간은 개천 강변에 있었다. 봄이면 소풍 갔던 비호산엔 진달래꽃 붉게 피고, 새 국가가 건설되자 소년단 단원들은 붉은 기 앞세워 혁명가를 부르며 장군님의 만주 시절 고난에 찬 항일 투쟁을 복습하느라 산행 훈련에 열심이었다. 그 시절, 나와 처는 개천역 저탄장에서 석탄을 무개차에 지게질로 날랐다. 일제 때는 철광산에서 열두 시간, 심지어 열다섯 시간씩 노동했으나 새나라는 여덟 시간 노동제가 철저히 지켜졌고 당 간부든 선생이든 노동자든 평등한 대우와 균등한 급료를 받았다. 식구 수에 따라 배급제로 양곡을 받았고, 학교는 학비를 받지 않았고, 아픈 자는 진료소나 병원이 무료로 치료해주었고, 도시 근로자 · 광산 근로자 · 소작 농민 · 고용 농민들이 인간다운 대접을 받기가 단군 성조 이래 처음이라고들 말했다.

"언제나 사랑하는 내 고향에 다시 갈까 / 아, 내 고향 그리워라……" 손자 녀석 말이 맞다. 살아생전 나는 다시 고향에 갈 수 없을 것 같다. 고향에 가본들 부모님 별세하셨고, 내 나이 얼만데, 누가 나를 알아보고 반갑게 맞아주겠냐 싶다. 별세하신 선대 얘기를 자상하게 들려줄 분조차 살아 있을 것 같지 않다. 혼례 올릴 때 나이가 어려 이팔청춘이라 놀림도 받았던 제수씨가 아직 살아 있을는지 모른다. 새댁이라 고왔던 얼굴이 떠오른다. 그해 겨울, 그 드센 폭격 통에 살아남았더라도 그쪽 사정으론 양식이 턱없이 모자라 고생이 많다는데…… 제수씨나 조카애들, 사촌과 육촌 식구라도 만날 수 있다면 거동이 자유로울 때 북쪽 땅을 꼭 한 번만이라도 밟고 싶다. 고향 산천도 엄청 변했을 것이다. 내가 여기 정착했던 사십 년 전엔 밭뙈기만 늘린 층층의 따비밭에 잡목만 무성한 야산이었다. 그런데 지금은 도로가 훤하게 닦였고 고층 아파트가 촘촘히 들어섰다. 사십 년 만에, 아니 십수 년 만에 천지가 개벽되듯 강산조차 죄 바뀌어버렸다. 햇수가 얼만데 고향인들 변하지 말란 법 없다. 그해 초겨울 미군기 폭격으로 역이며 읍내가 잿더미로 내려앉았는데, 전후 복구사업에 길조차 달라졌을 터이다. "할아버지, 고향에서 불렀던 노래 한곡 불러보세요." 손자 녀석이 말한다. 나는 깜짝 놀라 어깻숨을 쉰 뒤 고개를 끄덕인다. 으스스 한기가 느껴진다. 기침이 터지더니 콧물이 흐른다. 나는 소매로 콧물을 닦는다. 손자 녀석이 할아비를 위해 손풍금까지 들고 왔으니 고향 노래쯤은 녀석 비위를 맞춰줄 수 있다. "내 개천 살 때, 아버지와 대장간 일하며 이런 노랠 부르곤 했지." 나는 잔기침 끝에 목청을 가다듬고 고향 쪽 민요를 흥얼거린다.

"영변에 에헤에헤 / 약산에 동대야 / 아하아하 아하아하 / 네 부디 편안히 잘 있거라 / 나두 명년양춘은 가절이로다 / 또다시 보자……" 숨이 차서 나는 노래를 더 부를 수 없다. 노래에 맞추어 손풍금으로 대충 반주를 넣던 손자 녀석이, "할아버지, 작은할아버지 말입니다. 전쟁 전 고향 개천읍에서 인민학교 교사 시절 손풍금 탈 때……" 하고 또 그 말을 꺼낸다. 집요한 녀석이다. **이봐, 광수 그놈 남파간첩 맞지? 요즘 안 보이는데, 어디다 숨겼어? 방첩대에 찌르기 전에 솔직히 자백하라구.** 황점술이 능갈맞게 물었다. 자유당 정권 때 명동 바닥에서 정치깡패로 설쳤던 황가놈은 오일륙이 나자 몸을 피해 동가식서가숙하던 처지였고, 살길을 찾자면 광수를 방첩대나 경찰에 신고하는 방편밖에 없다고 협박했다. 광수가 황가 놈한테 들킨 뒤부터 나는 광수를 폐지 더미 속에 숨겨두고 있었다. 손자 녀석을 보고 나는 손사래를 친다. "다 까먹었어. 모른대두. 언제 적 애긴데 그 애 말을 또 꺼내" 하곤, 나는 속으로 다짐한다. 녀석이 아무리 물어도 어림없다. 광수에 대해 숨겨둔 말이야 있지만 남에게 말하고 싶지 않다. 나 혼자 간직했다 죽어, 저세상 가서 부모님이며 광수 만나면 흉금 터놓고 며칠 밤새워 얘기하고 싶다. 그런데 광수가 전쟁 전에 개천에서 인민학교 교사 지낸 걸 녀석이 어떻게 알아냈는지 신통하다. 수사관처럼 꼼꼼하게 그 애 뒷조사를 했는지도 모른다. **우리가 뒷조사를 다 해뒀어. 박씨, 우릴 속일 생각 마.** 수사관의 다지름이었다. 광수부터 족쳐 자백을 받아냈겠지만 그들이 휴전선 넘어 천 리 북쪽의 우리 집안을 죄 꿰뚫고 있다는 게 신통했다. 이틀째 잠 못 자고 얼마나 맞으며 추달당했는지 나는 제정신이 아니었다. "나는 예수님 섬기는 기독교 신자요. 일사후퇴 때 종교의 자유를 찾아 가족 데리구 월남했어요······" 나는 그 말만 되풀이했다. 광수의 세뇌 교육에 혹해 고정간첩이 됐다느니, 광수와 동반 월북해 거기서 간첩 교육 받고 재남파를 시도하지 않았느냐는 저들 말에, 나는 목숨을 담보하고 끝까지 부인했다. 나는 가빠오는 숨길을 느낀다. 그때 적 일은 생각만 해도 가슴이 뛰고 온몸이 경직된다. 나는 석 달에 걸친 취조 과정과 재판을 거쳐 간첩 불고지죄로 이태 반을 징역 산 그 악몽을 잊지 못한다. 내가 교도소에서 나오기 전, 처는 서방과 큰애를 감옥에 둔 화병으로 어질머리를 앓다 뇌혈관이 터져 불귀의

객이 되고 말았다. 그때부터 나는 광수 면회는 물론 자식 면회도 가지 않았고, 영치금 따위도 넣지 않았다. 고향과 연결된 모든 과거를 철저히 잊기로 했고, 나 이외는 어느 누구도, 목사나 자식마저도 믿지 않기로 했다. 쉰 나이 후반 한 시절엔 목사 설교를 듣다, 교회만 잘 섬기면 누구나 천당에 갈 수 있다는 목사의 말이 듣기 싫었다. 손톱 밑의 까만 때 지워질 날 없는 험한 손 맞잡고 기도하는 나를 두고 예수님은, 나의 아들아, 나는 권세 있는 자보다 가난한 자, 버림받은 자, 멸시당하는 자를 더 사랑했느니라, 고통의 짐 너의 쓰레기를 지고 교회 위에 있는 나를 따르라고 말씀하는 듯해서 중손교회 당회장이 바뀔 서너 해 동안은 교회조차 나가지 않고 집에서 혼자 예배 보기도 했다. 고향땅과 죽은 처가 사무치게 떠오를 때마다 곽가를 불러 주거니 받거니 폭음 끝에 곯아떨어졌다. 큰애 며늘애가 내 건강을 보살피지 않았다면 나는 벌써 황천객이 되었을 것이다. 어디에다 희망을 걸고 살아야 할지도 잊은 채, 어둠 그치면 일어나 어둠 내릴 때까지 마소처럼 폐지 먼지 속에서 일만 해온 나날이었다. 아니다. 넝마주이 시절의 천대받던 눈물을 새기고 새기며 최소한의 생활비로 근검했다. 집안 혼례식 외는 양복 입어본 적 없이 단벌 작업복으로, 그나마 해져 걸레로도 쓸 수 없을 때까지 십수 년씩이나 입었다. 며늘애에게 특별한 날이 아니곤 밥과 국 외 반찬도 세 가지 이상 상에 올리지 못하게 했다. 외식도 하지 않았고 술집에서 술을 먹어본 적도 없었다. 돈이면 처녀 불알도 살 수 있는 남한 땅에 왔으니 악착같이 돈 모아, 언젠가 가게 된다면 고향을 위해 쓰겠다는 희망

하나만을 간직했다. "할아버지, 작은할아버지가 인민학교 교사에서 군당 선전대에 소환된 게 사십팔년 삼월 맞지요? 당시는 새 학기가 사월이었잖아요. 오십년 유월, 전쟁이 발발하자 작은할아버지는 전선 문예선전대 연예대원으로 화선에 투입되었구요. 낙동강 방어선인 경상남도 창녕까지 내려갔다 발이 묶인 채, 일진일퇴를 되풀이하던 끝에 시체는 언덕을 이루고…… 할아버지, 제 말 맞지요?" 나는 총 들고 전장에 나서지 않았으나 당시 참전했던 이들로부터 들은 바가 있지만, 전쟁이 얼마나 무서운지 모르는 어린 녀석이 그 시절 정황을 잘 집어낸다. 집요하게 캐묻는 게, 수사관이나 황가놈이 따로 없다. 나는 손자 녀석의 말고문에 숨길이 더 가빠지더니 기침이 연달아 터진다. 일을 놓고 체력이 떨어진 탓인지 겨우내 감기를 달고 산다. 기침을 진정하자 손자 녀석 말에 대꾸할 필요가 없어 나는 눈을 감는다. 그래, 그래서 어쨌단 말인가, 하고 중얼거리자 내 생각이 그 시절로 달려간다. 광수는 오산고보를 졸업하고 모교 훈도로 부임해왔다. 대장장이 아들이 훈도가 되어 환고향했다며 장터 사람들이 모두 아버지를 추켰다. 아버지는 대장장이란 천직에서 일거에 사부님이 되셨다. 그게 언제였던가? 해방되기 전해다. 이듬해 8월 중순 어느 낮, 웃통 벗은 맨살 위로 땀이 고랑을 팠다. 아버지와 허씨는 괭이를 만드느라 벌건 시우쇠를 이리저리 돌려가며 연방 맞메질했고 나는 풀무질하다 역전에서 들려온 만세 함성에 놀라 잠방이 걸치고 절름거리며 뛰어갔다. 개천 철광산에서 막장 붕괴 사고로 다리뼈를 분질러 왼쪽 다리에 부목을 대고 있을 때였다. 역 광장은 인산

인해였다. 거기서 광수를 보았다. 광수는 학동들에 둘러싸여 조선 해방 만세를 부르고 있었다. "형님, 조선이 해방됐어요. 일본이 무조건 항복했답니다." 아우는 뭐가 그렇게도 좋은지 어리둥절해 있는 나를 끌어안고 개구리처럼 뛰었다. 장을 메운 사람들이 뙤약볕 아래 모두 길길이 뛰며…… "할아버지, 드세요. 드시며 그때 적을 떠올려보세요. 할아버진 기억력이 남다르셔 분명 그 시절이 생각날 거예요." 손자 녀석이 내게 생크림빵을 권한다. 나는 빵을 받아 한 조각을 입에 넣는다. 단맛이 금방 혀에 녹는다. 맛을 아는 혀만은 예나 지금이나 변함이 없다. 설탕은 달고 소금은 쓰다. 그 맛조차 구별하지 못한다면 저승사자가 찾아올 것이다. 세월이 좋아 이 좋지 않은 노인들 먹기 좋은 희한한 빵을 잘도 만들어낸다. 예전에는 붕어빵도 꿀맛이었다. 곽가가 동대문시장 길거리에서 손수레에 빵틀 놓고 붕어빵 장사를 했다. 곽가가 내 한 팔이 되어주지 않았다면 오늘의 내가 없었을 것이다. 땅 판 돈 절반을 잘라 자식들에게 나누어줄 때 나는 곽가에게도 한몫을 떼어주었다. 사돈이란 점을 떠나서라도 이날까지 선한 인연을 이어왔으니 마땅히 그 공을 갚아야 했다. 내가 대꾸 않고 빵을 먹기만 하자, 손자 녀석이 더 묻기를 포기한다. "달포만 지나면 할아버지 생신날 돌아오잖아요. 학원에서 열심히 배우고 있으니 그때쯤이면 손풍금 연주를 훨씬 잘할 수 있어요." 녀석의 말에 나는, "알았어. 너나 해. 어깨에 멘 것 타며 고향 못 가는 노래나 그냥 하라구" 하곤 의자 등받이에 기대어 눈을 감는다.

큰애 며늘애가 현관문을 열고 들어온다. 들고 오는 소쿠리에 쑥이 소복이 담겨 있다. "왜 이렇게 썰렁해. 춥잖니? 경식아, 광에서 나무 좀 날라와. 할아버지 감기 덧나시겠다." 며늘애 말에 손자 녀석이 손풍금을 벗어 내려놓고 밖으로 나간다. "어미가 뜯었냐" 하고 묻자, 며늘애가 양지 언덕바지에는 쑥이 많이 자랐다고 말한다. "아버님, 오늘 저녁에는 콩가루 풀어 쑥국 끓일게요. 아파트에 돼지고기도 목살로 사다 놨어요. 수육 만들어올 테니 친정아버지 불러 약주도 한잔하시구요." 며늘애가 불씨만 남은 페치카 옆에 앉아 신문지 펴놓고 쑥을 다듬기 시작한다. 쑥에 붙은 검불과 누렇게 탈색된 겉이파리를 뜯어낸다. 큰애는 몇 해 전 폐지 야적장에 대단위 아파트가 들어서자 그쪽에 아파트 한 칸과 상가 건물의 편의점 분점을 차려 살림을 났으나 며늘애는 하루 한두 차례씩 언덕길 올라와 시어른과 친정 부모 섬기기는 예전대로 지성이다. "쑥국이라? 쑥국 좋지." 향긋한 쑥 내음이 코끝에 스친다. 어느 해 춘궁기던가, 점심 끼니로 쑥떡만 먹었던 생각이 난다. 처와 어린 자식 셋을 인천 피난민 수용소에서 빼내온 뒤니 오래전이다. 신문지나 비료부대 종이에 싼 푸석한 쑥떡을 처가 주머니에 찔러 넣어주면 바소쿠리 메고 큰애와 함께 명동 쪽으로 나다니던 시절이었다. 당시엔 휴지나 고물 줍기도 경쟁이 심했으나 그래도 그쪽이 벌이가 나았다. 다리품을 어지간히 팔아 낮참이 되면 허리가 접혔다. 골목 건물 처마 밑 아무 데나 쭈그리고 앉아 큰애와 쑥떡으로 허기를 껐다. 멀건 죽사발에 떨어지는 눈물을 먹어본 사람만이 인생을 안다는 말이 실감나던 시절이었다. 손자 녀석이 땔감을 한 아름 안고 들어온다. 몇 해 전 아랫동네

무허가 판자촌 철거 때 나온 판자 쪼가리와 헌 각목들을 땔감에 쓰려 곽가와 함께 손수레로 며칠에 걸쳐 옮겨둔 게 요긴하게 쓰이는 참이다. 손자 녀석이 헌 신문지를 구겨 라이터로 불을 댕겨 페치카 안에 넣는다. 그 위에 판자 쪼가리와 각목을 얹는다. 재작년에 둘째 애가, 혼자 지내시는데 이렇게 춥게 겨울을 나셔야 되겠냐며 조립형 페치카를 사와 설치해주었다. 둘째 애는 겨울 한 철만이라도 아버지를 모시겠다며 마포에 있는 자기네 아파트로 가자고 권했고, 큰애 며늘애도 아파트로 내려가 함께 살자 했으나 나는 하루라도 이곳을 떠나고 싶지 않다. 광수는 스물한 해를 혼자 꿋꿋이 감방살이를 해냈다. 아직은 정신 온전하고 수족 놀리기에 별 지장이 없는데 나라고 혼자 못 살라는 법 없다. 며늘애가 전기밥솥에 밥해놓고 냉장고에는 반찬 있으니 잘 차려입은 아파트 주민 앞에 불구멍 숭숭한 오리털 점퍼 입은 추레한 늙은이 모습 안 보이고 혼자 사는 게 편하다. "여기에 터를 잡은 지 사십 년이구, 며늘애와 사돈네가 수발 잘해주니 늙은이 살기엔 여기가 편해. 아파트는 숨이 맥혀 어떻게 살아. 공중에 뜬 방구석에 가둬놓구 늙은이를 쥑일 셈인가. 뒤 언덕엔 눈만 주어두 마음이 아리는 처와 광수 묘가 있는데. 난 하루두 여길 떠나 콩나물시루 같은 데선 못 살아." 나는 고집을 꺾지 않았다. 나는 페치카 옆에 앉아 쑥을 다듬는 며늘애 뒷모습을 본다. 이날 이때까지 시아비와 친정 부모 모시고 살아온 큰애 며늘애는 효부 소리를 들어도 마땅하다. 딸애보다 낫다. 며늘애도 환갑 나이가 다 됐다. 손자 녀석이 속불꽃을 살려내자 화력이 좋아 금방 불길이 판자를 핥으며 날름댄다. 나는 기세 좋게 살아나는 불꽃을 멀거니 본다. 열기가 얼굴에 닿는다. 활활 타오르는 불만 보면 늘 고향 대장간이 떠오른다. 보통학교를 졸업하자 나는 아버지 조수가 되었다. 열여덟 살이 되기 전까지 아버지는 내게 징과 메를 들지 못하게 했기에 아버지와 맞메질은 허서방이 했고 나는 허구한 날 조개탄으로 불을 지펴 풀무질로 불길을 살리고 집게로 벌건 시우쇠를 화덕에서 집어내어 찬물에 식히는 허드렛일이나 했다. 얼음이라도 박혔던지 판자가 소리 내어 터지며 불티가 튄다. "**박씨 봐. 치솟는 저 불티 좀 보라구. 개미조차 살아남지 못하겠는걸.**" 옆자리에 앉은 이씨가 소곤거렸다. "오폭으로 이 차가 한 방 먹는다면 우린 뼛가루가 될걸요." 내가 말했다. "미제 비행기가 어디 오폭 따지며 폭탄 떨구던가. 어디로 가든 그나마 우린 살아남았으니 다행이야. 남녀노소 가리지 않구 열이든 스물이든 잡아채는 족족 패죽이지 않으면 생매장시키는 꼴 봤잖아." 뒤쪽에서 애꾸 천씨가 속달거렸다. 개천읍에서 노무자로 징발당한 삼사십대 예닐곱이 탄약 상자가 적재된 국방군 군용트럭 뒷자리에 한껏 몸을 움츠리고 앉아 있었다. 낮참에 임시로 가설된 군용 부교로 대동강을 넘어섰는데, 멀리로 보이는 평양 시내의 비행기 공습은 대단했다. 50년 12월 초순이었다. 제비 떼같이 창공에 뜬 폭격기 편대가 몰아치는 눈보라를 뚫고 엄청난 양의 폭탄을 퍼붓고 있었다. 폭탄이 떨어지는 지점마다 불티가 치솟았다. 종전 전 일본 땅에 그랬듯 미제가 원자폭탄을 투하할 거란 소문이 거짓말이 아니란 생각이 들었고, 봄이 와도 저 땅엔 풀인들 싹을 틔우겠냐 싶었다. 나는 고향땅에 남겨둔 부모님과 처자식 걱정이 태산 같았다. 전쟁이 나도 나는 인민군에 소집되지 않았고 일제 때 유경험자라 개천역 저탄장 작업소에서 개천광산 석탄 채굴 근로자로 작업터만 바꾸었다. 열댓 살짜리까지 전선으로 빠지고 사십대 장정이 대부분을 차지한 광산 근로자들은 전쟁 와중에도 석탄 채굴에 여념이 없었다. 전황이 기울어 평양을 남쪽에 내줬다는 소식이 광산까지 전해지기가 10월 초, 탄광이 폐쇄되어 읍내 집으로 돌아오자, 뒤이어 국방군과 연합군이 읍내를 점령했다. 뒤따라 들어온 치안대, 한청(대한청년단), 청방(청년방위대)이 좌익분자 색출에 혈안이 되어 꼬투리가 잡혔다 하면 하루를 못 넘겨 처형되거나 제 묻힐 구덩이 제가 파서 생매장 당했다. 사람 목숨이 파리 목숨처럼 한순간에 사라지던 험한 때라 청년노동자동맹 분소 부부장이었던 나로선 우선 살아남자면 우익 지푸라기라도 붙잡아야 할 처지였다. 중공군 참전 소식이 들리고 마침 개천읍에 주둔해 있던 국방군 부대 병기창이 철수를 서두르며 노무자를 징발하기에 나는 거기에 자원했다. 부대로 찾아온 어머니가 내게, 너들 식구만이라도 남으로 내려가 몸을 피하라 했는데 처와 젖먹이 딸린 자식 넷이 읍내에 남아 있는지 피난길에 나섰는지 알 수 없었다. "너들 식구는 피난 나서더래두, 우리 양주야 살 만큼 산 목숨 아닌가. 그러니 배가 앞산만한 광수 처와 우린 여기 남을래. 광수가 살아 돌아올 날까지 여길 지켜야지." 어머니의 마지막 말이 줄곧 귓바퀴에서 맴돌았다. 나는 개털모자를 눌러썼는데 트럭이 속력을 내자 몰아치는 눈바람에 안면이 내 살 같지 않았고 무명으로 감싼 발가락이 떨어져 나갈 듯 아렸다. 그해 겨울, 결국 동상으로 발가락 두 개가 떨어져 나갔다. 생각만 해도 끔찍한 시절이었다. 늙고 할 일 없으니 자나깨나 그 시절 생각이다. 손자 녀석까지 남의 심사를 박박 긁으니 초조함과 불안이 온몸을 옥죄어온다. 나는 의자 등받이에 몸을 붙이고 일렁이는 불꽃을 본다. "여보, 봉창 밖이 왜 저렇게 환해요? 불난 게 아니에요?" 갑자기 죽은 처 목소리가 들린다. 큰애와 한바탕 난리를 치르고 난 뒤 화가 가라앉지 않아 제 집으로 돌아간 곽가 불러 술이나 한잔하려 처에게 술상을 차리라고 말한 뒤라, 나는 깜짝 놀라 뒷봉창을 보았다. 봉창이 훤했다. 나는 방문을 열고 뛰어나갔다. 변소 뒤 군용 천막으로 덮어둔 폐지 더미에서 불길이 일고 있었다. 덩이덩이 쌓아둔 폐지 더미가 바람을 타고 불길에 휩싸였다. "여보, 어떡해요. 작은서방님이……" 뒤쫓아 나온 처가 외쳤다. 폐지는 다 타버리더라도 광수부터 살려야 했다. 나는 정신없이 불길 속으로 뛰어들었다.

　기침이 쏟아지고 갑자기 숨길이 가쁘다. 더 앉아 배겨낼 수가 없다. 나는 의자에서 기우뚱 일어선다. 옷걸이에 걸린 십 년 넘게 입어온 점퍼를 걸친다. "할아버지, 어디 가시게요?" 손자 녀석이 며늘애와 함께 빵을 먹다 묻는다. 나는 대답 없이 현관으로 가서 테두리에 인조털 달린 검정 고무신을 신는다. 십몇 년 넘게 신어온 겨울용 신발이다. 며늘애가 손자 녀석에게 "네가 슬픈 노래를 부르니 아버님 심사가 울적해진 게지" 하고 핀잔을 놓는다. 내가 현관문을 열자 며늘애가 달려와 내 팔을 부축한다. "아버님, 햇볕은 따뜻해도 아직 바람이 찹니다." 나는 며늘애 손을 뿌리치고 부득부득 바깥으로 나선다. 따라 나온 손자 녀석이, 사돈 어르신 댁에 가시느냐고 묻는다. "따라나서지 마. 걸을 힘은 있으니 날 버려둬! 네놈이 기어코 이 할아빌 죽이려 덤벼!" 내가 헉헉대며 소리치자, 녀석도 놀라 멈칫하며 물러난다. 늙은이 성미는 죽 끓는 듯하다는 말대로 녀석이 손풍금을 탈 때는 옛 생각에 사무쳤다가 잠시 뒤 제풀에 틀어진 꼴이다. 바깥으로 나서니 입춘을 넘겼으나 바람이 차갑다. "친정아버지한텐 이쪽으로 저녁 자시러 오라고 제가 전화 낼게요. 마당 의자에서 쉬세요." 며늘애가 현관 앞에서 말한다. 잔디밭 저쪽 느티나무 아래에는 곽가가 판자때기 주워와 만들어놓은 긴 의자가 있다. 마음이 심란해 거기에 앉을 생각이 없고 잔디밭 건너 경계 표시로 쳐둔 개나리나무 울타리 너머에 있는 곽가 집에 놀러갈 마음도 없다. 나는 광으로 쓰는 천막 건물 뒤로 돌아간다. 대문간에 앉았던 진도가 뛰어와 발 앞에서 꼬리를 흔든다. 진돗개 잡종으로 짖는 소리가 우렁차고 영리해 집을 잘 지킨다. 대문간에 '개조심'이란 팻말을 붙여두었기에 아파트 사는 이들의 새벽 산행도 우리 집은 피해서 간다. "따라가지 않아도 되겠어요?" 손자 녀석이 뒤쪽에서 물었으나 나는 대답 않고 천천히 돌계단을 밟는다. 바깥출입하면 자주 찾는 장소다. 진도가 길동무로 힘차게 앞장선다. 폐지 집하장을 문 닫을 때 둘째 애가 가져온 강아지니 오륙 년째 집지킴이 노릇을 하고 있다. 아카시나무 샛길로 얼마 오르지 않으면 무덤 두 개가 있다. 처 무덤과 광수 무덤으로, 조만간 나도 이곳에 묻히게 될 것이다. 무덤의 시든 뗏장 사이사이에 질경이며 쑥이 연약한 잎새를 떨고 있다.

나는 광수 무덤 옆 플라스틱 의자에 앉는다. 아파트 단지로 내려가면 쓸 수 있는 멀쩡한 장롱, 응접 의자, 책상 따위를 폐품으로 내버린다. 그렇게 버려진 의자만도 주워다 놓은 게 댓 개는 된다. 나는 집 마당 저 아래쪽 아파트 단지를 내려다본다. 큰길이 있는 아파트 앞쪽에 할인매장 이마트가 보인다. 봄맞이 세일 애드벌룬을 높이 띄워놓았다. 바람결에 애드벌룬이 창공을 한가롭게 노닌다. 큰애가 사는 아파트와 상가 건물도 보인다. 그 앞쪽 노인들의 쉼터인 정자가 있는 소공원에 눈이 머물자 내 숨길이 갑자기 빨라진다. 나는 소공원에서 얼른 다른 데로 눈길을 돌린다. 이 년 반 옥살이를 할 동안 나는 한 번도 광수를 고발하지 않은 불고지죄의 죄인이라고 생각해본 적 없었고, 황가놈이 벌레 같은 존재였을지라도 그 한 생명을 빼앗은 죗값을 치른다는 마음으로 살았다.

내가 천이백여 평 임야 낀 밭뙈기를 헐값에 사서 이사 올 당시, 여기야말로 그린벨트란 말도 없었고 그저 평범한 근교 농촌이었다. 그로부터 십몇 년이 지나자 길가로는 무슨무슨 가든들이 마루 널짱한 벽돌집을 지어 간판을 달고, 화훼 단지, 물류 창고, 레미콘 공장, 쓰레기 하치장, 폐차장이 들어섰다. 도시 사글세방에서 밀려난 난민이 밀려들어 비닐촌과 판자촌이 형성되었다. 그즈음부터 도시민 생활수준이 향상되자 헌 신문, 잡지류, 골판지가 주종을 이루는 폐지 장사가 잘되었다. 나는 재혼도 포기하고 넝마주이 시절을 떠올리며 곽가와 함께 죽자사자 일에 묻혀 살았다. 90년대 초, 한창 성업할 땐 폐지 운반용 트럭 세 대가 서울 시내 중간 집하장을 돌며 폐지를 쉼 없이 날랐고, 지게차 두 대와 집게차가 이를 처리했다. 분류와 묶음이 끝난 폐지를 제지공장으로 나르는 트럭도 두 대 있었다. 일꾼을 열이나 부렸으니, 향우회원들 말처럼 넝마주이 출신치고는 크게 성공한 셈이었다. 70년대 중반부터 나는 버는 대로 나무 궤짝에 돈을 모아두었다. 매년 주위의 땅을 야금야금 사 모았으니, 지금은 아파트촌이 된 땅 일부가 내 소유였다. "청계천 시절부터 버는 대로 나무 궤짝에 쑤셔넣었잖아. 그 돈 어딨어?" 술 취한 큰애가 식칼을 휘두르며 내게 말했다. 다시 심장이 뛰어 나는 눈을 감는다. 내 눈밖에 나기도 한참인 큰애였다. 청계천 6가에 살 때, 큰애는 고등학교에 들어가고부터 오간수다리를 터 삼은 양아치패와 어울려 사창가 펨프질, 친구들과 작당해 패싸움을 일삼으며 경찰서를 들락거리다 이학년 때 학교에서 퇴학당했다. 내가 용인군 수지면 중손골로 터를 옮겼으나 그 애는 폐지 더미에 묻혀 살지 않겠다며 청계천 바닥에서 양아치 애들과 어울려 지내다 자주 중손골로 찾아와 제 어미한테 용돈을 뜯어갔다. 오일륙이 났던 그해, 대대적인 깡패 소탕령이 내려지고 깡패 고수 이정재, 임화수, 신정식이 사형 선고를 받고 처형되었다. 그해 10월 큰애가 술에 취해 중손골로 들어와, 피신할 자금을 내놓으라며 행패를 부렸다. 나는 그런 돈은 일원도 줄 수 없으니 차라리 경찰에 자수하라고 큰애와 맞섰다. 개가 식칼을 들었으나 나는 겁내지 않았다. 피난 나와 굶기도 많이 굶고 죽을 고비도 여러 차례 넘긴 나라 제깟 놈이 칼을 들었다고 꼬리 사릴 내가 아니었다. 대장간 일과 광산 노동으로 다져진 몸

매라 힘자랑이라면 누구에게도 지지 않았다. "찔러, 아비를 찔러 봐! 그래, 자식놈 손에 죽구 말자!" 나는 윗도리를 벗어 팽개쳤다. 달려온 곽가와 처가 나와 큰애 사이를 막아섰다. 녀석이 식칼을 던져버렸다. 나는 방으로 들어왔다. 밖에서 처가 큰애에게 몇 푼 돈을 집어주는 눈치였다. 큰애가 집을 떠난 직후, 폐지 더미에 불이 났다. 큰애 나이 열아홉 살 때였다. 큰애가 집을 떠난 열흘쯤 뒤, 광수 불고지죄로 수원경찰서에 나와 함께 갇혀 있다 모르쇠로 버틴 끝에 겨우 혐의를 벗고 풀려난 처가 나를 면회 왔다. "종호가 도피 자금을 마련하려 친구들과 작당해 자동차 부속품 점방을 털다 잡혔대요. 엎친 데 덮친다구, 우린 이제 쫄딱 망했어요." 큰애 면회를 먼저 갔다 오는 길이라며 처가 말했다. 그로부터 나는 이년 육 개월을 감옥에서 보내고 나왔으나, 큰애는 여섯 해를 감옥살이했다. 교도소가 사람을 아주 버려놓기도 하지만 새사람으로 만들기도 해서, 여섯 해 만에 집으로 돌아온 큰애는 내 앞에 무릎 꿇고 철없던 시절의 행패를 사죄했다. 큰애는 집 떠날 궁리를 않고 홀아비로 일에 묻혀 사는 나를 돕기 시작했다. 청계천 시절부터 함께 일해온 곽가 딸애와 짝을 맺어 자식도 셋을 두었다. 술에 취하면 옛 버릇대로 성정이 거칠어져 일꾼들에게 욕지거리도 했으나 제 자식들 앞에서 기물을 부수는 따위의 행패를 부리지는 않았다. 80년대 중반에 들자 서울 근교 땅값이 뛰기 시작했다. 큰애는, 아버지도 연로하시니 이제 더러운 직업 걷어치우고 땅 판 돈 은행에 넣어두고 살아도 당대는 걱정이 없다며, 서울 둘째 애 아파트 부근으로 이사 가자고 졸랐다. 손자 셋은 학교에 다니느라 서울 마포 둘째 애네 집에 맡겨두고 큰애 며늘애가 일주일에 한 번씩 뒤를 봐주러 나다니던 때였다. "아비가 빈 몸으로 남한 땅에 내려와 넝마주이 끝에 성취한 보람이 이 땅인데, 이 땅을 팔다니. 여기서 처와 광수가 죽지 않았냐. 내 눈감기 전엔 이 땅 한 평두 절대 안 팔아. 손자놈들까지 먹이구, 재워주구, 공부시켜줬으니 네놈한테 한푼두 물려줄 게 없어. 유산 물려주면 돈 잃구 자식까지 망친다는 말두 못 들었어?" 큰애는 내 말에 불퉁한 얼굴로 물러났으나, 술이 늘었다. 큰애 말을 따르지 않았던 게 다행인지 90년대 중반, 불어닥친 용인 지역 개발붐에 따라 어쩔 수 없이 언덕 위 집터만 남기고 내 땅 육천오백 평이 아파트 부지로 수용당했다. 폐지 집하장은 문을 닫았고, 나는 비로소 일손을 털었다. 내 이미 칠순 중반에 이르렀고, 곽가도 칠순을 넘긴 나이였다. "아버지, 저도 쉰 중반으로 손자까지 본 몸입니다. 허구한 날 폐지 더미에 묻혀 고생할 만큼 했잖습니까. 아버진 낙 볼 연세두 벌써 넘겼구요. 이제야말로 여기 생활 청산하구 우리 땅에 올라서는 아파트로 내려가 삽시다." 큰애가 다시 졸랐다. 이번만은 호락호락 물러설 기세가 아니었다. 제 어미 손에 끌려 피난 나와 고사리손 호호 불어가며 나와 함께 집게로 휴지 줍던 그 어렵던 시절이 암암하게 떠올랐다. "난 아파트에 안 살아. 닭장 속에선 숨이 막혀 못 살아. 난 이 집 지키며 네 장인과 함께 살다 여기서 뼈 묻을 테니 네 식구나 내려가 살아." 그제야 나는 큰애의 원대로 은행돈 헐어 서른다섯 평형 아파트 한 채와 상가 스무 평짜리를 매입해주었더니, 큰애는 목 좋은 상가에 25시 편의점 분점을 개설해 분가해 나갔다.

"그리던 집이여 / 기쁨에 넘쳐 가슴 설레이며 돌아가누나 / 벅차게 부풀은 가슴을 안고 / 숲 사이 오솔길 돌아가누나……" 바람결에 손풍금 소리와 함께 노래가 들려온다. 내려다보이는 아래쪽, 손자 녀석이 느티나무 아래 긴 의자에 앉아 목청도 높게 노래를 부르고 있다.

3

『일제하 적농(적색농민조합) 연구』란 저서를 최근에 펴낸 바 있는 지도교수에게 내가 석사 논문으로 쓰게 될 「인민 박광수 연구」 초안을 제출했을 때, 한교수는 괜찮은 착상이라며 자료 조사와 증언 채록을 충실히 해서 열심히 써보라고 격려했다. 역사의 행간에 묻혀버린 민초를 통해 당대 현실의 진실을 추수함이 답이 뻔하게 결론 난 거대 담론보다 알찬 성과를 기대할 수 있다는 것이었다. 한교수는 작년 석사 논문에 통과된, 발로 뛴 증언 채록이 돋보였던 「노근리 양민 학살 사건 연구」를 예로 들었다. 노근리 양민 학살 사건은 육이오전쟁 당시 충북 영동군 황간 지역 경부선 기찻굴에 노인과 어린이 등 노약자 다수가 포함된 피난민 수백 명을 몰아넣고 미 제7기병연대 지휘부처가 발포 명령을 내려 고의적으로 학살한 범죄 행위였다. 나는 우선 석사 논문의 기초 자료로 해방공간의 남북한 사회 현상 조사에 착수했다.

1945년 8월 15일, 연합군의 승리로 얻어 걸린 해방이긴 하지만 우리 민족이 삼십육 년간의 일제 압박을 떨친 그날 이후 50년 육이오전쟁이 발발하기까지 해방공간의 남북한 정치·경제·사회 등 각 분야의 기초자료를 나는 인터넷과 서점을 통해 수집했다. 대체로 『한국 현대사』 『조선통사』 『해방 전후 남북사』 『6·25전쟁 기원사』 『조선 공산주의 운동사』 등의 이론서를 참고했다. 사회과학도로 익힌 짧은 지식으로도 대충 그러리라 짐작은 했지만, 해방공간의 남북한 문제를 다룬 남한 사회과학서가 남한에 대해서는 대체로 비판적으로 접근하고 북한은 비교적 비판 없이 객관적으로 다루고 있음에 나는 다시 한번 놀랐다. 인터넷을 통해 살펴본 그 방면의 저서나 시중 대형 서점의 사회과학서 코너에는 진보적 성향, 또는 수정주의 논조에 동조하는 학자들 저서가 다수를 이루고 있었다. 해방 후 미군정의 남한 통치나, 남한 단독정부 수립 후 이승만의 정치 역량을 보수주의적 입장에서 옹호한 책은 찾기 힘들었다. 남한이 수용한 자본주의, 자유주의를 저술한 저서는 반공 교재 성격의 몇 종류뿐이었고 논리적 측면에서도 설득력이 약했다. 신문지상에 이름이 자주 오르내리는 저명 교수는 물론, 진보를 자처하는 학회·단체가 공저 형태로 출간한 해방공간 기술 또한 한결같이 남측에 대해서는 비판적 입장에 섰고, 북측에 대해서는 객관적 시점을 유지했거나 긍정적으로 평가한 흔적을 볼 수 있었는데, 군사 정권 시절이라면 이적 행위로 간주해 국가보안법 저촉 여부를 따질 만했다. 그러나 문민정부가 들어서자 남한 현대사의 자유로운 비판이 묵인되었으니, 자유민주주의의 특권인 언론 자유 신장 덕을 톡톡히 본 셈이었다. 남한에 부분적으로 소개된 북조선의 해방공간 기술은 김일성과 김정일 교시에 따르는 단일 창구다 보니 일사불란하게 '해방 조국의 위대한 영도자로 등장한 청년 김일성 장군'의 치적 일변도요, 남조선은 미제국주의 식민지로 반동 관료배가 인민을 착취한다는 획일적인 기술이야 당연할 수밖에 없었다. 여러 책을 참고로, 1945년 8월 15일 일본이 무조건 항복하자 소련군은 8월 22일 원산에 상륙하고, 미군은 9월 8일 인천에 상륙하여 38선을 경계로 점령군 통치 체제로 들어간 후, 50년 육이오전쟁을 맞기까지 남북한 해방공간의 정치·사회 현상을 입수한 자료를 토대로 간추리면 다음과 같다.

남한 통치를 시작한 미군정은 45년 8월 이후 여운형과 뒤를 이어 박헌영이 장악한 남로당(남조선노동당) 조직인 각 지방 인민위원회를 불법화시키고 포고령 55호와 72호를 잇달아 발표하여 해방 당시 남한의 가장 큰 정치 세력이었던 좌파의 활동을 중단시켰다. 그 와중에 우익·중도우파·중도좌파·좌파의 권력 투쟁과 테러가 치열했고 46년 9월, 이만여 명의 노동자와 이에 동조한 학생들이 총파업에 돌입했다. 쌀 공출제 폐지, 토지 개혁 실시, 극우 테러 반대를 걸고 대구 지방에서 시작된 '10월항쟁', 48년 단독 선거와 단독 정부 수립을 반대하여 남로당 지도부가 배후 조종한 '2·7구국투쟁'과 4월의 '제주도 인민항쟁', 8월의 국군 일부 병력의 반란에서 비롯된 '여순 사건' 등으로 많은 인명이 희생되었고, 지리산·태백산 등지에 해방구를 설정한 좌익 게릴라 활동으로 남한 산간 지방은 준전시 상태를 방불케 했다. 극우파의 테러도 공포의 대상이었지만 극좌파의 테러도 그에 못지않아 민중은 남한 정치 현실에 환멸을 느껴 민심이 극도로 흉흉했다. 48년 5월 10일 국회의원 총선거를 거쳐 국회는 초대 의장에 이승만을 선출, 원내 선거를 통해 이승만이 대통령에 취임했다. 8월 15일 대한민국 정부 수립이 선포되었다. 47년 친일 잔재 청산을 위해 과도 입법의회는 '민족 반역자·부일 협력자·전범·간상배에 대한 특별법'을 제정한 바 있으나 미군정이 친일분자를 동맹 세력으로 인정하고 있었기에 이를 거부했다. 정부 수립 후 제헌국회가 '반민족행위자 처벌법'을 마련하고 49년 1월부터 체포를 시작했으나 6월 이승만은 경찰력을 동원 '반민족행위 특별조사위원회' 사무소를 급습, 이를 강제 해산시키고 정권 안정을 위해 행정·사법·군에 친일 인사를 대거 등용했고, 특히 경찰 고위 간부는 일제 때 민족운동가를 탄압했던 주구들 다수를 요직에 앉힘으로써 건국 초기의 민족 정통성을 상실했다. 48년 3월 7일 신한공사 후신인 중앙토지행정처는 일본인 공유 및 사유 재산 33만여 건 중 광산 제철소·기계 공장은 공영으로, 귀속 재산은 일반 공매를 통해 대부분 일본인 소유자 연고권자나 친일 세력에 헐값으로 공매하여 그들의 사회적 기반을 안정시켜주었다. 남한의 토지 개혁은 기득권자와 지주 세력의 방해로 지지부진하던 끝에 전쟁 났던 해인 50년 4월에야 유상 몰수 유상 분배 형식으로 일단락 지었다. 경제 개발 측면에서도 일본 자본이 물러감에 따라 공장들이 속속 폐업, 공장 43퍼센트와 노동자 60퍼센트가 줄었다. 해외에 강제 징용되었던 노동자의 대거 귀국으로 실업자가 급속히 늘어나 이백만 명 노동자 중 절반이 실업 상태였다. 반봉건 지주소작제가 잔존함으로써 70퍼센트 이상의 농민이 기아선상에서 헤매게 되었다. 악덕 지주와 상인이 쌀을 매점매석하자 쌀값이 폭등했는데 46년 9월 쌀 다섯 되가 600원까지 올랐다. 미군정청은 농민의 쌀을 강제로 수탈했고 사과와 채소를 먹으라는 엉뚱한 담화를 발표했다. 배급제를 통해 진정 기미를 보이던 쌀값이 48년 6월 다섯 되에 950원, 49년 7월 가뭄으로 1,280원까지 폭등했다. 50년 1월에 2,000원까지 비등하자 정부미 방출로 윗불을 껐다. 군사력의 강화도 없이 북침 무력 통일을 주장한 이승만은 50년 5월 30일 제2대 국회의원 선거에서 의석 210석 중 지지 세력을 30여 석밖에 얻지 못하는 참패를 당했다.

해방군으로 북조선에 들어온 소련군은 10월 3일 인민정부를 발족시키고 각 지방 인민위원회를 통해 실질적 행정을 조선인에게 이양했다. 북조선은 45년 10월 13일 김일성 주도로 조선공산당 북조선 분국을 설치하고 친일파, 민족 반역자, 반역분자들을 숙청하고 민주건설사업 전개를 시작했다. 12월 17일 제3차 확대집행위원회에서 김일성을 북조선 임시 인민위원회 위원장으로 선출했다. 46년 3월 5일 북조선은 토지 개혁 법령을 발표, 토지와 임야를 무상 몰수 무상 분배하며 공출제를 폐지, 수확의 25퍼센트를 현물세로 거두었다. 46년 6월 6일 공산주의 건설의 후비대로 조선소년단을 창설했고, 47년 말에 단원 수가 이미 25만 7천 명을 넘어섰다. 46년 6월 20일 보안간부학교를 창설하여 정규 인민군 창설의 모태가 되었다. 6월 24일에 여덟 시간 노동제의 노동법 제정, 7월 30일 남녀평등권 법령 공포, 11월 3일 도·시·군 인민위원회 선거를 실시했다. 46년 11월 25일 북조선 임시인민위원회 제3차 확대위원회에서는 건국 총동원 운동 제시, 마르크스-레닌주의에 입각한 사회주의 대중 운동을 전개하기 시작했다. 47년 2월 29일 김일성에 의한 인민 경제 발전에 관한 보고서 채택, 48년 2월 8일 인민군 창군, 9월 7일 소련 군대 완전 철수, 9월 9일 조선인민공화국 수립 선포 등, 일사불란하게 새 국가 건설에 매진했다. 그 결과 일제 말기인 44년과 비교할 때 46년에 이미 공업 생산력이 20퍼센트 향상, 경제력이 급성장했다. 김일성은 49년 3월 소련과 경제·문화 협정, 중국 공산군과 비밀 협정으로 동맹국 지지 기반을 다지는 한편, 조국 통일의 결정적 시기를 대비하여 49년 6월 25일 '혁명의 주력군인 노동 계급과 농민동맹을 중심으로 조국 통일 위업을 실현하기 위한 적극 투쟁'을 목표로 거국적인 '조국통일민주주의전선'을 결성했다. '남조선 혁명은 미제국주의 침략자들을 반대하는 민족 해방 혁명인 동시에 미제의 앞잡이들인 지주, 매판 자본가, 반동 관료배들과 그들의 파쇼 통치를 반대하는 인민민주주의 혁명이다. 남조선은 정치·경제·군사·문화 등 모든 분야에서 미제에 철저히 예속되어 있는 미제의 완전한 식민지'라며 도탄에 헤매는 남조선 인민의 구출을 위해서는 '반제민족통일전선'을 통해 민족 해방 투쟁에 인입해야 하며, 가장 빠른 결정적 투쟁 형태는 무력 투쟁이라고 주장했다. 미제 압제 밑에 굶주리며 노예 상태로 신음하는 남조선 동포를 해방시켜야 한다는 당 정치 노선의 선전 선동 아래 북조선 전역은 조국 통일 열기가 확산되었고, 50년 6월 25일 새벽 인민군은 38선 접경지 전역에서 무력 침공을 감행했다. 그러나 북측이 도발한 육이오전쟁은 분단 상황을 그대로 둔 채 휴전으로 매듭지어졌다. 김일성은 전쟁 실패의 책임을 물어 남로당 간부를 대량 숙청하고 연안파와 소련파를 종파분자로 몰아 제거함으로써 일인 독재 체제를 구축하고, 중·소 간의 대립 분쟁에서 살아남기 위한 전략으로 62년부터 마르크스-레닌주의에서 변질된 김일성 주체사상을 새로운 사상 무장으로 들고 나왔다……

내가 쓸 논문은 전쟁 후 북한의 일인 장기 집권 체제의 권력 구조나 통제 사회에서의 인민들 실상이 아닌, 해방공간에 인민 박광수가 체험한 청년기 추적에 그 핵심이 있었다. 작은할아버지가 남긴 수첩의 이력서를 토대로 내가 임의로 정리한 작은할아버지 이력은 다음과 같다.

박광수(1924~1983). 본적, 평안남도 개천군 개천읍 241. 향읍에서 대장간을 운영하던 박불출의 2남 1녀 중 막내아들로 출생. 개천 보통학교, 오산 고등보통학교 졸업. 해방 전 1944년 20세에 향읍 개천 보통학교 교사로 부임. 그해 결혼함. 자녀 1남 2녀를 둠. 북조선인민공화국 정권 수립 후 조선노동당 당원 가입, 개천군 세포위원이 됨. 48년 인민학교 교사직에서 개천 군당 선전대로 소환되어 복무. 50년 6월 25일 전쟁 발발하자 7월 중순 전선 문예선전대 연예대원에 편입되어 참전. 인민군 6사단 직속 문예선전대 연예대원으로 복무. 9월 경남 창녕 지구 전투에서 패퇴, 대원들과 함께 덕유산 입산. 지리산으로 이동, 이현상의 남부군단에 편입. 남부군단 유격 투쟁이 소기의 목적을 달성하지 못하자 51년 8월, 녹음기에 부대원 일부와 함께 덕유산, 노령산맥, 태백산맥을 거쳐 전선을 뚫고 북으로 귀환. 평남 개천군 철광사업소 사무원으로 복무 중 휴전을 맞자, 개천 인민학교 교사로 복직. 60년 4월, 남한에 사일구학생혁명이 발발해 통일 열기가 고조되자 평양 소재 대남사업 지도부에 소환되어 육 개월 교육을 필한 후 61년 2월 남파, 충남 서산군 해안에 상륙. 북한의 지령에 따라 경기도 용인군 수지면 중손골에 살던 형 박도수와 접선. 남한 정세 분석, 주한 미군 동향을 탐지하며 삼 개월간 본격 지하 활동(접선한 남한의 고정 간첩은 알 수 없음). 아지트는 형이 운영하던 폐지 집하장을 이용. 61년 5월, 군사 쿠데타 발발. 북의 지령에 따라 지하 활동을 중단하고 중손골 형 집에 잠복. 그해 10월, 실화로 폐지 더미가 소실될 때 3도 화상을 입고 수지면 면사무소 소재 민간 병원에서 응급조치 중 도민증 위조로 신원이 밝혀짐. 남파 간첩으로 체포되어 군사혁명재판소에서 징역 20년을 선고 받고 대전교도소에서 복역 시작. 불고지죄로 형 박도수 징역 2년 6개월 선고받음. 박광수는 81년이 형 만기였으나 사회안전법 적용으로 계속 수감. 안양교도소 수감 중 위암 말기로 판명되어 82년 9월 전향서를 쓰고 출감. 형이 사는 수지면 중손골에서 투병 중 83년 8월 사망. 당시 59세.

작은할아버지의 이력 중 내가 논문에서 집중적으로 다룰 부분을 다음과 같이 결정했다. 박광수의 출신 성분 및 가족 관계. 해방공간의 북한 정책 수행 과정 및 북한 사회상. 전쟁 직전 북한 주민의 남한관(觀). 박광수의 군당 선전대 복무 이력. 북한의 '남조선 해방전쟁' 준비 과정과 인민군 전선 문예선전대 소속 연예대 위상. 60년 남한 학생혁명 당시 남한의 통일 열기와 북한의 남한 정세 분석. 군사정권 대두 이후 남한 정부의 대북 정책. 반공법 위반에 따른 장기수들의 옥중 생활 체험. 박광수의 전향 동기와 심정적 배경. 월남해 있던 가족의 박광수에 대한 의견 등이었다. 에이포 용지 서른댓 장 분량으로는 얼개 짜기가 복잡했으나 작은할아버지를 축으로 하여 엮어보기로 했다.

그동안 내가 작은할아버지의 일화를 채록하기 위해 증언을 녹음하여 이를 공책에 정리해둔 내용은 다음과 같다.

박종호(59세. 필자 백부. 박광수 장조카) : (큰아버지가 경영하는 편의점 간이 의자에서 면담 내용을 녹음기로 채록.) 네가 통닭 사들고 날 찾아온 이유를 이제야 알겠군. 작은아버지 그 양반이라면 하고 싶은 말이 없어. 아무 실속 없는 평화 통일이니, 남북 협상이니, 북괴군 배나 채워주는 북한 퍼주기니, 그런 것에 혈기 올리는 정치꾼이나 통일운동꾼들은 정나미가 떨어져. 너들은 전쟁을 안 겪어봐서 모를 거야. 사람 때려잡는 예전 서청이니 반청(반공청년단) 하던 짓도 끔찍하지만 좌 쪽에서 날뛰던 놈들, 골수 빨갱이들 말야, 그놈들도 인간이기를 포기한 개백정이지. 그 양반(박광수) 애긴 제쳐두고, 내가 일으킨 실화 사건 경위나 들려 줄게. 난 그 양반이 간첩으로 내려와 뒷간 뒤 폐지 야적장에 숨어 있는 줄은 감쪽같이 몰랐지. 엄마한테 몇 푼 돈을 얻고선 뒷간 뒤에서 오줌 갈기다 아버지를 욕질하며, 더러운 놈의 집구석 다시 찾아오나 봐라며 짓씹던 담배를 뱉어버리고 중손골로 내려왔지. 중손골에서 면사무소가 십 리 정도, 수원 나가는 버스가 떨어졌을 시간이라 거기 여인숙에서 눈 붙이기로 하구 반 마장쯤 걸었을까, 갑자기 뒤쪽이 환해져 돌아보니 불길이 치솟더군. 집에 불이 났음을 알았으나 내가 낸 실화인 줄은 까맣게 몰랐고 취중이라, 싸그리 다 태워버리라고 욕질하며, 돌아가볼 생각은 않고 내처 걸었지. 당시 나는 사춘기를 막 넘긴 혈기 방장한 나이요, 세상에 대한 증오심으로 뭉쳐 있었으니깐. 넝마주이에 양아치 출신이라 깡패 길로 풀린 게 어쩜 당연했지. 면소에서 잠자기를 포기하구 내처 수원까지 걸었어. 면소에서 수원이래야 시오리라, 통금 앞둬 시외버스 정류장 부근 숙박업소에서 자구 이튿날 아침 버스편에 서울로 올라왔어. 그 후 내가 사고를 쳐 수원교도소에 갇혀 있을 때야 엄마가 면회 와서 실화죄로 아버지가 잡혀 들어갔다 하데. 말이야 바른 말이지, 집에 불이 잘 났어. 만약 그 양반이 그 와중에 잡혀가지 않았담 틀림없이 아버지를 대동코 월북했을 거야. 아버지가 저쪽 초대소에서 교육받고 다시 남한에 내려오는지 북한에 붙박여 살았을는지 모르지만, 그렇게 됐담 우리 집안은 아주 망하고 말았을 게 아냐? 따지고 보면 다 팔자 소관이지만, 그때 생각하면 등골이 오싹해. 난 집안에 그런저런 엄청

난 사건이 터진 줄도 모른 채 옥살이를 했지. 내가 수원교도소에 있을 때 엄마가 네댓 번 면회 왔으나 그 양반에 대한 말씀은 없으셨구. 감옥살이 이태쯤 한 후에 희옥이와 종건이가 면회 와서 엄마 별세 소식을 전하고, 아버지가 교도소에 있는데 머잖아 형 만기로 석방될 거라더군. 그때까지만도 실화범에게 이 년 넘는 중형을 내렸다는 게 이상하게 여겨졌어. 감옥에서 수양 실컷 하고 여섯 해 만에 석방되어 중손골로 들어와서야 그 양반이 감옥 생활하는 줄을 알았구, 그동안의 집안 사정을 알게 됐어. 팔십몇년돈가 그 양반이 석방됐는데, 몰골이 말이 아니더군. 화상 입은 상판도 그렇지만, 어쨌든 그 양반과 눈만 마주쳐도 섬뜩해서 그 양반이 방에라도 들어오면 난 자리를 피했어. 사상이란 게 사람을 미치광이로 만든다는 것쯤 대학원까지 다닌 너도 책에서 읽었을 테지. 겉으로 표 나는 광인이 아닌, 정신이 외곬으로 미쳐 있어 자기와 반대쪽은 모두 속임수라며 무조건 돌아앉아버리는 벽창호들 말야. 그 양반 역시 그런 데 미친 사상범이라 도무지 정이 안 가. 입을 굳게 다물고, 사람만 보면 실없이 웃는 게 가식 같았거던. 어느 날, 폐지 집하장 사무실에 들어가니 무슨 얘기 끝인가, "저쪽도 집집마다 가정 이뤄 사람 사는 뎁니다. 여기 부자만큼은 아니나 사는 형편이 모두 평등하구, 이웃이나 사회에 거짓말이 통하지 않으니 정직하구. 따뜻한 가정 이뤄 열심히 살구 있어요. 형님도 아시겠지만 행복의 조건이 물질의 풍요에만 있지는 않습니다……" 저승에서 막 나온 듯 꺽센 목소리로 대충 이런 말을 하더군. 가져다 붙이면 말 안 되는 게 어딨어? 내가 쏘아줬지.

"쓰레기 뒤지며 사는 우리 신세나 그쪽 신세나 피장파장이겠군요. 그러나 자유 없이 매인 몸인 공산 세상이 어디 사람 살 데야요? 작은아버지가 그렇게 말한다면 짐승들도 제 새끼 보듬고 열심히 살지요." 내 말에 그 양반은 대답이 없어. 그 양반 말이 그렇다면 거기 살지 왜 내려왔으며, 떼밀려 내려왔다면 잡히든 말든 혼자 간첩 사업이나 수행할 일이지 왜 우리 집을 찾아왔으며, 그 바람에 엄마 죽고 아버진…… (큰아버지는 지긋지긋한 얘긴 더 하기 싫다며 소주 한 잔을 마시곤 내가 사간 버터치킨 다리 살을 뜯더니, 왜 그 양반에 관해 그토록 알고 싶냐고 물었다. 나는 석사 논문 쓰는 데 참고 자료로 필요하다고 말한 뒤, 북한 개천읍에 살던 시절 보았던 대로 작은할아버지에 대해 말씀해달라고 간청했다.) 전쟁 전 내가 몇 살이었나, 하여간 나이 어렸을 때라 그 시절을 떠올리면 자주 헷갈려. 그 양반 밑으로 서너 살 되는 애 둘에, 전쟁 나던 해 아주머니는 셋째 애를 배고 있었지. 손풍금? 아코디언 말이냐? 맞아. 그 양반이 그 연주를 잘했어. 우리는 위채 건넌방, 그 양반 식구는 아래채에 살았는데 반공일이나 공일이면 코흘리개 애들 마당에 모아놓구 깍듯이 예 붙여 새나라 소년동무들 어쩌고 하며 아코디언 반주 맞춰 항일혁명가 따위를 가르치곤 했어. 아코디언 솜씨는 읍내에서도 소문이 났으니깐. 그래서 군당 소속 선전대가 거기에 뽑혀 선생질도 그만뒀지. 전쟁 나기 전 곡예를 하던 예술단이나 위문단은 탄광, 집체농장, 학교, 진료소, 각종 탁아소를 순회하며 공연도 하곤 했으니깐. 기억이 까마득하군. 전쟁 나던 해 내가 인민학교 일학년이었으니…… 하여간 그 양반은 골수 공산분자로 공산당 당원으로 뽑혔지. 아버지 말씀으론 세포위원으로 당원 학습에도 열성분자였대. 아코디언만 안 켰어두 김일성대학에 입학했을 거야. 아직까지 살았다면 전향 공작 이겨내고 교도소에서 눌러 있다 작년에 장기수 북송할 때 북으로 갔을 테구. 그쯤 해둬. 더 할 말도 없구. (작은할아버지 일화는 더 말씀 안하시겠다기에, 50년 12월, 개천에서 피난 나온 과정으로 화제를 돌렸다.) 아버지가 노무자로 먼저 피난 떠나고, 사나흘 된가 엄마와 우리 사형제가 피난길에 나섰지. 빠르면 열흘, 늦어도 한 달이면 개천으로 돌아갈 줄 알았어. 하여간 날짜는 정확히 모르지만 엄청 추운 십이월 초순이었지. 북쪽에서 내려오는 피난민 무리가 눈보라 가르며 가재도구 이고 지고 남으로 쫓겨가는데, 미군 폭격은 정말 대단하더군. 비행기에서 내려다보면 우리가 인민군이 아니요 여자와 어린애들이 많은 줄 알 텐데두 마구잡이로 폭탄을 퍼붓구 기총소사를 해대더군. 이북 종자는 깡그리 몰살시키겠다는 듯 말야. 순천을 거쳐오며 그 폭격통에 많이들 죽었지. 엄마는 개천에 남은 할아버지 할머니 걱정이 태산 같았구. 평양까지 내려오자 대동강 다리가 끊겨 강을 건널 수 없다는 거야. 진남포로 빠지면 배편을 이용할 수 있다 해서 피난민들이 그쪽으로 길을 틀었어. 부두는 피난민들이 개미 떼처럼 몰려 있더구먼. 국방군들이 선주들을 위협해 배를 징발했는데, 신분이 확실한 자부터 먼저 태우구, 우린 사흘을 대기하다 까다로운 신분 조사와 짐 검사를 거쳐 겨우 배를 탔지. 미곡 실어 나르는 중선이었는데 삼사백 명이 콩나물처럼 찡겨 앉아 쫄쫄 굶으며 사흘 만에 인천에 도착하자 피난민 수용소에 옮겨졌어. 엄마 젖이 말라버려 막내 종욱이는 그때 이미 영양실조로 피골이 상접했지. 감기가 폐렴이 되어 결국 수용소에서 죽었지만, 그게 영양 결핍에서 온 거야. 피난민 수용소마다 뒤지던 아버지를 만난 게…… 보자, 아마 오십 이년 사월이었지. 당시 인천엔 스무 개 넘는 피난민 수용소가 있었구, 나중에 들은 말이지만 인천 각 피난민 수용소에 수용된 월남 피난민 수만도 이십만 명이 넘었다더군. 그 시절 고생이야 말한들 네가 이해나 하겠어? 배 부르구 등 따숩게 자란 너희들은 그때 사정을 몰라. (이어, 큰아버지는 말을 바꾸어 할아버지를 흉보았다. 북한 동포가 굶주린다는 소식이 알려진 뒤, 몇 해 전부터 '북한 동포에게 쌀 보내기' 헌금으로 매월 오십만 원, '탈북 어린이 돕기'에 이십만 원씩 헌금하는 외, 본인은 천 원 한 장 섣불리 쓰지 않는 꼼쟁이로, 지닌 돈이 적게 잡아도 칠팔억은 될 텐데 그 연세에 불끈 쥐고 있다는 게 이치에 맞느냐며 할아버지를 두고 분개했다. 폐지 집하장이 아파트 단지로 수용되자 보상금으로 받은 돈을 두고 하는 말이었다. 준식 형이 잘나가는 벤처 기업 젊은 이사로 출세했고 큰아버지는 편의점 점장이신데 이제 돈 쓰실 데가 어디 있어요 하고 내가 묻자, 말이 그렇다는 거지, 하고 꽁무니를 뺀다. 편의점에서 아르바이트하는 학생이 와서 대담이 중단되다.)

박종건(54세. 필자 부친. 박광수 조카): 청계천 복개 공사가 시작되어 폐지 집하장이 철거되자 청계천 육가에서 용인군 수지면으로 이사 온 지 두 해 넘겨, 사일구 났던 이듬해야. 아마 이월 초순이지. 날씨가 몹시 춥던 초저녁이었어. 어머니가 몸살로 누워 누나가 차려준 저녁밥 먹고 건넌방에서 등잔 밝혀놓고 공부하고 있었지. 당시 난 중학교 일학년이었어. 복날 일꾼들 보신용으로 잡으려 집에 개를 여러 마리 길렀는데 개 짖는 소리가 들리더군. 누나가 무섭다며 나보구 바깥에 나가보라 해. 언덕바지에 허술하게 철조망이나 둘렀을까 대문조차 없던 외떨어진 집이라 입구 쪽을 살펴봤지. 당시 우리 집엔 전기가 들어오지 않았으니깐. 어둠 속에 휴지와 지푸라기만 바람에 쓸리는데 사람 기척이 없구 개만 짖잖겠어. 아랫동네(중손골)에 살며 아버지 일을 돕던 일꾼이 몇 있었으나 퇴근한 후였어. 내가 누구냐고 사람을 찾았지. 허름한 외투 입구 개털모자 쓴 웬 어른이 잎 지운 오동나무 뒤에 섰다 모습을 나타내더니, 아버지 계시냐고 묻데. 누구시냐고 내가 되묻자, 평안도서 피난 나왔는데 도수 형님을 잘 안다고 말해. 듣구 보니 억양이 이북 쪽 맞아. 아버지는 판교로 나갔는데 곧 오실 테니 집에서 기다리시라고 말했어. 판교에 폐지 중간 하치장이 있었고, 뒤채에 살던 곽씨 아저씨와 아버지가 거기에 임시로 모아둔 폐지를 하루 몇 차례씩 날라오곤 했으니깐. 운전대에 소형 발동기를 부착하고 뒤에 달구지만한 철제 적재함을 단, 요즘으로 치자면 경운기야. 철공소에서 조립해 그걸로 폐지를 실어 날랐으니깐. 엄마, 손님 오셨어요 하고 내가 안방 문을 열자, 어머니가 자리에서 부스스 일어나시데. 마당 어둠 속에 선 남자가 개털모자를 벗으며 쭈뼛거리더니, 형수님, 저…… 광숩네다 하고 말해. 그 말에 어머니가 얼마나 놀랐던지, 도련님이라구요 하며 말을 더듬더니 앉은자리에서 쓰러졌어. 그때까지만 해두 나는 그분이 북에서 내려온 작은아버진 줄 몰랐지. 아버지가 귀가한 건 잠시 후였어. 누나와 내가 쓰던 건넌방으로 와서 아버지가 하시는 말씀이, 조금 전에 온 고향 사람에 대해 어느 누구한테도 발설 말라고 단단히 주의를 주더군. 형이 집에 들러두 그 말을 해선 안 된다구 당부하셨어. 당시 형은 청계천 오간수다리 주변에서 양아치들과 쪽방 얻어 합숙하다 심심하면 집에 나타나, 아버진 손톱두 안 들어가는 분이라 어머니를 졸라 용돈을 뜯어가곤 했으니깐. (질문: 작은할아버지가 북에서 남파된 간첩인 줄 알았다면 할아버진 관계 당국에 신고할 마음이 없었는지요?) 북에서 온 작은아버지를 보자 왜 아버진들 심적 갈등을 겪잖았겠니. 나라 법에 위배되는 줄은 알지만 말이 쉽지 한 형제를 어떻게 고발해. 작은아버지가 자진해 자수하겠다면 몰라두. 북에 있는 가족이 남한에 피난 온 연줄을 대어 간첩으로 내려온 경우, 이를 경찰에 밀고 또는 고발한 경우는 거의 없었을 게다. 우리 동포는 어느 민족보다 혈연의식, 가족 개념이 유별나잖니. 타의에 의해 사상이 다른 체제에 살 게 된 게 죄지, 혈육을 밀고한다는 건 사람 탈을 쓰구 할 짓이 아냐. 비록 국법을 어기는 범죄 행위라 할지라두. 북에서두 그 점을 고려해 연줄 있는 자를 내려보냈을 테구. 작은아버지가 별세해 뒷산에 장례 지낸 날 저녁, 아버지가 술에 흠뻑 취해선 울며 하시는 말씀이, 내가 이태 반을 감옥 살았어두 후회하진 않는다. 고향에 부모님 살아 계시구 오매불망 내 가족 돌아오기만 기다린다는 소식 전해준 것만두 어딘데, 차마 내 손으로 걔를 어떻게 수갑 채우겠어 하시데…… (저녁밥 먹은 후, 채록 내용.) 화재 사건은 부엌의 불티가 날아가 옮겨 붙은 실화로 처리됐지만 우리 식구는 누가 실화범인지 알고 있었지. 군사정부가 들어서구 반공법 공포와 함께 중앙정보부가 처음 생겨 혁신계 인사와 좌익 성향자 색출이 강화되구 통·반장이 가족 수를 파악한다며 우리 집을 들락거리며 일꾼들까지 신원 조회를 하자 작은아버지는 신변에 불안을 느껴 아예 폐지 더미 속에 잠자리를 마련하고 있었지. 그러니 내 생각으론 작은아버지가 이월 초순에 남파되었고, 오월에 군사 쿠데타가 났으니 북쪽 지령이 어땠는지 모르지만 어디 간첩 활동인들 제대로 했겠어? 손발이 묶인 셈이 됐으니…… 제지소로 보내기 전 폐지를 마대자루에 담거나 궤짝 크기의 각진 덩이로 만드는데, 집채만한 더미 속에 굴을 파듯, 판자로 지붕이며 벽을 세워 방을 만들면 그 안이 생각보다 따뜻해. 작은아버진 거길 아지트 삼은 게야. 불길에 뛰어든 아버지가 연기에 질식해 까무러친 작은아버지를 업고 수지면 소재 민간 병원으로 십 리 길을 뛰었지. (질문: 병원에 입원한다면 작은할아버지 신분이 밝혀질 텐데 거기에 대한 대비책은 있었는지요?) 아버지 생각으론 작은아버지를 우선 살려놓구 봐야겠다는 마음이 더 앞섰겠지. 의사가 만약 신원을 대라면 화급한 마음에 폐지 집하장에서 일하는 일꾼이라고 둘러대려 했거나. 졸도했던 작은아버지는 하루 만에 깨어났으나 숨길만 붙었을 뿐 호스로 음식물을 공급해야 할 만큼 화기로 목구멍이 상했고 얼굴과 손발은 온통 붕대에 감겨 있었으니 병원에서 빼낼 수가 있어야지. 이튿날, 소방관과 경찰이 들이닥쳐 화재 원인을 캐고 인명 피해와 재산 피해를 파악하던 중 일꾼 하나가, 주인어른이 불더미에서 사람을 구해내 업고 갔다는 말을 흘려 작은아버지가 병원에 입원한 사실이 들통난 게지. 그제야 아버지가 아뿔싸 했으나 이미 때가 늦었어. 작은아버지의 위조된 도민증이 드러난 게야. 박 정권이 들어선 초기라 당시 시국이 얼마나 살벌했는지 알아? 전국 깡패 소탕령이 내려져 잡아들이는 족족 국토개발사업장에 보내구, 호구조사가 철저했으니…… 수원경찰서에서 정보부로 옮겨가며 심문받을 동안 아버지두 고문을 혹독히 당하셨나봐. 그런 말씀이야 없었지만, 이날 이때까지 날 궂으면 온몸 뼈마디가 쑤신다며 일도 제대로 못하구 자리에 누우니 그게 다 그때 당한 고문 탓이야. 폐지 대부분과 판잣집마저 불에 타서 이를 복구하는 데 사돈양반 곽씨 아저씨가 아버지 대신 고생깨나 하셨지. 그 후에도 작은 화재가 두 번 더 있었어. (사흘 후 채록 내용.) ……아버지도 이태 반을 옥살이하구 나온 이후로는 작은아버지 면회를 가지 않구, 작은아버지에 대해선 일언반구 말이 없으셨지. 아버지가 옥에 계실 동안 폐지 집하장은 곽씨 아저씨가 맡아보셨구. 너를 낳고 내가 남대문시장으로 분가한 후니, 세월이 한참 흐른 후에야 아버지가 면회 날짜에 맞춰 작은아버지 면회를 다닌다는 말을 곽씨 아저씨한테 들었어. 광주에 큰 사건이 있은 후니 팔십이년이던가, 작은아버지가 중병에 걸려 안양교도소에서 석방되어 중손골에 들어왔다는 아버지 전화를 받구, 내가 뵈러 갔지. 스물한 해 만에 작은아버지를 처음 보게 되는 셈이라, 예전 기억이 가물가물할 수밖에. 작은아버지를 보자 난 깜짝 놀랐어. 예전 모습은 간데없었구 얼마나 깡마르셨는지…… 화상으로 얼굴이 뒤틀리구 울긋불긋한데다 위장병 악화로 해골이 다 되셨더구먼. 나를 보더니 바람 소리 나는 쉰 목소리로, 네가 종건인가 하며 미소만 띠시더군. 그동안 고생 많으셨구 면회도 못 가 죄송하다고 말하자, 그 안에서 마음만은 편안했다며…… 당신이 얼마 못 살 거란 걸 이미 아시는 눈치였어. 그 후 종종 중손골로 들어가 뵈면 얼굴은 그렇게 찌그러졌어도 염소처럼 순박했던 인상이 지금도 눈에 선해.

박희옥(57세. 필자 고모. 박광수 조카딸): 내 나이 여섯 살에 전쟁이 났으니 개천 살았던 기억은 가물가물해. 학교에 입학하기 전이었지. 아코디언? 작은아버지가 아코디언을 잘 탔다는데, 내겐 그런 기억이 희미해. 개천 살 때 집에서도 아코디언을 연주했을 텐데 긴가민가하구나. 참, 징병되어 떠나는 장정들 개천역에서 환송대회 열던 게 생각나는군. 떠나는 장정들 역 마당에 세워놓구 가족들이 보는 앞에서 악대가 신바람 나게 환송 연주를 해줬어. 전쟁 나던 해 초봄부터지 아마. 새파란 젊은 애들이 많이 징집됐구, 이남에서 쳐들어올 거란 말은 돌았지만, 이듬해 전쟁 날 줄은 다들 몰랐다더군. 한 달에 한 번꼴로 환송대회가 있었는데, 장정들이 기차에 올라 차 떠나기 전 승강장에서도 악대 연주를 해줬구. 그렇고 그런 북쪽 노래 있잖냐. 장정들은 고래고래 혁명가며 군가를 불러제꼈을 테구. 이제야 그런 말 해도 되겠지만, 어린 내 눈엔 그들이 참 씩씩해 보였어. 작은아버지두 아코디언 주자로 악단에 섞여 있었겠지. 그런데 기억은 안 나. 그 당시 작은아버지 얼굴두 기억 안 나구. 중손골에서 작은아버지를 처음 뵌 게 열일곱 살 때였어. 개천 살 때 기억이 안 나니 처음 보는 사람일 수밖에. 그쩍만 해두 작은아버진 남자답게 잘생겼어. 이듬해 늦가을, 집에 불이 날 때까지 그분 뵌 적이 별로 없어. 그저 아버지 고향 부근 사람으로 아버지 일과 관계있는 분으로만 알았지 작은아버진 줄은 꿈에도 짐작 못했구. 식사 때도 식구와 함께 하잖았으니깐. 육십년대 초만 해도 많은 사람이 집에 들락거렸는데, 대체로 맨몸으로 내려온 이북 출신들이었지. 간혹 생각나서, 그분 어디 가셨어요 하고 내가 엄마한테 물으면, 숙소가 일정치 않아 왔다 갔다 하니 엄마두 잘 모른다 하데. 화재 사건으로 그분과 아버지가 경찰서에 잡혀 들어가자 비로소 엄마가 말했어. 그분이 북에서 내려온 작은아버지라구. (질문: 고모님도 작은할아버지가 폐지 더미 속에 아지트 만들어 사신 줄 아셨을 텐데, 왜 불고지죄로 재판받지 않으셨어요?) 애야. 당시 집안이 풍비박산된 것, 말도 마. 엄마는 물론이구, 나까지 수원경찰서로 달려가 이틀 동안 취조 받았지. 그런데 우리 아버지라 하는 말이 아니라, 아버진 정말 강단 있는 분이셔. 끝까지 당신이 모든 책임을 뒤집어썼으니깐. 말이 났으니 하는 말인데 그 당시, 나중에 오빠의 장인이 된 곽씨 아저씨두 작은아버지를 아버지가 폐지 속에 숨겨둔 걸 아셨대. 그러나 아버지는 끝까지 곽씨 아저씨를 끌어들이지 않아 무사했지. (차를 마시고 요즘 집안 얘기를 하던 끝에, 작은할아버지 얘기를 계속함.) 육십삼년, 아버지 출감을 다섯 달 남겨두구 엄마가 고혈압으로 쓰러져 열흘 만에 운명하셨으니 난 엄마 대신 집

손풍금 67

안 살림을 맡았지. 집안 살림만 살아? 나중에 올케가 된 봉자 언니와 내가 여섯이나 되는 일꾼들 점심이며 새참까지 해댔으니깐. 아버지가 출감하자, 폐지 더미 속에 묻혀 사는 게 얼마나 싫었던지 아닌 말로 난 아버지가 예수 착실히 믿는 새엄마라도 빨리 얻길 바랐어. 그렇게 되면 집 떠나서 어디 공단이든, 안 되면 버스 차장으로라도 취직할 수 있었잖니. 칠십년대 말까진 버스에 승객 돈 받는 차장을 둬 여자애들은 쉽게 일자리를 얻었어. 그런데 아버지 황소고집은 알아줘야지. 이북서 처자식 두고 내려와 독신으로 사는 친구도 많은데, 빗발치는 포탄 사이 가르고 피난 나와 고생만 하다 죽은 네 엄마가 눈에 밟혀 내가 어찌 새장가 가냐며 나를 부엌데기로만 부려먹었으니…… 아닌 말로 아버지가 폐지 팔아 돈을 제법 모으자, 뺑덕어미 같은 새엄마 만나 춤지 돈 뜯길까 봐 그 걱정도 했을 게야. 오빠가 교도소서 개과천선해 집으로 돌아온 게 여섯 해 만이던가 그랬지. 봉자 언니와 혼인해 언니가 전적으로 살림을 맡자, 이듬해 안사돈 된 봉자 언니 엄마가 피난 나온 자기 고향 쪽 출신인 설씨 아들과 맞선을 보게 해 나도 시집갔지. 신랑이 서울 이태원에서 구제품 장사를 하고 있었기에 시집 가자마자 해방촌에 쪽방 얻어 살림을 났어. 너두 알지? 할아버지 자식 결혼관쯤은. 남으로 내려온 자식 셋 상대가 모두 이북내기야. 오빠는 함남 영흥 출신 곽씨 아저씨와 사돈 맺구, 나는 예수 잘 믿던 설씨 집안에, 네 아버진 황해도 장전 출신인 이씨 둘째 딸을 골랐지. 연전에 돌아가신 네 외할아버지 사돈어른은 우리가 청계천 살 때 이웃에서 장전집이란 국밥집 했어. 네 외가가 지금은 상가 건물을 두 채나 가진 알부자가 됐지만 당시엔 청계천 일대 품팔이꾼들 단골 식당이었어. 네 아버진 공부만 잘했다면야 당시론 대학 갈 수도 있었는데, 자전거 통학으로 수원서 고등학교 나오자 집에 들어앉았어. "광수도 그렇구, 전쟁 때 보니 배운 놈치고 명대로 사는 놈 못 봤다"며 아비 일이나 도우라는 아버지 말에 순해빠진 네 아버진 고분고분 순종했지. 연애도 할 줄 모르던 맹추라 곽씨 아저씨가 중매를 섰지. 그건 그렇구, 난 해방촌에서 신접살림 하다 보니 중손골 친정집과는 뜸해질 수밖에. 줄줄이 애 두 낳구. 그래도 친정집에 무슨 일만 있다 하면 아버지가 끊임없이 불러대 두 달이 멀다 하고 시외버스 타고 중손골에 들렀어. 너두 알지? 이북 출신들 죽자사자 제 가족 챙기는 거. 아버지가 외롭다 보니 예나 지금이나 그렇게 식구 모으길 좋아했어. 내가 집 칸 늘릴 때마다 돈도 보태줬으니 친정 출입 자주 안할 수도 없었구. 물론 작은아버지가 교도소에서 장기 복역하고 있는 줄은 알고 있었지. 작은아버지가 출옥하고 명절이나 엄마 제삿날에 중손골에 들르면, 예배 끝날 동안 늘 뒷전에 허리 접고 무척 피곤한 모습으로 앉아 가까스로 시간 때우는 모습을 봤어. 작은아버진 종교가 없었으니 찬송가도 따라 부를 줄 몰랐구. 내가 아버지께 말했지. "저쪽 가족은 작은아버지가 이렇게 된 줄도 모를걸요? 소련 유학쯤 간 줄로만 알겠죠 뭘. 북측은 여기 사정을 다 알면서두 집에는 통기해주지 않았을 테구. 우린들 무슨 수로 알려줘요. 사실 따지고 보면 북쪽 작은아버지 집에서 여기 소식을 접했대도 골수에 맺힐 한만 쌓일 테지요." 작은아버지두 그런저런 사정을 다 아셨겠지만 통 말씀이 없던 분이셨어. 불쌍한 양반이었지. 날 보곤 장성한 애들 다 잘 있냐고 쉰 목소리로 안부도 묻구. 출옥하구 일 년을 채 못 사셨으니, 그동안 내가 중손골로 들어가 네댓 번쯤 봤나.

곽성준(75세. 필자 사돈어른. 백부 장인): 도수 형님 만난 게 오십팔년인가, 그쯤 되지. 채소 장사에, 헌옷 장사에, 엿장수에, 이 일 저 일 닥치는 대로 다 해봤으나 실패하고 동대문시장 길모퉁이에 드럼통 놓고 붕어빵 장사 하던 때였어. 하루는 저물녘에 도수 형님이 리어카에 폐지 실어 끌고 가다 점심도 못 먹었다며 드럼통 앞에 리어카를 세우더만. 마침 손님이 없던 참에 붕어빵 먹으며 내 말씨를 듣더니, 함경도 아바이 출신이구먼 하데. 고향이 영흥이라 했지. 전쟁 초기엔 그러잖았는데 국군이 밀고 들어올 즈음 사태가 급박해지자 좌든 우든 한쪽에 줄선 자는 마구잡이로 서로가 서로를 쳐죽이니, 장정들은 살아남기 힘든 상황이었어. 국방군이 철수하며 쉰 안쪽 장정들은 모두 남쪽으로 떠나라 해서 난 일주일이면 다시 고향에 돌아갈 줄 알고 피난길에 나섰는데, 그길로 입때까지 이남서 살게 될 줄이야. 우리 집은 단속산 아래라 논이 없고 밭농사를 지었는데 먹고살기에는 별 부족함이 없었어. 옥수수와 감자를 길양식 삼아 한 자루 지구 혼자 덜렁 피난 내려오다 길에서 만난 장정 예닐곱과 통천까지 왔는데, 치안대에 불심검문을 당했어. 치안대원이 얼마나 무섭던지 다짜고짜 무지막지하게 패며 전쟁 나기 전 신분을 밝히라고 추궁하더군. 장정 둘이 고향 살 때 행적을 어물거리자, 빨갱이가 맞다며 그 자리서 총을 쏴버려. 셋은 더 조사해야겠다며 본대로 끌어가구. 난 어릴 적 소아마비로 다리 저는 반편이라 인민군에도 나가잖았고, 그 살얼음판에서도 살아남았지. 새옹지마란 말대로 다리 저는 덕에 두 차례나 죽을 고비를 더 넘기구, 강릉까지 내려가서 피난민 수용소에 갇혀 있다. 강릉경찰서에서 겨우 거주증이란 걸 받아 풀려났어. 전시라 어촌에선 일거리 구하기가 힘든데다 내가 다리를 저니 그나마도 일이 없어 굶기가 다반사라, 휴전 앞두고 대처가 아무래도 나을 것 같아 무작정 서울로 나왔잖나. 처음은 동대문시장에서 지게질하다 다리를 저니 날쌘 자들한테 일거리를 뺏겨, 지게에 무 배추 싣고 골목길 다니며 채소 장사를 시작했지. 그런 저런 기구한 사연을 형님한테 늘어놓자, 장가는 갔냐고 묻더군. 흥남서 미군 철선 타고 피난 나와 남의집살이하던 여자를 만나 애를 둘 뒀다고 말하자, 미안하지만 내 앞에서 걸어보라 해서 형님 앞에서 몇 발 걸었지. 보다시피 심하게 저는 처지는 아니었으니깐 형님이 나를 찬찬히 보더니만 대뜸, 곽씨, 나와 일 같이 안 해보잖소? 하고 묻더구먼. 청계천 육가에서 폐지 수집소를 열고 있는데 식구 주식 문제는 해결해주겠다는 게야. 내가 병신인 줄 알면서도 말야. 청계천 개천 위 판잣집에 쪽방 한 칸 월세로 살던 처지에 웬 횡재냐 싶어 눈이 확 뜨이더구먼. 부엌이 있나, 변소가 있나, 겨울에도 냉돌 바닥에서 잠자는 처지 아니었나 말이다. 그날 저녁에 전 걷고 형님 따라 폐지 수집소로 가봤지. 폐지를 언덕처럼 잔뜩 쌓아뒀는데, 그 뒤로 루핑 지붕 올린 일자집이 있더구먼. 형님 식구에 뜨내기 일꾼 넷이 합숙 살림을 사는데, 다 평안도 따라지 출신이라. 그날 밤 그들과 어울려 돼지껍질 안주로 소주깨나 마셨지. 나흘 후 보따리 싸서 처자식 데리고 거기로 거처를 옮겼어. 그땐 형님은 넝마주이를 청산한 지 삼 년째구, 넝마주이들이 저녁이면 떼거리로 몰려와 폐지를 넘기고, 형님은 이를 일일이 저울에 달아선 셈을 쳐주더구먼. 형님 도와 거기서 일 년을 함께 일하다 청계천 복개 공사가 시작되자, 나도 형님 따라 수서 중손골로 터를 옮겼어. 우린 여태 한집안으로 살며 주일이면 같이 교회에 나가며 내 것 네 것 없이 지내왔잖는가. (질문: 개천 출신으로 전쟁 전에 월남해 명동에서 서청 일 보았다던 황점술 씨가 오일륙 나고까지 중손골에 들러 할아버지한테 돈을 뜯어갔다던데, 그 이유가 뭡니까?) 황가놈? 그 찰거머린 형님보다 네댓 살 위였지. 인간말짜야. 자유당 시절까진 깡패질하며 잘나갔나봐. 그러나 오일륙 나곤 살던 계집과도 헤어져 집도 절도 없는 낭인이 되었지. 그치가 서청에 있다 보니 월남했을 때 도수 형님한테 '서울거주증'을 만들어줬나봐. 그 공을 내세워 돈을 뜯어갔겠지. 오일륙 나곤 국토개발대로 끌려갔는지 후론 중손골에 나타나지 않았어. 지은 죄가 많았으니 어디서든 비명횡사 안 당했는가 모르겠어. 그치가 안 나타나자 형님이 앓는 이가 빠졌다며 시원타 했어. (질문: 작은할아버지에 대해, 첫 만남부터 별세할 때까지 아는 대로 말씀해주십시오.) 형님한테 작은사돈을 처음 소개받았을 때, 말 그대로 북에서 피난 나온 사람인 줄 알았지 뭐. 그런데 우리 일 돕는 게 아니라, 형님 집에 기식은 하는 모양인데 처음 한동안은 밖으로만 나도니 얼굴을 볼 수 없어. 내가 이상하게 여겨 어느 날 중손교회 나가는 길에 형님께 물었지. 정씨 저 사람 뭐 하는 사람이냐구. 그날 저녁 형님이 나를 따로 부르더니, 자넨 나와 사돈 간이지만 핏줄 같은 형제 사이 아닌가. 그러니 내가 말할 비밀을 무덤에 갈 때까지 가져가겠느냐고 대못부터 먼저 박데. 일사후퇴 때 피난 나와 붕어빵 장사로 입에 풀칠하던 우리 가족을 형님이 살려줬는데 내가 그 의리 못 지킬 게 뭐 있냐구 대들었지. 그러자 형님이 정씨에 대해 이실직고한 거야. 그분은 정씨가 아닌 박씨로, 형님 친동생이라구. 그러곤 형님이 말하데. "내가 광수한테 이 점 하나만은 못박았지. 너를 수사기관에 고발하지는 않을 테지만 너도 나를 북쪽 패로 끌어들일 생각은 말라구. 남한 땅 내려와 사는 이상 그짓 했다 들키면 넌 감옥에서 영 나올 수 없구, 나는 딸린 자식이 있으니 북쪽 심부름할 마음이 절대 없다구. 만약 곽가 너한테도 광수가 그런 말 비치면 나처럼 아주 잡아떼." 형님 말을 듣자 내가 비밀을 철저히 지키기로 했구, 형님도 만약 무슨 사단이 생기면 절대 나를 끌어넣지 않겠다고 약속했어. 그 말 믿어야지 어쩌겠어. 작은사돈은 나보다 두 살 위였는데 학식이 있어선지 사람이 점잖구 예의가 발라 정이 가더구먼. 그분이 나를 고정 조직이나 세포로 끌어넣겠다는 식의 말을 비춘 적은 없어. 자기 때문에 남에게 피해를 주지 않겠다는 생각에선지…… 마음 여린 분이셨지. 나는 작은사돈이 어디로 돌아다니며 무슨 일을 하는지 알려고도 안했구. 일꾼들 퇴근하고 사무실에서 형님과 그분과 함께 자리 같이한 적도 몇 차례 있었으나 우린 피난 나온 얘기나 했을까 일절 사상 얘기나 북쪽은 어떻다느니 하는 말은 하지 않았으니깐. 남한에 내려오고 곧 오일륙이 터져 혁명군의 빨갱이 단속이 대단했으니 그분인들 무슨 대남 사업인들 제대로 했겠나. 형님 또한 시국이 좋잖아 광수가 활동을 아주 중지한 모양이라고 귀띔하데. 황점술이 중손골에 자주 출몰하고부터는 폐지 더미 속에 그분 숨을 데를 마련해줘야겠다기에, 나도 그러는 게 좋겠다 했지. 일꾼들한테는 그런저런 사실을 일절 숨겼구. 변소 뒤쪽 드럼통 쌓아둔 데 있는 묵은 폐지는 출하하지 않았구 천막을 덮어뒀으니 누가 그쪽은 얼쩡거리지도 않았지. 작은사돈이 저 안에서 기식하며 형수가 밥을 날라주겠구나, 난 그 정도로만 생각했어. 그러나 그쪽에 눈이 가면 으스스했지. 화재 사건이 나구 형님이 불더미 속에 뛰어들어 작은사돈을 구해내 들쳐업고 뛰는 장면이야 내복 바람으로 뛰어나온 나도 보았지. 일이 그렇게 되자 아랫말 사람들도 몰려왔어. 큰일났구나 하는 생각부터 들었어. 전쟁 때도 살아남았는데 일이 이렇게 터졌다면 이판사판 아닌가 하는 맘도 들더군. (질문: 팔십이년 광수 할아버지 출옥 후 일 년간을 이웃하여 사셨고, 사돈 간이었으니 보신 대로 들려주십시오.) 매일 만났지 뭐. 준식이 어미가 하루에도 몇 차례씩 양쪽 집을 오갔으니, 사돈네 집안 사정이야 오늘 아침 반찬 뭐냔 것까지 알 정도였지. 그분, 병이 깊어가자 기력이 쇠하기도 했겠지만 참 조용한 분이셨어. 스무 해 넘이 독방살이 했으니 성현군자가 다 됐지 뭐. 말수가 적어 묻는 말에도 그저 희미한 미소만 지을 뿐 대답이 없었으니, 그분한테 뭘 제대로 들은 말이 없어. 통일될 날까지 사셔서 함께 이북 고향땅 찾아갑시다, 하고 내가 말하면 그냥 머리만 끄덕이더군. 그분이 전쟁 때 인민군으로 참전했다는 소식은 형님한테 설핏 들었구. 그즈음은 세월도 많이 흘러 그분과 전쟁 시절 얘긴 꺼내지도 않았어. 지긋지긋한 그때 얘기가 뭐 재밌다고 화제에 올려. 아코디언? 그러고 보니 이북에 살 땐 초등학교에서 교편 잡았구 음악을 가르쳤다는 말은 하데. 작은사돈이 아코디언 잘 탔다는 말은 당사자는 물론이고 형님한테도 들은 적 없구……

박준식(33세, 필자의 사촌형, 온라인 게임 업체 KHN 영업이사): 우리 형제들이 마포 니네 집 아래채에서 자취하며 학교에 다녔으니, 작은할아버지는 방학 때나 할아버지 댁에 가서 뵈었지. 그나마 일 년을 채 못 사셨으니, 두세 번 봤나? 아버지와 엄마가 말해 작은할아버지가 그렇고 그런 분이란 건 전부터 알고 있었고. 작은할아버지가 교도소에서 나온 해에 내가 중2였을 거라. 여름방학 때였어. 이제 아파트 단지가 됐지만 저 아래 소각장 쪽 오동나무 아래 평상에서 작은할아버지와 수박을 먹은 적이 있어. 엄마가 수박을 퍼내어 각자 대접에다 덜어줬는데, 작은할아버지가 수박이 이렇게 맛있는 줄 몰랐다며 달게 자시더군. 바싹 마른데다 한센병 환자처럼 얼굴이 그래서 무척 가여워 보였어. 목소리까지 쉬어 쇳소리가 났으니깐. 넌 어렸으니 그랬겠지만 난 무섭다거나 그런 생각은 없었고. 스물한 해를 교도소에서 있었다는 점 하나만으로도 내게는 초등학교 때 폐지에 묻혀와 읽어본 몬테크리스토 백작처럼 보였으니깐. 두고 온 북쪽 가족이 무척 보고 싶겠네요 하고 내가 묻자, 일제 말 스무 살에 장가갔으니 손자도 여럿 있을 거라며 수줍게 웃으시데. 당시엔 북한 김일성이 살아 있을 때여서, 지금도 김일성을 존경하세요 하고 내가 묻자, 그분 표정이 갑자기 경직되더군. 쉰 목소리로, 그분 이름자를 그렇게 함부로 부르면 되느냐고 나직히 꾸짖고는, 북에선 그분을 두고 경애하는 수령동지, 위대한 수령님, 아버지 원수님이라 부른다는 게야. 남한에서까지 그런 말을 서슴없이 하니 감옥에 오래 갇혀 있을 수밖에 없었겠지 싶었으나, 어쨌든 작은할아버지 말에 깜짝 놀랐지. 내 쪽이 쑥스러워져 입을 다물 수밖에. 초등학교나 중학 과정에서 우리가 배우기로는 김일성은 공산당 괴수, 독재자, 육이오전쟁을 일으킨 원흉이 아닌가. 김일성 때문에 이십 년을 넘게 옥살이했는데도 작은할아버지가 그 사람을 여전히 존경한다니, 지독한 사람이란 생각이 들더군. 당시로선 기이하게 들리던 그 말이 오래 기억에 남았어. 그 외, 그분에 대해 특별히 생각나는 건 없고. 아코디언? 그걸 타는 건 못 봤지. 아버지가, 고향 살 때 그 양반 손풍금 잘 탔다는 말은 하시데. 전시 때 연예대원이었다고. 팔십년대 우리 대학 시절 운동권 정치 집회 열면 단상에서 분위기 잡던 놀이패 있었잖아. 놀이패 활동도 대중 정치 사업의 일환으로 봐야지. 내가 삼팔육 세대 막내둥이로 팔칠학번 아닌가. 그해 박종철 선배가 남영동 대공분실에서 물 고문으로 죽었고, '육십평화대행진' 끝에 노정권으로부터 '육이구선언'을 얻어냈잖나. 내가 그렇게 운동권으로 뛸 때야 별세하신 그분 생각이 간절하더군. 그때까지 살아 계셨담 자주 찾아뵙고 전쟁 당시며 옥중 체험담도 들었을 텐데. 따지고 보면 팔십년대 군사정권 타도와 자주적 민족 통일 쟁취를 외치며 분신자살한 선배들이나 그분이나, 어떤 면에서는 다 같이 조국 분단을 깨부수러 나섰다 희생당한 순교자들 아니겠어? 대학 때 즐겨 썼던 말, 외세 배격, 자주적 조국 통일, 자유와 정의, 민권과 양심에 입각해 사람을 평가한다면 그가 어느 체제에 헌신했건 그분도 그 신념 하나로 평생을 사신 양심범이니깐. 내 생각은 그래. 지금의 나를 두고 아직까지 당신은 진보주의자, 혹은 좌파냐고 묻는다면 대답이 궁색하지만, 나도 이십대 초반 한 시절엔 지하 인쇄물로 나돈『자본론』 일, 이, 삼권 읽으며 동지들과 학습 토론에도 열 올렸고, 공단 야학에도 쫓아다닌 통에 경찰서 구류도 몇 차례 살았지…… 그런데 말야, 경식이 넌 그런 생각 안해봤어? 육이오 전후 이북에서 남한에 피난 나온 사람들, 대표적인 사례로 우리 집안을 두고 봐도, 가족 개념이 유별나잖아? 할아버지를 정점으로 북에 두고 온 윗대와 남한에 사는 아랫대의 핏줄 잇기 연결고리 말야. 모든 생명체는 암수의 결합에 의해 종을 번식시키고 대를 잇지. 씨를 지상에 남기고 죽는 과정에서 보이는 애정은 연어의 한살이를 보더라도 가히 결사적이잖아. 여기에는 고등 동물인 인간도 예외가 아니지. 자기 목숨 던져 위기에 처한 자식을 구한 모성애도 자주 목격하잖아. 인간 유전자 해독에 성공함으로써 생명의 신비를 풀게 되었다지만, 유전자 해독을 통해 가족에게만 전수되는 특별한 애정, 그 비밀마저 과연 밝혀낼 수 있을까? 유전자 속에 감추어진 종족 보존의 애정을 유전자 조작으로 마음대로 바꿀 정도로 생명공학이 발전한다면? 아마 그건 당분간은 불가능하겠지. 그렇게 된담 대기업체의 자식 승계 제도도 없어질 게야. 네 형 명식이 같은 별종들이야 자꾸 생겨나겠지만. 골치 아픈 얘기는 이쯤에서 그치자…… (마침 퇴근 시간이라 형이 모처럼 술이나 한잔하자 해 형 사무실에서 나와 부근 식당에서 생등심에 소주 마시며, 분단 체제 극복과 통일 문제에 관해 의견을 나누다. 전망 불투명한 분단 현실을 두고 서로 화풀이하다 이차로 형 단골 카페로 자리를 옮겨 온라인 게임 사업 전망을 얘기하며 폭탄주에 대취하다.)

4

4월 중순인데도 요즘 시절은 절기조차 뒤죽박죽됐는지 한동안은 구름 낀 날씨라 낮도 우중충했고 기온이 뚝 떨어져 겨울이 거꾸로 오나 할 정도로 쌀쌀했다. 나는 다시 기침이 도져 한밤에도 거친 숨을 다스리느라 진땀깨나 흘리며 고생했다. 숲을 흔드는 밤바람 소리를 들으며 적막강산에서 나 혼자 숨조차 제대로 못 쉬고 온몸이 경련으로 떨다 털컥 숨이 끊어지는 게 아닌가 하는 두려움에 방 벽에다 크게 써둔 큰애 아파트 전화번호를 보며 전화를 걸까 말까 한 적도 있었다. 따지고 보면 전화를 걸어야 되겠다 마음먹을 정도로 정신 온전하고 수족 움직일 수 있다면 목숨이 경각에 달린 다급한 경우가 아닐 터이다. 예정된 죽음이 내일이라도 닥칠 순간이면 전화 따위를 걸 수도, 누구를 불러야 되겠다는 생각도 못 할 테고, 의식과 몸이 한순간에 고목 등걸로 변할 게다. 전시 당시는 후방이라도 어느 한순간 말 한마디 실수로 허무하게 목숨이 날아갔다. 그해 유난히 춥던 12월 초순, 군용트럭 적재함에 실려 서울까지 내려온 노무자들은 노역 임무가 끝나자 용산에 있던 난민 임시 대기소로 넘겨졌다. 초등학교는 교실마다 월남 난민으로 들어찼다. 예순 명이 넘는 장정은 별도로 수용되어 치안대 분실로 불려가 개별 성분 조사를 받았다. 밤이면 대여섯 명씩 불려나간 장정은 그날 밤을 넘겨 이튿날도 돌아오지 않았다. 노무자로 다시 징발됐는지, 즉결 처형당했는지 알 수 없었다. 오늘도 목숨이 붙어 있으려나 하며 불안한 아침을 맞기 일주일에 이르자, 찍혀 호명당해 나가면 그 길이 죽는 길이란 말이 돌았고, 천씨와 김씨는 트럭 타고 내려올 때 탈주하지 않은 걸 후회했다. 둘은 고향에서의 인공 시절, 뒤가 켕기는 구석이 있었고 청년노동자동맹에서 활동한 나 역시 마찬가지였다. "광산 노동자두 빨갱이라구 죽여요?" 내가 묻자, "증거 될 만한 증명서나 증언 서줄 사람이 없는 이북 출신은 언젠가는 결국 빨갱이로 돌아선다며 죽여버린다지 않소" 하고 천씨가 성한 눈을 깜박이며 말했다. 인해전술로 쓸고 내려오는 중공군이 곧 서울까지 덮칠 거라며 치안대도 철수 준비를 서두르던 12월 하순, 수용된 장정은 학교 우물에 처넣고 수류탄을 까넣는다, 새로 만들어진 국민방위대에 넘긴다는 말이 돌았다. 피난민들부터 남으로 도보 이송이 시작되던 어느 날 야밤, 천씨와 나는 죽기로 각오하고 철조망 개구멍으로 탈출했다. 그로부터 나는 굶주림과 추위에 지쳐 정신을 잃은 경우까지 합쳐 세 차례나 죽을 고비를 넘겨야 했다. 그럴 때마다 하늘의 도움인지 살아남았다. 서울 재수복 후 저동에서 천막 치고 다시 문을 연 영락교회는 목사가 동향 출신이라, 교회에서 운영하던 난민구호소는 평안도 출신 난민이 둥지 삼기에 적당해서 주일날 그곳에 가면 한 끼를 때울 수 있었고 고향 말투가 귀 설지 않았다. 나는 전쟁 전 개천에 살 때도 개신교 신자였다며 교회에 부지런히 출석했고 가난한 자, 주린 자에게 복을 준다는 그리스도 말씀이 위안이 되었다. 나는 우선 손쉬운 고물 수집으로 일거리를 잡았다. 그즈음, 명동 바닥에서 우연히 황점술과 맞닥뜨리지 않았다면 불심검문에서 수상한 불온분자로 몰려 어느 손에 개죽음 당했을는지 몰랐다. 일제 때 개천역 헌병분소 끄나풀로 역전을 터 삼아 기세등등하게 설쳤던 황이 신분 보증을 서주었기에 나는 가까스로 합법적 난민 자격을 얻어 서울 체류 허가증을 손에 쥐었다. 서북청년단 사무실에서 그 증을 쥐니 그제야 나는 살았다 싶었다. 자유로운 통행이 보장되자 틀림없이 남한으로 피난 나왔을 가족을 본격적으로 찾기로 하고 서울에 있던 피난민 수용소부터 뒤지기 시작했다. 일 년을 넘겨서야 나는 인천 피난민 수용소에서 가족을 찾아낼 수 있었다. 막내 종욱이 폐렴으로 숨진 뒤였다.

봄을 시샘하던 변덕스런 추위가 며칠 기승을 떨다 슬며시 물러나자 봄이 생기를 되찾아 연일 날씨가 화창했다. 집 주위의 떨기나무들은 잠시 움츠렸던 연초록 이파리를 다시 펼쳤고, 집 뒤쪽 동산에는 진달래꽃이 지고 산벚나무와 철쭉이 뒤이어 꽃을 피워 만개했다. 내 생일날 아침은 대학에 다니는 큰애 막내 녀석이 데리러 와 아파트로 내려가서 아침밥을 먹었다. 큰애는 아들 둘에 딸을 하나 뒀는데 장남과 딸은 출가해 서울에 살았고 막내아들만 거느렸다 보니 식구가 단출했다. 며늘애가 차려낸 시아버지 생일상이 걸었다. "아버지 생신 축하는 이번 일요일 낮에 산장에서 하기로 했어요. 종건이도 일요일에나 식당 문 닫고, 설서방두 둘째애 점포 봐줘야 한다며 노는 날에나 시간이 난답디다. 젊은 것들도 평일은 직장일이 바쁘니……" 생신 밥 함께 먹으며 큰애가 말했다. 언제부터 그렇게 불려졌는지 곽가와 내가 사는 집이 녹지가 시작되는 언덕 위에 있다 해서 산장으로 둔갑했다. 저녁에는 곽가가 제 맏이를 성남 모란시장에 보내서 구해온 황구 목살을 삶아 둘이서 소주를 주거니 받거니 마셨다. 늙은이에게는 살이 무른 개고기가 먹기에 좋았다.

하는 일 없이 나날을 보내다 보니 요일 가는 줄도 모르다가, 아침밥 먹고 나서 묘지 뒷산을 산책하고 돌아오니 큰애네 식구가 먹거리 재료를 잔뜩 꾸려 언덕길을 올라온다. "진도 이놈, 오늘은 손님 많이 오는데 얌전히 있어야 해." 큰애 막내가 진도 목에 쇠줄을 걸어 대추나무에 묶어둔다. 녀석은 휴대용 컴퓨턴가 뭔가 들고 자주 할아비 집으로 올라와 건넌방에서 밤 깊도록 그 기계 앞에 앉았다 늦잠 자고 가기도 했기에 진도와도 친하다. "오늘 할아버지 생신 잔치 하는 줄 아시죠?" 녀석이 묻는다. 그러고 보니 어제 며늘애가 올라와, 아버님 생신 맞아 내일 집안 식구가 산장으로 죄 소풍 나온다고 말했음이 생각난다. 이렇게 기억이 깜박깜박 나가버리니, 머릿속 한 부분의 풀려버린 나사를 다시 조일 방법이 없다. 은행에 맡겨둔 돈이 걱정된다. 어느 날 돌연 기억력이 아주 망가져 돈을 은행에 맡겨둔 사실까지 잊어버릴는지 모른다. 내일쯤 아들이 낸 편의점 옆 은행으로 내려가 통장이며 입금액이 그대로 있는지 개인 금고를 확인해봐야겠다. "나 이외 누가 내 도장 가져오고 비밀번호 맞게 대더라두 내 얼굴 보기 전에 돈 꺼내줘선 안 돼요. 설령 여기 옆에 편의점 하고 있는 내 자식이 오더라두 말이오. 은행 다른 지점에서는 절대 내가 맡긴 돈을 찾아 쓰지 못하게 하구요." 나는 은행에 갈 때마다 객장 대리에게 다짐해두었다. 자식들이야 그럴 리 없겠고, 진도가 지킨다지만 노인 혼자 사는 집이라 도둑이 들어 협박 끝에 도장과 비밀번호를 알아내갈 수도 있었다. 비밀번호는 나만 알고 있는 일천번으로, 고향 개천의 천자에서 따왔다. 한참 뒤, 씨름 선수같이 체격이 좋은 큰애 맏이가 제 처와 자식 둘을 차에 태워 온다. 어릴 적부터 영특하던 애였다. 준식인가, 명식인가, 큰애 맏이는 만화를 영화로 만들어 수출도 하는 직장에서 돈벌이를 아주 잘한다고 며늘애가 늘 자랑했다. 큰애는 젊은 한때 삐뚜로 나가 감옥살이까지 하는 바람에 군대에도 안 갔지만 자식 셋은 잘 두어, 출가한 남매는 좋은 대학을 나왔다. 말이 나왔으니 말이지, 큰애는 고등학교를 중퇴한 채 교도소에서 나와 갑년에 이르도록 내게 기대 살아왔지만, 중학교밖에 안 나온 곽가 딸 며늘애는 머리 있고 심덕 좋으니 누구 말처럼 자부야말로 굴러들어온 복덩어리다. 해가 산 위로 올라섰을 때 식당 전용 승합차편에 둘째 애네 식구가 무더기로 온다. "할아버지 생신을 진심으로 축하해요." 승합차를 운전하고 온 둘째 애의 맏이가 인사를 한다. "아버지, 자주 찾아뵙지 못해 죄송해요." "아버님, 주님의 가호 아래 여전히 건강하시네요. 건강하게 오래오래 사셔야죠." 둘째 애와 며늘애가 인사를 한다. 한 배에서 나온 자식인데도 제 형과는 성격이 판이해 어릴 적부터 샌님이던 둘째 애는 아들 셋에 딸 하나를 두어, 맏이를 출가시켰다. 남자 못지않게 활달한 둘째 애 며늘애는 분가해 나가자 남대문시장 친정 경험을 살려 식당을 시작하더니 이제 소문난 함흥냉면집으로 성공했다. 함흥 가까운 증평 출신인 안사돈이 늙마까지 뒤를 봐준 덕분이다. 둘째는 평생을 전표 떼고 돈 받는 카운터에서만 죽치고 앉았으나 아비한테 하는 짓은 효자요, 마누라 덕에 자식을 잘 키웠다. 젊을 때부터 호박꽃처럼 푸짐했던 둘째 애 며늘애가 포대기에 싼 갓난애를 안고 차에서 내리고, 둘째 애가 기저귀 가방을 들었는데 뒤따르는 갈색 머리 한 새파란 손자 며늘애는 대가리에 리본 달린 쬐그만 개를 안고 여왕 행차하듯 나실나실 걷는다. "할아버지, 저 왔어요." 차에서 내리며 환하게 웃는 둘째 애 셋째 녀석 손에 트렁크가 들렸다. 할아비 집에 나타날 때면 들고 오는 손풍금이 틀림없다. 저 녀석만 보면 머리가 지끈거린다. 오늘은 또 광수에 대해 뭘 물고 늘어질는지 알 수 없다. 열한시를 넘겨서야 딸애네 식구가 승용차 두 대로 나누어 타고 나타난다. 허옇게 센 상고머리의 설서방도 이젠 늙은이가 다 됐다. 희옥이네 자식 하나는 울산공단에 살기에 못 오고 서울 사는 아들 둘이 어린 자식들을 달고 왔다. 옆집에 사는 곽가가 소문 내어 그쪽 자식들도 한 무리씩 무언가 싸들고 개나리 울타리 사이로 넘어온다. 한가족과 다를 바 없는 곽가 식구만도 예닐곱 명이다.

젊은 것들부터 조무래기들이 어울려 마당이 좁아라 인사 나누며 왁실대니 누가 누구 손인지 알 수 없다. 잔디밭에 휴대용 은박지 깔개를 여러 개 잇대어 펴고 교자상들을 줄맞춰 놓는다. 둘째 애가 식당에서 가져온 가스판 여러 개를 펼쳐놓고 각자 집에서 준비해온 먹거리 재료를 볶고 지지고 끓이니, 음식 익는 냄새가 진동한다. 예전엔 돼지고깃국 내음만 맡아도 군침이 돌았는데 식탐도 나이와 함께 가버려 그 냄새에 뱃속은 아무런 자극이 없다. "아버지, 아직 시장하시지 않죠? 조금만 기다리세요." 갈비찜을 만들며 희옥이가 말한다. 그 옆에는 곽가 큰애 며늘애가 제육을 썰고, 큰애 며늘애는 씻은 상추와 쑥갓을 소쿠리에 담는다. 둘째 애 처는 마당귀에 설치해둔 함실 달린 무쇠솥에 장작불 피워 생닭 여러 마리를 넣어 백숙을 만든다. 여름철이면 일꾼들과 함께 개 잡아 끓여 먹던 노천 솥인데, 쌀부대 꼴로 퍼질고 앉은 며늘애는 식당 안주인답게 일솜씨가 난들이다. 둘째 애 큰애 며늘애만 일을 않고 제 자식과 강아지를 돌본다. 머리칼에 갈색 물을 섞어 들인 젊은 녀석이 늦게 마당으로 들어선다. "명식이 넌 이런 가족 모임 싫어하잖아? 빠질 줄 알았는데 웬일이야?" 큰애 맏이가 막 도착한 젊은 애를 돌아보며 묻는다. 명식이라니, 둘째 애의 둘째다. "유전인자 검사 안 받겠담 일 년에 한두 번쯤은 친자 확인을 해야지요." 녀석이 시퉁하게 말을 받곤 내 쪽으로 와서 성의 없이 꾸벅 목례를 한다.

나와 곽가는 느티나무 그늘 밑 의자에 앉아 부산하게 움직이는 식구를 구경하며 한담을 나눈다. 햇살은 눈이 부시게 환하고 봄바람이 부드럽게 살랑거린다. 나는 식구 하나하나를 관찰한다. 내년 내 생일에는 다시 볼 수 없는 모습일는지 모른다. 얼굴, 말투, 특징을 잘 보아두어야만 저세상에 들어 처와 부모님 만나면 웃음꽃 피우며 전해줄 수 있을 것이다. "만물이 광명하는 춘삼월이라더니, 형님은 좋은 절기에 태어났어요. 비가 안 와 탈이지 춥도 덥도 않구, 요즘 날씨가 얼마나 좋아요" 하고 곽가가 말한다. 하늘엔 솜털구름이 몇 점씩 떠 있을 뿐 쾌청하다. 벌과 나비가 맑은 공간을 누빈다. "우리 맏이 생일은 어찌 이리 날씨도 좋을까." 개천 살 때, 내 생일날이면 엄마가 늘 말했다. 개천 지방은 3월에도 자주 눈이 내렸으나 4월에 들면 봄볕 따스한 날이 이어지고 중순을 넘기면 들과 산이 푸르름으로 넘치고 온갖 꽃이 다투어 피었다. 남한 사람들은 생일날 미역국을 먹지만 고향에서 내 생일 아침상에는 늘 꿩국이 올랐다. 개천 지방은 쇠고기나 돼지고기는 구하기 어려워도 꿩고기는 흔했다. 겨울이면 꿩이 많이 잡혀 냉면 육수도 꿩고기 삶은 국물에 동치미 국물을 섞어 썼다. 나는 갑자기 시원한 냉면이 먹고 싶다. 양력 4월 중순을 막 넘겼으니 여름은 아직 멀었고 7월은 되어야 며늘애가 냉면을 만들어줄 것이다. 냉면 육수조차 포장 용기에 담겨 있으니 요즘 여편네들은 팔자가 늘어졌다. 세탁에 탈수는 물론이고 큰애 아파트에 가면 그릇 닦는 기계까지 들여놓았다. 어머니는 겨울에도 개천강에 나가 얼음 깨고 손 시린 물에 빨래했는데 요즘 여자들이란 그저 자식 까는 기계다. 자식도 한둘에 그치고, 그것도 수술로 아기를 빼낸다니 누가 뭐래도 말세다. "참말 대식구네. 형님 내외분 남한에 내려와 이쯤 손을 뒀으면 자식 농사에는 성공했어요. 지난 설날 우리 집에 모인 식구를 세어보니 젖먹이 증손까지 합쳐 열둘입니다. 단신 월남한 나도 자손 농사는 성공한 셈이요." 곽가가 말한다. 인천 피난민 수용소에서 처자식을 만나 그들을 청계천으로 데려왔다. 이듬해 전쟁이 멈추고 휴전선 철책이 가로막았으니, 고향 돌아갈 길이 까마득히 멀어져버렸다. 자식이나 많이 둬 고향 못 가는 설움을 풀자 했으나 당시엔 사는 형편이 어려워 또 굶어죽을 처지에 내몰리지나 않을까 싶어 남한에서는 자식을 더 두지 못했다. 잃은 자식 하나도 채우지 못해, 지금 생각하면 다른 무엇보다 그게 아쉽다. 남한에서 자식 서넛만 더 뒀어도 손이 지금 배로 늘어났을 것이다. 그 자식들 다 데리고 고향 가는 기차를 탄다면…… 평안도 정중앙에 위치해 사통팔달 교통 요충지였던 개천역에서 시도 때도 없이 들리던 기적 소리가 귓가에 메아리친다.

"아버지, 다 됐나 봅니다. 이쪽으로 와 앉으세요. 장인어르신두 오시구요." 큰애가 손짓하며 말한다. 곽가와 나는 깔개 위에 한 줄로 놓인 교자상 상석에 앉는다. 상다리 부러지게 차린 음식이 상에 가득하다. 푸짐한 음식상을 보니 두 끼니마저 양껏 못 먹는다는 북쪽 동포가 떠올라 수저 들 마음이 없다. 둘째 애 맏이가 상 가운데 놓인 케이크에 꽂힌 촛대에 라이터 불을 댕긴다. 둘째 애가 잠시 식기도 드리자더니, 일흔아홉 해 생신을 맞은 아버지의 건강을 주님께서 지켜주시고 집안 식구들 모두 건강하게 생업과 학업에 열심하게 해주시니 감사드린다고 기원했다. 식기도가 끝나자 손자를 안고 있던 둘째 애 며늘애가 "애들아, 그렇게 뛰어

다니지 말고 이리 와 얌전히 앉아. 점심밥 먹어야지" 하며 잔디밭에서 노는 애들을 부른다. 애들은 머리 색깔이 제가끔이다. 상 끄트머리에 앉은 젊은 여자애들도 머리를 염색했다. 머리칼까지 물을 들이다니, 요즘 세상은 어떻게 돌아가는지 도무지 알 수 없다. 한 시절엔 구찌베니만 빨갛게 칠해도 양색시라 놀림을 받았는데 머리칼을 노랗게, 붉게 칠하고 다니는 세상이 내 생전에 도래하리라곤 상상도 못했다. "우린 산에 올라가 전쟁놀이 할 테야. 아빠, 밥 먹으면 살찐다며?" 빨간 운동모 쓰고 장난감 총을 허리에 찬 예닐곱 살쯤 된 몸집 비대한 사내애가 아이스크림을 먹다 말한다. 큰애 맏손자 같은데 누구한테 하는 말인지 말버릇이 고약하다. 녀석이 조무래기 동생들을 뒤에 달고 대장처럼 앞장서서 묘터 쪽으로 줄행랑을 놓는다. 비만 아이가 하나 더 섞여 뒤뚱거리며 큰애를 따른다. "요즘 애들 큰일이야. 저렇게 아이스크림이며 햄버거만 먹어대니 뚱뚱이가 되는 게지." 설서방이 뒤뚱거리는 사내애를 보고 말한다. "제 아비부터 다이어튼가 뭔가, 그걸 해야 해요. 못 먹어 환장 들린 시대도 아닌데." 큰애 며늘애가 말한다. "놔둬요. 재도 저렇게 모처럼 산을 타니 살이 조금은 내리겠죠." 애 아비가 백숙 다리를 집어 소금에 찍으며 한가롭게 말한다. 아닌 게 아니라 내가 봐도 아비며 자식 몸이 너무 굵다. 둘째 애 큰녀석이 "할아버지 일흔아홉 해 생신 축하곡 부릅시다" 하곤, 손뼉에 맞추어 '생일 축하합니다'를 시작한다. 일손 놓고 상 주위에 모여 앉은 식구가 나를 주목하더니 손뼉 치며 합창한다. "경식아, 뭘 해? 아코디언 얻다 써먹으려 아껴?" 큰애 맏이가 닭다리를 먹으며 말한다. 그 말에 둘째 애 셋째 녀석이 트렁크에서 손풍금을 꺼내 가슴 앞에 메더니 노래에 반주를 맞춘다. '사랑하는 할아버지, 생일 축하합니다'로 노래가 끝나자, 아버지 만수무강 축배를 들자는 큰애 말에 각자 앞에 놓인 잔에 술이며 음료수를 채운다. 곽가 옆에 앉은 둘째 애가 내 잔과 곽가 잔에 백세를 사는 술이라며 술을 따른다. 축배 순서가 끝나자 모두 상에 차려진 푸짐한 갖가지 먹거리를 열심히 먹어대기 시작한다. 자리마다 재잘거리는 소리, 떠드는 소리, 웃음소리로 시끄럽다. 나는 닭죽을 먹는다. 수삼·대추·밤에 통마늘 흠뿍 넣고 끓인 백숙이다. "아버님, 한잔 받으시고 만수무강하세요." 곽가 큰애가 잔을 가져와 내게 술을 채우고 제 아비가 비운 잔에도 술을 채운다.

"형님, 중손골 늙은이들이 곗돈 헐어 제주도로 봄놀이 간대요. 우리도 거기 끼입시다. 살면 몇 년을 더 산다고, 거동 자유로울 때 나다녀야지요." "아버님 수발은 누가 해주고, 덜렁 집 나서?" "삼사 일은 제 며늘애한테 맡기면 돼요." 큰애 며늘애와 곽가 큰애 며늘애가 갈비찜 먹으며 나누는 말이다. "뭘 백화점까지 가요. 인터넷으로 주문 내면 제까닥 배달되는데. 잔칫상도 컬러화면 보고 골라잡아 찍으면 날짜, 시간 맞춰 택배해줘요. 온라인으로……" "홈쇼핑몰에 들어가면……" 젊은 여자애들이 하는 말인데 무슨 소린지 알아들을 수 없다. "은행에 넣어두지 말라니깐요. 물가 상승 따지면 마이너스 아닙니까. 형님, 제 말대로 소형 아파트를 잡으세요. 보증금 받고 월세 받으면 은행에 넣어두는 것보다 낫다니깐요. 월세 금리는 최하가 일부 계산입니다." "우린 은

행밖에 몰라. 이자 적으면 적은 대로 쓰지 뭘. 하나 장가보내면 끝인데 돈 쓸 데가 뭐가 있다구." 큰애 며늘애와 둘째 며늘애가 하는 말이다 "형님, 드세요. 오늘 같은 날은 취해야지요. 여기만 나와도 공기 좋아 숨 쉴 만하네. 형은 이 산장 절대 처분 마세요. 서울 근교에 이런 별장 지대는 구하려 해도 못 구합니다. 뒤는 산이고 걸어가서 쇼핑할 수 있는 백화점까지 눈 아래 있잖아요." 곽가 맏이가 큰애에게 말한다. "세월만 가면 장인어른 산장이 네 차지다, 이 말 아냐?" 양 집안 자식들이 이웃해서 자랐다보니 친형제와 다를 바 없다. "젊은 사돈이 보자하니 뭘 좀 알고 하는 소리네. 암, 뭐니 뭐니 해도 부동산이 확실한 재테크지." 설서방이 문자를 쓴다. 둘째 애가 점포 낸 잡화점에 나가 소일한다는 설서방은 함경도 또순이 자식답게 생활력이 강해 젊을 때부터 제 앞가림에 빈틈이 없었다. 내가 유산 삼아 자식 셋에게 얼마씩 나누어 준 돈으로 설서방이 소형 아파트 한 채를 잡았다는 말을 큰애 며늘애로부터 설핏 들은 것 같다. 어린 것들은 산으로 올라가 먹자판에는 빠졌다. "딸이면 어때요. 하나면 됐지. 요즘엔 결혼하고 바로 불임에 돌입하는 애들도 많아요." "형, 모네의 「소풍」이 따로 없네. 어린이날 터져나가는 대공원 갈 것 없이 애들 데리고 여기로 모이자고. 가족 친목대회 겸해." "그래도 좋겠군. 우린 포카 한 판 치고." "경식이 너 작은할아버지에 관한 논문 잘돼가?" 큰애 맏이가 묻는다. "오십여 년 동안 남북한이 준전시 상태로 대처한 냉전시대 상황이야 자료 조사만으로도 충분하니 대충 얼개를 짰지요. 그러나 양심범으로서 작은할아버지의 육성을 채록할 수 없으니, 그게 골치예요. 작년 북한으로 송환된 장기 복역수 수기에서 따와 재구성할 수밖에 없을 것 같아요." "명식이 넌 은옥인가 걔와 오피스텔 함께 쓴 지 일 년 다 됐잖아? 어울리는 커플이던데 계약동거가 뭐니? 질질 끌지 말고 식 올려." "싱글로 돌아가얄 것 같아요. 혼자 사는 게 편하지 뭐예요. 간섭 안 받고 자유로우니. 윗세대들 우리 가족, 우리 가족 하는 소리 털 나고부터 들어와 귀에 딱지가 앉았어요. 처자식 딸려봐요? 새끼 치는 바퀴벌레가 연상돼 너무 썰렁해." 젊은 애들이 맥주를 마시며 떠들어댄다. 그중 사내녀석 하나는 고슴도치 머리를 노랑물 들였고 귀고리를 하고 있다. 뒷동산 묘터 쪽에서는 놀이에 열중한 애들의 앙칼진 고함 소리가 들린다. 늙은 것들에서 젊은 애들까지 하는 말들이 귀에 거슬렸으나 식구가 모여 이렇게 왁실거리니 흐뭇하다. 알거지로 남한 내려와 이쯤 자손을 퍼뜨렸고 그들이 다 제 앞가림하며 살아가니 내 삶은 성공한 축에 끼일 만하다. 지금부터 유산은 천 원 한 장 더 물려줄 필요가 없다. 남은 돈 챙겨 부모님 산소라도 찾아가야 한다. 그때까진 눈감을 수 없다. **오마니, 여기 제 식구들 좀 봐요. 이만함 이남 내래와 성공했잖소?** 내 말에 어머니는 대답이 없다. 생이별이 이렇게 길 줄은 몰랐다. 기차 타고 간다면 한나절이면 개천역에 당도할 수 있고, 역에서 한달음에 달려가 대장간으로 뛰어들면 아버지가 내리치던 메를 놓고, 이봐 도수가 돌아왔어 하고 안채에 대고 고함칠 게고, 어머니가 맨발로 달려 나와 나를 맞을 것 같다. 광수가 너 데리러 남조선에 내려갔는데, 그때 왜 안 올라오구 우리 양주 죽구 난 후 이제야 왔어? 어머니가 말한다. 형님 집에 불이 안 났담 월북했지요. 형님도 부모님 뵈러 저 따라 잠시 올라갔다 내래오겠다고 했구요. 광수가 말하곤, 손풍금 켜며 환영 노래를 부른다. 얼굴에 흉터가 없고 목청 좋았던 시절, 젊었을 때의 모습이다. 동네 사람들이 대장간집에 경사가 났다며 모여들고…… 그러나 감옥 생활 오래한 광수 탓인지, 방북 경쟁이 심한 탓인지 이산가족 상봉 신청은 지난번 4차에서도 낙방되었다.

"형님, 무슨 생각에 그리 골몰해요? 엔간히 먹었으니 우린 일어섭시다. 우리가 빠져줘야 젊은 애들이 담배질두 하며 마음 놓구 놀 테지." 곽가가 일어선다. 멍청하니 환영에 사로잡혔던 나는 홀연히 현실로 돌아온다. 닭죽은 반 공기 정도 먹었으나 여기저기서 건네주는 술잔에 나도 어질머리를 느껴 곽가를 따라 일어난다. 볕이 너무 눈부셔 그늘을 찾고 싶다. "젊은것들 보니 참 좋은 세월입니다. 그래도 우리야 늙마에 등 따시구 배부른 세월 누리다 죽는다지만 선대야말로 뼈빠지게 고생만 했지요. 일제 때 공출에 징병에다, 해방되자 좌우익 싸움에 전쟁 겪으며 자식 한둘은 잃구…… 그건 그렇고, 텔레비에 나오는 북한 사람들 보면 왜 그렇게 모두 홀쭉 말랐는지, 꼭 예전 부모님들 모습이라요. 북한은 어린애들과 노친네들이 한 해에도 수만 명씩 굶어 죽는데요. 이쪽은 배 터지게 먹으니 살 뺀다고 난린데, 저쪽은 먹을 게 없어 굶어 죽는다니, 같은 하늘 아래 사는데 어찌 형편이 그리도 다른지…… 평양 시민으로 살면 모를까, 저쪽 지방은 식량난이 대단하대요. 높은 놈들만 잘 먹구 잘살면 뭘 해요. 우선 백성을 배불리 먹이구 봐야지. 굶다 못해 중국으로 탈출해 떠도는 탈북자 동포가 수만 명이 넘는답니다." 느티나무 밑 의자에 앉으며 곽가가 말한다. "북쪽 사정까지 따질 게 뭐 있어. 여기두 점심 굶는 아동이 많대. 쌀이 남아돌아간다는데 애들이 가장인 달동네엔 왜 풀어 못 멕여. 먹구살 만한 층은 흥청망청 낭비하니 조만간 하늘의 벌이 내릴 게야. 암, 천벌 받고말구." 내가 시틋하게 대꾸한다. "허긴 그래요. 먹다 버리는 음식 찌꺼기만도 연간 몇 조 원이랍니다. 그것만 모아 북한에 가져다줬두 그렇게까진 굶주리지 않구 살 겝니다. 형님, 기억하시죠? 미군 부대 짬밥통에서 나온 찌꺼기로 꿀꿀이죽 먹던 시절 말입니다. 지금도 어떤 땐 그 맛이 혀에 붙어 며느리가 남은 음식 버리면 내가 불호령을 내리지요. 형님 집에 진도도 있는데 왜 버리냐구." "꿀꿀이죽? 기억나고말구. 청계천변 길바닥에 바소쿠리 벗어 옆에 두고 쭈그리구 앉아 자주 먹었지. 그땐 오늘 차린 진수성찬보다 더 꿀맛이었어." 내 눈에 열심히 먹어대며 떠드는 식구들 모습이 흐릿하게 지워진다. "형님은 어때요? 꿀꿀이죽두 못 먹는 이북 고향에 가서 살라 하면?" 곽가가 작은 소리로 묻는다. "이제 애들이야 여기서 자리 잡구 걱정 없이 사니 나 같은 늙은이야 있으나마나 아닌가. 그러나 이젠 때가 너무 늦었어." 누가 수갑 채워 잡아갈 나이도 이미 넘었고, 곽가는 믿을 수 있어 마음에 둔 말을 했지만 그래도 뱉고 나니 찜찜하다. 고향 떠나 부모님 못 모신 빚 갚는 셈치고 은행에 맡겨둔 돈 몽땅 헐어 트럭으로 수십 차 양곡 사서 싣구 가면 되지. 암, 거기서 남은 생 살다 죽고 싶고말구. 나는 그 말을 입속에 삼키고 만다.

나는 의자에서 일어나 뒷산으로 오르는 계단을 밟는다. "너들만 먹지 말구 진도한테두 뭘 좀 멕여. 인간 덜 된 사람보다 나은 영물이니." 곽가가 불편한 다리를 잘록거리며 내 뒤를 따르면서 식구들에게 소리친다. 묘지 가까이 숨길 고르며 올라갔을 때, 갑자기 묘 뒤에서 애 머리가 불쑥 솟는다. 빨간 운동모 쓴 애가 장난감 총을 내게 겨누어 총 쏘는 시늉을 한다. "아얏, 내 총 받아라. 탕, 탕, 탕!" 나는 깜짝 놀라 옆에 선 소나무 등걸을 잡고 어깻숨을 몰아쉰다. 빨간 운동모가 묘 뒤로 숨는다. "노할아버지 정말 총에 맞았어" 하고 묻는 소리가 들린다. **"월남한 반동 가족은 쓸어버리구 떠난다나 어쩐다나, 그런 소문두 돌아. 또 줄초상 나갔구먼."** 바깥에서 돌아온 아버지가 민청원한테 들었다며 말했다. 미군 비행기 폭격은 날로 심해지고 순천 내려가는 신작로 쪽에서 포소리가 들렸다. "전쟁 나기 전엔 좋았는데 세상이 점점 왜 이렇게 살벌해져요? 우린 피난 안 나가두 되나요?" 내 막내를 품에 안은 어머니가 아버지에게 물었다. "피난 간다면 만주 땅 아닌가. 엄동은 닥치는데 얼어죽거나 굶어 죽겠다면 나설까 어디 원…… 우리 식군 집 밖에 한 발짝두 나가지 마." 우리 가족은 대장간 옆 고철 더미 쌓인 창고 바닥을 파서 방공호를 만들어두었다. 광수 식구까지 합쳐 우리는 당분간 방공호에 몸을 숨기기로 했다. 밤낮으로 폭격이 계속되더니 이틀 뒤, 국방군과 연합군이 탱크를 앞세워 개천 읍내로 밀고 들어왔다. 폭격으로 역사가 파괴된 역 광장에서 있은 국방군 입성 환영대회에 나가보니 철길변에는 아직도 치우지 않은 인민들 시체가 작은 동산을 이루고 있었다. 어느 쪽에서 작살냈는지 모를 그 현장을 목격하곤 나는 좌든 우든 악으로 덤비는 골수분자들은 콩으로 메주를 쑨대도 믿지 않기로 했다. 광수가 나를 찾아 중손골로 왔을 때 나는, 전쟁은 원수라며 그 점을 분명히 못박았다. 내 말에 광수가 말했다. "전쟁은 멀쩡한 사람의 잠재의식 속에 숨은 광기를 불러냅니다. 내가 왜 이러냐를 반성할 수 없게, 사람을 한순간에 미치광이로 만들어버리지요. 어느 전쟁이든, 폭력의 속성으로 이해해야지요." 광수 말은 어려웠다. "이놈들, 노할아버지께 무슨 짓들이니. 다른 데 가서 놀지 못해!" 곽가가 아이들을 꾸짖자, "적군이 쳐들어왔다, 후퇴다, 후퇴" 하며 애들 댓이 산 쪽으로 달아난다. 애들이란 예나 지금이나 별 뜻 없이 끔찍한 장난질을 즐긴다. 텔레비전을 켜면 죄 총 쏘고 칼로 치는 짓거리다. 애들이 그걸 배운다. 곽가와 나는 의자에 앉는다. 아래쪽 마당에서는 왁자지껄한 웃음소리에 이어 박수 소리가 요란하다. 잠시 뒤 합창이 터지더니 손풍금 타는 소리가 어울러든다.

"어머님의 손을 놓고 돌아설 때에 / 부엉새도 울었다네 나도 울었소……" 낯술이 거나하게 오른 큰애가 악을 쓰며 울부짖는다. 손풍금 소리가 반주를 맞춘다. 곽가 큰애가 일어나더니 몸을 흔들고 손뼉 치며 큰애 노래에 어울러든다. "가랑잎이 휘날리는 산마루턱에……" 청계천 시절부터 술 한잔 들어가면 곽가와 내가 줄기차게 불렀던 노래다. 곽가는, '불러봐도 울어봐도 못 오실 어머님을 / 원통해 불러보고 땅을 치며 통곡해요'로 시작되는 「불효자는 웁니다」가 십팔번이었다. 곽가가 그 노래를 삼절까지 부르면 절로 콧마루가 시큰해지고 눈물이 맺혔다. 노래 불러본 지가 까마득하다. 몇 년 전 큰애 생일날 저녁, 걔네 식구들과 외식하고 노래방이란 데 가서 손자 녀석들이 하도 부추겨 한 곡조 부른 것 같기도 한데 무슨 노래였던지 기억이 없다. "저애는 장사 잘돼?" 내가 곽가 큰애를 두고 묻는다. "학교 앞 문방구란 게 그렇잖아요. 애들 공부시키구 겨우 밥이나 먹지요. 둘째 애 전기전파상이 오히려 나은 것 같습디다. 뭘 고치든 아파트 출장 나가면 재료비 말구 무조건 출장비 만 원씩 따로 받잖아요." 곽가는 큰애 식구는 데리고 살고 둘째 애네 식구는 분당에 따로 산다. "생일 잔칫상 차려준다 하구선 저희들 들놀이판이군. 늙은이 우린 잘 빠져나왔지." 내가 말한다. "할멈은 뭘 한다구 눈총 받으며 거기 끼여앉았어?" 곽가가 아래쪽을 내려다보며 제 처를 두고 구시렁거린다. 맏이가 고모부도 한 곡조 뽑으라고 부추겼던지, 설서방이 노래를 시작한다. "눈보라가 휘날리는 바람찬 흥남부두에 / 목을 놓고 불러봤다 찾아를 봤다……" 설서방은 갑년 나이인데도 목청이 좋다. "누가 출신지 안 물어볼까봐 저애는 또 흥남부두 타령이군." 곽가가 말한다. "전쟁 당시 나이 어렸어두 들은 말이 있으니 맺힌 한을 푸는 게지." 내가 대꾸한다. 노래판이 앉은 자리대로 돌아가며 이어진다. 흥이 나는지 여자들도 서슴없이 노래를 부른다. 큰애 맏이가 일어나더니 노래를 시작한다. "저 들에 푸른 솔잎을 보라 / 돌보는 사람도 하나 없는데 / 비바람 맞고 눈보라 쳐도……" 노랫소리가 차츰 귓가에서 멀어진다. 손풍금 소리가 가까워지더니 둘째 애 셋째 녀석이 혼자 언덕을 올라온다. 마당에서 놀지 않고 묘터로 올라오는 녀석을 보자 나는 바짝 긴장한다. 녀석이 틀림없이 또 광수 말을 꺼낼 것이다. "할아버지, 새로 배운 노래예요. 이 노래 들어보시면 예전 기억이 나실 거예요. 사돈할아버님도 이 노래 들으시면 함경도 영흥 살던 때가 떠오르실 겁니다. 그럼 시작합니다." 손자 녀석이 손풍금 연주로 바람을 잡더니 노래를 부르기 시작한다.

"넘쳐 넘쳐 흐르는 볼가 강물 위에 스텐카라친 / 배 위에선 노랫소리 드높다. 페르샤의 영화의 꿈 / 다시 찾은 공주의 웃음 띄운 그 입술에 노랫소리 드높다……" 손자 녀석은 고개를 갸웃거리고, 어깨를 가볍게 흔들며, 조금은 구슬픈 소리로 노래를 부른다. "그거 소련 노래 아닌가? 소련군 들어오구 그런 노래 많이 불렀지." 곽가가 말한다. "돈코사크 무리에서 일어나는 아우성 / 교만할손 공주로다 / 우리들은 주린다 / 다시 못 올 그 옛날의 볼가 강은 흐르고 / 꿈을 깨인 스텐카라친 / 외롭구나 그 얼굴……" 학예회 무대에 선 학동처럼 손자 녀석이 한껏 재주를 뽐내는데, 광수 젊었을 때 목청에 비하면 어림없다. 손풍금 켜는 솜씨도 광수 따라잡으려면 몇 년은 더 걸리겠다. **광수 쟨 창가와 악기 다루는 재주를 타고났어요.** 광수의 풍금 타는 손가락 놀림은 어머니 채 써는 솜씨보다 재빨랐다. "노래 부르는 걸 저렇게 좋아하고 무슨 악기든 만졌다 하면 잘 다루잖아요. 시숙이 평양서 사다준 하모니카로 며칠 만에 아리랑을 멋지게 부릅디다." 어머니가 채를 썰며 말했다. "저러다 훈도 집어치우구 유랑 각설이패 따라나설까 걱정이군. 임자도 걔를 너무 추어주지 마." 아버지가 말했다. "형, 나 착실히 월급 모아 평화 시대가 오면 도쿄나 경성으로 나갈 테야. 전문학교에서 음악 공부를 더 하고 싶어." 광수가 내게 말했다. 태평양전쟁이 막바지에 올라 마구잡이 징병이 한창이던 때라 나도 처와 자식을 집에 남겨두고 개천 철광산에 징용 나갔다. 개천광산은 무연탄과 흑연이 많이 생산되었고 철광석은 이북서도 양질로 소문이 높았다. 철광에서 일곱 달 만에 몸을 다쳐 집으로 돌아와 아버지를 도와 대장간 일을 할 때였다. 광수는 훈도라 용케 징집을 면했고, 시국이 한창 어수선할 때라 읍사무소 옆에 점방 내고 있던 사법서사 홍주사 딸과 서둘러 혼례를 올렸다. 광수가 손풍금을 구입해 취미를 붙이기가 장가들기 전후, 아마 그즈음부터였을 것이다 그러나 아우의 유학 꿈은 좌절되었으니, 곧 팔일오 민족 해방을 맞았다. 우리 집안은 출신 성분이 좋았다. 대장장이였던 아버지는 노동자 대표로 읍 인민위원회 대의원으로 뽑혔다. 광산 근로자 출신인 나는 청년노동자동맹 분소 부부장이 되었다. 손자 녀석이 손풍금 연주를 멈추고 말한다. "할아버지, 지금은 북한 노래 부른다고 잡아가지는 않아요. 텔레비전의 북한 소식 시간 보면 북한 애들이 꼬까옷 입고 재롱떨며 김정일 장군님 찬가도 부르잖아요. 해방 후 공산 정권 들어서고 배웠던 노래 한번 불러보세요. 배운 지 얼마 안 되어 연주 솜씨는 서툴지만 엔간한 노래는 따라 맞출 수 있어요." 손자 녀석이 손풍금 연주를 멈추고 말한다. 손자 말에 문득 「기민(饑民) 투쟁가」든가, 김일성 장군이 항일 무장 투쟁 시절 애창했다는 혁명 가요가 생각난다. "오직 한 길, 혁명에서 살길을 찾자 / 나라님도 하느님도 돕지 않는다 / 우리에겐 감옥밥만 차려지거니 / 제 힘으로 새

사회를 어서 세우자⋯⋯" 나는 광수가 교도소에 있을 때 폐지와 씨름하며 허덕거리다 주위에 듣는 귀가 없으면 이 노래를 흥얼거리기도 했다. 어느 누구도 나를 돕지 않으니 내 힘으로 뼛골 빠지게 일할 수밖에 더 있겠냐며 용기를 부추겼다. "몰라. 모른대두. 난 대장장이에 광부질해서 노래도 못 배웠어. 내려가자." 녀석이 광수 얘기를 물어올까봐 나는 잘라 말하곤 묘지 상석에서 일어선다. 식곤증인지 몇 잔 마신 술 탓인지 졸음이 몰려온다. 어젯밤에도 잠을 설쳤기에 방에 들어가서 눕고 싶다. 우리 셋은 묘터를 떠나 마당으로 내려온다. 젊은 애 하나가 귀에 선 노래를 부르고 있다. 오후 들고 바람이 조금 세어졌다. 훈훈한 봄바람인데도 내게는 그 바람이 얼굴에 닿자 서늘하게 느껴지고 한차례 오한이 스친다. "할아버지도 한 곡조 하세요." "내년 팔순 생신 때는 회관 홀 빌려 잔치 크게 열어드릴게요." "사둔어른두 앉으세요." "음식 많이 남았습니다. 더 드세요." 여러 말에 곽가는 노래 한 곡 부르고 싶은지 주저앉는다. 이 나라 백성은 모였다 하면 술판 벌이고 술 취하면 반드시 노래를 부른다. 큰애와 둘째 애가 앉으라고 권했지만 나는 손을 저으며 마당을 질러간다. "아무래두 난 좀 쉬어야겠다." 내 팔을 잡는 큰애 며늘애 손을 뿌리치고 나는 현관으로 걷다. 문득 저 아래쪽 고층 아파트 단지 사이 정자가 있는 소공원에 눈길이 머문다. 예전 폐지 더미 쌓아두었던 그 땅 아래 이제 썩어 백골만 남았을 황점술 시신이 묻혀 있다. 갑자기 숨길이 가빠오자 나는 가슴에 손을 얹고 큰 숨쉬기로 뛰는 심장을 가라앉힌다. "**형님, 황씨를 그대로 뒀단⋯⋯ 아무래두 수사기관에 찌를 것**

같아요." 광수가 말했다. 월남 직후 황가놈이 내 서울 거주증을 만들어주기는 했으나 나 역시 그 길밖에 다른 방도가 없겠다 싶었다. 일제 때부터 자유당 정권 때까지 황가놈이 저지른 행실이야말로 누구 손에 죽어도 마땅했다. 피신해야 할 떠돌이 신세라 그가 지상에서 사라져도 수소문할 사람이 없겠다 싶었다. 어느 날 오후, 집으로 찾아온 그에게 목돈을 쥐어주고 술을 먹였다. 나는 어둠을 밟고 돌아가는 그의 뒤통수를 망치로 내리쳤다. 전쟁 났던 해에 편 갈라 집단으로 처지르듯, 나는 황가놈을 그렇게 혼자 처치했고, 광수를 불러 그 시신을 폐지 더미 아래 묻었다.

 나는 격앙되는 감정을 다스리며 거실로 들어와 여럿 앉는 응접 의자에 몸을 눕힌다. 열어놓은 창을 통해 바깥에서는 노래가 이어진다. 손뼉 치는 소리가 들리고 어샤, 어샤 하는 응원에 이어 곽가가 나서는 모양이다. 「불효자는 웁니다」가 아닌 다른 노래다. "고향이 그리워도 못 가는 신세 / 저 하늘 저 산 아래 아득한 천 리 / 언제나 외로워라……" 곽가의 노래가 처음은 돼지 멱따는 소리로 치닫다, '저 하늘'부터 갑자기 목소리가 처지더니 울음 울듯 서러워진다. 노래와 손풍금 반주 소리가 귓가에서 멀어지고, 나는 한기를 느끼며 아슴아슴 잠에 빠진다. 사지가 녹작지근하게 풀어져 꼼짝하기 싫은데, 누가 이불이라도 덮어주었으면 싶다.

 "아버님, 방에 들어가셔서 편히 주무세요." 눈을 뜨니 큰애 며늘애다. 해가 기울어 창으로 밀려든 햇살이 거실 벽을 황금색으로 물들였다. 누가 덮어주었는지 나는 응접 의자에서 홑이불을 덮고 잠을 잤다. 두세 시간쯤 잤을까, 정신이 맑다. 나는 부스스

몸을 일으킨다. "여기 앉아 있겠어. 식혜나 한잔 줘." 나는 꿈을 꾸다 부르는 소리에 눈을 뜬 참이다. 창문으로 들어오는 바람에 한기를 느껴 이불을 둘러쓰자, 흐릿하게 떠오르는 꿈은 몹시 추운 겨울이었다. 밤이었고 사방은 들판이었다. 왜 들판에 있어야 했는지 알 수 없었으나 나는 담요를 둘러쓰고 추위 속에 웅크려 앉아 있었다. 들녘의 억새를 쓸고 가는 바람이 드세었는데, 이제야 생각난다. 날카로운 바람 소리 속에 손풍금 타는 소리가 들렸다. 경쾌한 빠른 곡조였다. 어둠 속에 검은 그림자로 손풍금을 켜던 사람은 분명 광수였다. 그는 깨금발로 원을 그리며 신나게 손풍금을 탔고, 나는 그냥 우두커니 앉아 있었다. 우리는 말을 나누지 않았다. 꿈속에서도 그랬지만 광수의 흐릿한 그림자가 눈앞에서 사라진다. 창으로 바람이 밀려드는데 바깥의 손풍금 소리가 멎는다. 가족들은 아직도 마당에서 줄기차게 노래 부르며 놀고 있다. "그 곡 제법 괜찮은데 한번 더 불러봐." 큰애 맏이 목소리다. "할아버지한테 들려주려 배웠지요. 그럼 다시 시작." 둘째 애 셋째 녀석이 손풍금 반주에 맞춰 노래를 부른다.

"저녁 종소리, 저녁 종소리! / 얼마나 많은 생각을 불러일으키는지! / 고향 땅에서 보낸 어린 시절 / 거기서 나는 사랑했고, 거기에 내 부모님의 집이 있었지……" 손풍금 반주가 차츰 빨라진다. 빠른 가락에 맞춰 손뼉 치는 소리가 어울러든다. 젊은 시절에 들어본 곡조 같기도 하다. 소련군이 들어온 이듬해던가, 열성자 대회 때 인민들은 발을 빠르게 구르는 경쾌한 소련 춤인 콜로미카, 카라린스카야를 배웠다. 남녀 인민들이 손에 손잡고 원무를 그리며 콜로미카를 출 때 광수는 가운데에서 홀로 손풍금을 연주하며 카라린스카야를 추었다. 공중뛰기를 하다 허리 낮추어 한쪽 발을 앞으로 바꾸어 내밀어가며 땅바닥을 팍팍 굴렸다. 광수는 손풍금 연주 솜씨도 대단했지만 날렵한 몸매로 소련 춤도 썩 잘 추었다. 우리는 모두 광수의 연주와 춤에 취해 입을 다물지 못했다. 땀 채인 얼굴로 모두 휘파람을 불고 탄성을 질렀다. "……고향과 영원히 이별할 때 / 거기서 들었네, 마지막 종소리 / 그리고 많은 날들이 지났지만 지금도 생생하네 / 그때는 참 즐거웠고 젊었었지! / 저녁 종소리, 저녁 종소리 / 얼마나 많은 생각을 불러일으키는지……" 노랫말을 듣자 가슴이 메어온다. 노랫말처럼 그때 그 시절은 젊었고 즐거운 나날이었다. 손풍금을 켜며 노래 부르는 지금 손자 녀석이 그 시절 내 나이였다. 광산 십장 하던 일본놈들, 그 아래 붙어먹던 간살쟁이 친일 도배, 역전 상가 경영권을 쥐고 일수놀이 하던 부르주아, 지주, 협잡질 일삼던 사기꾼도 자취를 감춘, 근면하고 정직한 무산자 인민이 주인이던 세상이었다. 광수는 군당 선전대원들과 함께 집체 농장과 광산을 돌며 소련 노래와 항일혁명가를 부르며 손풍금을 켰다. 리별 집체 유희 시간에 춤가락에 맞춰 손에 손잡고 원무로 춤을 추면 노랫소리는 차츰 빨라지고, 그 동아리 가운데에 광수가 손풍금 타며 깨금발로 춤을 추었다. 전쟁이 터진 그해 7월 초, 나는 집에 들렀다 남조선 해방전쟁 출정식이 있다 해서 역 광장으로 나갔다. 전선으로 떠날 홍안의 소년 전사들과 이를 환송 나온 환영꾼들로 역 광장은 발 디딜 틈이 없었다. 나는 거기서 손풍금을 연주하던 광수를 보았다. 전선으로 떠나는 전사들과 연예대원들이 혁명투쟁가를 소리 높이 부르고 악대들이 연주를 했다. "전선으로 떠나는 나의 가슴엔 / 동무의 붉은 피가 흐르고 있네 / 시련에 찬 나날에 정성 다해준 / 혁명동지 그 사랑 잊지 않겠네……" 그리고 광수와 나의 젊은 시절은 끝났다. 7월 중순, 광수가 인민군에 소집당해 전선으로 떠났기 때문이었다. 광수와 나의 청춘은 해방과 전쟁 사이 우리 가족이 한 울타리 안에 살았던 한 시절이었고, 그 한때는 분명 한여름날 소나기 끝에 보게 되는 오색찬란한 무지개, 그렇게 영롱한 시간대였다. 아슴아슴 그 생각에 빠져드는 순간, 나는 내가 정말 노망에 들지 않았나 움찔 놀란다. 남한에서 살 동안, 죽기 전까지 생각이 그렇게 돌아서는 안 된다고 수없이 다짐했는데 팔순 나이에 이르자 돌아갈 수 없는 그 시절이 왜 안타깝게 떠오르는지 알 수 없다. 누구나 한 번은 맞게 되는 죽음처럼, 누구에게나 젊은 한때는 오직 한 차례, 조금 전 꿈처럼, 꿈결이듯 짧게 스쳐가버리기 때문일까.

(『문학인』 2002년 여름호. 2002년 제4회 황순원문학상 수상작)

물방울 하나 떨어지면

물방울 하나 떨어지면

남편과의 첫 인연은 일곱 해 전 인터넷에서 시작되었다. 내가 처음으로 내 적성에 맞는 한가로운 낮 직장을 얻어 근무할 때였다. 비록 한시적인 일자리로 임시직이었지만 서울 위성도시 시립도서관의 출납일은 바쁘지 않았고, 무엇보다 책을 실컷 읽을 수 있다는 게 반가웠다. 퇴근 뒤면 컴퓨터 학원에 다니며 인터넷을 익히자, 익명자로서 각종 정보를 클릭해 시사와 교양의 바다를 뒤지는 게 여간 재미있지 않았다. 도서관의 주요 고객은 대학 입시생과 자격증을 따려는 고시생들, 이제 글을 익히기 시작하는 자녀와 함께 와서 어린이책을 같이 보며 독서 지도를 하는 젊은 주부, 이 책 저 책 들춰보며 낮 시간을 보내는 조기 퇴직한 중년층들이었다. 나 역시 한가한 시간은 독서로 보냈는데 눈이 피로하면 가끔 내가 즐겨 찾는 몇 종류 인터넷 사이트를 뒤지곤 했다. 그러다 장애인 사이트에서 나는 특이한 구혼 광고를 발견했다.

―나이 33세. 복합 장애 1급. 성격은 온순함. 가족 관계는 단출하고 생활 정도는 부유함.

공개된 남자의 이력이 간단한 대신, 구혼 대상 요구 조건은 까다롭다 못해 실소를 자아내게 했다.

―복합 장애인의 평생 반려가 될 배우자를 구함. 나이 20세에서 30세 미만의 한국 국적 소유자. 신체 건강하며 결혼 경력이 없는 미혼 여성. 학력은 고졸 이상. 기독교인을 환영하며, 인내심 강한 순종형의 착한 여성.

구혼 광고를 보자 나는 그 광고를 낸 장애인 가족의 오만함에 은근히 분개했다. 지금이 어떤 시대인데, 재산 좀 있다고 복합 장애 1급의 배필로 일등 신붓감을 찾다니? 간병인 구인을 구혼으로 잘못 짚지 않았느냐고 고개를 갸우뚱할 만했다. 복합 장애 1급이라면 정신장애와 신체장애를 함께 가진 중복 장애인일 터였다. 정신지체자로 성장한데다 제 몸조차 제대로 가누지 못하는 불구의 일그러진 남자 모습과 사지가 뒤틀린 몸뚱이가 머릿속에 그려졌다. 그동안 나는 많은 장애인을 보아왔다. 아니, 그들과 함께 산 세월이 내 짧은 생애에 여덟 해나 되었다. 그런 자들은 대화의 상대조차 되지 못할 테고, 먹는 것에서부터 똥오줌 받아내기, 몸 씻기고 옷 입히기까지, 그 뒷수발로 평생을 보내야 할 터였다. 테레사 수녀같이 예수에 입힌 바 되어 버려진 영육에 헌신함을 천직으로 삼지 않은 다음에야 재화의 가치만 따지려 드는 오늘날의 개인 이기주의 시대에 누가 그런 혼처를 선뜻 선택하랴 싶었다. 호적에 부부로 등재된다고 해서 부부 관계가 성립된다는 논리는, 신붓감을 곤충 채집하여 압정으로 눌러놓고 법적 사실혼을 종이 기록으로만 증명하는 강제에 다름 아니었다. 그렇게 해석하자, 구혼 광고는 청혼이 아니라, 현대판 노예나 몸종을 구하고 있음이 틀림없었다. 더욱 가관인 점은, 구혼에 응할 여성의 이력서 작성 양식이었다. 명함판 사진을 첨부하여 본인의 이름, 연령, 학력, 혈액형, 출생지, 현주소, 전화번호에다 직업, 성격, 취미, 종교, 형제 관계, 감명 깊었던 책, 좋아하는 화가나 그림, 십대 때의 장래 희망을 기입하는 난까지 있었다. 구혼 지망자의 부모란은 성명, 학력, 직업, 생활 정도와 생존 여부를 기록해야 했다. 마지막으로, 본인의 주민등록등본과 구혼 지망 동기를 자필로 원고지 열 장 분량을 써서 제출해야 한다고 명시해놓았다.

—지망에 응할 여성은 이메일을 이용하지 말고 아래 주소로 서면 제출해야 하며, 구혼 지망 동기는 반드시 자필로 기술할 것. 비밀을 절대 보장하되 반송은 불가함. 구혼 지망자는 서류 심사를 거쳐 다섯 명 내외의 후보를 최종 선발하여 면담 일자를 개별 통지함.

구혼 광고를 읽고 나자 나는, 가부장제 유교 문화의 봉건 시대를 살고 있는 어느 얼빠진 재력가가 인간 구실하기 힘든 자식을 위해 희화적인 구혼 광고를 인터넷에 띄웠다고 생각했다. 아니면 무지한 재력가가 아직도 뼈저리게 가난한 전근대적인 열녀가 있으리라 믿고, 성사가 안 되도 그만이라는 한가로운 마음에서 반장난기로 인터넷을 이용했을 수도 있었다. 일곱 해 전 그 시절, 인터넷이 학생들이나 전문직 종사자들 사이에서 이용되었을 뿐 일반인에게 확산되기 전이라 예순 줄에 들었을 부모가 인터넷을 통해 자식의 구혼 광고를 화면에 띄운다는 것은 상식 밖이란 데 생각이 미치자, 장애인의 형제가, 뭐 우리 쪽에서 손해 볼 건 없잖습니까, 하고 부모의 승낙 아래 한껏 기고만장하여 난해한 퀴즈를 내듯 인터넷을 이용했을 수도 있었다. 처음 나는 솔직히, 별 미친 구혼 광고도 다 보겠군, 하는 마음이었다. 그날 밤, 잠자리에 들자 인터넷에서 본 구혼 광고와 함께 복합 장애 1급이라는 남자가 떠올랐고, 특히 '인내심 강한 순종형의 착한 여성'과 '생활 정도는 부유함'이란 대목이 선명하게 뇌리에 박혔다. 구혼 광고를 낸 쪽에서 생활 정도가 부유하다는 점을 유독 강조했으니 장애인을 돌보는 간병인은 따로 두었을 터였다. 부모 사망 후에도 그 장애인과 재산을 지켜줄, 예전 용어를 빌린다면 절개를 지킬 심덕 무던한 종부(宗婦)를 구하고 있지 않을까란 추측이 가능했다. 지원을 해볼까, 하는 생각이 불쑥 든 것은, 내가 타인의 강제에 의해 아이 적부터 인내심 강한 순종형으로 길들여졌지만 '착한 순종형'이라고 나를 평가한 적은 없었기에, 그 장애인 남자에 대한 동정심과는 무관했다. 그 당시, 사실인즉 나는 내 앞날만 예상하면 그 아득한 나날을 무거운 등짐에 눌린 채 땡볕 속을 타박타박 걸어야 할 무력감에 진저리 쳤고, 최소한의 생활비만 해결된다면 부와 권세와 명예만 좇는 부나비 떼의 통속적인 난장판을 떠나 적멸보궁과 같은 처소, 그런 외진 곳에 숨어서 살았으면 싶은 심정이었다. 세상이 번식시킨 나쁜 세균에 너무 일찍 감염되어버린 자가 그런 환멸에 잘 빠지듯, 나는 복잡한 시정살이에서 철저히 잊히는 존재가 되고 싶었다. 그래서 도시의 문명을 등진 채 오지의 자연 속에 묻혀 협동 공동체 생활을 하는 동아리가 있다는 말을 듣고는 인터넷 사이트로 들어가 그 접속을 시도해보기도 했다. 돈이 많다면 이를 유용하게 쓸 데가 얼마나 많은가. 복합 장애인과 내가 져야 할 등짐까지 재물이란 낙타 등에 싣고 길 나선 마음으로 청혼해볼까. 뱃사람들에게 팔려가는 심청이 심정이랄까, 나는 그런 엉뚱한 생각을 했다. 그런 마음이었을 때, 내 입가에는 비열한 냉소가 머물렀을 것이다.

이튿날, 나는 도서관으로 출근하자마자 컴퓨터로 이력서 작성을 시작했다.

—김금순. 29세. 혈액형 AB. 학력: 서울신학대학교 야간부 사회복지학과 휴학 중. 직업: 경기도 의왕시 시립도서관 근무. 출생지: 인천광역시 연수구 동춘동. 부모: 아버지는 생존 여부를 아직도 알 수 없으며, 어머니와 함께 살다 본인 6세 때 어머니가 별세하자 이웃 아주머니가 경기도 부천시에 있는 사설 보육원에 맡겼기에, 부모 형제가 없는 사고무친임. 성격: 조용함. 취미: 독서. 종교: 기독교계 장애인 공동체인 '섬김복지단'에서 생활한 10세에서 18세까지는 교회에 출석했으나 현재는 쉬고 있음. 감명 깊었던 책: 셰익스피어의 희곡들. 좋아하는 화가나 그림: 쉽게 떠오르지 않음. 십대 때의 장래 희망: 한때 수녀를 동경했음.

구혼 지망 동기의 자필 기술은 당시 내 마음을 비교적 솔직하게 진술했다. 이력서의 진술 내용도 가식은 없었다. 성격란에는 '말수가 적음'이라고 컴퓨터 자판을 두드렸다가 판단에 혼란을 줄 수 있는 용어라 지웠다. 감명 깊었던 책은 괴테의 『파우스트』라고 쳤다가 역시 지웠다. 성년 이후, 특히 인쇄 공장의 제본부에서 일할 때 파본을 얻어와 나는 꽤 많은 문학서와 교양서를 읽었다. 내가 기재한 책은 그중 먼저 떠오른 책 가운데 하나인데, 밑줄을 쳐가며 읽은 셰익스피어 희곡의 대사는 때때로 내 삶의 각성제가 되었다. 생뚱스럽게 끼워 넣은 듯한 좋아하는 화가나 그림에 대해서는 내가 그 방면에 무지했기에 기재할 수가 없었다. 한때 나는 수녀가 되고 싶었던 적이 있었으나 수녀원의 엄격한 선발 과정과 규율을 듣고는 그 세계와 소원해졌다. 집과 가까운 부천시에 있는 서울신학대학교 야간부 사회복지학과는 내가 오기로 컴퓨터 자판에 내 초라한 이력을 두드렸듯, 그와 비슷한 동기로 지원해 강의 시간에 맞추어 헐레벌떡 달려가 수업을 받았지만 강의 내용은 혼자 공부해도 될 교재 수준 정도였고, 야간에 근무하는 일터를 잡게 되자 휴학 상태에 있었다. 그쪽에서 꾀까다로운 구혼 조건을 내세웠으므로 입에 맞는 구혼자가 쉬 나타나지 않을 듯 보여, 나 역시 밑져야 손해 볼 것 없다는 생각에서, 용인시 구성읍 아랫사기막이란 마을의 어느 번지로 지원서를 발송했다. 그리고 장애인의 집안과 부유함의 정도에 대해 문득문득 공상에 가까운 상상을 품어보긴 했으나 지원자의 이력서 접수 마감 날짜를 기억하지 못했을 만큼, 지원서를 후딱 발송한 경솔한 내 결정에 회의하며 그 사실을 방기했다.

　나에게 구혼 면담 일자가 등기 편지로 도서관에 날아들기는 그로부터 서류 심사 낙방이란 시름도 잊힐 무렵인 보름쯤 뒤여서,

뜻밖이었다. 막상 서류 심사에 합격했다는 사실 앞에 나는 조금 난감했다. 도서관에 월차를 내고 면접 장소를 찾아가야 하나 기권해버리고 말아야 하나를 두고 망설이기 며칠, '오기로 불쑥' 지원한 잠재적 심리에도 운명의 선택이 작용했으리라는 판단 아래, 나는 면접 일정에 순종하기로 결정했다. 면접에서의 불합격을 은근히 기대한 비뚤어진 마음 또한 없지 않았다. 저쪽에서 정해준 면접 일자는 1월 하순이었다. 면접 전날은 시나브로 흩날리던 눈이 그치고 구름만 무겁게 하늘을 덮고 있었다. 도서관에 월차를 낸 나는 밤 깊게 책을 읽다 늦잠을 자고 일어나 늦은 아침을 식빵과 우유 한 팩으로 때우곤, 십 년도 넘게 입은 두툼한 갈색 외투를 걸치고 체크무늬 머플러로 머리를 둘렀다. 중고품을 늘어놓고 파는 노점상에서 산 굽 없는 납작한 구두는 여섯 해째 신는 신발이었다. 면접 약속 시간이 정오였기에 나는 경부고속도로 신갈분기점에서 동으로 꺾어지는 용인시 구성읍에서 이 킬로미터 북쪽에 위치한 아랫사기막이란 묘한 이름의 마을 약도를 쥐고 수원으로 가는 시외버스를 탔다. 거기서 이천, 여주로 가는 버스가 구성읍을 거쳐가므로 그 버스 편을 이용해 구성읍에서 하차하라는 면담 통보서의 지시에 따랐다. 읍사무소 소재지는 한창 개발 붐으로 곳곳이 파헤쳐진 채 흰 홑이불을 덮고 해동기의 아파트 공사 착공을 기다리고 있었다. 구혼자의 집은 읍내에서 오 리로, 88골프장 앞을 빠져 북상하는 길은 계절 탓이긴 하지만 주변이 황량했다. 인적 뜸한 그런 쓸쓸한 풍경이 날 선 찬바람과 함께 내 마음과 겹쳐 오히려 정감이 느껴졌다. 비애, 쓸쓸함, 애잔함, 슬픔,

이런 따위의 감정은 내가 언걸증을 내는 만큼, 그 반대로 늘 내 주변을 서성거리다 민감하게 가슴을 찌르며 달려들곤 했는데, 그런 상처는 자연이나 환경보다 대체로 인간관계에 기인했다. 띄엄띄엄 자리한 한촌과 황량한 겨울 들녘 사이로 칼바람을 맞으며 눈이 채 녹지 않은 시골길 따라 또박또박 걸음을 옮기자, 나는 적멸의 아득한 심연을 찾아 나 홀로 걷고 있는 듯한 평온감을 느꼈다. 그런데 비닐하우스가 즐비한 원예 단지를 거쳐, 축사 가건물에서 들려오는 돼지와 닭들의 간헐적인 울음소리를 듣자, 나는 나도 모르게 몸을 떨었다. 언젠가는 도축될 갇힌 짐승들의 무료한 나날이, 보육원 시절을 함께 보낸 원아들의 겁먹은 헬쑥한 얼굴을 떠올리게 해주었다.

드디어 나는 솔수펑이 우거진 나지막한 동산 기슭에 붙은, 약도가 지목한 구혼자의 독립된 가옥을 먼발치로 보았다. 붉은 기와 올린 납작한 단층집이었다. 철망 담장이 길게 에두른 푸른 철대문 앞에 서니, 약속 시간에 맞추어 가까스로 도착한 셈이었다. 철망 담 너머로는 숫눈이 소복이 재인 과수원이었다. 대문 한쪽에 초인종이 달려 있었다. 초인종을 누를까 말까 잠시 망설이자, 순간적으로 복합 장애 1급이란 남자의 모습이 떠올랐다. 브론테 자매가 소녀 시절을 보낸 영국 요크셔 한촌의 황량한 벽지 목사관과 함께, 『제인 에어』나 『폭풍의 언덕』에 나오는, 비극을 예고하는 음험하고 고풍스러운 그런 집 앞에 선 듯, 추위 탓만도 아닌데 나는 으스스한 한기가 머리털로 뻗침을 느꼈다. 면접시험을 치르러 여기, 이 한촌까지 들어와 철대문 앞에서 망설임 없이 초인종을 누른 지원자가 있었을까 하는 의문이 들었다. 물론 그런 여성은 자신이 앞으로 겪게 될 모든 난관을 예감하고 '인내심 강한 순종형의 착한 여성'으로서 복합 장애인의 평생 반려를 각오했을 터였다. 아니야. 재산만 노리고 한시적인 헌신을 각오한 여성 외, 나 말고 그런 지원자는 없었을 거야. 그런 속삭임이 나를 처량하게 했으나, 따뜻한 용기를 준 점도 사실이었다. 비극 자체를 사랑한다거나 내가 비극의 주인공이 되고 싶다는 사춘기적 그 어떤 복수심을 브론테 자매의 소설 독서로 대리 만족했던 시절이 있었다. 나 자신을 그런 비극 속에 가두어도 좋다는 결심 아래, 나는 추위로 굳은 손가락을 초인종에 얹었다. 셰익스피어의 비극 『심벨린』에, '굶주림은 용기를 주는 법, 풍족함과 안이함은 비겁을 낳을 뿐이니, 고난은 언제나 강한 정신력의 어머니다'란 대사가 있다. 그 순간, 나는 그 대사를 떠올렸다. 인기척과 초인종 소리에 철대문 발치까지 달려온 개가 사납게 짖더니 잠시 뒤, 현관문이 열리고 신발 끄는 소리가 났다. 김금순 씨 맞죠? 하고 묻는 밝은 목소리가 들렸다. 하늘 나지막한 찌푸린 날씨에 그 목소리는 귀여운 새의 울음같이 맑게 퍼졌다. 대문이 열릴 때에야 나는 조그맣게, 면접을 보러 온 사람이라고 말하며 여인 옆에서 큼큼거리는 개를 피했다. 이 진돗개는 무척 영리해서 잘 짖지만 도둑이 아닌 내방객을 알아봐 함부로 물지는 않아요. 외진 곳이라 우리 순둥이야말로 집 지킴이지요. 여인이 개의 굵은 목덜미를 쓰다듬어주었다. 흰 장미꽃이 수놓인, 몸에 착 붙는 회청색 벨벳 원피스를 입은 여인은 사십대 중반 정도였으나 용모가 목소리만큼 귀여운 티가 나서 훨씬 젊게 보였다. 집 현관으로 들어서는 다섯 계단 옆에 장애인용의 턱 없는 완만한 비탈 통로를 따로 만들어 두어, 나는 복합 장애인이 휠체어를 사용함을 짐작했다. 신발 벗는 현관과 거실 역시 턱이 없었고 넓은 거실 건너쪽 페치카에서는 장작불이 타고 있어 실내에 훈기가 돌았다. 정돈되지 않아 어수선한 거실에는 사람이 없었다. 벽 아래쪽은 전통 고가구들이 즐비했고, 벽 위쪽은 크고 작은 그림들이 질서 없게 걸려 있는데, 대체로 추상 계열 서양화였다. 제출한 이력서에 그런 난이 있기도 해서 나는 집주인이 화가란 사실을 금방 알아차렸다. 통유리라 바깥의 과수원이 환히 내다보이는 테라스에서는 중년의 남자가 대빗자루로 눈을 쓸어내고 있었다. 한눈에 보아도 그는 장애인은 아니었다. 대문간에서 본 개가 그 주위를 어슬렁거렸다. 여인은 내 외투와 스카프를 받아 옷걸이에 걸며, 험한 길 오시느라 수고하셨다며 우선 몸 녹이며 차나 한잔 들자 하곤, 뭘 마시겠냐고 내게 물었다. 나는 따뜻한 물이면 된다고 했다. 여인은 거실과 트인 주방 안쪽에서 음식을 장만하던 아낙에게 녹차 두 잔을 부탁했다. 따뜻한 녹차를 마실 동안 우리는 대화가 없었다. 여인은 시종 생글거리며 짬짬이 동그란 눈 속에 나를 가두고 내 면면을 관찰했다. 미장원에 가지 않으려 머리칼을 쇼트커트로 잘랐고, 마른 얼굴에 콧대와 광대뼈가 솟았고, 늘 무언가 탐색하듯 반짝이는 눈동자에, 작고 얇은 입술을 꼭 다물고 있는 나를 두고 사람들은 암고양이같이 차갑고 쌀쌀맞다고 말하곤 했는데, 전혀 복스럽지 않은 내 얼굴은 내가 점수를 준대도 낙제점이었다. 화장을 하지 않는군요. 녹차를 다 마신 뒤 그네가 한 말은 그 한마디였다. 나는 그저 미소만 띠어 보였다. 여인의 밝은 인상 때문이기도 했지만 집안 분위기가 음습하지 않아 내 예상이 빗나갔다. 페치카에서 타오르는 저 따뜻한 불기운 때문일까. 문득 그런 생각이 들었다. 이리로 들어오라며 여인이 나를 안방으로 안내했다. 넓은 방에 두 사람이 내 면접을 보려고 기다리고 있었다. 한복에 마고자를 걸치고 보료에 비스듬히 기대앉아 안석에 한 팔을 얹은 병기 완연한 일흔 살 전후의 깡마른 노인은 주인장 화가가 틀림없었고, 휠체어에 실려 얼굴을 보이지 않은 채 돌아앉아 창밖 과수원을 내다보는 남자가 바로 문제의 장애인이었다. 방 안 분위기의 어색함에 나는 몸 둘 곳을 몰라 하다 겨우 목례를 하곤 여인이 밀어준 방석에 무릎 접고 앉았다. 주인장이 가래 끓는 쉰 목소리로, 추운 날 먼 길 오시느라 수고하셨다며 먼저 운을 떼었다. 여인이 그 옆에 앉았다. 부부라기보다 아버지와 딸 같아 보였으나, 여인은 노인에게 우리 선생님, 여보라는 호칭을 번갈아 썼다. 장애인 아들과 열 살 정도의 나이 차이라면 여인은 주인장 후처임이 분명했다. 아낙이 대추차와 과일 접시를 안방에 들여놓고 나가자, 내외와의 본격적인 면담이 시작되었다. 먼저 여인이, 신붓감이 컴퓨터쯤은 다룰 줄 알아야겠기에 딸의 도움을 받아 인터넷에 자기가 직접 구혼 광고를 냈으며, 예상 밖으로 수십 명의 지원자가 있었다 했다. 그중에서 다섯 분을 면접 대상자로 선발했고 네 분의 면담을 마쳤다고 말했다. 김금순 씨가 마지막 면담자예요. 여인이 사근사근한 어조로 말하곤, 다섯 명 면담자 중 최종 결정은 남편과 상의해서 통보하기로 했다는 것이다. 이어, 주인장과 여인이 번갈아 가며 내게 질문을 했는데, 질문의 요지는 주로 나의 성장 과정이었다. 나는 묻는 말에만 간단히 대답했다. 여섯 살 때부터 보육원에서 생활하다, 기독교계 장애인 공동체 섬김복지단으로 옮겨가 거기서 장애인들의 뒤치다꺼리를 하며 야간 중학교를 졸업했고, 열여덟 살에 자립하여 가진 첫 직장이 서울 구로동에 있는 인쇄 공장이었다. 거기서 네 해를 일할 동안 검정고시로 고등학교 과정을 마쳤다. 이어, 꽃집과 값싼 장신구 상점의 점원을 거쳐, 과천시에 있는 스물네 시간 문을 여는 편의점에서 야간 근무를 했다. 야밤엔 손님이 뜸했기에 주로 대여점에서 빌려온 책을 읽었는데, 입시생 아들의 간식거리를 사러 자주 들랑거리던 손님이 의왕시 도서관 직원이라 그분의 배려로 도서관의 임시직으로 일 년 반째 근무 중이라고 말했다. 지망 동기는 별첨 용지에 밝혔기에 내외가 꼬치꼬치 캐묻지는 않았다. 일찍 부모를 잃고 참으로 고생 많이 하셨군요. 여기까지 살아오는 동안 얼마나 외롭고 힘들었겠어요. 선생님과 함께 금순씨 자술서를 읽으며 목이 메었어요. 여인이 내게 듣기 좋은 말을 했다. 그러자 주인장이 불쑥 나섰다. 나는 곧 죽소. 췌장암이 간에까지 전이되어 영 가망이 없나 보오. 여섯 달 선고를 받았는데, 이제 석 달밖에 남지 않았어요. 내 죽은 뒤에도 못난 내 자식을 평생 책임져주겠소? 자식 옆을 떠나지 않고 평생을 한결같은 마음으로? 단도직입하는 그 말에 나는 잠시 당황했다. 자신이 죽고 나면 옆에 앉은 젊은 부인이 잘 거두어줄 것 같지 않다는 뜻인가? 그런 의문이 들었으나 나는, 기회가 주어진다면 그런 각오가 섰기에 지원서를 냈다고 대답했다. 그럴 동안 나의 관심은 줄곧 등을 보인 채 휠체어에 앉아 미동조차 않는 장애인을 향하고 있었다. 주인장이 내 호기심을 깨고 힘들게 말했다. 엉뚱한 짓을 하지 않는다면 남은 재산으로 내 자식놈과 먹고사는 데는 별 걱정이 없겠지만, 종교심의 발로로 자기희생과 헌신이 없다면 오래 버텨내기 힘들 것이오. 세상에 그런 천사가 몇이나 되리오마는, 그런 각오가 있어야만 우리 동수와 혼인이 가능할 겁니다. 질문투가 아닌데다 천사를 며느릿감으로 선택하겠다는 말이 지나친 아전인수격이라 나는 미소만 띤 채 입을 다물고 있었다. 어쩌다 곁눈질로 보니 문갑 위에 유명 사립대학교 미술대 학장 누구라는 자개 올린 삼각형 명패가 보였다. 왜 교회 출석을 쉬고 있느냐고 주인장이 다시 물었다. 직장을 옮겨다니다 보니 주일에 시간이 나지 않아 교회 출석은 못해왔으나 이 세상의 그늘에서 눌려 사는 낮은 자들을 사랑하신 주님을 경외하며 성경을 옆에 두고 짬짬이 읽는다고 나는 대답했다. 내 말이 끝나자 여인이 일어나 장애인 쪽으로 가더니, 우리 동수 맞선 봐야지, 하며 휠체어를 돌려놓았다. 나는 하늘색 셔츠에 검정 바지를 입고 휠체어에 꼿꼿이 앉아 두 손을 팔걸이에 단정하게 얹은 남자를 보았다. 그는 머리칼을 짧게 깎았고 둥근 얼굴에 아무런 표정도 담고 있지 않았다. 복합 장애인이라고는 여겨지지 않을 만큼 용모가 준수했다. 이목구비가 반듯했고, 복합 장애인은 대체로 기형적인 용모에 비대하거나 너무 마른 편인데, 그는 옷을 입었지만 전혀 그렇지 않은 표준형이었고, 스물 초반으로 보일 만큼 피부가 깨끗하고 앳돼 보였다. 세상살이에 따른 고뇌의 짐을 지지 않다보니 정신지체인들의 얼굴은 나이에 따른 주름이 생기지 않고 천진스러운 순박함이 금방 드러난다는 것을 나는 잘 알고 있었다. 나와 시선이 마주치자 남자는 수줍어하듯 눈길을 내리깔더니 고개를 숙였다. 착한 애요. 너무 순수한, 어린아이같이 착한 애지요. 하루 종일 의사 표시는 몇 마디도 않지만 속은 훤히 뚫렸소. 다른 사람은 몰라도 이 애비는 저 애의 내면을 알지요. 우리 동수로 말할 것 같으면…… 주인장의 목소리가 축축해지더니 더 말을 잇지 못했다. 여인이 어색한 분위기를 바꾸려는 듯, 우리 함께 점심을 들자고 말했다. 아닙니다. 면담이 끝났다면 전 그만 돌아가보겠습니다. 나는 사양하며 방석에서 일어섰다. 여인이 예의 맑은 목소리로 나섰다. 지금 결정할 것도 아니니 전혀 부담을 갖지 마세요. 그래도 우리 집 손님인데 먼 길 오신 분을 그냥 보내는 게 우리 쪽 예의가 아닙니다. 간단하게 차렸고, 다른 면담자들도 점심식사를 하고 갔어요. 그래서 정오를 면접 시간으로 잡았지요. 그네의 말에 나는 더 이상 발뺌할 말을 찾지 못했다. 어쩌면 식사 예절도 면담의 한 절차일는지 몰랐다. 차려 나온 음식은 정갈했고 여인의 말 그대로 특별한 요리는 없었다. 밥, 국, 된장찌개, 김치, 조기구이, 나물 두 종류였다. 식사는 주인 부부, 장애인 아들에, 여인이 불러 구석방에서 나온 성숙한 여고생이 끼이게 되었다. 갈래머리로 땋은 소녀는 주인 내외의 딸이었다. 식사 중에 대화는 별로 없었다. 내가 끼였다 해서가 아니라 평상시에도 단출한 식구는 조용히 식사를 하는 데 익숙한 듯 보였다. 여고생은 내가 무슨 볼일로 이곳에 찾아왔는지 알고 있는 듯했으나 나에 대해 별다른 호기심을 나타내지 않았고 제 엄마와 토플 시험에 관해 작은 소리로 몇 마디 말을 나누었다. 장애인 남자는 숟가락질을 직접 했고, 젓가락으로 집어 먹기 힘든 반찬은 그 옆에 자리한 여인이 일일이 밥 위에 얹어주었다. 왼손잡이라 그렇게 보였는지, 장애인의 숟가락질이 서툴렀다. 그는 타인과 눈길을 맞추려들지 않았으며 묵묵히 식사를 했다. 저렇게 먹은 것을 배설할 때, 오줌은 차고 있을 기저귀에 그냥 방뇨해버리겠지만 대변을 볼 때는 휠체어에서 들어내 변기에 앉혀줘야 하고, 그때마다 엉덩이를 일일이 씻어준다? 밥맛이 떨어졌으나 자력으로 용변 뒤치다꺼리가 힘든 장애인이나 치매 환자를 돌보아본 나로서 이 집 식구가 된다면 어차피 겪게 될 일상이었다. 주인장은 반 공기 정도의 밥조차 느리게 먹었고, 식후에는 사발로 한약재 탕약을 마셨다. 나는 잡곡이 섞인 공기밥을 다 비우지 못한 채 숟가락을 놓았다. 후식으로 나온 사과 한 조각을 먹곤, 나는 일어섰다. 못난 자식을 보고 면담까지 해줘서 고마워요. 인연이 닿는다면 또 만나게 되리다. 편히 가시오. 주인장은 어린 딸의 부축을 받으며 현관에서 나를 배웅했다. 여인이, 운전기사가 있으니 승용차로 수원까지 나를 데려다주겠다며, 이곳에서는 승용차가 없으면 외출이 아주 힘들다고 했다. 걷겠어요. 모처럼 시골길을 걸으니 정취도 있고 좋더군요. 나는 머플러로 머리통 싸매며 그 호의를 사양했다. 나는 철대문의 빗장을 열며, 따라붙는 개가 무서워 바삐 나섰다. 내가 개를 무서워하는 데는 그럴 만한 이유가 있었다. 내가 있었던 보육원에 송아지만한 도사견 두 마리가 집 지킴이였는데 행정실장은, 만약 여기에서 탈출하면 도사견을 풀어놓아 물어 죽이게 하겠다고 위협하곤 했다. 급식량이 적은데다 뒷산을 까뭉개어 채전을 만든답시고 원생들을 중노동으로 부려 더러 탈출하는 아이들이 있었던 것이다. 구성읍에서 기흥이나 수원 나가는 시외버스를 타자면 십오 분 넘게 기다려야 할 텐데, 정말 그러시게요? 하고 여인이 눈을 동그랗게 뜨고 물었다. 나는 같은 말로 완곡히 거절하며 걷겠다고 했다. 그네가 내 외투 주머니에 무엇인가 구겨 넣었다. 내가 멈칫하며 꺼내보자 편지 봉투였다. 그네는, 엄동 추위에도 불구하고 먼 길을 왕복한 데 따른 차비 정도라 했다. 물론 나는 그 선심도 뿌리쳤다. 먼저 다녀간 네 분에게도 차비를 주었다며, 가부간 한 주일 안에 전화로 다시 연락하겠다고 여인이 빠르게 말했다. 그네는 내가 돌려준 봉투를 한사코 받지 않고 현관으로 몸을 돌렸다. 읍내로 나가는 오 리 길을 걸으며 손에 잡히는 봉투를 열어보니 깔깔이 만 원권으로 십만 원이 들어 있었다.

*

5월 중순의 맑은 날씨다. 오늘은 일주일에 두 번씩 자원봉사 나가는 날 중 하루다. 금요일로, 만나보육원의 장애아들을 만나러 가는 날이다. 수요일은 내가 사는 용인군 구성읍 일대의 극빈층 독거노인 여섯 집을 순방한다. 일요일에도 남편과 함께 보육원의 주일 예배에 출석하기에 그곳에 들르는 날은 한 주일에 이틀인 셈이다.

나는 잡채와 볶음밥 만들 재료를 아이스박스에 담아 소형 승용차로 옮기고, 이틀 전 새 아파트 단지에 개점한 대형 쇼핑몰에서 시장을 보며 사 온 스케치북 세 묶음과, 크레용 박스도 차에 싣곤, 뒤란 채전으로 돌아 나간다. 며칠 동안 한여름 더위가 계속되어 너른 밭의 생장물들이 새벽이슬만 먹어 이파리들이 싱싱하지 않다. 밭 백여 평은 내가 이 집에 며느리로 들어온 그해 박영감과 함께 일구었다. 나는 지하수와 연결된 호스로 감자, 고구마, 콩, 토란, 고추, 상추, 아욱밭에 고루 물세례를 퍼부었다. 삼십 분 걸려 밭에 물주기를 대충 끝내자 등줄기로 땀이 밴다. 세탁기에서 옷을 꺼내 빨랫줄에 널곤 청바지에 티셔츠 차림 그대로 장바구니 백을 챙긴다. 주방에서는 장춘댁이 점심참으로 칼국수를 준비하고 있다. 거실 밖 테라스에서 휠체어에 앉아 있는 남편의 뒷모습이 보인다. 집을 나서기 전 나는 잠시 남편을 보기로 하고 테라스로 나간다. 늘 그렇듯 남편은 표정 없는 얼굴을 잠시 내게 돌리곤 다시 눈앞의 과실나무들을 망연히 바라본다. 붓꽃, 창포, 옥잠화 잎들이 무성한 뜰 저편으로 사과꽃, 복숭아꽃이 무더기로 피었다. 화창한 날씨에 흐드러지게 핀 꽃으로 어우러진 과수원 풍경이 한 폭의 도화경을 이루고 있다. 훈풍에 섞여 꽃향기가 코에 스민다. 과수원 일을 맡아 하는 박영감의 꾸부정한 모습이 과실나무 밑동 사이로 저만큼 보인다. 남편은 박영감을 보고 있는지도 모른다. 애들과 함께 지내다 저녁 예배를 보고 돌아올 거라는 내 말에, 남편은 아무런 반응이 없다. 혼자 저녁밥 자시려면 쓸쓸하겠네요? 역시 반응이 없을 줄 알지만 나는 내 귀가 시간대를 그에게 알린다. 무반응에 상관없이 그가 집안의 가장이기에 나는 아내로서 마땅히 해야 할 보고를 빠뜨리지 않는다. 남편을 만나기 전에도 날마다 내가 나에게 그런 다짐을 빠뜨리지 않았듯, 나는 내게 나의 일정을 약속하는 셈이다. 그래야 내 마음이 자연스럽다. 남편을 잠들지 않는 시간에는 먹고 배설만 하는 식물인간이라고 생각해본 적이 없다. 시정 사람들이 상투적으로 말하는 부부간의 행복을 부정해버린 지 오래다. 그런 내 관점에서 보자면, 이미 사회적 죽음을 당한 남편의 신체적인 장애와 정신적 지체는 어쩔 수 없지만, 그는 오직 침묵하고 있을 뿐 정상인과 큰 차이가 없다는 게 내 소신이다. 그와 이런저런 대화를 나눌 수는 없으나 그는 내 말뜻을 대충 알아들으며, 내가 외출에서 몇 시쯤에 돌아올지 뇌 속의 정보 종합처리기관인 해마에 저장해둔다. 바닷물고기 해마를 닮은 새끼손가락 크기인 남편 뇌 속의 그 기관은 부품에 결함이 있다. 그러나 그 정보의 기억실은 중요한 정보를 다 놓치거나 흘려보내더라도 내가 말한 귀가 시간대쯤은 희미하게나마 입력한다. 그걸 알 수 있는 것이, 만약 약속 시간대에 내가 돌아오지 않으면 그는 휠체어에서 내려 잠자리에 들려 하지 않고 거실에서 현관 쪽으로 휠체어를 돌려놓고 앉아 나의 귀가를 하염없이 기다린다. 내가 돌아왔다는 초인종 소리가 들리면 그제야 불안에 잠겼던 눈동자가 순하게 풀린다. 그렇게 보자면, 나와 다른 의견을 내어 그걸 조정하느라 심사를 들볶인다든가, 이 일 저 일에 간섭함으로

써 부담을 주는 정상인과는 달리, 조금 억짓말로 표현하자면 그는 무위자연이다. 나는 흐르는 시간을 잡아 묶어 잘게 부수어선 천천히 되새김질하는 남편의 옆모습을 본다. 테라스의 등나무 넝쿨 차양 사이로 스며든 햇살이 정지된 로봇 같은 남편의 전신상에 얼룩무늬를 만들었다. 그러나 자세히 살피면 그는 아주 정지된 로봇은 아니다. 휠체어 팔걸이에 얹은 왼손의 장지가 맥박의 진동처럼 팔걸이를 일정한 간격으로 두드린다. 그는 눈앞의 사물에게 그렇게 신호를 보낸다. 세상 사람들의 일 초가 그의 시간대로는 십 분쯤에 해당될 것이다. 아니, 마치 속도전을 치르듯 분초마저 쪼개어 쓰는 '빨리빨리병'에 중독된 요즘 사람들과 견주자면 남편은 한없는 느림을 저작하는 셈이다. 내가 싫어하는 이분법적 단어인 '행복'과 '불행'을 남편의 잣대로 따지자면, 그는 그 단어의 의미를 캐지 않기 때문에 다행히도 불행하지 않은 행복한 사람이다. 어느 날, 인터넷으로 본 국가별 행복지수 통계에서 국민 소득 이백 달러 남짓한, 세계에서 가장 가난한 나라 중 하나인 방글라데시의 행복지수가 서양 선진 국가들을 제치고 최상위권에 자리한 것을 알고 적이 안심한 적이 있었다. 행복과 불행을 소유의 정도 차이로 평가함이 얼마나 가공스러운 이분법적 규정인가를 밝혀준 사례라 할 것이다. 남편은 눈을 감고 있지 않은데 이렇다 할 표정이 없다. 어제 내가 면도를 해주었기에 윤나는 반질 머리가 선승 같고 인중과 턱이 파르스름하다. 선명한 턱선이 강기한 그의 성격을 보여준다. 잠자리에서 일어나면 허구한 날 휠체어에 앉아 시간이 저 혼자 마냥 가게 내버려두는 저 머릿속에서 무엇이 어떻게 생명을 조정하며 시간의 단위를 체크하고 있을까? 늘 나에게 묻는 질문이지만 준비된 답은 없고, 다만 시속의 변화를 인정할 수 없다는 완고한 그의 고집만 읽을 수 있을 뿐이다. 그의 뇌 속으로 미립자가 되어 틈입해보아도 나는 그 오묘한 비밀을 알아내지 못할 뿐 미로를 헤매게 될 것이다. 그러므로 나는 그가 내게 할 말이나 다짐을 내가 나한테 해버림으로써 대화가 성립된다는 암시에 숙달되어 있다. 어쩌면 나같이 잔머리를 굴리는 보통 사람이 분답 떨며 아득바득 시간을 쪼개어 쓴다면, 그는 생각할 줄 모르는 생명체가 그렇듯 제 나름의 시간대에서 여유롭게 살아간다. 땀이 나면 수건으로 닦아요. 나는 시범 삼아 휠체어 팔걸이에 걸쳐둔 수건으로 남편의 얼굴을 닦아주곤, 테라스를 떠난다.

나는 주방으로 가서 장춘댁에게 점심식사 후 이십 분쯤 뒤에 남편에게 약을 챙겨 먹일 것, 남편의 운동을 빠뜨리지 말 것, 오후 네시쯤 안방은 창문을 모두 닫고 모기약을 쳐둘 것을 이른다. 중국 동포로 이태째 우리 집 일을 거드는 마흔 중반의 그네는 매미처럼 다짐을 반복하지 않으면 곧잘 할 일을 잊어버린다. 사회주의의 느슨한 체제에 익숙한 탓인지도 모른다. 모기약을 쳐두라는 당부도 그렇다. 날씨가 때 이르게 여름 더위를 몰고 오자 모기가 창궐했고 남편은 유난히 모기에 민감하다. 남편이 어둠을 싫어하기에 밤에도 꼬마전구를 켜두는데, 방 안에서 모기 한 마리가 윙윙대며 설쳐도 그는 잠을 잘 이루지 못한 채 모깃소리를 따라 눈동자를 굴린다. 나는 얼른 현관을 나서서 빨리 문을 닫는다.

내가 이 집을 처음 방문했을 때 있던 개 순둥이는 자연 수명이 다해 재작년에 죽었고, 그 아랫대인 두리가 꼬리를 흔들며 나를 따른다. 나는 차고에서 승용차를 꺼내곤 뒤에 실린 아이스박스며 당면 봉지와 옷가지가 든 보통이를 확인한다. 철망 담장을 타고 오른 줄장미는 몇 송이가 이르게 꽃을 피워 진홍의 자태를 요염하게 드러냈고 찔레나무는 튀밥 같은 흰 꽃을 분분하게 피웠다. 벌들이 붕붕대며 꽃들 사이로 부지런히 옮겨다닌다. 일벌들의 쉬지 않는 노동을 지켜보면 그들의 사회성이 너무 일사불란해 평생 일할 양과 서로의 협력 방법을 유전자 속에 내장하고 있다고 믿을 수밖에 없다. 거기에 비한다면 인간의 삶은 얼마나 복잡하고 다양한가. 남편의 경우, 그는 중증 장애인이기 때문에 타인과의 협동이나 노동을 통한 사회생활은 상상할 수가 없다. 벌들의 세계에는 남편과 같은 한가로운 일벌이 없을 것이다. 만약 장애가 있는 벌로 태어났거나 일을 하다 장애를 입는다면 집단에서 도태될 수밖에 없다. 그런 의미에서 인간으로 태어남이 축복일까? 인간은 만물의 영장이니 땅 위의 모든 것을 지배하리란 말이 과연 합당할까? 나는 그 결정론을 쉬 긍정할 수 없다. 병들어 움직이기조차 힘든 독거노인의 경우, 살아 있다는 존재성만으로 인간의 존엄성을 말하기에는 석연치 않다. 그러나 그들이 생명을 다하는 순간까지는 그 인고의 삶이 너무 지난하기에 누군가가 성심껏 도와주어야 한다. 그 점만은 인간이기 때문에 할 수 있는 협동이요 자선이다. 남편 역시 그런 존재다. 그가 내 옆에서 늘 도움을 받아야 할 생명체로 존재하기에 그가 할 수 없는 일을 도와줄 의무가 내게 있다. 내가 남편을 인터넷을 통해, 안 되도 그만이라는 조금은 허황된 마음에서 내 생의 반려자로 선택했더라도, 그이의 부모 쪽에서 나를 마음에 들어하지 않았다면 우리는 인연 없이 다른 세계에서 각자의 삶을 꾸려갔을 것이다. 이 지구상에 모래 알같이 많고 많은 인간들이 제가끔 자기 터전에서 복작대지만 소맷동 스치는 인연이라도 맺는 경우는 그중 선택된 극소수일 테고, 한쪽의 생명이 이 땅을 하직할 때까지 아침저녁 얼굴 맞댈 수 있는 사람이야말로 단 한 사람, 숙명적 선택으로 돌릴 수밖에 없다.

*

용인시 구성읍의 외진 과수원 집 안주인인 오여사의 전화가 도서관으로 걸려오기는 면담이 있은 엿새 뒤였다. 그네는 다음날 퇴근 시간에 맞추어 시간을 내줄 수 있냐고 물었다. 서울 강남 삼성동에 있는 현대백화점 구층 커피숍에서 저녁 여섯시에 만나 식사를 함께하자고 말했다. 전화로 들려오는 오여사의 사근사근한 말에 나는 내심 내가 그 장애인의 배필로 선택될 마지막 단계에 와 있음을 감지했다. 그 순간, 정말 내가 거의 식물인간과 다를 바 없는 복합 장애인의 아내가 되어 평생을 함께 살 수 있을까 하는 막막한 불안이 엄습해왔다. 침침한 회갈색 겨울 여로가 황량한 들판에 긴 띠처럼 누워 있는 그 길로 휠체어를 밀며 하염없이 걷고 있는 내 뒷모습이 설핏 보였다. 이 세상 사람들에게 앞모습을 보이지 않고 뒷모습만 보인 채 살아가는 삶을 내가 원해왔던 것도 사실이다. 에밀리 브론테는 태어난 요크셔 지방을 한 번도 떠나지 않았고, 고향 바깥세상은 삶과 죽음을 함께 삼켜버리는 어둠의 세력이 존재하는 두려운 세상이라고 생각했듯, 나는 외진 과수원에서 장애인과 함께 세상을 등져야 할 운명에 처했음을 곱씹었다. 그러나 그런 삶이 불러오는 자기연민의 감정에까지 나는 냉담할 수 없었다. 등만 보인 채 이 세상으로부터 사라지는 삶, 그 인내에 순종하는 이면에는 자폐에 시달려본 자만이 느끼는 자기 학대의 비애가 스며 있게 마련이다. 안주인을 만나 아무래도 지원서를 잘못 낸 것 같다고 솔직하게 고백하면 어떨까. 그러나 반지하 일곱 평의 초라한 내 사글세 자취방을 떠올리자 그 생활에서 영영 벗어날 가망이 없는 내 앞날 역시 그 어떤 전망이 없기는 마찬가지였다. 내 나이 스물아홉 살, 혼기 놓친 노처녀요 사고무친의 고아였다. 순간, 그런 상념이 떠올랐다. 살림살이가 포스럽고 근면 성실한 남자를 만나 결혼을 했다. 그런데 신혼의 단꿈에 들떠 있던 어느 날, 그가 퇴근길에 교통사고를 당해 식물인간이 되었다. 그는 더도 덜도 아닌 오직 '물건'의 상태로 끈질기게 생명력을 이어간다. 그를 버리고 떠날 수 있겠는가? 만약 내가 그의 배우자라면 나는 그럴 수가 없을 것 같았다. 평생 수절? 이제는 사라진 전근대적인 용어지만, 나에게는 현실적인 용어였다. 그러나…… 그런 추론조차 궁극적으로 위안이 되지 않았다. 나사로를 비롯하여 신약과 구약에 등장하는 그 많은 병자, 고아, 과부, 가난한 자, 갇힌 자, 시련만 당하는 자의 영육으로 곤핍한 모습들도 그들은 성경책 갈피에서만 가녀린 숨을 쉬며 후대 사람들의 동정과 위무를 받았을 뿐, 나의 현실이 아니었다. 나는 내가 읽은 소설책 중 어떠한 역경도 꿋꿋이 이겨나갔던 많은 여주인공들을 떠올렸다. 소설과 텔레비전 영화로도 본 『바람과 함께 사라지다』의 스칼렛 오하라 역시 그런 여자 중의 하나였다. 돌이켜보면 구성읍 그 과수원집을 처음 방문한 뒤, 내가 그 집안의 스칼렛 오하라가 되리란 소영웅적인 욕망이 내 마음 아래 깊이 잠재해 있었는지도 모른다. 그러나 나는 소설의 여주인공이 아니었다. 가설과 내게 닥친 현실은 엄연히 다르고, 희망적인 모든 상상이 실제와 맞지 않는 경우가 대부분이라면, 현실은 꿈처럼 짧지 않고, 그 가혹한 체험은 오랜 세월에 걸쳐 피와 살을 저미리라. 그러나 이렇게도 생각해볼 수 있었다. 만약 내가 이 결혼을 운명적인 선택이라고 받아들이면, 천둥 번개가 치는 흙탕길이라도 순종하여 인내하다보면 어떤 희망의 빛도 보이리라. 한 장애인의 지팡이가 되어 휠체어를 밀며 황량한 들녘 따라 등만 보인 채 먼 길을 가다 보면, 숨은 신이 내려다볼 때 은총을 후광으로 두르고 걷는 은둔자의 길일 수도 있으리라.

이튿날 저녁, 나는 백화점의 식당가에 있는 커피숍에서 오여사를 만났다. 그네는 내 눈치를 살펴가며 조심스럽게, 남편과 자기가 나를 아들의 배필감으로 최종 선택했다고 먼저 말문을 뗴었다. 나는 고개를 숙이는 것으로 답례했다. 버스를 타고 오면서부터 들볶인 마음속의 혼란은 그 말에도 쉬 가라앉지 않았다. 오여사는 나를 선택한 이유를 두고 여러 칭찬의 말을 했다. 먼저 면담한 네 명의 후보자와는 특이한 점이 너무 많아 지원서부터가 조금은 묘한, 어쩜 신선하다고 할 만한 매력이 있었다. 면담 과정에서도 지적이며 정숙했고 진실한 여성으로 보았다. 어렵게 성장하여 어떤 난관도 이겨나갈 의지력이 강해 보였다. 거기에 보태어, 김양 쪽에 달린 식구가 없는 점도 점수를 땄다는, 집안 재산을 허술하게 낭비할 주변 인물이 없다는 뜻의 속이 뻔히 보이는 귀 간지러운 말까지 그네는 새처럼 음률 있게 지저귀었다. 남편은 금순씨의 수수한 옷차림과 화장기 없는 맨얼굴을 보고 금세 호감을 가졌나봐요. 글쎄, 재산 정도가 구체적으로 어떠하며 우리 동수가 성적 장애도 있냐고 묻는 맹랑한 철부지 면담자도 있었다니깐요. 오여사가 이런 말을 할 땐 입을 손으로 가리고 한 옥타브 높은 소리로 까르르 웃었다. 존댓말을 받기가 거북하다며 말씀을 낮추라고 내가 말하자, 내가 말하기 편한 대로 그냥 둬요, 하며 오여사가 딴전을 부렸다. 차를 마시고 우리는 식당가로 옮겨가서, 모처럼 양식을 먹고 싶다는 그네의 말을 좇아, 나야말로 왼손잡이 장애인처럼 포크와 칼을 들고 서툴게 비프스테이크를 자르게 되었다. 우리는 식사를 하며 여러 말을 나누었다. 아니, 그네가 주로 말을 했고 나는 듣는 편이었다. 자신은 남편과 사제 관계로 미술대학 서양화과에서 만났고, 자기가 대학을 졸업할 무렵 남편의 전처가 뇌종양 악화로 죽었다. 그 뒤 전시회 일로 자주 만나다 사제 간의 선을 넘어 깊이 사귀게 되자, 장애인이 딸린 상처한 홀아비, 스물여섯 살의 나이 차이를 두고 집안에서는 반대가 많을 수밖에 없었다. 친정아버지는 변호사고 어머니는 산부인과 의사인데, 아버지와 선생님 나이가 동갑이었다. 그러나 자신이 진정으로 선생님을 사랑했기에 그 모든 난관을 극복하고 결혼을 했다. 자기는 지금도 그 결정을 후회하지 않으며, 결코 짧지 않은 이십 년 동안 남편으로부터 받은 진정한 사랑은 영원히 잊지 못할 것이다. 압구정동 아파트에 살다 남편의 정년퇴직을 앞두고 지금의 과수원 딸린 전원주택을 구입했으며, 용인시 구성읍으로 이사 온 지는 오 년차로 접어들었다. 남편의 병세가 급속히 나빠지고 있어 조만간 다시 병원으로 옮겨야 할 것 같다. 그런데 오여사의 다음 말에서 나는 그동안 가졌던 가장 큰 의문을 풀수 있었다. 남편이 별세하면 장례 절차가 끝나는 대로 전 딸애를 데리고 미국으로 들어갈 겁니다. 영구 이민인 셈이죠. 뉴욕 주 허드슨 강 다리 건너에 있는 뉴저지 주 포틀리에 우리 모녀가 살 아파트도 마련해놓았구요. 뉴욕에는 의사인 오빠와, 변호사 형부와 언니가 살고 있다고 했다. 자신은 그곳에서 한동안 쉬었던 화가의 길을 다시 밟을 예정이라고 말했다. 그래서 전처소생 장애인 아들의 짝을 구해주고 떠나려 부랴부랴 혼사를 서두르게 되었다는 것이다. 동수 앞으로 남겨두고 갈 재산이 궁금하시죠? 네 명의 다른 면담자들도 그 점을 가장 궁금하게 여겼으니깐요. 나는 반쯤 먹다 남긴 비프스테이크 접시에 눈을 깔고 있었는데, 내 이마에 닿는 그네의 동그란 눈길이 간지럼을 피웠다. 나 역시 그 점을 부인할 수 없었다. 가난을 몸서리치게 체험하며 성장한 자에게, 돈을 돌 보듯 하라는 말은 한국식 배금 풍조 논리에서는 양반 헛기침식 훈화를 넘어서서 치사한 수식어일 뿐이다. 재물은 가진 자들의 사치스러운 낭비에만 유용한 것이 아니다. 절실히 필요로 하는 자들에게 재물은 생명수가 될 수 있다. 부자들이 고급 레스토랑에서 먹는 한 끼 식사 비용으로 아프리카의 굶주려 죽어가는 어린이 천 명의 한 끼니를 제공할 수 있다. 1985년 이래 최악의 가뭄으로 아프리카 북동부 에티오피아와 에리트레아는 천오백만 명이 아사 직전에 있고, 아프리카 땅 전체에서 삼천만 명 이상이 굶주림으로 죽어가고 있다. 내 동포가 살고 있는 북한의 경우도 영양실조에 의한 유아 사망률이 아프리카 못지않다. 사실 저는 너무 어렵게 살아왔기에 가난을 견디는 데는 잘 훈련되어 있습니다. 제가 장애인의 재산을 일차 목적으로 구혼에 지원한 건 아닙니다. 이 말은 내 입 안에서만 맴돌았을 뿐 뱉어지지는 않았다. 그제야 나는 내가 복합 장애인의 배필로 지원한 동기에서 상대방 재력이 차지하는 비율이 절대적 조건이 아님에 스스로 감사했다. 현대의 모든 사람이 알게 모르게 부분적인 장애를 갖고 있는 장애인이라면, 나야말로 의료상으로 진단이 내려진 장애인에 가까운, 이 세상 사람들이 보기엔 비정상적인 사고에 집착하는 정신적 장애 요인을 가졌으며, 그러기에 장애인의 진정한 이해자일 수 있다는 자부심이 샘솟았다. 저는 어려운 환경에 처한 사람과 장애인을 잘 이해하며, 그들에게 도움을 주는 삶을 살고 싶었기에 한때는 수녀의 길을 생각해본 적이 있었습니다. 직업을 가질 수 없는 중증 장애인의 경우에, 재산이 없는 것보다야 낫겠지만…… 오여사는 내 말에 적이 만족한 미소를 입가에 머금었다. 차차 말씀드리기로 했는데, 오늘 그냥 털어놓지요, 하더니 그네가 주워섬겼다. 현재 전원주택과 과수원은 아들 동수 명의로 되어 있으며 호당 이백만 원을 호가하는 남편의 작품 다수를 아들에게 남겨줄 예정이고, 결혼하게 되면 군식구 둘을 포함하여 네 식구가 살아가기에는 별 부족함이 없는 생활비는 남편의 퇴직연금과 별도의 통장으로 매달 자동 입금될 것이다. 그렇게 입금되는 별도의 돈은 원금 관리를 금융 관계 전문 변호사인 친정아버지가 맡고 있는데 언젠가는 동수 앞으로 이양될 것으로 안다. 오여사는 그렇게 말한 뒤 덧붙였다. 물론 저도 일정한 몫의 유산을 챙기겠지만 나와 내 딸이 차지할 유산을 합치더라도 그게 동수 몫으로 남겨질 유산보다 많아서는 안 된다고 생각해요. 딸애의 대학 학비며 미국 생활비가 만만치는 않겠지만 우리 모녀는 정상인이잖아요. 동수에 비교하면 우린 행복의 기본 조건을 다 갖추고 태어났으니까요. 전 동수를 그이만큼이나 사랑했고, 내 배에서 나온 자식이 아니지만 그 애의 장래 문제는 나 자신의 문제보다 더 깊이 걱정해온 만큼, 그 애가 이 세상을 떠날 날까지 지금처럼 평온하게 살기를 원해요. 장애인 요양시설에 맡겨 안락하게 여생을 마치게 해줄 수도 있겠지만, 남편이 동수를 그렇게 떠넘기고 눈을 감을 수는 없다고 눈물을 흘리며 한사코 반대했고, 나 역시 우리 세대까지는 아직 그 점이 너무 비인간적이라고 생각해요. 누구도 동수의 행복권을 침해하거나 격하시켜서는 안 되고, 나 대신 그 애의 행복권을 자상한 애정으로 곁에서 지켜줄 분이 필요하거든요…… 이 말을 할 때 오여사의 동그란 눈동자가 반짝 빛을 튀겼다. 그네는 핸드백에서 손수건을 꺼내어 눈물을 닦았다. 이런 꼴을 보여 미안해요. 남편은 집안 장손이며 아래로 형제가 세 분인데, 그런대로 모두 잘살고 참으로 좋은 분들이에요. 가족회의에서 그들이 제 뜻을 흔쾌히 받아들였구요. 제가 그런 결정을 내리자 친정 부모님도 제 몫으로 유산을 조금 나누어주시겠대요. 그러나 저는 우리 삶에 재물이 전부라고는 생각지 않아요. 물질의 축복이란 하느님이 이 세상에 살 동안 네가 잠시 관리하라고 짐을 준 게 아닙니까. 아까 금순씨가 말했듯, 재산이 없는 것보다야 있는 게 생활하는 데 덜 불편하겠지만 말입니다. 일차적으로 처음 만나는 사람은 의심부터 하고 대하는 게 버릇이 된 나로서도 앞에 앉은 오여사의 말은, 내일 그 말이 달라지더라도 지금만은 거짓 없이 솔직하게 받아들여졌다. 목소리만큼 생각이 아름다운 여성이었다. 세상에는 이렇게 착한 후처도 있구나 하는 마음이 들게끔, 그네의 말이 능숙한 연기로 보이지는 않았다. 내 성장 과정이 정성적인 가정이 아니었듯, 나는 텔레비전의 연속극이나 여성지에서 자주 보는, 명품만을 고집하는 상류층 애들이 풍경 좋은 장소에서 벌이는 감성적인 사랑놀이나, 부잣집에서 결혼한 자녀를 왜 분가시키지 않는지 모르지만 시답잖은 문제로 호들갑 떠는 고부간의 갈등, 또는 사회적으로 신분 높은 명사들이 지껄이는 교훈적인 번드르르한 말에 식상해졌고, 나와 아무런 관계가 없지만 상류 사회의 그런 풍속을 체질적으로 경멸해 왔다. 돈푼깨나 있는 졸부들의 거드름은 메스껍기까지 했다. 그러나 앞에 앉은 오여사는 그들과는 차이가 있었다. 친정 부모가 전문직 상층 직종을 가져 성장 과정이 순탄했을 테고, 나이 차 심한 스승의 후처로 들어갔으나 딸애를 낳고 그 가정 역시 순탄하게 잘 이끌어온 셈이었다. 자신의 불행을 오로지 사회적 모순 탓으로 돌려 과장하여 곱씹는 민중적 증오와 한풀이와는 거리가 먼, 온실의 꽃 같은 착한 부잣집 안주인이었다. 그네 역시 영원히 헤어질 남편과 숨결을 나누는 밤의 적막 속에 왜 끓어오르는 슬픔이 없었겠냐만, 적어도 남 앞에서는 남편의 죽음조차 필멸의 순서로 받아들이려는 아량과 기품이 있어 보였다. 이를 인정하면서도 나는 슬그머니 새 떼를 쫓는 그물로 망을 쳤다. 거짓인지도 몰라. 교활함을 숨기고 있어. 이런 자들이야말로 변신에 능숙하니깐. 그들 소수의 부유한 자들이 지상에서 영화를 독차지하는 이면에는 많은 하층민들의 피와 땀과 눈물을 희생의 제물로 삼는 간계가 필수 요건이니깐. 그럼에도 나는 그런 내 편협한 마음이 나의 장래에도 전혀 도움이 못 된다는 데 생각이 미치자, 차라리 그녀가 뱉은 구슬 구르는 듯한 말에 손을 들기로 했다. 그럼 우리 자주 만나요. 구체적으로 여러 문제를 상의해야 하니깐요. 시간이 그렇게 많이 남지 않았으니까 토요일 오후와 일요일은 용인 우리 집에 와서 보내요. 토요일에는 의왕 직장으로, 일요일에는 안양 집으로 제가 승용차를 보낼게요. 오여사가 그 말을 하곤 일어나 카운터로 가서 음식값을 지불했다. 레스토랑을 나서서 눈요기하며 천천히 내려가자는 오여사의 말에 따라 에스컬레이터로 일층까지 내려오자, 그네는 구입할 게 있다며 함께 매장을 둘러보자고 말했다. 부끄러운 고백이지만, 그땐 정말이지 부끄럽다고 느끼지도 못했는데, 나로서는 난생처음으로 백화점에 출입한 날이었다. 그런 호기심으로 눈은 휘황한 진열대를 색맹 상태로 받아들였고, 입가에는 절로 냉소를 머금었다. 오여사는 일층 매장의 외제 화장품 코너를 둘러보다 몇 종류 화장품을 사며 그중 내게 나이트크림 한 통을 선물했다. 그네는 카드로 계산했다. 삼층 여성복 전용 매장에는 벌써 화사한 봄옷이 잔뜩 걸렸더군요. 우리 삼층도 구경 한번 해요. 일층까지 내려왔다 다시 삼층으로 올라가자는 오여사의 말이 사전 계획된 유인책임을 나는 짐작했다. 삼층 매장에서 그네는 자신이 입을 소매 없는 얇은 연두색 니트웨어를 사고, 아니나 다를까 내게도 무엇이든 골라보라고 했다. 크림 선물만으로도 나는 과분했기에 사양했으나 그네는 내 말을 들은 척도 않고 정장 코너로 자리를 옮겼다. 나는 정말 그런 호의까지 받고 싶지는 않았으나 그렇다고 매정하게 후딱 인사만 하고 돌아서버릴 수도 없었으니, 따지고 보면 그네는 장차 시어머니 될 분이었다. 오여사는 정장 코너에서 이 옷 저 옷 들추어보다 검정색 춘추용 투피스 정장 한 벌을 골라냈다. 순백색과 검정색은 싫증이 안 나고, 누구한테나 어울려요. 지상의 사물이 형태와 색으로 분리되기 이전의 태초 그 자체가 검정 아니면 흰 세상이었겠죠. 그래서 흰색과 검정색은 단순하면서도 가장 우아한 색상이라 진주 목걸이에 받쳐 귀부인들이 즐겨 입잖아요? 몸이 날씬하니 이 정도 사이즈면 맞겠지만, 정확한 치수를 알아야지요. 그네는 몸 치수를 재보자며 판매원 아가씨를 달고 나를 탈의실로 이끌었다. 설핏 검정 윗도리에 달린 동그라미가 여러 개 그려진 가격표가 내 눈에 띄었다. 첫 자가 7이었다. 사모님, 전 거저 준대도 이런 옷은 입을 수가 없습니다. 입고 나갈 데도 없구요. 전 이제 그만 가보겠습니다. 나는 정색해서 말했다. 돌아서는 내 팔을 그네가 잡았는데, 화필을 쥐는 데 익숙한 손이라 그런지 악력이 세어 나는 꼼짝 없이 붙들렸다. 알아요. 금순씨가 그렇게 말할 줄도 알고 있었구요. 안 입는다면 우리 딸애한테 주겠어요. 몸 치수가 비슷하니깐. 그네도 정색하여 말했는데, 그 말이 내게는 이제 귀여운 새가 아니라 독수리의 짖음으로 들렸다. '집안의 반대를 무릅쓰고 결혼했다'는 개성이 엿보이는 순간이었다. 내가 승낙의 뜻으로 고개를 숙이자, 삼 년째 세탁조차 하지 않은 찌든 갈색 외투가 눈에 들어왔다. 그녀가 화가였기에 내게는 색의 선택권이 없었고, 내가 색을 따져 옷을 사본 적은 더더구나 없었다. 내의나 양말이면 모를까, 나는 옷에 돈을 들여본 적이 없었고 주로 얻어 입기가 십상이었다. 점퍼든, 캐주얼이든, 여름용 셔츠나 블라우스든 한두 벌로 몇 년을 입고 다니기가 예사였다. 검정색 투피스는 판매원으로부터 교환 조건을 확인받은 뒤 오여사가 가져갔다.

*

오늘은 기온이 28도까지는 오를 것 같다. 올해 봄은 비가 잦았고, 4월 하순에는 여름 장마철처럼 며칠 동안 하염없이 비가 내렸다. 그렇게 비가 쏟아지던 어느 날 밤, 정신장애인의 재활 치료에 관한 책을 읽던 나는 문득, 이 빗속에 보육원 원생들이 잘 지내는지 걱정되어 전화를 냈더니 목사 사모가 받았다. 아이들이 잠자는 퀸셋의 천장 이음새 부분이 뚫렸는지 비가 새어 난리가 났다 했다. 척추 장애인인 강목사가 비 쏟아지는 이 밤에 천막과 퀸셋 지붕으로 올라갔다니, 나만 편안히 잠자리에 들 수가 없었다. 나는 잠든 남편이 듣든 말든, 아니, 나 자신에게 보육원에 다녀오겠다고 말하곤 차고에서 승용차를 끌어냈다. 박영감 집으로 가서 그를 불러내어 차에 태워선 읍내로 빠졌다. 건재상에서 퀸셋 지붕을 덮을 하우스용 비닐말이 네 통을 구입하여 깜깜한 빗길을 헤집고 보육원으로 달렸다.

  나흘 만에 비가 그치고 햇빛이 들자 하루 다르게 기온이 올라가기 시작했다. 아무리 지구 온난화 현상의 결과라지만 올해는 5월 중순에 한여름 더위가 찾아온 셈이다. 아침부터 지열이 천천히 끓어오른다. 그렇게 근근이 꾸려왔던 퀸셋 가건물 보육원 식구들도 이제 철새처럼 둥지를 옮겨야 할 막바지에 도달했다. 철새라면 둥지 틀 목적지라도 있다지만 보육원 원생들은 세상천지에 정착할 곳이 없다. 한 달째 곰곰이 따져온 결단을 이제는 내려야 할 시점에 당도했음을 깨달으며, 나는 승용차에서 내려 따라나선 두리를 집 안으로 돌려보내고 철대문을 닫는다. 왜 버려두고 혼자 나서냐며 짖어대는 두리 소리를 뒤로하고 나는 승용차를 몰고 가축이 떠나버려 흉물스러운 폐가로 변해버린 축사 가건물들 샛길로 들어선다. 지난 초봄에 모 건설회사가 이 일대의 밭과 임야를 매입해버려 양돈·양계업자들이 손을 털고 떠났다. 그 무렵, 축사들이 있던 땅을 매입한 건설회사 측은 나를 찾아와 표준지가보다 두 배의 후한 값을 쳐줄 테니 남편 소유의 땅을 매도할 의향이 없느냐고 떠세지게 물어왔다. 내가 한마디로 거절하고 돌아서버리자 그들은 다음부터 조금은 친절하게 과수원 땅이라도 매도하라고 다시 흥정해왔다. 그 역시 나는 거절했다. 몸이 단 그들이 뻔질나게 집으로 찾아왔다. 방문 횟수가 늘어갈수록 평당 가격이 순차적으로 뛰었고, 방문자들의 직급도 과장에서 이사로, 이사에서 상무와 전무로 높아갔다. 나는 시부모가 물려준 유산을 절대 처분할 마음이 없다고 냉담하게 거절했다. 평생을 허리 한 번 펼 날 없게 땅만 파온 늙은 농사꾼이 어느 날 하루아침에 그 농지를 팔아 벼락부자가 되었다는 말이 용인시 일대에 심심찮게 나도는 만큼, 우리 집이 차지한 땅의 매매 대금은 시정인이 평생 손에 쥘 수 없는 큰돈이었다. 그러나 내게는 그런 돈을 쓸 다급한 용처가 없었으며 지금의 상태에서 변화를 바라지 않았다. 파괴와 건설이 무차별 자행되는 야만의 도시가 목전까지 쳐들어와서 시멘트 구조물로 푸른 시야를 가리게 될 것이란 점만이 심기에 거슬릴 뿐이었다.

 승용차가 축사들 앞을 빠져나오자 바람결에 실려오던 가축들의 분뇨 냄새가 사라진 점은 좋았으나 모기는 그 축사들의 물 고인 습지나 웅덩이에서 창궐하고 있음이 틀림없다. 조만간 박영감에게 말해서 다시 한차례 소독약을 쳐야겠다. 앞 창문을 열어놓아 훈풍이 부드럽게 얼굴에 스치고 푸새 향기가 풋풋하게 코끝에 묻어온다. 올해는 봄비가 잦아 나무들이 태평성대를 맞은 듯 더욱 짙푸르게 산야를 덮었다. 축산 단지가 끝난 가까이는 새 길을 내어 무차별 진격해오는 초고층 아파트들이 철근을 한창 박는 중이고, 한성골프장 쪽의 경부고속도로 주변 죽전 지구 일대는 외부 도장이 끝나 새 입주자들을 맞고 있는 아파트 단지가 보인다. 대형 쇼핑몰은 개관 바겐세일을 알리는 애드벌룬을 높이 띄워 올렸다. 내가 이곳에 발을 들여놓았던 일곱 해 전에 비해 이 일대는 천지개벽이란 말이 들어맞을 정도로 엄청나게 변해버렸다. 윗사기막이나 아랫사기막은 이제 한가로운 농촌이 아니다. 전국에서 골프장 택지로 가장 각광받았을 정도로 쾌적했던 용인시가 수도 서울의 기하급수적인 팽창에 희생양이 되자, 드넓은 전원은 하늘을 찌르는 콘크리트 건물로 차곡차곡 채워졌고 그 영역을 계속 확장 중에 있다. 이라크 전쟁 초기, 첨단 무기를 앞세운 미국과 영국이 하루 다르게 점령지를 넓혀나가던 꼴이다. 전쟁처럼 인명 살상은 없더라도 생태계의 무차별한 살상은 간단없이 진행되고 있다. 좁은 국토에 수도권 인구의 팽창으로 개발이 어쩔 수 없다지만 어디에도 자연 그 자체를 고려한 환경 친화적인 아파트를 내 주변에서 보지 못했다. 나는 삼거리에서 차를 꺾어 한성골프장의 긴 뒷담을 돌아 영동고속도로 마성 인터체인지로 빠진다. 마성 아래쪽 '동백지구' 끄트머리 내촌과 외촌 중간 지점에 강목사가 운영하는 만나보육원이 있다. 동백리와 내촌 일대도 난개발은 마찬가지다. 연내로 팔천팔백여 세대가 입주할 대단위 아파트가 착공과 동시에 분양에 나설 예정에 있다. 네 해 전, 택지 개발 예정 지구로 지정된 동백지구는 그동안 서울 연결도로 등 교통문제를 두고 건축심의위원회와 줄다리기를 하다 이제 그 해결을 보았으므로, 열한 개의 건설업체가 열아홉 블록으로 땅을 분할하여 조만간 떨어질 사업 승인을 숨죽여 기다리는 참이다. 용인시

서북부 지역 인구가 현재만도 삼십오만 명으로, 분당 신도시 인구가 사십만인데 용인시는 삼사 년 내 인구가 육십만 명에 육박할 것으로 예상된다니, 관청의 강제수용 철퇴를 맞지 않는 이상 그때면 내가 사는 집은 아파트 속의 외톨이로 남게 될 것이다.

 인터넷을 통해 만나보육원의 운영자와 위치를 알고 난 뒤, 내가 자원봉사에 나서기는 장춘댁을 막 받아들였던 이태 전이다. 보육원은 대여섯 살부터 열댓 살까지, 삼십여 명이 젊은 목사 부부와 함께 공동체 생활을 하고 있다. 강목사는 척추 장애인이다. 등에 혹이 나서 꾸부정한데다 키는 난쟁이에 가깝다. 목사 사모는 만성 신부전증 환자로 체중이 사십 킬로가 못 되는 수수깡 같은 약골이다. 다행히 혈액형과 조직적합형 검사 결과가 좋아 강목사가 자신의 한쪽 신장을 떼어줘서 그네가 용케 목숨을 구했으니, 불편한 자가 불편한 사람의 어려움을 알듯 그들 부부야말로 버려진 장애아를 위해 헌신할 소명을 타고난 분들이다. 보육원 운영은 목사 내외가 맡고, 자원봉사자들이 날짜별로 조를 만들어 그들을 돕고 있다. 주일이면 나는 남편을 차에 태워 보육원과 한 울타리 안에 있는 교회로 나온다. 말이 교회지 장애아 숙소인 퀸셋을 본당으로 이용하는 주일 예배는 공동 예배 형식은 갖추었으나 가정 예배와 다름이 없다. 일반 교인은 불과 서른 명 내외로, 합숙하는 원생들과 목사 부부를 빼면 자원봉사자 가족이 모두이다. 보육원은 완만한 동산 중턱에 전원주택 단지의 토목공사가 한창인 축대 아래 부스럼처럼 붙어 있다. 나는 보육원 마당에 승용차를 세우고 차에 싣고 온 물건들을 내린다. 곽여사 자매가 먼저 도착하여 마당 우물가에서 열무를 다듬고 있다. 언니 곽여사는 큰아들 은석이가 뇌성마비 장애아라 일주일에 닷새는 아들을 보육원에 맡겨두고 주말 이틀간은 집으로 데려가 함께 가정생활을 한다. 우리는 반갑게 인사를 하고, 나는 아이스박스와 당면 봉지를 그들에게 넘기며 말한다. 오늘은 잡채와 볶음밥입니다. 들어갔다 나올게요. 나는 먼저 원생들부터 보고 싶다. 사람만이 아니라 모든 생명체 또한 자주 눈을 주고 접촉해야 정이 생기고, 정이 생기면 아껴주고 싶은 사랑의 감정이 고인다. 집짐승도 정을 주지 않으면 주인을 나무 보듯 하고, 나무도 정을 주면 훨씬 더 잘 자라 좋은 열매를 맺는다. 과수원 운영으로 가계를 꾸려가는 처지는 아니었으나 과실나무를 키워보니 그 이치를 알 수 있었다. 시아버지가 하나 둘 구입하여 들여놓은 고가구들조차 정을 붙여 기름걸레로 자주 닦고 아끼면 손보아준 사람에게 은은한 광채로 보답한다.

특수 조립한 대형 퀸셋 두 동의 가건물은 원아들의 놀이 공간, 학습 공간, 취침 공간, 예배실, 목사 부부 사택으로 두루 활용된다. 열어놓은 창문으로 원아들의 말소리와 고함 소리를 듣자 내 입가에 절로 미소가 피어난다. 나는 문을 열어둔 컨테이너 안으로 얼굴부터 들이밀며, 안녕! 하고 손을 흔든다. 잠을 자지 않는 시간에는 잠시도 쉴 짬 없게 팔다리를 버둥대며 고함을 지르는 현아의 함부로 흘리는 침을 닦아주던 사모가, 김선생님 오셨다며 손뼉을 친다. 고함을 지르던 현아가 나를 보더니 소리와 행동을 잠시 중단한다. 몇 아이가 내게 눈길을 보내며 따라서 짝짜꿍을 할 뿐 다른 원아들은 하던 일에 열중하거나 무덤덤한 채 내 출현에 별다른 관심을 보이지 않는다. 장난감을 서로 차지하려 다투는 아이, 누워서 혼자 뒹구는 아이, 블록 쌓기에 열중하는 아이, 종이를 펴놓고 엎드려 낙서만 하는 아이, 멍청히 앉아 있는 아이, 제각각이다. 종식이는 쥐고 있던 퍼즐 조각을 내 쪽으로 던지더니 다리를 버둥거리며 기성을 지른다. 나를 보자 반갑다는 기쁨의 인사법이다. 나는 아이들 곁으로 다가가 하나하나 눈을 맞추고 안아주거나 뺨에 입을 맞춰준다. 누구 말처럼 애정은 말보다 행동으로, 특히 부모 형제의 정을 모르고 자라 외로움을 타는 장애아의 경우 피부 접촉이 보다 확실한 사랑의 표현 방법이다. 나 역시 보육원에서 보낸 어린 시절, 내 뺨에 입을 맞추어주거나 안아주었던 사람은, 그 행동이 비록 일회의 의례적인 형식에 그쳤더라도 지금까지 그 모습이 더러 떠오르곤 한다. 나를 가장 잘 따르는 여섯 살 난 다운증후군을 앓는 수만이가 방글거리며 쫓아와 내 청바지 다리를 잡더니 자신의 반바지 아래 종아리를 손짓하며 아파, 아파, 한다. 넘어져 다쳤는지 일회용 반창고가 여러 개 붙어 있다. 우리 수만이, 많이 아파? 선생님이 호호해줄게. 나는 쪼그려 앉아 수만이의 상처에 입김을 불어준다. 누군가 쏘아보는 눈길이 내 이마에 닿는다. 뚝 떨어져 방 모서리에 무릎을 세워 앉은 옥이는 적의의 눈초리로 나를 보고 있다. 옥이는 아직도 사람들을 자신을 해코지할 두려움의 대상으로 알고 있다. 경안천 둑에 버려져 추위에 떨고 있는 옥이를 강목사가 데리고 오기는 이년 전 늦가을이었다. 얼마나 주리며 자랐던지 너무 여윈 옥이는 농아였다. 초등학교에 입학할 나이는 되어 보였는데 자기 이름도 나이도 몰랐다. 집이 어디며 부모가 있는지 물어도 농아이기에 묵묵부답일 수밖에 없었다. 그 애가 할 수 있는 소리는 오, 오, 하는 부르짖음뿐이었다. 강목사가 아이를 집으로 데려왔고, 사모가 땟국 흐르는 아이의 몸을 씻기다보니 온몸이 흉터와 상처투성이였다. 불에 데거나 매질을 당한 흔적이었다. 나는 그 애에게 특별한 관심을 가졌다. 나는 옥이가 그린 그림을 통해서 그 아이의 상처받은 과거 일부를 밝혀낼 수 있었다.

나는 결혼 전까지 미술에 대해서는 뭐 한 가지 제대로 아는 게 없었다. 그림 전시회에 가본다거나 화집을 들추어본 적도 없었다. 결혼을 하자 시부모가 화가라 집 서가에 꽂힌 많은 화집을 들추게 되었고, 그림에 관한 책을 두서없이 읽었다. 질흙에 도료를 섞어 두텁게 윤곽을 지우고 알 수 없는 형태를 만든, 별세한 시아버지의 추상화가 무엇을 대상으로 그렸는지, 자신의 심상을 왜 그렇게 표현했는지 알 수 없었는데, 그 그림의 값어치가 얼마인지를 대충이라도 맞추려면 20세기 서양 미술사쯤은 이해해야 했다. 화가로 나서기 위한 실제적인 그림 공부가 아닌, 이해자로서의 나의 그림 공부는 생각보다 재미가 있었다. 나는 열심히 그런 이론서를 탐독하여 정보를 얻었고 그림과 해설을 읽으며, 이를 내 어쭙잖은 견해와 비교해보는 과정을 거치자, 그림이 정신분석학적 논리에 근거한 환자의 심리 치료에도 활용됨을 알았다. 정신장애인이나 지진아의 경우, 자유 그림 그리기, 주제 그림 그리기, 모래 그림 그리기, 지점토, 콜라주 등 다양한 그림 기법을 사용해서 표출되지 않은, 그린 자의 잠재한 내면 심리를 끌어낼 수 있다. 그림 그리기란 실습을 통해서 억압되거나 구속된 감정 상태에서 풀려나는 해방감을 줄 수도 있다. 강목사의 지도로 옥이가 간단한 수화를 익혔지만, 수화를 통해서도 표현하기가 어려운 탓에 그 애의 성장 과정을 알아낼 수 없었다. 나는 원아들에게 자주 주제를 주거나 자유롭게 그림을 그리게 했는데, 옥이가 그린 그림을 보고 보육원에 들어오기 전 그녀의 가족 관계를 대충 밝혀낼 수 있었다. 일 년 반쯤 전이다. 어느 날, 나는 예닐곱 살 이상의 원아들에게, 보육원으로 오기 전 집에서 밥 먹는 장면을 그리게 했다. 내가 자주 내는 '가족' 테마를 주문한 것이다. 처음 옥이는 연필이든 크레용이든 손에 쥐지 않고 다른 원아들의 호작질 같은 그림을 보기만 했다. 그 애 옆에 앉아 나는 시범 삼아 남편과 함께 밥을 먹는 장면을 그렸다. 내가 보육원에 맡겨지기 전 엄마와 둘이서 생활했던 시절은 기억조차 단절이 많은데다 먼 꿈속 같게 적막하고 쓸쓸한 추억이라 차마 그릴 용기가 나지 않았다. 그림에 별 소질이 없다보니 내가 그린 그림은, 휠체어에 앉아 있는 남편은 민숭머리라 아이로 보였고 젓가락을 쥐고 남편 숟가락에 반찬을 얹어주는 내 모습은 단발머리로 그려져 소녀 꼴이었다. 그림 속의 내 동작은 기초 데생조차 되어 있지 않아 젓가락을 쥔 팔이 너무 길게 늘어져 호스같이 되고 말았다. 나는 옥이에게 연필을 쥐여주며, 이렇게 엄마와 아빠를 그려보라고 수화를 했다. 다른 원아들이 그리는 가족 그림도 보여주었다. 그래도 옥이는 그림 종이를 앞에 두고만 있었다. 내가 있으면 주눅이 들어

영 그리지 않을 것 같아, 엄마 아빠를 그려두라고 말하곤 나는 자리를 비웠다. 그날, 옥이가 그린 가족 그림은, 엄마와 아빠가 밥상을 가운데 두고 식사를 하는데 엄마는 우는 얼굴로, 아빠는 도깨비처럼 표현되어 있었다. 그들 위에는 별들이 그려져 있고 날개를 단 엄마 등에 아빠가 타고 있었는데, 아래쪽의 우는 엄마와 날개를 단 엄마 사이를 온천 표시의 김 오르는 굽은 선으로 연결시키고 있었다. 무슨 뜻인가 담긴 두 쌍의 엄마 아빠라, 나는 그 그림을 앞에 두고 서투른 수화로 옥이와 상담했다. 그 결과, 밥상 앞의 부모는 옥이 엄마와 의붓아버지였고, 하늘을 나는 엄마와 아빠는 세상을 떠난 옥이의 부모였다. 아빠가 죽고 엄마가 도깨비 같은 의붓아버지와 재혼했으나 엄마 역시 아버지 곁으로 따라갔음을 추리할 수 있었다. 그로부터 한 달 뒤, 옥이는 밥상 앞에 둘러앉은 가족 그림을 그렸다. 어른 남녀, 두 사내아이와 자기, 모두 다섯 식구였다. 사내아이들 상 앞에는 반찬 그릇이 많았고 옥이 앞에는 빈 밥공기만 놓여 있었다. 붉은 옷 입은 눈이 찢어진 엄마는 매를 들었고, 아빠는 크게 그려졌는데 역시 도깨비 얼굴이었다. 나는 옥이와 나눈 수화를 통해, 새엄마한테 늘 매를 맞았음을 알 수 있었다. 의붓아버지는? 내가 손가락으로 도깨비를 지목하자 옥이는 두 손으로 치마 입은 사추리를 눌러 덮으며 비명을 질렀다. 나는 옥이가 의붓아버지로부터 성추행을 당했음을 직감했다. 내 예단이 틀릴 수도 있겠으나, 나는 옥이의 자세에서 보육원 시절의 내 묵은 상처를 떠올렸기 때문이었다. 공포에 질린 홉뜬 눈으로 나를 보는 옥이 역시 내 눈을 통해 그런 흔적을 보았을까. 옥이가 오, 오, 하고 비명을 지를 때는 나 역시 붉은 상처가 헤집어지는 아픔을 느꼈다. 옥이만이 아니라 다른 원아들의 그림에도 가족의 모습은 얼굴이 일그러져 있거나 개, 사자 따위의 짐승과 닮은 경우를 보게 된다. 일부러 일그러진 모습이나 짐승을 그리려고 한 것이 아니라 가족으로부터 천대받은 데 따른 원망이 표현 속에 숨겨져 있음을 알 수 있다. 심지어 복면한 사람이 총으로 가족을 쏘는 그림도 볼 수 있다. 텔레비전에서 본 것을 그렸다기보다 가족에 대한 증오의 감정을 나타낸 예이다. 현실적 상황은 용인시 경우처럼 있는 그대로의 자연을 파괴하며 시멘트 구조물들이 점령해오듯, 공동체 삶의 기본인 가정 역시 파괴되어 부모와 자식 관계를 시멘트처럼 굳게 만든다.

내가 관심을 둔 다른 한 아이는 근조로, 한때 나는 그 애를 양자로 삼으려 마음먹은 적이 있었다. 그러나 곰곰이 생각해보니 그 애만을 양자로 입적시킨다면 만나보육원의 나머지 원생들과 아무래도 심정적으로 차별을 두고 대할 것만 같아 단념하고 말았다. 따지고 보면 원생 모두가 나에게는 양자와 같은 아이들이었다. 열 살인 근조는 혼자 있기를 좋아하고 수줍음을 많이 타는 경증 자폐아이다. 건설 공사장에서 안전사고로 아버지가 죽자 어머니는 근조를 시어머니에게 맡기고 가출해버렸다. 그 아이는 한국민속촌 부근의 시골에서 비닐하우스 농사하는 집에 날품을 파는 할머니와 함께 살다가, 할머니마저 별세하자 보육원에 맡겨졌다. 간단한 대화가 가능한 근조는 필기구만 잡으면 혼자 무언가를 그리고 끼적거리는 일로 하루를 보냈는데, 그에게 크레용을 주어 그림을 그리게 하자 사물의 형태를 잡아내는 데는 서툴렀으나 색에 대한 민감한 반응이 남다름을 알 수 있었다. 사실 지능지수가 낮은 정신지체아의 경우, 어떤 부분만은 남다르다거나 특이하다고 평가한들, 이는 그들 세계에서는 '특별히 재주가 있다'고 할 수 있겠으나 정상인이 할 수 있는 일에 아주 못 미치는 경우가 태반이다. 그러나 근조의 그림에서는 그 애를 계속 지도하면 화가가 될 수도 있는 소질을 엿보았다. 지난 일요일에 내가 남편과 함께 보육원에 예배를 보러 왔을 때 사모가 근조가 그린 그림이라며 스케치북을 보여주었다. 택지 조성이 한창인 전원주택 단지 언덕에서 보육원을 내려다본 풍경화였다. 퀸셋 두 동을 회색으로 칠해놓았고, 주위는 온통 초록색과 연두색 나무들로 채웠다. 하늘은 노란색과 주황색이 섞여 있었다. 그런 사물에 검정색으로 테두리를 만들었다. 나무는 줄기조차 연두색이라 배춧단을 박아놓은 것 같았고, 퀸셋은 입체감 없는 평면의 직사각형이었으며, 하늘도 제 색깔이 아니었다. 그러나 근조의 그림은 전체적으로 색채감의 조화를 보여, 조금 추켜준다면 미술대학생의 추상 계열 습작품을 보는 듯했다. 초록색과 연두색 나무들 위에 동질의 푸른색 하늘을 칠하지 않고 엉뚱한 노랑과 주황을 묘하게 배합했다든가, 녹음 짙은 나무 가운데 관을 놓아두듯 회색의 직사각형을 배치한 게 근조로서는 무의식적으로 그렇게 색을 칠했겠으나, 색에 대한 선택된 개념이 나름대로 그의 의식 속에 작용하고 있다는 느낌을 주었다.

　우리 영수 잘 있었니, 하며 영수 엄마가 실내로 들어선다. 핸드백을 놓기가 바쁘게 그네는 눈에 띄는 자기 아들부터 품에 안는다. 다섯 살배기 영수는 장난감 자동차를 가지고 놀다 무뚝뚝하게 제 엄마 품에 안긴다. 지진아인 영수는 제 엄마를 알아보기는 하지만 의사 표시를 할 줄 모른다. 이렇게 좋은 날에 방에서만 있다니, 밖으로 나가서 일광욕도 하며 선생님하고 놀아요. 영수 엄마가 큰 소리로 말하지만 반응을 보이는 아이는 몇 되지 않는다. 우리는 아이들을 밖으로 데리고 나온다. 아이들을 그렇게 이동시키는 데도 일일이 사람 손을 거쳐야 한다. 저 혼자 신 신고 제 발로 걸어 나올 수 있는 아이는 대여섯에 불과하다. 아카시나무 밑 흙바닥에 깔개를 여러 장 깔고 차례차례 아이들을 옮긴다. 그들의 놀잇감도 옮겨준다. 공개된 넓은 장소나 밝은 곳을 싫어하는 아이들도 있어, 몇 아이가 울음을 터뜨린다. 옥이, 종식이, 영수도 환한 바깥을 싫어한다. 그 애들은 어둑신한 공간에서 혼자 격렬한 팔다리 운동을 반복하거나, 소리치거나, 주위의 소음을 망각하고 침묵 속에 있기를 좋아한다. 옥이는 나이 먹었다고 울지는 않았으나 눈동자가 벌써부터 불안에 질린다. 전문적인 치료사들은 그런 아이들을 두고 공개된 자리에서 함께 어울리는 훈련이 필요하다고 말한다. 그 점은 전문가들이 전문가적인 눈높이에서 결정한 프로그램이라, 대인기피증은 그런 훈련을 통해 어느 정도 교정되겠지만 전혀 도움을 못 주는 경우도 많다. 나는 지진아는 아니었지만 자폐증의 기미가 있었던 보육원 시절, 좁은 공간에 혼자 있기를 좋아했다. 나는 늘 내 자리를 정해두었는데 철제 캐비닛과 벽 사이 몸이 겨우 끼일 만한 틈새에서 쪼그려 앉아 시간을 보내거나 병든 병아리처럼 졸곤 했다. 원생들의 떠드는 소리가 귓가에서 멀어지면 어촌이 있는 바닷가라 철썩이는 파도 소리가 귓가로 넘쳐들곤 했다. 해 지기 전에 엄마는 내게 밥상을 차려주곤 화장을 짙게 해서 외출하면 밤이 깊어서야 술에 취해 돌아왔다. 술상머리에 앉는 이 지겨운 세월이 언제 끝날꼬, 하며 엄마는 넋두리를 하곤 했다. 파도 소리를 귓가에 새기며 무서움 속에 떨다 잠이 들어버려 엄마가 돌아와 내 옆에서 잠자는 줄을 몰랐던 적도 있었다. 엄마가 혀 꼬부라진 소리로 흘러간 유행가를 흥얼거려 잠을 깬 적도 있었고, 아침에 눈을 뜨면 옆자리가 비어 있기도 했다. 어렴풋한 그런 토막 기억이 끊어지면, 그로부터 한참 뒤, 엄마의 잠자듯 죽은 모습만은 또렷한 기억으로 남아 있다. 아침에 눈을 떴을 때, 엄마는 내 옆에서 잠들어 있었다. 다른 날보다 얼굴이 더 핼쑥했고 아주 편안한 모습이었다. 입가에 구토한 흔적이 있었으나 술에 취해 돌아온 엄마가 헛구역질을 하다 바깥의 수채로 나가 토악질을 자주 했기에 나는 그런 줄로만 알았다. 나는 엄마가 죽은 줄도 모르고 몸을 흔들었으나 엄마는 영영 깨어나지 않았다. 나중에 안 일이지만, 주인집 아주머니 말로는, 이제 고아로 남게 될 금순이를 보육원에 맡겨달라는 유서를 남기고 엄마가 약을 먹었다고 했다.

  자원봉사자들은 사모와 협동하여 잡채와 볶음밥을 만들어 원생들에게 먹이고, 애들을 모두 목욕시키고, 애들이 벗은 옷을 세탁기에 돌려 빨랫줄에 널고, 방 청소를 끝낸다. 한낮 더위가 기승을 부려 봉사자들은 땀에 전 옷으로 등 뒤 브래지어 끈 매듭이 오

돌져 보일 정도다. 원아들을 네 그룹으로 나누어 자원봉사자들이 가르치고 함께 놀아주는 일과를 끝낼 때까지, 아침에 자전거를 타고 나서며 시청과 시민단체 사무실에 들렀다 온다던 강목사가 돌아오지 않는다. 시간은 어느덧 오후 네시를 넘기고 있다. 시청으로부터 무인가 보육원의 이차 철거 계고장을 받은 지가 벌써 보름이 지났다. 강목사는 발등에 떨어진 불이라 보육원 안살림은 사모에게 맡기고 보육원 이전을 위해 시청 사회복지과로, 지역 시민단체로 보육원 구제 방법을 의논하러 날마다 출타하고 있었다. 그렇게 뛰지만 아무래도 일이 제대로 풀리지 않는 모양이라서 사모의 핼쑥한 얼굴에 근심이 서린다. 만나보육원이 눌러앉은 임야는 다섯 해 전 자선 사업에 관심이 많던 지주로부터 무상 임대를 받아 운영되어오다 네 해 전, 동백지구 택지개발 예정지 편입에서 용케 빠지게 되어 숨을 돌렸는데, 지난겨울에 땅 주인이 노환으로 별세하자 땅을 상속받은 아들이 철거를 종용하고 나섰던 것이다. 여기에는 축대를 쌓고 전원주택 단지를 조성하는 건설업자가 시청과 땅 주인을 상대로 보육원이 무허가 시설이란 이유를 대어 철거 압력에 손을 썼다는 후문이 돌았다. 전원주택 건설업자로서는 단지 옆에 '혐오 시설'이 있으면 주택 분양에 애로가 있음이 당면한 현실이었다. 장애인을 위한 숙사, 학교, 병원이나 화장터, 납골당이 이웃에 들어서는 것을 결사반대하는 심리는 한국인만의 고질적인 폐풍이다. 자신과 가족은 현재 상태에서 영영세세 온전한 정상인으로 살 수 있다는 자만심 아래 비정상인이나 죽음을 상징하는 시설체가 주변에 있어서는 안 된다는 발상이야말로 정신이 병든 비정상인의 사고다. 내 가족 중 하나가 어느 날 돌연 교통사고로 장애인이 될 수 있으며 죽음이 간단없이 방문하여 육체를 난도질함을 늘 목격하면서도 이를 남이 당하는 운수 나쁜 사건으로 치부하는 뻔뻔스러움은 짐승만도 못한 가증한 이기심의 극치다. 퀸셋이 뜯기게 된다면 장애인 목사 가족은 이 가련한 아이들을 데리고 어디로 간다? 그 문제 앞에 사모와 함께 자원봉사자들이 목소리 낮추어 의논했으나 늘 그렇듯 아무도 뾰족한 대책을 내놓지 못한다. 서울특별시 시민으로 눌러앉아 살 처지가 못 되어 수도권으로 밀려나왔듯, 나를 빼고는 자원봉사자들의 가정 형편 역시 남편 월급으로 빠듯하게 생계를 꾸려가는 처지다. 목사님께 핸드폰 쳐볼게요. 곽여사 동생이 사모에게 말하며 핸드백에서 휴대전화를 꺼낸다. 사모가 일러준 전화번호로 통화를 연결한다. 대답만 할 뿐 상대 말을 한참 동안 듣고 있는 그네의 표정이 밝지 않더니 힘없이 통화를 끝낸다. 무인가 사설 복지시설이라 당국도 어떻게 손쓸 수가 없나봐요. 땅 주인과 건설업자 측의 법적 대응이 워낙 완벽하고 강경해서…… 목사님은 지금 지역사회연구소에서 누굴 만나려 기다리고 있답니다. 곽여사 동생이 힘없이 말한다. 인터넷 '로 코리아'의 장애인 관련 법령을 뒤져보거나 관련 기관 사이트의 한국장애인복지관협회가 운영하는 홈페이지로 들어가본 나로서는 우리나라가 장애인 문제에 관해서는, 관청이 그들에게 어떤 도움을 줄 수 있을까보다, 그들이 힘들게 만든 협동체를 시설 미비라는 조항을 적용해서 어떻게 와해시킬까에 더 골몰할 만큼, 관료 편의주의적인 발상으로 설립과 인허가 규정을 까다롭게 묶고 있음을 보게 된다. 장애인 복지법 제4장 '복지시설 및 단체'의 48조에서 제8장 '벌칙' 80조까지를 숙지해보면, 강목사같이 불타는 사명감만 넘칠 뿐 맨주먹으로는 관으로부터 인가받을 장애인 복지시설체를 만들 수가 없다. 순간적으로 나의 호흡이 가빠진다. 나는 드디어 내가 계획한 일을 결정할 시점에 이르렀음을 인식한다. 시청 사회복지과에서 목사님을 뵙자고 해요. 제가 곧 그리로 출발한다구요. 휴대전화를 백에 넣으려는 곽여사 동생에게 내가 말한다. 나와 남편의 앞길이 운명적으로 선택되었다면 기꺼이 그 길로 함께 나서야 하고, 물질적인 능력이 우리에게 있다면 그 길로 담대하게 나서라는 축복에 다름 아니다. 시아버지 형제분들에게 그런 내 의견을 아직 내놓지 않았으나 내 결정에 그들이 반대할 리 없겠고 그런 권리도 없으며, 과수원과 주택이 앉은 대지와 대지 뒤의 임야를 합쳐 총 삼천오백여 평은 엄연히 남편의 명의로 되어 있다. 물론 남편은 장애아들과 함께 살게 될 그 터전을 두고 내가 결정한 뜻에 무언으로 동조할 것이다. 그러므로 계산할 수 있는 사랑은 진정한 사랑이 아니다.

나는 원아들과 함께 저녁밥을 먹고 가려던 마음을 바꿔 승용차를 몰고 시청으로 출발한다. 우선 강목사를 만나 내 뜻을 전한 뒤 공무원들의 퇴근 시간 전에 그들과 면담을 해야 한다. 보육원과 시청은 십 리 길이다. 삼거리를 빠져나오니 아파트 단지 토목공사로 잡석을 실어 나르는 덤프트럭이 꼬리를 잇고 있어 사차선 도로조차 막힌다. 그 트럭들이 일으키는 흙먼지로 차창을 열어둘

수가 없다. 나는 가능한 한 차의 에어컨을 켜지 않고 운전하는 습관에 길들여져 있었지만 땀이 줄줄이 흘러 하는 수 없이 에어컨을 작동시킨다. 삼십 분을 넘게 지체하여 시내로 들어서자 한길에는 각종 구호가 난무하는 현수막들이 선거철처럼 내걸려 있다. 용인시 안의 아파트 입주 주민과 지역 시민단체들이 내건 현수막들이다. '난개발로 교통지옥, 건설업자 책임지라!' '무차별 산림훼손, 사막에 세운 아파트촌' '강남 30분이라고?' '초등학교 3킬로, 학교 없는 주택단지'…… 현수막은 그 외에도 갖가지 아우성을 쏟아내고 있다. 막상 시청 앞에 도착하자 차 세울 곳은 고사하고 길이 막혀버린다. 붉은 머리띠를 싸매고 어깨에 구호 적힌 띠를 두른 아파트 주민들이 시청 앞에서 주먹질하며 농성을 벌이는 참이다. 더위를 무릅쓰고 외쳐대는 농성자들이 수백 명이다. 남자와 늙은이들도 있으나 대체로 젊은 주부들이고, 아기를 업었거나 탈것에 태우고 나온 여성들도 있다. 근년 들어 금리가 하락해 물가 상승폭과 평행을 이루자 서울특별시 전세금이 천정부지로 뛰었다. 젖먹이나 유치원생을 거느린 젊은 월급쟁이들은 이 판에 차라리 전세금 빼내어 내 집을 마련하자고 서울 위성도시 용인시로 내려왔으나 아파트 계약 때의 그럴싸한 선전과 달리 생활 여건이 엉망이었고 모든 게 감언이설이었으며, 유배지와 다를 바 없었다. 터져 나온 분노는 당연했고, 용인시청이나 말단 행정부처인 읍사무소도 그들의 원성을 막는 데는 가는 시간만이 해결책이라며 손 놓아버렸다. 나는 가까스로 차를 시청과 떨어진 호프점 모퉁이에 세운다. 농성자들을 뚫고 시청 마당 안으로 들어가자 현관 계단에 땀으로 찌든 채 맥 놓고 쭈그려 앉았던 강목사가 나를 맞는다. 나무 위로 올라가 예수를 맞았다는 삭개오처럼 그는 척추 장애인이라 옹크려 앉은 몸집이 초등학생 몸피와 다를 바 없다. 안경 낀 그의 꺼벙한 모습에는 피로가 앙금처럼 앉아 있다. 대책이 없습니다. 어떡하지요? 하고 묻는 강목사의 까맣게 그을린 얼굴이 울 듯 일그러진다. 목사님, 우리 집 땅 일부를 보육원에 희사하겠어요. 장애인 복지시설 기준령에 맞게 아담한 보육원을 건설합시다. 차 안에서부터 준비했던 터라 내가 뜸들이지 않고 말한다. 강목사가 영문을 몰라 하며 눈만 끔뻑이며 나를 올려다본다. 등이 굽은 그의 키는 158센티미터인 나보다도 훨씬 작다. 나는 장바구니 백에서 팩시밀리로 뽑아낸 '장애인 복지법'과 '장애인 복지시설의 종류' 서류철을 검토해보라고 건네주며, 당장 사회복지과로 가서 장애인 시설체 설립 문제를 알아보자며 앞장을 선다. 김집사님 과수원이 아파트 단지에 편입될 거라는 말을 들었는데요. 그렇다면 그 옆에 장애인 시설체를 허가해주겠어요? 시 청사 현관 안으로 들어서며 강목사가 떨떠름해하며 묻는다. 그는 아직 내 말의 진의를 제대로 파악하지 못한 듯하다. 생명을 건질 일 퍼센트의 확률도 없는 가사 상태에서 기적적으로 살아났을 때, 이를 제 눈으로 보고도 믿으려 들지 않는 경우도 있다. 건설업체를 상대로 과수원은 절대 내놓을 수 없다고 버텼어요. 사유 재산 임자가 막무가내로 나오니 건설업체도 과수원 밑 축산 단지까지로 아파트 택지를 자르겠다는 눈치입디다. 그러나 이번 기회에 제가 새로운 안을 제시한다면…… 나는 대기용 의자로 강목사를 이끌어 자초지종을 설명한다. 과수원 땅 이천오백 평을 아파트 단지에 떼어주는 조건으로 주택 뒤 임야 칠백사십 평을 활용하여 장애아 복지시설체를 짓는다는 계산이었다. 보육원 시설 비용은 과수원 매도금으로 충당하고도 남았다. 남는 돈은 보육원 운영비로 사용하면 될 터였다. 몇 해 못 가서 그 운영비가 바닥나면? 시어머니 오여사 말처럼, 그 재물이 어디 내 개인 것인가. 하나님이 우리 부부에게 잠시 맡겨둔 재물이 아닌가. 관으로부터 정식 허가를 받게 되면 일정액의 운영 보조비가 나올 테고, 신축된 아파트 주민을 상대로 후원회를 조직할 수도 있었다. 설령 남편과 내 생활에 변화가 와서 가정부를 내보내고 살림 규모를 축소하게 되더라도 나는 이겨나갈 자신이 있었다. 남편을 만나기 전에도 그렇게 살아왔고, 가난의 불편에 그럭저럭 적응해왔다. 아파트 단지와 보육원 사이는 완충 지대로 주택이 차지하고 앉은 대지 백오십 평이 있으니 보육원 허가 문제에도 건설업체가 반대할 이유가 없잖겠습니까. 그런 말을 하는 동안 내 마음속에 잔잔히 파도치는 희열을 감지할 수 있었다. 이는 타인이 간절히 필요로 하는 그 무엇을 조건 없이 줄 때 느끼는, 일체의 세균으로부터 감염을 차단하는 태반 속과 같은, 마음속 가장 비밀한 곳에서 뿜어져 나오는 기쁨이었다. 내 말에 그제야 강목사가 실타래처럼 얽힌 의문과 문제들이 제대로 풀려 이해가 가는지, 덥석 내 손을 잡고 온몸을 떤다. 주님이 우리를 버리지 않으시려 집사님을 우리에게 보내셨다며 내 손등에 입을 맞추더니, 감격한 나머지 연방 고맙다는 말을 응절거린다. 그는 비록 불구에 체구는 작지만 하늘만큼 넓은 사랑을 품었고, 그 사랑을 올곧게 실천하는 추진력에 나도 감동당한 적이 한두 번이 아니었다. 마음이 그렇게 큰 사람이 내 손에 입을 맞춘다는 사실이 송구스러웠다. 그의 안경알 안쪽에서 흘러내린 눈물이 여윈 뺨을 타 내리고, 나도 목울대가 들먹거린다. 부두 어판장에서 날품 팔던 이웃집 아주머니가 하루 일당조차 포기하고 수소문 끝에 찾아낸 부천의 사설 보육원으로 나를 데려다주었던 여섯 살 적, 엄마가 살아난다면 몰라도 다음부터는 절대 안 울 테야 하고 자각한 이후, 나는 펑펑 울고 싶은 순간이 있어도 이빨 앙다물고 울음을 참았다. 이번도 그렇게 나는 이빨을 꽉 깨물었다. 시계를 보니 이미 오후 다섯시가 가까운데 낮이 한창 길어지는 절기라 서쪽에 걸린 해가 마지막 열기를 쏟아 붓는다. 우리는 천장에 줄을 달아 내린 사회복지과 팻말을 보고 그쪽 책상으로 간다. 청사 안의 의자 태반이 비어 있는데, 사회복지과 직원은 젊은이 한 사람뿐이다. 나는 그에게 장애인 복지시설체 설립을 두고 말을 꺼낸다. 통계자료가 뜬 컴퓨터를 들여다보던 젊은 공무원이, 제 담당이 아닌걸요 하고 사무적으로 말하더니 아차 싶은지 대민봉사 자세로 돌아가 의자에서 일어선다. 오늘은 일과가 끝났으니 내일 오세요. 책임 회피가 아니라, 바깥 사정은 보고 오셨죠? 아파트 단지 내에 탁아소며, 유아원, 노인정 문제로 우리 과도 정신이 없어요. 장애인 시설체 인허가는 조건이 복잡해서 고참 과장님이 맡고 있는데 외부에 나가셨어요. 그 말에 우리는 할 말을 잃고 멍청해진다. 인허가 절차에 제출할 관용 양식이라도 달라고 내가 말하자, 젊은이는 그 양식도 자기 소관이 아니며 과장님이 서랍 열쇠를 채우고 나가 찾을 수가 없다 했다. 젊은 공무원은 무조건 내일 아침에 오라고만 말하곤 제자리에 앉는다. 내일 다시 오는 수밖에 없군요. 내가 낙담하며 말한다. 우리는 시 청사를 나선다. 토지 대장과 건축 대장은 집에 떼어놓은 게 있어 발급받지 않아도 될 것 같다. 거쳐가는 길목이라 내가 강목사를 보육원까지 승용차로 태워주려 했으나 그는 지역사회연구소 인권위원장과 약속이 되어 있다며 그리로 가보아야 한다고 했다. 우리는 내일 아침 열시에 시청 사회복지과에서 만나기로 약속하고, 농성자들이 시위를 중단하고 빠져나가는 시청 앞에서 헤어진다. 자전거를 끌고 가는 게 아니라 자전거에 끌려가는 듯한 등 굽은 그의 작은 뒷모습은 활기차게 옮기는 걸음으로 금방 사람들 사이에 묻혀버린다. 나는 휴대전화로 집에 전화를 걸어 장춘댁에게, 곧 귀가해 저녁밥은 집에서 먹게 될 거라며 보일러를 가동시켜 스위치를 온수 쪽으로 돌려놓으라고 이른다.

해가 한창 길어진 절기라 오후 여섯시인데도 거리 풍경이 한낮 같다. 나는 차를 몰고 복잡한 시내를 빠져나오다, 경운기에 딸기를 싣고 나와 파는 농군을 만났다. 유기농으로 재배했는데 날씨가 갑자기 더워져 끝물이라는 그의 말대로 딸기는 너무 크지 않고 갓 따낸 듯 싱싱하다. 딸기는 과일 중에 그 색깔이 먹음직스럽고 한입에 넣기에 크기가 알맞다. 나는 딸기 두 관을 사서 차 옆자리에 싣는다. 삼거리에서 이차선 도로로 꺾어들어 북상하자 차들 내왕이 뜸하고, 한껏 부푼 싱그러운 자연이 사방에서 다가온다.

꿩 한 마리가 푸드덕대며 길을 건넌다. 나는 차창을 열고 나무들이 대기에 뿜는 산소를 한껏 들이켠다. 그러나 머지않아 이곳의 빽빽한 수목들도 뿌리째 파내어지고 붉은 맨살을 드러낼 것이다. 아파트 단지가 세워질 땅의 토목 공사 현장을 본 적이 있었다. 백년은 좋이 자랐을 아름드리 나무들이 전기톱으로 베이고 불도저에 의해 거대한 뿌리가 뽑히는 광경은, 생명체의 무자비한 학살에 다름 아니었다. 어찌 보면 내 남편도 내가 보호하지 않으면 그런 운명에 처해질 것이란 연상에 내 온몸이 닭살로 경직되는 전율을 맛보았다. 그러나 오늘 이 순간, 나의 마음은 더없이 가뿐하다. 멀고 긴 도정 끝에 목적지에 닿아 무거운 짐을 등에서 털어내고 지하수가 가득 담긴 물통을 선물 받은 낙타이듯, 온몸이 가뿐하다. 자비는 강요로 이루어질 수 없기에 주는 자나 받는 자나 다 같은 축복을 공유한다. 칠 년 전 내가 동수씨의 반려자로 지원했을 때, 이런 장래의 결정까지 이미 예비되어 있었을까? 어쩜 그랬을는지도 모른다는 생각이 든다. 아니, 인터넷으로 강목사를 만나지 않았더라면 이런 일은 결코 일어나지 않았을 것이다. 만나보육원을 알기 전까지 다섯 차례의 봄을 과수원에서 맞을 동안 나는 생필품을 구입하러 한 주일에 한 차례 외출하는 외에 세상과 담을 쌓고 지냈다. 집 뒤란에 채전을 일구어 봄부터 가을까지는 농사일에 매달렸다. 감자, 고구마, 고추, 콩을 비롯해 각종 소채류를 심어 자급자족했다. 땀 흘려 일하는 게 즐거웠고 그 열매를 수확할 때의 기쁨도 그만큼 컸다. 나 자신이 그렇게 유폐된 생활을 원했던 만큼 나는 남편을 돌보고, 인터넷을 통해 주문한 책을 읽거나, 밤이면 테라스의 등의자에 편안히 앉아 보석처럼 박힌 별들을 보며 가없이 넓은 우주 속에 일회성으로 반짝 지상을 스쳐갈 인간의 운명을 두고 하염없이 생각을 풀어놓기도 했다. 남편이 탄 휠체어를 밀고 과수원을 돌아볼 때, 나무와 풀들의 성장과 동면과 죽음, 꽃의 피고 짐을 관찰했고, 벌레와 새들의 노랫소리에 귀를 틔우며, 전원에서의 삶을 통해 자연의 일부가 되어감을 감사해했다. 유폐란 말은 어쩜 시정 사람들이 나를 볼 때 편견으로 쓸 수 있는 단어일 뿐, 나는 내가 선택한 그 생활에 만족했다. 비싼 돈을 들여 오여사가 개설해놓은 인터넷이 외부와 접촉할 수 있는 유일한 통로였다. 텔레비전도 남편의 건강 식단을 짠다는 핑계 아래, 주리며 살아온 자가 먹는 소원을 풀고 싶듯 호기심 등등하게 요리 프로에 고정시켜놓고, 채널을 바꾸지 않았다. 오여사가 중형 승용차를 남겨두고 미국으로 떠날 때, 여기선 차 없으면 감옥 생활과 다를 바 없으니 수원 나가서 운전면허증부터 따라는 말을 무시하고 나는 중고 승용차를 처분했고 기사를 해고시켰음은 물론이다. 골프를 치러 교외에 나왔다 들렀다는 시댁 식구와 오여사 친정아버지, 남편의 외가 식구도 그런 나를 두고 차츰 의혹의 눈초리를 거두었고, 요즘 사람이 아니라며 안심하는 눈치였다. 동수를 보살피는 그 진실성과 사리에 밝고 청빈한 생활을 보니 이제 마음 놓아도 되겠어요. 내 나이 희수가 가까우니 아이들 아버지가 나한테 맡겨두었던 돈은 이제 동수댁이 관리하구려. 뉴욕에 있는 딸애한테도 그렇게 전했소. 결혼 생활 사년차에 들자 오여사 친정아버지가 원로 변호사회 회원들과 남부

골프장에 나들이 왔다 돌아가는 길에 집에 들러 했던 말이다. 과수원에 칩거하기 오 년차로 접어들자 나는 단조로운 생활에서 기지개를 켜기 시작했다. 자족함이 나만을 위한 자족함으로 고여 있다는 것은 다른 말로, 주린 자의 양식을 빼앗아 내 배를 채우며 사는 게 아닌가 하는 회의가 들었다. 종교적 견해에서 보자면, 선한 신은 이 지상의 고통 받는 사람을 늘 주목하기에 나의 게으름을 깨워 세상의 그늘진 곳으로 내려가라고 명령했다. 나는 평소 내가 소망했던 일을 실천에 옮기기로 하고 극빈층 독거노인들의 자원봉사에 나섰다. 운전을 배우고 소형차를 구입했다. 이어, 만나보육원과도 인연을 맺게 된 셈이다. 축사 가건물 앞을 거쳐가며 저만큼에 우리 집 과수원을 두자, 동수씨를 만나러 주말마다 이 길로 '승용차에 태워져' 들랑거렸던 일곱 해 전이 소롯이 되돌아 보인다. 울적함과 두려움, 설렘과 기쁨이 시간 따라 교차하고, 개 짖는 소리에도 신경이 바늘로 곤두섰다가 곧이어 심연으로 떨어지는 나른함에, 반지하 자취방으로 돌아온 밤마다 신열로 앓던 나날이었다. 그 시절이야말로 내가 살아왔던 삶과 앞으로 살아갈 전혀 다른 삶의 분명한 분기점에 서 있었다.

*

강남 삼성동 현대백화점에서 오여사와 만난 이후, 나는 차츰 용인시 구성읍의 과수원집 가족 일원으로 편입되어갔고, 예비 신부 수업을 받게 되었다. 토요일 오후 두시, 일요일에는 오전 열시에 정확하게 기사가 승용차를 몰고 나를 데리러 왔다. 일요일은 그 집 식구들과 함께 승용차 편으로 구성읍에 있는 교회로 나가 낮 예배를 본 뒤 점심은 외식을 하고 과수원집으로 돌아왔다. 나는 그 집에서 오후 시간을 보내다 저녁밥을 먹은 뒤에야 수원까지 기사가 태워주는 승용차를 이용해 나와, 거기서 버스를 타고 안양시의 내 자취방으로 돌아왔다. 외진 과수원집에서 시간을 보낼 동안 조만간 남편이 될 장애인 동수씨를 빼고, 집안 식구들과도 친해졌다. 그들은 모두 나를 곧 새색시로 들어앉을 여자로 받아들였다. 그 집 식구는 화가 부부, 아들 동수씨와 여고생 딸, 가정부 안씨, 운전기사 이씨, 겨울철이면 집안 허드렛일을 하다 봄부터 과수원 일을 맡는 박영감까지 모두 일곱이었다. 이씨와 박영감은 원예 단지가 있는 아랫마을에 살고 있었기에 아침저녁 출퇴근을 했다. 진돗개 순둥이와도 안면을 트자, 나를 보면 꼬리를 흔들고 다가왔다. 노화가는 죽음 앞에서 체념했으나 내 앞에서는 한껏 자제력을 보이며, 여러 이야기를 하고 싶어했다. 전쟁 직전 화신백화점에서 첫 개인전을 연 이래 화가로, 미술대학 교수로 살아온 자신의 이력도 말했으나, 주로 장애인 자식의 성장 과정과 장래에 대한 간절한 부탁이었다. 그럴 때면 다른 일을 하던 오여사가, 통증이 심할 텐데 말할 기운이 나세요, 그만 방에 들어가 쉬라며 남편을 말렸다. 여고생 은주는 나를 언니라 부르며, 오빠는 참 착한 분이에요, 아침이면 그 눈만 봐도 내게 안녕 하고 인사한다는 걸 난 알아요 하고 말했다. 은주 역시 부모의 영향 때문인지 미국으로 들어가면 미술대학에 입학해 화가의 길로 나가겠다고 했다. 젊은 운전기사의 주 임무는 은주를 분당에 있는 예술고등학교에 등교와 하교를 시키는 일이었으나 집 안에서 남자가 할 일을 스스로 찾아 묵묵히 해내는 부지런한 청년이었다. 가정부와 박영감은 지역 토박이로 순박한 촌사람이었다. 나는 오여사로부터 동수씨가 휠체어를 타게 된 사연을 들었다. 선생과 제자 사이로 과 친구들과 압구정동 복층 아파트로 처음 가본 날, 그때가 동수 나이 열 살이었나, 이미 휠체어를 탄 지금의 모습이었어요. 선생님 말씀으로는 동수가 유아기 때는 발작이 심한 중증 자폐아였대요. 똥오줌조차 제대로 못 가렸으니 지능지수가 사십쯤 될까, 약을 먹이지 않으면 잠시도 가만있지를 못하고 천방지축 나부댔대요. 어느 날, 제 엄마가 애를 잠시 놓친 사이 그만 이층 계단에서 굴러떨어졌나봐요. 엄마가 까무러친 동수를 업고 병원으로 달려갔는데, 그때 이미 애는 허리뼈가 골절되며 신경을 다쳤나봐요. 동수는 혼수상태에서 사흘 만에 깨어났지만, 그렇게 나부대던 애가 돌연 일체의 동작을 중지한 식물인간으로 변해버렸다지 뭐예요. 이를테면 정상적인 사람 뇌의 동작을 관장하는 기관이 잘못 연결되어 발작 증세를 보이다, 계단에서 구르는 충격으로 그 기관이 이번에는 침묵의 고요 쪽으로 다시 한번 잘못 연결되었달까…… 뇌의 작용이 참으로 신비롭지 않아요? 오여사의 말에 나는 준비된 말이 없어 침묵했다. 그네는 동수씨가 나와의 결혼이 초혼이 아니며 두번째라는 말도 솔직하게 털어놓았다. 첫 여성은 복합 장애인의 평생 배필이 되겠다는 서약 아래 결혼했으나 여기서 삼 년을 살다 더 이상 배겨내지 못하고 이혼을 요구해왔다는 것이다. 부모가 그 청을 들어주었고, 얼마간 위자료를 주어 떠나 보냈다고 했다. 오여사는 그 말을 하곤 내 눈치를 살폈다. 그네가 내 표정을 보았다면 돌부처 같은 아들의 표정과 흡사하다고 느꼈을 것이다. 그 고백에 눈 한 번 깜빡하지 않았던 만큼, 나는 조금도 놀라지 않았다. 동수씨 나이가 서른세 살이라면 충분히 초혼 경험이 있을 수 있었다. 나는 그 점에 어떤 서운함이나 불쾌한 감정을 느끼지 않았다. 아기를 가질 수 없다는 건 어떻게 생각해요? 신이 내린 은총으로 여성에게는 누구나 모성 본능이 있잖아요? 평생 그 한으로 괴로워할 텐데…… 햇빛 좋은 날 과수원을 거닐며 오여사가 내게 물었다. 전 고아로 자라나 신산한 소녀기를 보냈기에 결혼에는 별 뜻이 없었어요. 오히려 경제적으로 자립할 수 있다면 혼자 사는 게 더 좋다는 쪽이었습니다. 자식을 둔다는 건 애초부터 생각 밖이었구요. 아버지 얼굴조차 모르는 제 어린 시절을 돌아보더라도, 아기를 갖는다는 걸 늘 끔찍하게 생각했어요. 엄마들의 자의가 아닐 수도 있었겠지만, 엄마가 왜 나를 낳았는지 하는 원망은 고아들의 공통된 심리니까요. 오여사는 내 말에 고개를 끄덕이더니 머뭇거리며, 우리가 구혼 광고에서 미스를 애써 고집한 건 아무래도 여자 쪽이 남녀 간의 섹스를 시시콜콜 다 아는 게 동수 같은 장애인과의 결혼 생활에는 좋지 않을 듯해서요, 하는 말을 조심스럽게 흘렸다. 그 뜻을, 이제 한창 나이인데 앞으로의 긴 세월 동안 육체적 욕망을 어떻게 다스릴 것이냐라고 새겨들었으나, 나는 대답하지 않았다. 섹스는 비단 자식의 출산을 넘어서서 부부간에 가장 중요한 애정 표현이요 사랑의 확인임을 이해하고 있었지만, 나야말로 일찍이 누구보다도 섹스 자체는 혐오를 넘어 증오에 가까운 감정을 가져온 터라 수절하겠다는 각오 없이도 이를 극복해낼 자신이 있었다. 보육원 시절, 여덟 살 때 행정실장이라는 작자에게 두 차례 강간을 당했다는 비밀이야말로 내게 평생 잊을 수 없는 상처였다. '밝힐 수 없는 슬픔은 뚜껑이 덮인 가마솥처럼, 심장을 그 안에서 재가 될 때까지 태워버린다'는 셰익스피어의 비극 『타이터스 앤드로니커스』의 대사가 내 심사의 적절한 반응이었다. 훗날, 보육원 어린 소녀들의 상습 성추행범이었던 그가 부흥 목사가 되었다는 전단 광고의 사진을 보곤, 하나님이 그를 회개시켜 죄 사함의 은총을 내렸든 어쨌든, 그 뒤부터 남자라면 짐승의 탈을 쓴 인간이 아닌, 진정한 사람일 수도 있다는 쪽으로 선별하여 보는 데 여간 힘들지 않았다. 여덟 살 때의 그 치욕이 유사한 사례의 사건을 통해 후딱 머리에 스치면, 나는 나도 모르게 두 다리를 옴츠려 붙이고 오줌 줄기를 힘주어 다잡았다. 그럴 때, 분명 머릿속일 텐데 아래쪽의 그 부위를 찌르는 통증으로 몸을 떨었다.

2월 하순으로 접어들자 발에 닿는 감촉으로 흙이 스펀지처럼 부드러워졌고, 양지에서는 연약한 푸른 잎새가 땅을 박차고 세상 빛을 보겠다며 솟아올랐다. 보육원 시절 봄이면 쑥을 뜯어 쑥국을 참 많이 먹었어요. 곧 쑥이 나오겠어요. 내 말에 오여사는, 그래요, 과수원엔 쑥이 지천으로 돋지요, 우리 쑥 뜯어 쑥버무리도 만들어 먹읍시다, 했다. 오여사는 도서관에 사표를 내고 자취 생활을 청산해서 자기 집으로 입주하라고 권했으나, 그러기에는 아직 마음의 정리가 덜 되었다며 나는 사양했다. 한국 땅에서는 마지막 생일상 받는 날이라며 강남의 대형 중국식당에서 오여사의 생일잔치를 벌인 날, 시댁 식구와 오여사 친정 식구들을 만난 자리에서 나는 그들에게 동수씨 신붓감으로 선을 보이게 되었는데, 다행히도 괜찮은 점수를 받았다. 장애 자식을 둔 어머니로서 그 속앓이가 치명적인 병에도 영향을 끼쳤을, 일찍 타계한 동수씨의 친어머니, 그이 외가 가족도 오여사의 세심한 배려로 상면할 기회가 있었다. 분당에 있는 갈빗집에서 나는 동수씨의 백발성성한 외조모와 대기업에서 중역으로 은퇴한 외삼촌 내외분을 휠체어에 실려 나온 동수씨와 함께 만났다. 동수씨의 평생 반려자로서 헌신할 것을 두고 '서약'이 아닌, 서약투의 내 말에 그쪽 식구가 감복하여 손수건으로 눈물을 찍기도 했다. 그 눈물은 내 희생의 결의에 대한 감동이 아니라, 그런 말에도 아무런 반응 없이 묵묵히 갈빗살을 발겨 먹는 피붙이에 대한 불쌍함 때문인 줄을 나는 알고 있었다. 3월에 들어 봄의 기운이 척후병처럼 산야로 점염해 오자, 시아버지 될 분의 입원과 퇴원 횟수가 훨씬 잦아졌다. 뼈만 남은 그분의 앙상한 몸은 이제 스스로의 힘으로 걷기조차 힘들었다. 서둘러, 내 눈감기 전에 어서 서둘라구. 노화가 젊은 아내에게 재촉하는 만큼, 결혼식 준비 또한 속도가 붙었다. 내 쪽에선 가족이 없었기에 예식장 예약과 혼수 문제 따위의 모든 절차와 진행은 오여사가 맡았다. 3월 하순, 나는 도서관 임시직을 그만두었고, 버릴 것이 더 많은 내 자취방 살림살이 중 허섭스레기를 죄 버리고 책들이 주요 품목인 나머지 세간을 꾸려 승용차 편에 시댁 될 용인시 구성읍의 외진 과수원집으로 옮겼다. 나는 대기 신부로서 정식으로 입주를 한 셈이었다.

　구름 잔뜩 긴 어느 봄날, 동수씨와 나는 분당의 한 예식장에서 결혼식을 올렸다. 시누이 은주가 한국을 떠나기 전 오빠를 위해 마지막 봉사를 해보고 싶다고 자청해 그녀가 오빠의 휠체어를 밀고 입장했다. 그이는 자신이 나와 결혼식을 올리는 줄 속짐작은 했는지 어쩐지 모르지만 신부를 맞는 데 따른 관심 따위는 없었다. 그의 표정이 무뚝뚝했으나 자세는 의젓하고 점잖았다. 내가 배필로 선택되었음을 그가 알든 모르든, 나는 이를 담담하게 받아들였다. 나는 이미 그와 동행하게 될 내 앞날을 아이 적의 결심처럼 '울지 않겠다'는 마음으로 내다보고 있었다. 내 쪽 피붙이가 아무도 없었던 그 결혼식을 돌이켜보면, 늦가을 적막한 산야를 적시는 빗소리를 듣듯 마음이 울적해짐은 어쩔 수 없었다. 사실, 그때나 지금이나 나의 생애는 운명적으로 부닥친 현실과, 그 현실이 타의에 의해 환경이 바뀔 때라도, 늘 몸 낮추어 적당히 적응해온 순종의 세월이었다. 동수씨가 장애인이요 재혼임에도, 신랑 쪽 아버지가 임종을 앞두고 있어서인지 시댁 쪽은 하객이 많아 뷔페식 삼백 석이 모자랄 정도였다. 시댁 쪽 세 집안이 넓은데다 미술계의 제자들이 몰려온 때문이었다. 예복이 우장 같아 보일 정도로 여윈 동수씨 부친은 지팡이를 짚고 신랑측 부모석에 일찌감치 자리하여 하객들로부터 인사를 받았는데, 기쁨에 넘친 나머지 연방 손수건으로 눈물을 닦았다. 내 쪽은 섬김복지단 시절의 연락 닿는 몇 친구와, 구로공단 인쇄소에서 사귄 여공 출신 몇에, 도서관 직원들이 축하해주러 왔다. 휠체어를 탄 목석 같은 동수씨와 신부복을 입고 나란히 선 나를 두고 하객들의 비등했을 애증 섞갈린 뒷공론을, 나는 등 뒤로 무수히 박히는 화살을 통해 따갑게 느꼈고, 그 연상만으로도 귀가 간지러울 지경이었다. 복합 장애인의 지팡이로서 스스로 사서 하게 될 고난의 생애에 따른 애처로움과, 재산에 목적이 없다면 멀쩡한 처녀가 무엇 때문에 이 결혼을 선택했겠느냐는 의혹의 눈초리에 나는 더 담대해져야 할 내 앞날을 두고 다시금 마음을 사려 먹었다. 만남의 인연만큼은 이 세상에서 지고 가야 할 업고처럼 운명으로 받아들이는 데 나는 보육원 시절 이후 길들여져 있었고, 그 결혼은 내가 선택했기에 그 길에 순종할 수밖에 없다고 다짐했다. 그러기에 '운명'과 '순종'은 뗄 수 없는 관계로 붙어 다녀 무료한 시간에 무심코 종이에다 '운명'이란 단어를 낙서하면 뒤이어 '순종'이 따라와 그 글자 옆에 순종하듯 나란히 섰다.

시아버지가 임종하기는 결혼식을 올리고 나서, 어색한 새물 한복 차림에 앞치마 두르고 주부 수업에 바빴던 열하루 뒤, 봄볕 다사로운 날이었다. 그분은 의식이 혼수에 들어 마지막 된 숨을 뿜어내기 전까지는 정신이 온전했다. 멀건 눈동자로 나를 볼 때 마른 얼굴에 떠오르는 희미한 미소가, 며느리를 보니 이제 안심하고 눈을 감겠다는 안도를 담고 있었다. 기운을 엔간히 차릴 때면 거미같이 뼈만 남은 손으로 내 손을 잡고 들릴 듯 말 듯한 목소리로, 불쌍한 우리 동수를 잘 부탁한다는 말을 되풀이했다. 그 마른 몸 어디에 수분이 남아 있으며 이를 눈물샘에 모아선 밖으로 내

보낼 힘이 있는지, 눈가로 눈물이 흘러내렸다. 아버님, 걱정 마세요. 아버님의 소원대로 그 약속을 꼭 지킬게요. 내가 시아버지의 손등을 다독거리며 말했다. 그때, 아버지의 임종 모습을 머리맡에서 휠체어에 앉아 바라보던 남편의 얼굴이 종이를 구기듯 일그러졌다. 그이가 소리 없이 눈물을 흘리는 모습을 그때 보았고, 그 뒤로는 한 번도 본 적이 없다. 그 장면은 평소 냉정함을 잘 유지하는 내 감정을 흔들 만큼 감동적이었고, 남편은 결코 식물인간이 아니라는 확신을 주었다. 시어머니 오여사는 유사시를 대비해 이미 예약해둔 서울 강남 삼성의료원의 구급차를 휴대전화로 불렀고, 운전기사에게는 시가 쪽 대소가 친척의 연락을 부탁했다. 오늘부터 이 옷을 입어요. 오여사가 장롱에서 구입한 뒤 포장끈조차 풀지 않은 새 옷 상자를 꺼내놓았다. 그 옷은 나와 처음 만나 현대백화점에서 샀던 검정 투피스 정장이라, 나는 찔끔 놀랐다. 검정색과 흰색을 두고 유식한 체 둘러대어 말할 그때, 그네는 내가 입고 나온 초라한 옷을 보고 이미 오늘의 예장까지 예비했단 말인가? 인터넷을 통해 며느릿감을 찾을 때 온갖 조건을 붙였듯, 충분히 그럴 수 있는 여자라고 나는 생각했다. 오여사는 남편의 삼일장이 끝날 때까지 침착함을 잃지 않았고 장례 뒤치다꺼리를 빈틈없이 수행했다. 시아버지의 유언대로 분당 남서울공원묘지에 묻힌 동수 친엄마의 묘가 이장되어, 집 뒷동산에 부부의 비석이 나란히 세워졌다. 자신이 엄연한 호적상 미망인인데도 이를 용인한 오여사의 배포는, 삼우제에 참석한 문상객들을 모두 숙연케 했다. 보름 뒤, 시어머니 오여사가 시누이 은주를 데리고 미국으로 떠날 때, 나는 김포공항까지 마중을 나갔다. 올해는 힘들겠지만 내년부터 이쪽 집안에 무슨 일이 없다 해도 선생님 기일을 전후해서 일 년에 한 번씩은 나올 거예요. 이제 명실상부한 집주인이 되었으니 열심히 사세요. 우리 동수 잘 지켜주구. 소소한 일들은 자주 이메일로 연락해요. 그네가 떠나며 마지막 했던 말의 맑은 울림은 늘 내 귀에 쟁쟁하게 남아 있었다. 약속대로 오여사는 이민 이 년차에 남편의 기일을 맞아 학기 중인 은주를 남겨두고 혼자 귀국했고, 우리 집에서 일주일을 머물렀다. 과수원 뒷동산에 쑥이 지천으로 돋아난 3월 하순이라 우리는 쑥을 뜯어 쑥국을 끓이고 쑥버무리를 해먹었다. 바깥출입을 일절 끊고 과수원에 묻혀 사는 나에게 그네는 이태 전 며느리로서의 내 선택을 두고 자신의 안목을 자랑하며 만족해했다. 그 이듬해, 오여사는 귀국하지 않았다. 이메일에서 그네는 치과의사인 재미동포 이혼남을 만나 사귀고 있는데 곧 결혼하게 될 거라고 밝혔다. 결혼한 이듬해에야 그네는 남편과 함께 귀국해 과수원집에서 이틀을 묵었다. 오여사와 동갑인 남편은 조용하고 점잖은 신사였다. 그네의 밝은 성격이 자신의 삶에 그대로 연장되었듯, 둘의 주고받는 눈길만 보아도 아직 꿈같은 신혼 기분임을 알 수 있었다.

*

나는 경적을 울리며 집 앞에 승용차를 세운다. 차 소리에 두리가 먼저 달려와서 반갑게 짖어대고 이어 장춘댁이, 사모님 오셨어요 하며 현관문 밖으로 바쁘게 나와 철대문 두 짝을 활짝 연다. 모기 들어온다고 현관문은 잠시 출입하게 되더라도 반드시 닫고 다니라 했잖아요. 현관문을 열어둔 채 대문을 딴 장춘댁에게 이르곤 나는 딸기 봉지를 그네에게 건넨다. 차를 집 안의 차고로 밀어 넣고 시동을 끈다. 해가 졌으나 사방은 아직도 훤하고 대기는 눅눅한 더위로 찐다. 거실, 안방, 주방에 에어컨이 있으나 내가 안주인이 된 뒤 그 기기를 작동시켜본 적이 없다. 여름철은 덥게 사는 게 당연하고, 시골은 자연 바람만으로도 충분히 견딜 만하다. 어둡기 전이라 남편은 틀림없이 테라스에 있겠거니 싶어 나는 그쪽으로 돌아간다. 저 왔어요. 저녁밥을 함께 먹을 수 있어요. 내 말에 남편이 고개를 돌려 나를 본다. 덤덤한 얼굴에 미소가 입꼬리에 필 듯 말 듯하다 곧 사라진다. 모기가 덤비지 않아요? 저 땀 좀 봐, 닦지도 않구. 나는 휠체어 팔걸이에 걸린 수건으로 땀이 진득하게 밴 그이의 얼굴과 목덜미를 닦아준다. 이제 들어가요. 목욕하고 상쾌한 기분으로 저녁밥 먹읍시다. 나는 현관을 통해 먼저 거실로 들어가 테라스로 통하는 방충망에 살충제 스프레이를 한차례 뿌린 뒤 방충망을 열곤 남편이 탄 휠체어를 거실로 당겨 들인다. 옷 갈아입고 나올 테니 잠시만 기다려요 하곤 나는 휠체어를 욕실 앞에 세워두고 안방으로 들어간다. 청바지를 벗곤 반바지로, 블라우스도 집에서 입는 면 셔츠로 갈아입는다. 남편을 목욕시키고 입힐 러닝셔츠, 면 셔츠, 기저귀, 면바지를 챙기고 갈아입을 내 속옷도 서랍에서 꺼낸다. 나는 옷 꾸러미를 들고 거실로 나온다. 욕실의 수은등을 켜자 환풍기가 가동된다. 나는 휠체어를 욕실 안으로 밀어 넣고 문을 닫는다. 남편의 두 겹 윗도리를 벗긴다. 허리띠를 풀어 바지를 까 내린다. 용변을 자유롭게 보지 못하므로 남편은 언제나 팬티 대신 성인용 기저귀를 차고 있다. 내가 집에 있을 때는 어, 어, 하는 기성으로 사람을 불러 용변을 보고 싶다는 뜻을 알린다. 내가 집을 비우면 결코 장춘댁을 부르는 법 없이 기저귀에 변을 그냥 보아버린다. 다른 여자 앞에서는 염치를 가린다는 증거다. 남편이 찬 기저귀를 풀자 물씬 풍기는 변 냄새가 코를 찌른다. 나는 그 냄새에 익숙하다. 멍청히 나를 보던 남편의 눈길이 아래로 깔린다. 부끄럽다고 느낄 때 취하는 그이의 버릇이다. 나는 기저귀를 접어 한쪽으로 치우고 수도꼭지를 튼다. 더운물이 쏟아진다. 나는 샴푸를 쓰지 않고 남편의 민머리부터 비누질을 하여 감긴다. 목욕용 깔깔이수건에 비누질을 해서 그이의 얼굴부터 차례로 닦아나간다. 그럴 때 그이는 비눗물이 눈에 들어가면 따갑다는 걸 알기에 눈을 감는다. 나는 극빈자 독거노인 집을 방문하면 그들의 몸도 씻긴다. 치매에 든 노인의 경우는 부끄러움을 모르기에 남자라고 가리지 않고 알몸으로 만들어 수건에 비누질을 해서 온몸을 닦아준다. 그럴 때 그들 몸에서도 냄새가 난다. 생명체는 죽어 썩어질 때만이 아니라 살아 있어도, 살아 있다는 증거로 온몸 땀구멍마다 자기 냄새를 뱉어낸다. 모든 일이 그렇지만 인간의 후각도 길들이기에 달렸다. 얼토당토않은 상대방 말에 도저히 참을 수 없을 땐 후각과 관계없이 속이 매스꺼워 구토 증세를 보일 때도 있다. 남편의 등과 가슴을 수건으로 밀어준다. 체구는 크게, 뼈대는 굵게 성장했으나 운동 부족으로 어깻죽지가 얇고 팔이 가늘며 가슴보다 허리가 더 굵다. 다리는 체격에 비해 여위어 근육이 없는 무른 살이 뼈를 싸발랐다. 오그라붙은 쬐끄만 성기를 비누질하여 씻겨주고, 그이의 몸을 내 허리 쪽으로 당겨서 들고 항문을 닦아준다. 그러느라 내 옷이 축축하게 젖어버린다. 처음 내가 남편의 성기를 씻어줄 때, 나는 설움이 바깥으로 터지지 않게 이빨을 앙다물었다. 만감이 교차한다는 말을 그제야 실감했는데 그 혼란한 마음에 한줄기 빛이 비쳐들었으니, 사랑이야말로 쟁취하거나 받으려 해서는 안 되고 내 속에 고인 사랑을 끊임없이 퍼주어서 나를 비워야만 사랑이 다시 그 빈자리에 고임을 깨달았다. 물론 남편은 처음부터 내게 알몸을 맡기지 않았다. 얼굴과 목을 씻겨주는 것으로 시작해서 차츰 한 꺼풀씩 옷을 벗겨 등물을 쳐주었고, 반년이 지난 뒤에야 아랫도리 옷을 모두 벗겨 알몸을 씻어주게 되었다. 한동안 그이는 내 앞에서 알몸이 되는 게 부끄러워 얼굴을 들지 못했으나 차츰 익숙해졌고 나의 손길을 받을 때 흐뭇해하는 기색이 표정이 아닌 눈에서 나타났다. 나를 보는 눈이 거슴츠레 감기고 착한 눈동자에는 더할 수 없는 만족감이 고여 있음을 보았다. 눈은 마음의 거울이란 말대로, 특히 중증 장애인에게는 그 마음이 눈동자에 먼저 나타난다. 나는 늘 남편의 눈부터 보는 버릇에 익숙하다. 밤늦게까지 텔레비전의 만화 프로를 보고 있는 남편에게 내가 읽던 책을 덮고 텔레비전을 끄며, 잠잘 때가 되었어요 하고 그이의 눈을 보면 내 말에 수긍할 때는, 이제 자야지 하는 뜻이 눈에 나타난다. 피곤이 담긴 눈의 윗눈꺼풀이 처진다. 그렇지 않을 때는,

벌써 자야 해? 하듯 동공이 열리고 의아하다는 느낌이 눈동자에 떠돈다. 나는 타월로 남편의 씻은 몸을 닦아주고 새 옷을 입혀, 휠체어를 욕실 밖으로 밀어낸다. 이제는 내 차례다. 내 옷은 남편을 씻기느라 물을 뒤집어썼고, 씻기는 일도 노동이라 몸은 땀으로 흠씬 젖어버렸다. 나는 샤워를 하고 그이의 체취가 묻은 타월로 몸을 닦는다. 거실 바깥은 어슴푸레 땅거미가 내리고, 그쪽 방충망에서 더위를 식히는 저녁 바람이 시원하게 밀려든다. 나는 남편이 탄 휠체어를 밀고 식당 쪽으로 간다. 그쪽의 환한 주황 불빛과 장춘댁이 차려놓은 소담한 식탁이 우리 내외를 기다리고 있다. 나는 남편의 귀에 대고 조용조용 말한다. 여보, 우리 과수원 말이에요, 그 과수원을 팔고, 집 뒷동산에다 당신 같은 장애인을 위한 복지센터를 짓겠어요. 앞으로 우린 그들과 한식구로 살게 돼요. 제 말 알아듣겠지요? 찬성하시지요? 내 말을 미각으로 느낀다면 분명 식후에 먹게 될 딸기 맛쯤 되리라.

　물방울 하나가 고요한 수면에 떨어지면 그 중량으로 파문이 겹으로 커지며 넓게 퍼지다가, 스스로 넉넉한 물에 섞여 자취를 감춘다. 그 이치와 같이 베풂이나 선행, 우리네 삶 그 자체도 그런 물방울 하나이리라. 언젠가, 그이와 나도 물방울 하나로 떨어져, 끝내는 그렇게 이 지상에서 흔적 없이 사라지리라.

(『파라21』 2003년 가을호)

4가 네거리의 축대

"어멈아, 이 세상에서는 아예 글렀고 그 길밖에 다른 길이 없다. 다 내 불찰이니, 어떡하겠니. 그 일만은 어멈 몫이야. 해방되고 함흥인가, 거기서 아범 편지가 왔을 때 너라도 명구 데리고 찾아가 아범 만나 합가했다면 어멈이 명구 아래로 애를 두셋은 더 낳았을 거야. 무엇에 씌어 내가 한사코 말렸는지, 지금도 그 생각만 하면 복장이 터지는구나. 난 그때, 내가 왜 명구 할아범 편지를 받고 일본으로 들어갔는지, 일본에만 들어가지 않았더라도 자식 둘은 건질 수 있었다는 후회를 눈만 뜨면 곱씹다보니, 북으로 가야 한다는 너를 말린 거지. 아범도 편지에서, 여기 일이 너무 바쁘니 서울에 그냥 앉아서 기다리면 틈을 내어 내려가겠다고 했지만……" 목침을 베고 누워 부채질을 하던 초전댁이 말했다.
"어머님, 그때 따져 무얼 해요. 다 지나간 옛얘긴데. 그래서 제가 수미산으로 길 나서려 옷가지를 챙기잖아요." 입장댁이 장롱에서 겨우살이 옷이며 목도리와 버선 따위를 꺼내어 차곡차곡 쌓았다. 마루 끝에 앉아 다리를 대롱거리며 꽃밭에서 나풀대는 나비를 보고 있던 명구는 노친네들 말이 무슨 소리인가 하고 방 안을 돌아본다. "어멈이 수미산에 가기로 작정한 건 참 잘한 일이야. 어멈도 알다시피 김씨 집안엔 원체 남자가 귀하잖아. 네 나이라면 아직도 애를 낳을 수 있어. 일흔 살이 되려면 한참 멀었으니 낳을 수 있고말고. 어서어서 다녀와. 너나 나는 밭은 괜찮은데 당최 씨가 귀했으니. 어수선한 세월을 살다보니 남정네들이 어디 질펀하니 집에 눌러앉아 자식 둘 궁리인들 할 수 있었냐? 따지고 보면 시절 탓만 댈 게 아니지. 남정네들이 하루아침에 사라져 소식이 없거나, 설령 어디에 갇혀 강제 노동이나 옥살이를 하더라도 죽지 않고 살아서만 나온다면 처자식 찾아 집으로 돌아오지 않더냐. 시신이라도 내 눈으로 봤다면 한이라도 안 남지. 이 집안 남정네들은 하루아침에 사라져선 소식이 돈절됐으니, 이 넓은 세상천지에 생사인들 알 길이 있어야지. 시장통 길네댁 아들은 남양에 징용 갔다 해방되고 펄펄 살아서 돌아와 애를 셋이나 더 뒀지. 나는 관동대지진만 생각하면 지금도 가슴이 펄떡이고 온몸이 닭살이 돼. 서방은 끝내 시신조차 못 수습하고 졸지에 자식 둘을 잃었으니…… 어젯밤에도 그 꿈 꾸며 내가 얼마나 울고 미쳐 날뛰며 시신이 무더기로 쌓인 개천 바닥을 헤매고 다녔는지, 도무지 잠을 잔 것 같지가 않구나. 그 악몽이 엊그젠데 해방되고 몇 해라고 또 전쟁이라니. 어휴, 지긋지긋한 이놈의 전쟁이 언제쯤 끝날까. 남정네들은 자나깨나 백성 들볶아 전쟁 일으킬 궁리밖에 안하니,

원." 초전댁은 아흔 살을 지척에 두자 망령이 들었는데, 이때만은 목소리가 카랑카랑했다. 입술을 달싹거리던 명구는 아무래도 한마디 해야겠다며 제풀에 얼굴이 숯불이 되어 말했다. "애를 낳는다니요? 엄마가 애를 어떻게 낳지? 모르겠네. 엄마, 정말 애를 낳을 수 있어요?" 명구 말에 입장댁은 가만있는데 초전댁이 기운도 좋게 벌떡 몸을 일으켜 부채로 방문턱을 치며 발끈했다. "어린 네놈이 여자 애 낳는 걸 어떻게 알아. 우리도 골백번 궁리를 짜낸 끝에 그러기로 뜻을 맞추었다. 그 길밖에 다른 길이 없어. 넌 이 담에라도 자식을 볼 수 없잖아! 그러니 네 동생이라도 서서 봐둬야겠다는 거지. 그래야 김씨 집안 대를 잇게 돼. 어른들 말에 나서지 말고 남산에 올라가 쑥대나 질경이라도 캐어 와. 그것 넣고 좁쌀죽이나 끓이게. 어휴, 하루 두 끼 죽 먹기도 이렇게 힘이 드니……" 초전댁 한숨에 입장댁이 맞장구쳤다. "맞아요. 명구 잰 영영 글렀어요. 저 몸 꼴 좀 봐요. 꼬챙이같이 마른 게, 소심한데다 부끄럼은 왜 그렇게 잘 타는지. 그래서 하는 말인데요, 길 나선 김에 쟤 양기 살려낼 명약도 구해봐야겠어요. 수미산 일주문만 넘어서면 시장통에는 인간 세상에 없는 명약을 다 갖춰놓았다니, 명구 양기에 좋은 명약도 있을 겁니다. 백 살 넘기는 장수약도 있으면 제가 구해 올게요." 입장댁 말에 초전댁이 구들장이 꺼져라 또 한숨을 내쉬었다. "나야 살 만큼 살았잖냐. 너무 오래 살았어. 내일모레가 아흔 살인데 내 약이 무슨 필요가 있겠니. 얼굴 비치는 멀건 죽사발 받으면, 이걸 먹어 내가 더 살면 무엇하랴는 생각부터 들어. 어멈이나 명구 한 숟가락 더 먹는 게 차라리 낫지,

그 생각을 하면 목이 메고…… 어멈이 오래 살아야 손자 녀석들 장성할 때까지 진자리 마른자리 돌봐줄 수 있잖아. 그건 그렇고, 먼 길 나설 네가 걱정이다. 수미산까지가 열 길 되는 강을 몇 개나 건너고, 높디높은 첩첩한 산을 끝없이 올라야 하는 멀고 먼 이역이라던데, 고무신도 열 켤레쯤은 준비해야 될 거야. 어멈아 내년 이맘때쯤이면 돌아올 수 있겠지? 그때까지는 내가 죽지 않고 저 병약하고 어질어 빠진 손자 녀석을 잘 거두어야 할 텐데……"
초전댁 말에 입장댁이 꺼내놓은 옷가지와 버선을 보퉁이로 싸며 장담했다. "약사여래님이 제조한 약만 먹으면 나이와 상관없이 애를 낳을 수 있다니, 전 어떡하든 명구 동생을 낳을 테예요." 남산으로 혼자 올라가기가 무서워 주호와 함께 가려고 마당으로 나서던 명구는 엄마 말에 고개를 갸우뚱했다. "엄마, 늙어도 애 낳을 수 있냐구요? 그건 안 될 텐데……" 명구는 엄마 말이 곧이들리지 않았다. 엄마 역시 할머니 못지않게 폭삭 늙었다. 늙은이가 애를 낳는다니. 수미산이며 약사여래님은 또 무엇인지, 그것과 애 낳는다는 게 무슨 상관이 있는지를 그는 알 수 없었다. "처녀도 애를 낳는데 나라고 왜 애를 못 낳아? 소문 듣자 하니, 수미산에 갔다 와서 아들만 세쌍둥이를 낳은 할멈도 있다더라. 그렇지요, 어머님?" 입장댁 말에 초전댁이, "맞아. 어멈 말은 하나 틀린 게 없어. 수미산에만 다녀오면 얼마든지 자식을 볼 수 있고말고. 어멈이 떠나면 불공드리러 더 자주 절을 찾을 테야" 하며 머리를 주억거렸다. "도대체 무슨 말을 하는 거예요? 저도 그쯤은 알아요. 할머니가 되면 애를 못 낳는다는 것쯤은. 제가 어디 바보예요?"

명구는 노친네들 말을 더 듣기가 거북했다. "바보 소린 왜 하니? 누가 널 바보라고 놀리던? 진짜 바보는 자기가 바보인 줄도 모른대. 선돌이보고, 너 바보지? 하고 물어봐. 무조건 고맙다며 히죽거리지. 넌 심약한 게 탈이야. 네 아버지 닮아 넌 공부를 오죽 잘하니. 네 아버지처럼 불난 데만 찾아 뛰어드는 그 용맹은 안 닮구선. 그런데 명구야, 어미가 늘 하는 소리지만 넌 김씨 집안 장손이야. 장손이지만 넌 장손 노릇을 할 수 없잖니? 그래서 네 동생을 보려고 이렇게 길 나서려는 참 아냐. 서럽고 분하더라도 네가 참아야 어쩌겠냐. 어머님, 제 말 맞지요?" 입장댁 말에 초전댁이, "틀린 말 없어. 네 말 맞다구. 어멈이 명구 동생을 꼭 봐야 해" 하더니, 어이구머니나! 하고 놀라며 쥐고 있던 부채를 떨어뜨렸다. 집 뒤쪽 남산에 포탄 떨어지는 폭발음이 어찌나 요란한지 명구도 귀청이 얼얼했다. 이젠 공습 사이렌도 울리지 않아 폭격기가 소리도 없이 언제 나타났는지 알 수 없었다. 그래서 명구는 남산으로 혼자 올라가기가 더 겁났다. 날씨가 너무 더웠다. 장독대 앞 화단의 가지꽃, 고추꽃, 창포꽃, 봉숭아꽃도 생기를 잃었다. 땡볕 아래 서 있다보니 어질증이 일어 명구는 허적허적 마당을 질러갔다. 주호와 함께 남산에 오르기로 했다. 외갓집은 퇴계로 길 건너에 있었다. "내가 처녀 적에 들은 얘기지만 저 북방 한데에 사는 어느 양치기 색시는 한배에서 자식을 스물하고도 둘이나 낳았대. 그래서 성주께서 그 여장부에게 양을 자식 수만큼 상으로 내렸다지 뭐니." 초전댁이 말했다. "스물둘이나요? 저 남쪽 섬나라 해녀가 한배에서 열여덟 명을 낳았다는 말은 들었어두 그렇게 많이 낳았다는 말은 처음 듣네요. 그럼 사내애가 몇이고 딸애가 몇이었답디까?" 입장댁이 물었다. 명구는 노친네들이 또 말 안 되는 말을 하는 줄 알면서도, 정말 그렇게 자식을 많이 낳는 여자도 있을까 궁금했다. "아마 모두 사내애들이라지. 그래서 성주가 상을 내리신 거야. 씩씩한 사내애들은 키워만 놓으면 모두 군대에 보낼 수 있잖니……" 노친네들이 재미있다는 듯 새소리로 킥킥 웃어대며 애 낳는 말을 재잘댔다.

누군가 트, 트, 하고 기성을 지르며 몸을 흔들자, 김씨가 무거운 눈꺼풀을 연다. 머리맡에 앉은 도량이가 김씨를 내려다보고 있다. 바깥이 어둠을 밀치며 엷게 트여온다. 여명은 그렇게 기척 없이 베란다의 방충망 주변부터 밀려들어 바깥의 어둠을 밀어낸다. 그는 지금이 생신지 꿈인지 알 수 없다. 도량이의 모습조차 비현실적으로 보인다. 살아 있는지 죽어서 저승에 있는지도 알 수 없다. 한참이 지난 뒤에야 김씨가 입속말로 중얼거린다. 여, 여기가 아냐. 여기선 엄마와 할머니를 보, 볼 수 없어. 그 꿈은 산 자들이 살고 있는 이승이 아닌, 망자들이 살고 있는 저승이었다. 조금 전 엄마와 할머니를 본 건 생시가 아니고 꿈이었다. 꿈이라쳐도 너무 어처구니없었다. 살아생전의 엄마와 할머니를 자주 떠올리다보니 그런 해괴한 꿈까지 꾸었을 것이다. 요즘 김씨가 꾸는 꿈은 죄 그랬다. 두 노친네 연세는 여든 살을 넘겼고, 할머니는 아흔 살을 바라보는 나이까지 사셨다. 꿈의 배경은 전쟁이 났던 그해 여름이었다. 집 구조도 안방 앞에 좁장한 마루가 있던 옛집 그대로였다. 장독대 앞 화단에는 여러 꽃이 피어 있었다. 무릎까지 자라버린 늙은 쑥이나 질경이 뿌리를 캐러 남산으로 다닐 때는 전쟁 초기로, 젊은 군관이 양식을 가져다주기 전이었다. 전쟁 당시 엄마는 젊디젊었고 할머니도 환갑이 안 된 나이였다. 그 당시로선 엄마가 애를 낳을 수도 있었다. 그런데 꿈에서 본 자신은 전쟁 때 나이 그대로였으나 두 노친네는 이빨이 죄 망가져 말이 제대로 될 것 같잖게 합죽했고 무말랭이처럼 쪼그라진 말년의 몰골이었다. 그러나 말솜씨 하나는 전쟁 시절처럼 똑똑 떨어졌다. 돌아가시기 전 할머니는 망령이 들어 말이 되잖는 그런 말을 천연덕스레 했고, 엄마는 말이 안 되는 할머니의 말에 맞장구치며 응대했다. 동네 사람들 말처럼 엄마와 할머니 사이는 찰떡궁합이었다. 두 노친네의 대화는 삼대독자인 김씨가 대를 이을 후손을 못 둔 데 대한 골수에 맺힌 한풀이였다. 그래, 나는 아직 엄마와 할머니가 계신 거기로 가보지 못했지. 나도 조만간 그곳으로 가게 될 거야. 김씨가 그렇게 생각하자 엄마와 할머니 말이 영 엉터리가 아닌, 그럴 수도 있겠다 싶다. 거기서는 처녀가 애를 낳을 수 있고, 여자 나이 예순 살이 넘어서도 애를 밸 수 있을는지 모른다. 수미산? 김씨는 엄마가 말하던 산 이름을 들었다. 두 노친네는 독실한 불교도였기에 그 산에 가면 엄마와 할머니를 만날 수 있을 것이다. 꿈 내용이 이승 같게 너무 또렷이 떠오르기에 지금도 눈앞의 재색 천장에 두 노친네의 폭삭 늙은 모습이 어른거린다. 김씨는 힘들게 눈을 깜박거려본다. 몸이 쇳덩이처럼 무거워 일어날 수가 없다.

줄을 단 명찰을 목에 건 도랑이가 김씨 팔을 흔들다 못해 기성을 지르며 손짓으로 연방 먹는 시늉을 해댄다. 네 살배기 도량이는 청각 장애가 있는 농아다. 도량이의 모습이 또렷하게 눈에 박히자 김씨는 여기가 연립주택 삼층 자기 거처이고, 막 잠이 깨었음을 깨닫는다. 옆방은 이삿짐을 옮기는지 쿵쾅대는 소리가 시끄럽다. "또 나, 날이 밝았구나." 날마다 눈을 뜨면 김씨가 읊는 말이다. "그래, 밥, 밥 먹어야지. 박군은 어디 갔어?" 김씨가 고개를 돌리고 보니 도량이 아비 박군 잠자리가 비었다. 그제야 박군이 새벽같이 장사할 물건을 떼러 승합차 몰고 가락동 농수산물시장으로 나갔음을 안다. 벽 앞에는 라면 박스가 여러 개 쌓였고 보통이를 덩이덩이 꾸려두었다. 어수선한 방 안 풍경을 보자 김씨는 갑자기 머릿속이 혼란스럽다. "형, 이 방을 비워줘야 해. 연립주택이 경매 입찰에 넘어갔잖아. 박군도 옥탑방을 얻어 내일로 나간다니 형도 이제 우리 집에 와서 살아야 해." 어제, 주호가 말했다. "아저씨, 조씨 아저씨 댁 지하방으로 가시기 싫다면 제가 모실게요. 저희 옥탑방으로 가십시다. 도량이가 아저씨를 좋아해 잘 따르잖아요." 박군이 말했다. 둘의 말이 김씨 머릿속에서 돌개바람을 일으키자 바늘들이 새 떼처럼 바람을 타고 머릿속을 싸돈다. 더러 방향을 잃은 바늘 끝이 뇌수를 찔러 부드러운 융기에 박힌다. 김씨는 그 아픔 탓에 얼굴을 찡그린다. 오늘로 이 방을 비워야 한다니, 김씨는 정말이지 이제 그만 살고 싶다. 나 엄마한테로 갈 거야. 엄마와 할머니 있는 곳으로 데려가달라고 중얼거리던 김씨는 아픔을 참지 못해 비명을 지른다. 그는 가녀린 숨을 헐떡인다. 몸이 까라진다. 연립주택 입주자들은 얼추 집을 비웠고 아직 이사 가지 않은 호실은 몇 집뿐이다. 전세 보증금 문제가 해결되었으니 그들도 오늘로 모두 방을 비울 것이다. 연립주택은 건축한 지 이십 년에 가까웠고 그동안 한 차례도 수리를 하지 않아 너무 낡았다. 새 주인이 뼈대만 남기고 내부를 원룸으로 개조하여 동국대 학생들 상대로 월세를 놓는다고 했다. 도량이가 다시 김씨 팔을 흔든다. 그러나 김씨는 몸을 움직일 수 없다. 혼곤한 상태에서 한참이 지나자 차츰 머릿속의 돌개바람이 고즈넉해지고 숨 쉬기가 편해진다. 어젯밤엔 바람 한 점 없이 더위로 쪘는데 새벽녘의 서늘한 기온이 온몸에 소름을 일으킨다. "밥 머, 먹어야지. 도량이, 귀염이는 머, 먹어야지." 김씨는 홑이불을 걷고 힘들게 일어나 앉는다. 엉덩이가 축축하다. 꿈을 꿀 동안 오줌을 싸버렸다. 제자리인 베란다에 엎드려 김씨를 말끄러미 보던 삽사리가 꼬리를 흔들며 다가온다. "기, 귀염아, 이, 이리 와. 도, 도량이도 이리 오고." 김씨는 손짓으로 둘을 불러 어린 도량이와 털북숭이 삽사리를 품에 안는다. 둘의 체온을 통해 그는 새삼 가족의 정을 느낀다. 숨을 할딱이는 삽사리도 이제는 김씨처럼 늙었다. "기, 귀염아, 넌 나와 또, 똑같은 날, 또, 똑같은 시에 엄마 있는 곳에 가야 해. 아, 알았지? 우리 둘은 이제 나, 나이가 그렇게 되, 됐잖니." 김씨가 삽사리의 털북숭이 머리통을 쓸어주며 눈을 맞춘다. 삽사리가 김씨 마음을 안다는 듯 물기 있는 눈망울로 올려다보며 혀를 날름거린다. 잡종견 삽사리는 어미 젖 뗄 무렵에 주호가 친구 하라며 가져다주었으니 이 녀석과 함께 산 지도 벌써 십 년쯤은 되었다. 그땐 입장댁 나이가 여든을 넘겼으나 꼬부장한 몸으로 그럭저럭 자식 뒷바라지를 해주었다. 그네는 삽사리를 귀여워해서 '우리 귀염이'라 부르며 날마다 목욕을 시키고 털을 빗질해준 뒤 암컷이라고 머리에 빨간 리본을 매어주었다. "내 눈감으면 귀염이가 우리 명구 안사람 노릇 해줄래? 불쌍한 우리 명구 네가 지켜줘야지. 그렇게 약속해야 내가 편안케 눈을 감지." 삽사리를 안고 어르며 입장댁이 말하곤 했다. 별세하기 전 두 해 동안은 초전댁의 말년처럼 노망이 심해 김씨가 엄마와 삽사리 뒤치다꺼리를 했으나, 어쨌든 그네는 팔순을 넘기고도 한동안은 맑은 정신으로 살았다. "그런데 언제부턴가 갑자기 기력이 떨어지더니, 전쟁 나던 해 여름, 우리 세 식구가 많이 굶었지. 어머님은 너와 내가 죽 한 숟가락 더 먹으라고 덜어주곤 하셨지." 그리고는 고양이 양만큼 먹던 식사량이 더 줄었다. 어느 날 입장댁은 다른 사람으로 변해버렸다. 김씨가 잠시 딴전을 펴면 어느새 옷을 죄 벗으며 눈앞에 떠도는 당신 시어머니를 상대로 자식 낳는 얘기, 약사여래님한테 명구 동생을 점지 받으러 수미산으로 가야 한다는 말만 지껄였다. 초전댁이 아흔 살에 가까워져 망령이 들어, 어멈이 낳은 둘째 애가 어디 갔냐는 말을 소 여물 씹듯 했을 때, 나는 저 나이까진 안 살 테야, 오래 산다고 기다리는 자식이 돌아오면 몰라두, 저토록 오래 산다면 그 세월이 너무너무 지루하고 지긋지긋해, 했더랬는데, 눈감기 전 이태 동안은 시어머니 꼴이 되었으나 자신의 다짐처럼 아흔 살은 채우지 않고 여든 중반에, 눈앞에 있는 자식조차 못 알아보고, 우리 명구, 불쌍한 명구 어딨니? 하고 찾다 숨이 잦아졌다.

김씨가 엄마를 떠올리며 멍해져 있자 목젖이 잠기고 목구멍이 불에 덴 듯 얼얼해온다. 어수선한 방 안을 둘러보니 장롱 놓였던 자리가 비었고 할머니 적부터 있어온 뒤주며 반닫이 고리짝이 없어졌다. 어제 낮에 집을 비운 사이 주호가 큰 가구는 모두 치워버렸다. 태어날 때부터 살아온 이 터를 이제 떠나야 한다니, 김씨는 맥이 풀려 두 식구 밥 챙겨줘야 한다는 생각도 깜박 잊은 채 넋 놓고 앉아 있다. 바깥은 날이 훤하게 밝았다. 연립주택 뒤란의 가죽나무 우듬지 잎새가 흔들린다. 베란다로 햇살이 파편처럼 밀려 들어 가죽나무 잎새를 황금색으로 물들인다. 가죽나무를 집 뒤란에 심은 지 삼십 년이 넘었다. 가죽나무는 몇 년 사이 번식해 여러 그루가 한 해 다르게 키를 다투며 자랐다. "이젠 가죽나무 새순 따서 짠지 담가 먹지도 못하겠어." 어느 해 봄인가 높다랗게 자라 까마득한 가지에서 새순이 돋아난 가죽나무를 올려다보며 입장댁이 말했다. 그 말을 할 적엔 초전댁이 살았을 때니 벌써 이십몇 년이 넘는 저쪽 시절이었다. "그렇게 넋 빠져 앉았지 말고 몸을 움직여. 운동을 해야 오래 산단다." 입장댁 성화에 한 시절은 삽사리를 데리고 부지런히 아침 산책을 나갔다. 작년 이후부터는 일주일에 한 번쯤이 고작이었고 근래에는 나설 엄두를 못 낸다. 게을러져 산책이 귀찮고, 무엇보다 힘이 달려 언덕길은 오를 수가 없다. "이제 예순 중반 나이시라! 요즘 세상에선 한창 청춘이시군. 그 무슨 약이라던가, 그 약 안 먹어도 아직은 사나흘 거리로 방아 농사는 될 텐데, 흐흐." 며칠 전만 해도 김씨는 종묘공원에서 팔순을 바라보는 이로부터 이런 농도 들었는데, 그 노인보다 근력이 더 떨어졌다. "우리 도량이, 기, 귀염이, 바, 밥 먹어야지." 김씨는 방바닥을 짚고 힘들게 일어나 전등 스위치를 올려 형광등을 켠다. 조금 전까지 방 안의 재색 속에 재잘대며 떠돌던 두 노친네 유령이 숨을 데를 찾아 헤맨다. 유령은 올챙이처럼 머리만 컸지 손발이 없고 꼬리가 달렸다. 어이구머니나, 불은 왜 켜니, 하고 입장댁이 화들짝 놀라며 올챙이가 수초 사이로 몸을 감추듯 김씨 눈앞에서 사라진다. 깜짝 놀란 김씨도 다리가 후들거려 주저앉으려다 싱크대를 짚고 겨우 버티어 선다. 김씨는 수도꼭지를 틀어 컵에 물을 받는다. 손이 떨려 반쯤은 입가로 흘린 채 물을 마신다. 기운을 조금 차리자 전기밥솥은 치우지를 않았기에 뚜껑을 연다. 박군은 새벽밥을 먹고 나갔는지 두 그릇 정도의 밥이 주걱에 꽂혀 남아 있다. 도량이는 밥솥을 차고앉았고 삽사리가 김씨 앞에서 앞발을 쳐들고 짖는다. 김씨는 싱크대 위의 그릇 두 개를 내려 밥을 담는다. 냉장고에서 시큼한 김치와 멸치조림을 꺼낸다. 도량이는 숟가락을 받아 쥐자 밥부터 퍼먹기 시작하고 삽사리는 제 밥그릇에 코를 박는다. 김씨는 싱크대 구석에 있는 개 사료 부대에서 메추라기 알만한 개밥 한 줌을 집어 개밥그릇에 얹는다. 그는 통 식욕이 없는데다 밥도 모자라 아침밥 먹기를 포기한다.

김씨는 십수 년째 되어 화면이 흐릿한 텔레비전을 켠다. 방 안이 너무 고적해 사람 목소리라도 듣고 싶다. 종묘공원에 나다니는 이유도 따져보면 사람들 목소리가 그립기 때문이다. 아니, 요즘은 세입자들과 연립주택 보수차 동원된 일꾼들의 삿대질까지

하는 말싸움이 듣기 싫어 서둘러 집을 나섰다. 텔레비전 아침 뉴스 시간대다. 오늘도 날씨는 쾌청하며 며칠간 비 소식은 없을 거라고 일기 예보관이 말한다. 김씨는 화면의 한반도 위에 물결을 이룬 기압 등고선을 물끄러미 본다. 그는 지도 위의 어디엔가는 있을 것 같은 수미산을 찾으려고 살펴보았으나 화면 바깥에 있는지 찾을 수가 없다. 이 더위에 길 멀고 산 높은 수미산까지 엄마가 어떻게 찾아갔을꼬. 엄마는 죽어서 정말 수미산을 찾아갔을까? 그는 흐릿한 정신으로 괜한 걱정을 한다. 일기 예보가 끝난다. "……바그다드 함락으로 전쟁이 끝난 지 넉 달째를 맞은 이라크는 후세인 통치 시대를 마감했으나 혼란은 계속되고, 전쟁이 남긴 상처는 날이 갈수록 그 비극성이 새롭게 부각되고 있습니다." 아나운서가 말한다. 이어, 화면은 바그다드의 한 병원 병실을 보여준다. 한쪽 다리가 잘려 나가고 가슴에 붕대를 감은 노인, 두 팔이 잘린 소년, 화상 입은 얼굴에 붕대 감은 소녀를 침상 머리맡에서 지키는 검정 차도르 두른 여인 모습이 보인다. 아나운서가 이라크 전쟁 후유증에 관한 객원 해설위원의 논평이 있겠다고 소개하자, 해설위원이 화면에 나타난다. "조금 전 화면에서 보았다시피 전쟁이 남긴 상처는 이토록 참혹합니다. 집과 부모 형제를 전쟁으로 잃고, 전상으로 장애인이 된 이들의 아픔을 누가 치유해주겠습니까. 국가나 점령군이, 아니면 유엔이? 국제 연대의 그 많은 반전단체, 국제 구호단체, 엔지오, 평화운동가들이 나선다 해도 이미 당한 전쟁의 비극은 치유되지 않을 것입니다. 민간인 지역을 덮친 폭탄으로 많은 사람들이 이미 죽었고, 살

아닌 사람들도 장애인으로서의 신체적 고통만이 아니라 정신마저 황폐화한 전쟁 후유증은 그들의 생명이 끝나는 날까지 악몽으로 남을 것입니다. 그런 의미에서 전쟁은 돌이킬 수 없는 재앙이요, 악 그 자체입니다. 전쟁은 진정한 승자가 없습니다. 이라크 전쟁에서도 보았다시피 전쟁은 학살, 파괴, 기아, 질병 등 엄청난 인위적인 재앙을 양산해내었습니다. 그런 의미에서 전쟁이 남긴 결과는 우리에게 평화의 중요성에 큰 교훈을 시사해주었습니다. 지구상에 결코 전쟁은 다시 일어나선 안 된다는 공분은 자유와 정의를 사랑하는 평화주의자들의 외침만이 아닙니다. 이라크 전쟁이 끝난 후 세계의 이목은 이제 북한의 핵과 대량살상무기, 인권 문제로 초점이 쏠리고 있습니다. 이라크 전쟁처럼 미국이 북한을 악으로 규정하여 이 땅에서 전쟁을 일으켜서도 안 되고, 북한이 사생결단하고 맞서 싸워서도 안 됩니다. 한반도에 육이오 전쟁과 같은 전쟁이 결코 일어나서는 안 된다고 남한 국민이 한목소리로 외치고 있고, 다행히 북한 핵문제를 평화적으로 해결하려는 국제 연대의 노력이 우리를 안도케 합니다. 그러나 한반도는 여전히 전쟁의 공포를 베일 뒤에 숨기고 있습니다. 이라크 전쟁에서도 보았다시피, 전 세계인의 반대에도 불구하고 결과적으로 전쟁을 막지 못했습니다. 실인즉 프랑스, 독일, 러시아도 후세인 통치 아래 얻은 기득권을 놓치지 않기 위해 자국의 경제적 이해득실을 따져 전쟁을 반대했음이 드러났습니다. 그런 이면을 보자면 전쟁은 명분론에 앞서 각국의 이해득실에 따라 언제, 어떤 상태에서 돌발적으로 터질지 누구도 예측할 수 없습니다. 앞으로도 전쟁을 막자는 전 인류적인 외침은 이어지겠지만 전쟁주의자들은 평화를 사수하기 위한 정의로운 행동이란 명분을 내세워 또 전쟁을 일으킬 것입니다. 이를 볼 때 정의, 자유, 평등, 평화는 오직 책에 기술된 탁상공론일 뿐임을 세계의 역대 전쟁사가 증명해 주고 있습니다. 차라리 전쟁은 가뭄, 홍수, 지진, 화산 폭발과 같은 불가항력의 자연 재해와 동일한 재앙이라는 숙명론이 더 설득력 있게 들립니다. 생명공학의 눈부신 발전으로 유전인자의 완전 해독이 가능해졌으니 인간의 본성 속에 존재하는 악성 유전인자, 즉 육식 동물로서의 야만적인 공격성을 제거하거나 이를 변형시키면 영원한 평화 정착이 가능하지 않겠느냐는 이론도 나올 수 있겠습니다. 그렇다면 그 반대로 모든 생명체가 종족을 보존하기 위한 모성 본능의 유전인자조차 변형이 가능하다고 장담할 생명공학자도 나올 것입니다. 만약 모성 본능의 유전인자의 변형조차 가능한 세상이 온다면, 개인 이기주의 유전인자의 횡포로 인간은 한 세대 만에 멸종을 맞게 될 가공할 비극 또한 연출될 것입니다. 번식으로 대를 잇겠다는 인간의 본능 역시 유전인자가 이미 결정해놓은 것이니깐요. 그런 의미에서 전쟁은……" 엇길로 나가던 해설위원의 말이 겨우 제자리로 돌아왔지만, 김씨는 그 말을 제대로 이해할 수 없다. 화면에서는 사막에 탱크들이 질주하고 헬기가 난다. 사막 끝에선 화염이 치솟고 검은 연기가 피어오른다. 길 한편에는 폭격을 맞은 이라크 탱크가 방치되어 있다.

그해 여름, 퇴계로 4가 네거리의 축대 앞 공터에 폭격을 맞은 탱크가 버려져 있었다. 땡볕이 노염을 풀 저녁 무렵이면 사내아이들이 탱크 주위에서 전쟁놀이나 공차기놀이를 했다. "명구야, 저녁 먹어야지, 잰 아침에 죽 한 그릇 먹고 배도 안 고픈지 끼니 때를 몰라. 몸도 약한 애가 무슨 전쟁놀이니. 애들까지 전쟁에 미쳤어. 어서 와. 빨리 오라니깐!" 고물상 판자벽까지 온 엄마가 명구를 보고 외쳤다. "엄마, 나, 바, 밥 안 먹어요. 나 오늘부터 주호네 지, 집에 가야 한대요." 김씨가 텔레비전을 보며 중얼거리자, 화면의 어린이들 재롱 떠는 소리에 섞여 다른 곳에서 휴대전화의 음악 소리가 난다. 주호가 동요「따오기」를 휴대전화의 착신 음악으로 깔아주었다. 노래는 방바닥에 벗어둔 옷 위에서 들려온다. 김씨는 휴대전화 뚜껑을 연다. "형, 기상했어?" "음, 그, 그래." "오늘도 종묘공원으로 나갈 거야?" "음, 그, 그래." "오늘 이삿짐 다 빼야 하니 차라리 형이 집에 없는 게 나아. 그러니 종묘공원으로 나가. 박군한테도 그렇게 말해두었어. 오전 내로 방을 비우라구. 형, 오늘 저녁부터는 우리 집에서 자는 것 알지? 발걸음이 그쪽으로 논다구 연립으로 가면 안 돼. 가게로 와서 나와 함께 우리 집으로 가든가. 내 말 듣고 있지?" 김씨가 잠자코 있자, 주호가 목소리를 높인다. "형, 내 말 안 들려?" "어, 들려. 암, 지, 집으로 가야지." "휴대전화 충전 안했지?" "충전?" "집에 들어오면 충전기에 꽂아두라고 했잖아." "아, 안 꽂았어." "지금 꽂아두었다 파란 불 들어올 때까지 놔둬. 반드시 목에 걸고 나가구." "아, 알았어. 거, 걱정 말라구." "오늘 우리 집으로 오는 것 잊지 마. 연립엔 가봐야 빈방이야. 아무것도 없어. 또 전화 넣을게." 전화가 끊긴다. 김씨는 휴대전화를 목에 걸려다 주호가 한 충전이란 말이 생각나 전기코드에 꽂아둔 충전기에 휴대전화를 꽂는다. 김씨는 충전기 앞에 앉아 충전기에 점으로 켜진 빨간 불을 지켜본다. 휴대전화로 전화를 거는 일은 전무하고, 오직 주호나 박군이 하루 한두 차례 전화를 걸어온다. 지금 어디 있느냐, 밥은 먹었냐, 도량이는 잘 있느냐 따위를 묻는 게 고작이다. 김씨가 길눈이 밝지 못하기에 누구를 따라가거나 혼자 낯선 곳에 간다면 집을 찾아오기가 힘들 때도 있다. 미아가 되어 낯선 동네 파출소에 우두커니 앉아 있는 김씨를 주호가 찾아온 적도 여러 번이었다. "형 생각만 하면 늘 걱정이던 차에 들고 다니는 전화가 나오고부터 안심하게 됐어." 주호 말이 그랬다. 주호는 김씨보다 두 살 아래로 외사촌이다. 그는 오장동 중부시장에서 맏이에게 넘겨준 건어물 점포 뒷일을 봐주고 있다. 그가 삼대째요, 자식 대는 사대째다. 입장댁 친정인 조씨 집안은 해방 전부터 중부시장에서 미역, 말린 새우, 오징어, 문어포, 대구와 명태포 따위를 파는 가게를 차려 일찍이 터를 잡은 서울 토박이 장사치 집안이다. 초전댁과 그네 시가인 김씨 집안도 역시 서울 토박이였다.

"그 잘생긴 젊은 군관이 아니었담 우린 이 전쟁통에 곯아서 죽었을 거다. 그렇게 착하고 씩씩한 군관들이 있으니깐 인민공화국 군대가 승승장구하는 건 당연하지. 애들한테도 공대말을 쓰며, 예의가 얼마나 밝던." 초전댁이 마루에 앉아 중부시장에다 멀건 콩죽을 내다 팔아 사온 푸성귀로 김치를 담그려 소금으로 절이며 말했다. 초전댁과 입장댁은 북에서 내려온 사람을 찾아 만나고 새로 문을 연 관청을 출입하며, 해방되고 함흥형무소에서 나온 김신도를 찾아달라고, 해방되던 해 9월에 함흥에서 부쳐온 김신도의 편지를 들고 다니며 수소문했다. 그러다 만나게 된 군인이 중구 구당 선전책인 젊은 군관이었다. 그는 김신도의 편지를 보곤, 혁명 동지 집안의 어려움을 모른 체할 수 없다며 좁쌀 한 말에 콩 두 부대를 특별 배급해주었던 것이다. "군관 동무 말이, 전시라 이동이 많다보니 찾기가 힘들다며, 조만간 통일이 되면 애아버지가 집 찾아올 거라고 말하더군요." 초전댁 옆에 앉아 불린 콩을 맷돌에 갈던 입장댁이 말했다. "그 군관 말만 믿지 말구 어멈이 더 수소문해봐. 이번 전쟁통에 아범이 반드시 남으로 내려왔을 테니깐. 집에 들를 겨를이 없는 거지." 초전댁이 말했다. "군관이 소개장을 써주기에 그러잖아도 내일은 서울시당 당사에 들르려고 해요." 입장댁이 말했다. 명구는 방문을 열어놓은 채 건넌방에서 도화지를 절반으로 잘라 인공기를 그리고 있었다. 서울이 인공 치하가 되자 학교는 피난 안 떠난 학생들을 소집하여 소년단을 조직했다. 명구가 다니던 영희초등학교는 군에 징발당해 오학년생 소년단원들은 오장동에 있던 염색공장 창고를 교실로 썼다. 그날, 북에서 내려온 여선생이 소년단원들에게 숙제를 냈는데, 도화지 앞면은 인공기를 그리고 뒷면에는 통일전선에서 견결하게 투쟁하는 인민군 전사들에게 보낼 위문편지를 써오라 했다. "어머님, 이 전쟁이 언제 끝날까요?" 입장댁이 물었다. "난들 어이 알랴. 통일이야 부처님이 알아서 때 되면 점지해주실 텐데, 인간 종자들은 같은 동포 못 잡아먹어 이렇게 난리를 치니." 초전댁이 한숨을 쉬었다. "전쟁이 빨리 끝나야 명구 아버지도 돌아올 테구…… 무엇보다 명구 때문에 걱정이에요. 저 애는 김씨 집안의 삼대독자잖아요. 이제 몇 년만 더 키우면 색싯감을 구할 수도 있는데 말입니다." 입장댁이 맷돌을 돌리며 시름겹게 말했다. 이마에는 땀방울이 맺혔다. "하긴 그래. 요즘은 혼사가 늦어졌지만 예전엔 저 애 나이 때 가마 타고 장가를 갔지. 새색시 나이가 신랑보다 두어 살은 더 많다보니 어린 서방을 잘 다뤄서 두어 해 못 가 애를 가졌구…… 네가 그 말 하니 잃은 자식들이 또 생각나누면" 하더니, 초전댁이 졸음이나 쫓겠다며 옛 시절 집안 얘기를 풀어놓았다. "그러니 어멈한테는 시할아버지 되는 그분 말이다, 일자무식에 마방살이하던 처지로 임자가 무슨 나라를 구한다고, 어느 날 야밤중에 주먹밥 몇 덩이 넣은 단봇짐을 메고선 미친 사람처럼 집을 떠났대. 동학 민란으로 나라가 한참 시끄러울 시절이었으니, 당시 나는 젖먹이 때라 죄 어머님한테 들은 얘기지. 집안 기둥인 남정네가 없어져봐, 추풍에 가랑잎 신세가 될 수밖에. 한 해가 지나도 집 떠난 그분 소식이 감감했는데, 들리는 풍문으로는 난리가 터진 그해 초가을 충청도 공주 땅 우금치에서 동학군이 왜병과 맞붙었는데 시체가 산을 이뤘다더군. 한 해 동안 삼남을 들쑤신 그 난리에 백성 수십만이 죽었다니 그분도 그렇게 죽고 만 거지. 그러니 시신인들 수습할 수가 없었고. 어머님은 동대문시장 참기름집에서 일을 거들며 남매를 키웠으나 해가 갈수록 호구가 원수라, 명구 할아범은 동대문시장에 있던 마방에 심부름 아이로 자랐다더군. 장안에 돌림병이 돌아 조실부모한 나는 시장통 장사꾼 상대의 밥집에서 부엌일을 하다 불알 두 쪽밖에 없는 김씨 집안에 시집을 갔지. 청계천변 여염집 아래채에 신접살림을 차렸으나 방 두 칸 얻을 처지가 못 되어 어머님과 한 방을 쓰게 되었으니……" 초전댁 말에 입장댁이 킥킥 속웃음을 터뜨리며, "그럼 첫날밤도 시할머님과 한방에서 보냈어요?" 하고 물었다. 초전댁이 며느리를 보며 눈을 흘겼다. "첫날밤이야 어디 시어미가 동숙하자구 나섰겠어. 어머님은 방을 비워주고 참기름집에서 잠을 잤어. 그래도 나를 양녀로 삼았던 밥집 아주머니가 새 이불 한 채를 해주어, 금침 속에서 속옷 바람으로 서방을 맞는데 새가슴처럼 얼마나 떨리던지. 내 나이 열여섯이었으니깐…… 하여간 그럭저럭 밤을 보냈는데 새벽같이 부엌에서 그릇 달그락대는 소리가 들리네. 허겁지겁 옷을 입고 나가보니 먼동이 트는데 벌써 어머님이 와 계셔. 당신은 그로부터 여섯 해를 더 사셨어. 부지런하고 무던한 분이셨는데 무슨 음식을 잘못 자셨는지 한여름에 토사곽란 끝에 돌아가셨으니. 그사이 나는 명구 아비 아래로 남매를 더 뒀지. 세월도 변해 철도가 생기고 경성에도 전차가 다니자 말 타고 거들먹거릴 일이 뭐 그리 많았겠어. 손수레가 많이 만들어지고 지게꾼이 활개 치자 동대문 가근방 마방들도 하나 둘 문을 닫았어. 서방은 인력거꾼이 되었구. 식구가 늘어나니 살림이 더욱 어려울 수밖에. 언제 가야 초가삼간이라도 내 집 가질 세월이 오려는지 막막했어. 주위에서 일본으로 돈 벌러 떠나는 남정네들이 늘어나자, 자리를 잡으면 식구를 부르겠다며 서방이 일본으로 떠나기가 삼일만세가 있던 해 가을이었지. 얼굴도 못 본 시아버님의 동학군 얘기를 들은 터라 내가 그렇게 말렸는데도 바람이 잔뜩 든 서방은 막무가내더라. 서방이 언제쯤 부를까 이제나 저제나 기다리기 삼 년 만에, 겨우 일본말을 익힌 덕에 막노동판에서 벗어나 동경 부근 어느 해안에 있는 철도공작창에 월급 받는 일자리를 잡았다는 편지가 왔어. 엄동에 애들 셋을 업고 걸려 묻고 물어 거기로 찾아가니, 조선인 노동자들이 많이 모여 사는 뚝방 아래 판자촌에 서방이 다다미방을 하나 얻어놓았더군. 부엌이 따로 없어 한데서 숯불로 밥을 짓자니 바닷바람이 얼마나 드세던지 늘 밥이 덜 익어 서방한테 핀잔깨나 들었어. 그래도 식구가 모여 사니 그 시절이 마지막 좋았던 날들이었어. 그러나 이듬해 초가을, 그 무서운 관동대지진으로 내 인생도 끝장을 보게 되었으니……" 소금 묻은 손을 앙푼에 털며 초전댁이 진저리를 쳤다. "어머님, 너무 끔찍한 사연이니 이제 그만 하셔요. 그 언젠가 들었을 때도 얼마나 마음이 아프던지 그날 밤 이불을 둘러쓰고 저도 많이 울었어요. 명구를 배고 있을 때였는데…… 그래서 저 애가 어미 뱃속에서 놀라 저렇게 몸이 약한 겁보가 되었는지 몰라요." 입장댁이 건넌방을 돌아보며 목소리를 낮추었다. 그런 얘기는 아들이 들어 좋을 리 없으니 안하셔도 된다는 뜻의 완곡한 표현이었다. 1923년 9월 1일 오전 11시 58분에 발생한 간토대지진(關東大地震)은 최대 진도 7로, 총 사망자가 9만9천 명이 넘고 실종자가 4만3천 명이 넘는 대참사였다. 민심이 극도로 흉흉해지자 일본 내각은 계엄령을 선포하고, 당국은 재난의 경악을 다른 데로 돌리려는 목적 아래 조선인들과 사회주의자들이 폭동을 일으킨다는 유언비어를 날조하여 유포시켰다. 소문이 삽시간에 퍼져 일본인들은 동네마다 자경단을 조직하여 죽창, 꺾쇠, 삽, 낫, 자귀, 쇠갈고리, 곤봉, 철봉, 일본도, 엽총으로 무장하기 시작했다. 이튿날부터 군경과 자경단은 조선인만 보면 닥치는 대로 쳐죽인다는 흉흉한 소문이 돌았다. 이튿날 낮을 넘겨도 서방이 돌아오지 않자, 초전댁은 어린 남매를 옆집에 맡기곤 일곱 살 난 장자와 함께 요코하마 해변에 있는 철도공작창으로 서방을 찾아 나섰다. 막상 공작창에 도착해보니 공장 건물들은 폭격을 맞은 듯 무너진 채 텅 비어 있었고 이웃 주민들 말로는, 군경이 조선인 노동자들을 모아 안전한 곳으로 대피시키려 어디론가 데려갔다 했다. 서방의 행방을 찾지 못한 채 모자가 그날 저녁 마을로 돌아오는 길에 흉기로 무장한 한 떼의 자경단이 둑길로 몰려오는 걸 보고 질겁하여 둑 아래 갈대밭에 몸을 숨겼다. 모자가 사흘을 물로 배를 채우고 갈대밭에 숨어 있다 마을로 돌아와보니 어린 남매는 이웃 조선인들과 함께 무더기로 살해당해 개천에 시체로 버려져 있었다. 자경단의 광란이 가라앉자 초전댁은 서방 시신이라도 찾으려 사방으로 수소문하고 다녔으나 끝내 찾지 못했다. 그해 겨울, 초전댁은 장자와 함께 귀국길에 올랐다. 이 자식 하나 믿고 살아야지 하고 이 악물며 서울로 돌아온 초전댁은 중부시장 노점에서 지짐이 장사를 시작했다. 장떡, 빈대떡, 파전, 부추전, 미나리전을 부쳐 팔며, 아들 하나를 학교에 넣었다. 영특해서 수재 소리를 듣던 아들은 보통학교를 졸업하자 엔간히 공부를 잘해도 입학이 어렵다는 경성사범학교에 합격되었다. 건어물 장사를 하던 조씨가 이웃 난전의 지짐이 장사 제 어미를 자주 만나러 오던 학생

복짜리의 장래를 믿고 사위로 삼았다. 조씨는 사돈 과부댁이 너무 가난해 맏딸 살림 밑천 삼아 남산 아래 묵정동 언덕바지에 집 한 채를 사주고 점포 한편에 지짐이 점방을 내주어 노점상을 면하게 해주었다. 혼례식을 올리고 한 달쯤 지났을까, 새벽같이 헌병대가 집을 덮쳐 신랑을 채어갔다. 이튿날 신문에 불온 단체를 조직한 조선인 지하 독서회원 열두 명이 일망타진되었다는 기사가 실렸다. 김신도는 육 년 언도를 받고 첫해는 서대문형무소에서 옥살이를 하다 함흥형무소로 이감되었다. 입장댁은 어린 명구를 업고 함흥으로 네댓 차례 면회를 다녀왔다. 몇 해가 흘러 팔일오 해방을 맞아 일본인들이 물러가자, 서방이 돌아오려니 학수고대했으나 9월에 들어 입장댁 앞으로 편지만 한 통 왔다. 김신도는 편지에, 해방 조국 건설에 지방당 조직 사업을 맡아 평양과 함흥을 나다니며 불철주야 바쁘니 함흥으로 올 생각은 말라며, 자기가 틈을 내어 서울에 들르겠다 했다. 평생을 고생만 하신 어머니 잘 모시고 명구 잘 키워요, 하는 말을 편지 끝에 달았으나, 삼팔선 통행이 아주 막히더니 전쟁이 나도 그는 서울 집 찾아 돌아오지 않았다.

　김씨는 몸이 무겁고 현기증까지 있어 도무지 외출할 엄두가 나지 않는다. 그러나 다른 날은 몰라도 오늘은 바깥으로 나가야 했다. 나가서 다시는 이 연립주택으로 돌아오지 말아야 한다. 자기 나이만큼 살아온 이 터는 이제 자신이 머물 터가 아니다. "도, 도량아, 기 귀염아, 나가자. 나, 나가야 해. 아, 아주 나가야 해." 김씨는 두 식구를 손짓으로 부르며 몸을 추스른다. 오줌을 싸서 축축하던 팬티는 어느새 말랐다. 그는 앉은 채 주섬주섬 바지며 체크무늬 반소매 셔츠를 입는다. 충전기에 꽂아둔 휴대전화에서 노랫소리가 들린다. 휴대전화를 방에 두고 나갈 뻔했다. "접니다. 박군입니다. 집으로 가고 있어요. 출근 시간대라 길이 얼마나 막히는지. 도량이와 아침 드셨어요?" 박군이 묻는다. "음, 드, 들었어. 나갈 거야." 김씨가 헉헉대며 말한다. "도량이와 종묘공원에서 소일하시다 저녁답에 포장마차로 나오세요. 그동안 저는 이사를 마쳐놓을 게요. 이삿짐이래야 뭐 있나요. 제 승합차로 한 탕만 뛰면 될 겁니다." 박군 말에 김씨가, 그, 그래, 하고 대답한다. "조씨 아저씨와는 열한시쯤에 연립에서 만나기로 했어요. 도량이 목에 명찰은 걸고 있죠?" 김씨가 그렇다고 말하자, 우리 애 잘 돌봐주세요, 그럼 이따 뵈요, 하더니 전화가 끊긴다. 박군이 도량이를 달고 김씨 연립주택에 동숙을 시작하기는 작년 가을부터다. 김씨는 퇴계로 4가 네거리 축대 아래 새로 생긴 포장마차에서 소주를 마시다 박군을 알게 되었다. 다마스 승합차를 포장마차로 개조해 장사를 시작한 박군이, 잠잘 데가 따로 없어 가락동 농수산물시장 부근에 승합차를 세워두고 그 안에서 자식과 새우잠을 잔다고 하자, 그날 밤으로 김씨가 두 식구와 승합차를 연립주택으로 받아들였다. "이거 정말 사람 미치겠군. 형은 제 몸 하나도 제대로 추스르지 못하는 처지에 군식구를 왜 받아? 박군 처지가 정 딱하다면 우선 나한테 허락부터 받아야 하는 게 순서 아냐? 말이 났으니 하는 말이지만, 그 집이 어디 형 집이야?" 박군 식구와 동숙을 시작한 지 며칠 뒤 주호가 연립주택으로 와서 따졌다. 김씨는 고개를 숙인 채 아무 말도 할 수 없었다. 할머니, 엄마, 아버지가 살았고 내가 태어난 집이 내 집이 아니고 누구 집이냐는 말은 차마 할 수 없었다. 개인주택을 허물고 연립주택 신축을 주호가 맡아 완성한 뒤, 김씨는 한동안 엄마와 함께 삼층에 살았다. 연립주택은 주호가 집주인이 되어 다른 호실의 월세를 거두어선 두 식구의 생활비를 대주었다. 조씨가 김씨에게 닦달을 놓자 몸 둘 바를 몰라 하던 박군이 나서서, 월세는 못 낼망정 당분간 김씨 아저씨를 아버지로 모시고 돌보다 자립할 형편이 되면 독립해 나가겠다고 말했다. 박군은 조씨 앞으로, 김씨와 함께 임대료 없이 동숙하다가 일 년 기한부로 퇴거하겠다는 각서를 쓰고는 눌러 있게 되었다. 그러던 차 금년 들어 불경기가 닥치자, 동대문시장에서 의류 도매업을 하던 조씨 둘째 아들은 받아놓은 지방 어음이 부도나면서 자기도 연쇄 부도를 냈고, 조씨가 둘째 아들 사업 자금을 도우려 은행에 담보로 설정한 연립주택이 경매 처분으로 넘어가게 된 것이다. 박군은 증권회사 영업부 직원이었는데 몇 해 전 아이엠에프가 터지자 구조 조정에 걸려 하루아침에 직장을 잃었다. 실직자 생활로 들어선데다 돌이 지나도 도량이는 어떤 소리에도 반응이 없었다. 병원으로 데려가니 선천성 청각 장애인으로 진단을 받았다. 산모가 임신 중에 풍진을 앓거나 약을 잘못 먹으면 그럴 수 있다고 의사가 말했다. 도량이의 청각 장애를 고쳐보려 병원을 들랑거리는 사이 전셋집이 월셋집으로 주저앉았다. 박군은 식구들 입살이를 위해 이 일 저 일 닥치는 대로 뛰었고, 일산 건설 현장에서 막노동도 했다. 그러는 사이 맥줏집에서 시간제로 일하던 아내가 서방과 도량이를 나 몰라라 하고 가출해버렸다. 처가에 연락해놓고 두 달을 기다려도 집 나간 아내는 소식이 없었다. 박군은 도량이를 교회가 운영하는 탁아소에 맡겼다. "입양은 절대 시키지 말라며 자식을 거기 맡기고 노동판 떠돌며 많이도 울었지요. 저 장애 자식을 꼭 찾아 내가 키우리라 결심하곤 건설 현장 공사판에서 새우잠을 자며 돈을 푼푼이 모았죠." 작년 가을에 박씨는 그동안 모은 돈과 친척 도움으로 승합차를 한 대 사자 아들을 탁아소에서 빼내왔고, 장사할 목을 찾다 퇴계로 4가 네거리 축대 아래에 포장마차를 열었다. 장사는 그럭저럭 되었다.

김씨는 휴대전화를 목에 걸고 등산모와 접는 부채를 챙긴다. 도량이와 삽사리는 제 밥그릇을 깨끗이 비웠다. "자, 나가자. 이제 나, 나가야지." 김씨가 현관문을 연다. 김씨 거처는 연립주택 삼층으로 화장실만 딸려 있을 뿐 열두 평짜리 한 칸이다. 삽사리가 재빨리 먼저 방을 나선다. 김씨는 도량이의 손을 잡고 복도로 나온다. 그는 평소에도 외출할 때 현관문을 잠그지 않았다. 도둑이 들어도 가져갈 만한 물건이 없기 때문이다. 복도에는 이삿짐센터 일꾼들이 부지런히 옆방 가재도구들을 꺼내어 옮기고 있다. "안녕하세요, 할아버지. 이젠 할아버지를 다시 못 보겠군요. 어디 사시든 건강하세요." 아기를 업은 옆방 젊은 아낙이 복도에서 땀을 닦다 말한다. "에, 예. 잘 가십시오." 김씨가 모자챙을 잡고 목례를 한다. 김씨가 색시 품에 매달린 아기를 넘겨다본다. 입에 가짜 젖꼭지를 문 사내아이다. 꿈에서 엄마가 이런 내 동생을 낳겠다 했지, 하고 그는 중얼거린다. 이층 계단에서 삽사리가 어서 가자는 듯 김씨를 보고 콩콩 짖는다. 김씨는 도량이 손을 잡고 조심스럽게 계단을 밟는다. 연립주택 현관을 나서자 먼저 내려와 기다리던 삽사리가 둘을 보고 꼬리를 흔든다. 건축 인부들이 연립주택을 둘러칠 철제 기둥 세우는 작업을 하고 있다. 마당에는 박군이 끌고 나가버려 승합차가 보이지 않는다. 골목길로 나서며 김씨는 이제 영원히 다시 올 수 없는 연립주택을 올려다본다. "널 찾는다고 동네를 얼마나 싸돌아다녔는데, 너 왜 여기 섰니? 우리 집이 없어졌잖니. 이제 여기에 연립주택이 들어설 거야. 그럼 우리가 방 한 칸을 차지하게 돼. 그동안 외갓집 지하방이 우리 모자가 살 곳이야. 그리로 와야지, 왜 여기서 얼쩡거려." 엄마가 말했다. 김씨는 중부시장 옆 입장동에 있는 외갓집까지 못 찾아갈 정도로 길눈이 어둡지는 않았다. 해방 전부터 할머니와 함께 세 식구가 살아왔던 집이라 발길이 저절로 옮겨져 그냥 와보았을 뿐이었다. 우리 집이 없어졌어, 하고 섭섭해하며 시간 가는 줄 모르고 우두커니 서 있다보니 입장댁이 자식을 찾아 나섰던 것이다. 그네는 칠순도 중반을 넘겨 중부시장 일대에서는 손맛 있다고 소문난 지짐이 장사조차 힘에 부치자 친정 조카 주호 말을 좇아 개인주택을 허물고 연립주택을 짓기로 했다. 지상 사층으로 열입곱 평형 네 가구, 열두 평형 네 가구를 신축하여 세를 놓으면 보증금 받아 건축비 털고 작은 평수 한 칸 차지하고도 일곱 가구 월세 받으면 모자가 생활비 걱정 없이 노후를 편케 살 수 있다고 주호가 말했다. 건축 일체는 주호가 맡았고, 이 집만은 불쌍한 자식한테 물려줘야 한다는 입장댁 말에 따라 등기는 일단 김씨 앞으로 했다. 몇 년 뒤 입장댁이 치매에 들어 친정 조카마저 제대로 알아보지 못하자, 주호는 자신이 가지고 있던 김씨 인감도장을 이용해 연립주택 명의를 제 앞으로 돌려놓았다.

김씨는 도량이의 손을 잡고 차 한 대 겨우 지나다닐 내리막 비탈길을 쉬엄쉬엄 걷는다. 그렇게 한참을 내려오면 점포들이 늘어선 큰길이 나선다. "도량아, 안 되겠어. 쉬, 쉬어 가자." 편의점 앞에 마침 평상이 있어 김씨는 거기에 엉덩이를 붙인다. 김씨 옆에 앉은 도량이가 사방으로 손가락질을 한다. 조금 전까지 따라붙던 삽사리가 보이지 않는다. 귀염이가 어디로 갔어? 김씨가 사방을 두리번거리며 삽사리를 찾는다. 삽사리가 연립주택으로 돌아갔는지, 앞질러 퇴계로 4가 네거리 축대 아래로 먼저 가서 기다리는지 보이지 않는다. 김씨와 도량이는 손을 잡고 다시 걸음을 옮겨 퇴계로 대로에 이른다. 퇴계로 4가에서 5가에 이르는 일대에 십몇 년 전부터 애완견을 취급하는 점포와 동물병원이 하나둘 자리 잡더니 이제 그 점포들이 수십 개로 늘어났다. 한여름 허갈을 면하려고 개를 식용하던 세대가 차츰 사라지고, 개들 중에도 귀여운 놈을 아파트나 집 안에서 키우는 신세대가 늘어나자 생긴 점포들이다. 김씨와 도량이는 그 길을 느직느직 걸으며 점포 유리창 안을 힐끔거린다. 꼬마 침대 속에는 여러 종류의 작은 개들이 꼬무락거리거나 졸음에 겨워하고 있다. 털북숭이 개, 털이 짧은 개, 리본을 맨 개, 발목에 방울 링을 찬 개, 흰 개, 누른 개, 재색 개, 검둥 개, 얼룩 개까지 각양각색이다. 매물로 나온 개, 미용을 하러 온 개, 예방주사를 맞으러 온 개, 입원차 온 개들이다. 김씨는 개를 사랑하지만 생김새가 다른 여러 종류의 개가 하도 많아 그 개들의 원산지와 종을 알지 못한다. "할아버지, 안녕하세요? 삽사리 잘 있지요?" 가로수 그늘 밑에 의자를 내놓고 앉았던 챙 모자 쓴 젊은이가 김씨를 보고 알은체한다. 귀염이 잘 있다며 김씨가 모자를 들썩하고 어물거린다. 지난봄 삽사리가 먹는 게 시원찮고 눈곱이 낀 채 늘어져 있는 걸 박군과 함께 동물병원에 데려왔던 적이 있었다. 둘이 애완견 센터 진열장 안을 구경하며 천천히 걸어 퇴계로 4가 네거리에 이른다. 김씨는 이 동네에 살아온 지 육십 년이 넘어 동장도 그렇게 말했듯, 주민등록상 한 동네에서 가장 오래 살아온 토박이다. "호주 되시는 분이 주민등록증 갱신을 안하셔서 찾아왔습니다. 보자, 김신도 씨라, 집에 계십니까?" 어느 해인가, 동사무소 직원이 집으로 찾아와 물은 적이 있었다. "집에는 없지만 어딘가 계셔요." 입장댁이 나서서 대답했다. "일구일육년생이라면, 보자, 여든 살이 넘으셨네? 그럼 지금 어디 계십니까?" 직원이 다시 물었다. "거기가 어딘지는 모르지만 여하튼 살아 계실 거예요. 아무도 돌아가신 걸 본 사람이 없어요. 내가 안사람인데 나는 그 양반이 어디서든 살아 있다고 믿어요. 그래서 우린 그 양반이 언젠가 반드시 우리 집으로 돌아오리라 믿고 여태 한 번도 이사를 안 갔어요." 입장댁이 당당하게 말했다. "그렇다면 행불인 모양인데, 할머님이 부군을 마지막 보신 게 언젭니까?" 직원이 미소 띠며 물었다. "전쟁 나기 전이에요. 전쟁 때는 정치위원인가, 무슨 큰일을 맡아 동해안 쪽에 있었다는 말도 들렸는데……" 그 말에 직원이 놀랐다. "그럼 육이

오전쟁 말입니까? 벌써 오십 년이 다 됐잖습니까. 그때 행불이라면 왜 여태 호적 정리를 안하셨어요?" 하더니, 직원이 노친네와는 더 말이 안 되겠다는 듯 옆에 있는 김씨에게 같은 질문을 했다. 말을 더듬는 김씨와는 더 말이 통하지 않자 직원은, 호적 삭제를 하려면 증인을 세워야 하는데 이거 큰일이네, 하곤 머리를 흔들며 돌아갔다.

4가 네거리의 축대 아래까지 오자 도량이가, 말이 되지 않는 소리로 크, 크, 하며 손가락질을 한다. 어느새 삽사리가 먼저 와서, 박군이 아직 전을 벌이지 않은 축대 아래 빈자리에 오도카니 앉아 있다. "허허, 느, 늘 그렇다니깐." 김씨가 흐뭇해한다. 삽사리는 김씨가 그쯤까지 오면 반드시 걸음을 멈추고 축대를 치켜본다는 걸 알고 있었다. 김씨는 퇴계로 4가에서 을지로 쪽으로 길을 건너기 전에는 고개를 돌려 남산을 반쯤 가린 삼층 높이의 축대를 올려다보는 버릇이 있었다. 그럴 때 그의 표정은 뻣뻣하게 경직되었고 눈은 두려움에 질려 동공이 크게 확대되었다. 장본인도 의식하지 못하는 사이 팔다리를 떤 적도 있었다. 모퉁이를 이룬 축대는 담쟁이덩굴로 덮였고 그 위로 박군이 심은 호박 줄기가 비닐 끈을 타고 뻗어 오르는 참이다. 거름을 잘 주어 큰 잎사귀가 짙푸르고 여기저기 호박꽃이 피었다. 곁줄기들은 몸 붙일 대상을 못 찾아 허공에서 너울거린다. 김씨는 축대를 멍청히 너무 오래 바라보다 신호등에 파란 불이 들어온 걸 놓치는 때도 더러 있었다. 박군은 해가 도심 위에서 떨어져야 축대 아래에서 포장마차를 연다. "명구야, 넌 학생이 아니잖아. 넌 보통학교조차 제대로 마치지 못했는데, 왜 따라나서? 저 애들은 대학생이야. 절대 거기에 섞이는 짓일랑 마라. 넌 김씨 집안 종손이야. 집으로 가자. 날벼락 맞기 전에 어서 들어가!" 그해 화창하던 봄날 아침, 초전댁이 축대 아래까지 김씨를 쫓아와 허리춤을 잡고 끌었다. 남산에 지천으로 핀 벚꽃이며 진달래꽃이 시나브로 지던 그해 봄날, 동국대 학생들이 무리를 지어 집 앞 한길로 구호를 외치며 내달았다. 마루 끝에 나앉아 다리를 대롱거리며 장독대 옆 붉은 꽃을 활짝 피운 철쭉나무를 보고 있던 김씨는 바깥의 외침 소리에 화들짝 놀라 고무신을 신고 얼른 집을 나섰다. "명구야, 다칠라, 나가지 마. 넌 집에 있어. 꼼짝 말고 있으라니깐!" 엄마는 지짐이 장사하러 점방에 나갔지만, 부엌에 있던 할머니가 외쳤다. 김씨는 학생 대오를 따라 큰길로 나서서 퇴계로 4가 네거리의 축대 아래까지 나갔다. 학생들은 길을 건너 을지로 쪽으로 내달고 있었다. 그때, 김씨는 무심코 축대 위를 올려다보았다. 서양인 가족이 축대 위 쇠난간에 기대서서, 구호를 외치며 을지로 쪽으로 몰려 내려가는 학생들을 구경하고 있었다. 노랑머리 부모에 알록달록한 옷을 입은 아이들도 있었는데 그 표정이 겁에 질려 있었다. 축대 위에 섰던 벚나무에서 꽃잎들이 바람결에 눈처럼 나풀거리며 떨어지던 광경을 김씨는 지금도 기억하고 있다. 그 시절에는 축대 위에 교회가 서지 않았고 잔디밭이 넓었던 선교사 사택이 있었다. 큰 서양개들이 그 풀밭에서 놀았다. 그래, 맞아. 할머니가 여기까지 날 쫓아왔지. 내 허리춤을 잡고 집으로 끌고 갔어. 김씨는 그때를 생각하며 축대 위를 올려다본다. 축대 위에는 철제 난간이 있고 벚나무와 목련나무의 잎이 짙푸르다. 허리 높이의 철제 난간 너머에는 석조건물 교회가 우뚝하다. 그 축대는 네거리의 모퉁이라 각이 진 채, 김씨가 어릴 적부터 보아온 그 자리에 옛 모양 그대로였는데 그 뒤 그 위에 시멘트로 덧칠해버렸다. 어쨌든, 축대를 얼마나 견고하게 쌓았던지 햇수로 따진다면 육십 년 넘게 붕괴 과정을 거치지 않았고, 그 숱한 재개발 사업에도 용케 비켜나 헐리지 않은 채 버티고 있었다. 그래서 김씨 눈에 퇴계로 4가 네거리의 축대 주변은 묵정동 동네에서 가장 낯익은 풍경이요, 전쟁 때 각인된 상처의 자리였다. 트, 트, 도량이가 손가락질을 하며 기성을 지른다. 신호등이 파란 불로 바뀌자 삽사리가 콩콩 짖으며 재빠르게 차들 사이를 빠져 을지로 쪽으로 먼저 길을 건넌다. "주, 죽으려구 화, 환장을 했나. 네가 머, 먼저 죽으면 안 돼!" 김씨가 헐떡거리며 외친다. 삽사리를 놓칠세라 김씨가 도량이의 손을 잡고 차도로 바삐 들어선다.

  한 시절은 탑골공원이 노인들의 모임터였으나 몇 년 전 정비를 마친 뒤부터 노인들은 종묘공원으로 쉼터를 옮겼다. 종묘공원은 겨울 한철과 비 오는 날을 빼고는 시골 장터처럼 늘 오륙백 명이 넘는 노인들로 와글댔다. 모자를 쓰고 지팡이 짚은 추레한 차림들 사이에는 정장에 넥타이 맨 노인들도 더러 섞여 있다. 낮부터 포장마차에는 삼삼오오 모여 앉아 순대나 오뎅을 안주로 소주나 막걸리를 마시는 패도 있다. 김씨는 도량이를 데리고 다니며 노인들을 모아놓고 건강식품이나 만병통치약을 파는 장사치들의 넉살 좋은 구변을 듣거나, 흘러간 유행가를 틀어놓고 지그시 눈

감고 회상에 잠긴 노인들 사이를 기웃거리거나, 명상센터와 기(氣) 체조 장소에도 끼여 앉았다 하며 어슬렁거린다. 삽사리는 둘 주위를 싸돌다 숨바꼭질하듯 어디로 사라졌다간 다시 주인 찾아 나타나곤 한다. 점심때면 구호단체와 자원봉사단체가 나누어주는 참으로 요기를 하고, 그것도 줄 꼬리에 섰다 못 얻어걸리면 오백원짜리 풀빵이나 고물떡을 사서 도량이와 한 끼를 때운다. 오후 시간에 다리품 팔아가며 기웃거리기에도 지치면 '종로 국악정'이란 현판이 붙은 정자 그늘을 찾아 졸음에 빠지는 시간이 더 많다. 동무가 없는 그로서 한더위 때면 그렇게 지내는 시간이 편하다. 언젠가 김씨가 정자 아래 쉬고 있을 때 심심해하던 옆자리 노인이, 뭐라고 쓰였나 보자, 하더니 돋보기 너머 도량이가 목줄로 건 명찰을 보았다. "박도량이라, 이름 한번 웃겨. 도량 큰 인간이 되라는 뜻인가? 농아? 농아라. 쯔쯔, 그렇담 얘가 벙어리 아닌가? 이 아이가 길을 잃으면 가까운 파출소로 데려다주거나 아래 휴대전화로 연락을 바란다고?" 노인이 새삼스럽다는 듯 도량이를 꼼꼼하게 살폈다. 도량이는 비록 듣거나 말하진 못하지만 또래에 비해 영리해 김씨가 정자 아래에서 졸고 있으면 삽사리와 함께 공원을 배회하다 꼭 제자리로 돌아오곤 했다. 사실 김씨는 박군 가족을 만나 함께 살기 전까지는 종묘공원으로 나가 소일하지 않았다. 낮 시간은 주호네 건어물 가게로 가서 시간을 보냈다. 작년 1월 어느 날, 김씨는 시장통 돼지국밥집에서 주호와 술을 마시다 그의 말에 속상한 적이 있었다. "둘째놈 사업 자금 대느라 연립주택 월세를 전세로 돌리고 보니 사실 형 용돈 대기도 빠듯해. 고모님이 치매 들기 전에 나와 약속한 건 그렇지 않지만 형편이 그런지라……" 하던 주호가 술에 취하자 김씨에게 한 달 치 생활비 십오만 원을 내놓으며 말했다. "형, 돈은 구별할 수 있지?" 대뜸 뱉는 주호 말이 무슨 뜻인지 얼른 알아듣지 못한 김씨가 그를 멀뚱히 바라보았다. "세종대왕 그려진 푸른 돈이 만 원짜리, 이건 오천 원짜리, 두건 쓴 퇴계 선생 그려진 게 천 원짜리야." 김씨는 주호 말에 마음이 상했다. "내, 내가 아주 바본 줄 아냐? 그 정도는 나, 나도 알아. 그런데……" 주호가 김씨 말을 꺾었다. "그러니 내가 하는 말은, 내 형편이 그러니만큼 아껴서 쓰라, 이거야. 내 말 알겠지? 내달부터는 대주는 용돈을 절반쯤 줄여야 할지도 모르니간. 집도 절도 없는 사고무친에 장애인이라 형은 나라에서 주는 돈을 따로 챙기겠다……" 주호의 혀 꼬부라진 말을 듣다 김씨는 받은 돈을 주머니에 넣곤 화장실로 갔다. 그는 그길로 주호가 있는 목로주점에 들르지 않고 곧장 한길로 나섰다. 날씨가 얼마나 춥던지 오금조차 잘 떼어지지 않았다. 김씨는 집으로 돌아오는 길에 연립주택에 거의 다 와서 숨이 차고 어지러워 자신도 모르게 길바닥에 주저앉고 말았다. 술에 취해 부아를 끓인 탓인지, 갑자기 마신 찬바람 탓인지 몰랐다. 담에 기대어 한참을 앉았다가 겨우 정신을 수습하여, 힘들게 연립주택 계단을 올라와서는 삼층 현관 앞에서 쓰러졌다. 쓰러진 채 끙끙 앓자 날씨가 추워 집 안에 가둬둔 삽사리가 바깥의 주인 인기척을 듣고 발로 현관문을 긁으며 콩콩 짖어댔다. 개가 하도 오래 짖자 옆집 색시가 현관문을 열고 나왔다가 쓰러진 김씨를 보았다. 그네 서방이 연립주택 아래쪽에 있는 삼성제일병원에 연락해서 응급차가 와서 김씨를 싣고 갔다. 김씨는 사흘 동안 입원해 있다 주호의 부축을 받고 퇴원했다. "형, 이제 나이도 웬만하니 스스로 건강을 챙겨야지. 아무리 머리가 잘 안 돈다 해두 그쯤은 알잖아. 매사에 조심하라고 하늘이 경고를 내린 거야." 주호가 말했다. 김씨는 아무 말도 하지 않았다. 어서 가서 자기를 살려준 귀염이부터 보고 싶었다. 봄이 올 때까지 그는 삽사리와 함께 방에서 지내며 외출을 삼갔다. 날씨가 풀리자 그는 기동을 시작해서 삽사리를 데리고 주호네 가게가 아닌 종묘공원으로 나다니기 시작했다.

"어서 오세요. 우리 도량이도 땀에 흠뻑 젖었군. 아저씨, 이삿짐은 무사히 옮겼습니다. 승합차는 마땅한 장소를 구할 때까지 당분간 연립주택 마당에 주차하기로 공사 현장 소장과 합의를 보았구요." 김씨는 박군 말에 대답할 기운조차 없어 들고 온 비닐봉지를 탁자에 놓고 등받이 없는 플라스틱 의자에 후들거리는 다리를 접는다. 해가 도시 건물 뒤로 넘어갔으나 퇴근하기엔 이른 시간인지 포장마차에는 손님이 없다. 가로에는 넓게 그늘이 내렸으나 바람 한 점 없고 낮 동안 달구어놓은 지열이 건조한 대기를 채우고 있다. 박군이 김씨가 들고 온 비닐봉지에 뭐가 들었나 싶어 들여다보니 편의점에서 사왔는지 즉석밥, 북엇국, 김치, 깻잎조림, 마늘장아찌 따위의 가공식품이 들어 있다. 그는 김씨가 외사촌 조씨 아저씨 집에 가서도 밥을 붙여 먹지 않고 손수 끼니를 해결할 모양이라고 짐작한다. "귀염이가 안 보이네? 함께 다니지 않았어요?" 오뎅 국물의 간을 보며 박군이 묻는다. 김씨가 길 건너 을지로 쪽을 돌아본다. 삽사리가 보이지 않는다. 도량이도 눈치로 어른들 말을 알아들었는지 트, 트, 하며 삽사리가 없어졌다는 뜻으로 고개를 가로젓는다. 그러고 보니 점심때 도량이와 붕어빵을 사먹을 때까지 졸졸 따라다녔던 삽사리를 그 뒤로는 보지 못했다. "오겠지. 지, 집에 갔나?" 그랬는지도 모른다. 그러나 그 집은 오늘 밤부터 거처할 곳이 아니다. "집에 가도 사람이 없으면 다시 여기로 찾아오겠죠. 영리한 녀석이니깐요." 박군이 말하곤, 시장하실 텐데 도량이와 드시라며 김밥 두 줄을 썰고 꼬치 몇 개를 담은 국물을 내놓는다. 도량이는 아버지가 자기 몫으로 담아주는 김밥 토막을 냉큼 집어든다. 미아보호소에서 굶다 나왔는지 애가 밝혀도 너무 밝혀, 하며 박군이 아들을 보고 혀를 찬다. "더, 덥군. 아주 사람 진을 뽀, 뽑아. 소주 한 벼, 병 주게." 김씨가 모자를 벗고 부채를 펴 바람을 일으킨다. 종묘공원에서 걸어오느라 지치기도 했지만 날씨가 너무 덥다. 셔츠가 땀으로 찼고 여윈 그의 팔뚝에도 진득한 땀이 배었다. 어질증이 조금 가라앉는 느낌이다. "아이엠에프보다 더한 불경기니 어쩌니 해도 모두 휴가 떠났는지 요즘은 통 손님이 없어요." 박군이 목에 걸친 수건으로 얼굴에 맺힌 땀을 닦는다. 그는 소주병 뚜껑을 따며 김씨에게 묻는다. "아저씨, 제가 그 말 했던가요? 축대 아래 호박이 달린 걸 발견했어요. 호박잎 뒤에 주먹만한 호박 두 개가 달린 걸 확인했다구요." 박군이 포장마차 뒤쪽 축대를 타고 올라간 호박넝쿨을 돌아보며 말한다. "그, 그래? 호박이 참말 다, 달렸어?" 소주잔을 들던 김씨가 깜짝 놀라며 잔을 상에 놓곤 갑자기 어정어정 포장마차 뒤를 돌아 축대 앞으로 다가간다. 호박이 달렸다는 박군 말에 갑자기 그의 가슴이 두근거린다. "저 위를 보세요. 저기, 이파리 사이에 가려 반쯤 보이잖아요? 또 한 개는 저쪽에 있구요. 조씨 아저씨 얘기에 충격을 받고 심어본 호박 모종인데, 이제 저만큼 잎 무성하니 열매가 맺었군요." 김씨는 고개를 젖혀 침침한 눈을 깜박여가며 호박잎 사이에 숨은 호박을 열심히 찾는다. 박군 말대로 정말 주먹만한 푸른 호박이 잎새 사이로 엿보인다. "저 호박을 따면 안 돼. 따, 따면 초, 총 맞아." 풍 맞은 듯 떠는 김씨 말에 박군이, 총을 맞다니요? 아저씨, 전쟁 때나 그랬지 지금 호박 딴다구 누가 총질까지 하겠습니까, 하며 웃는다.

*

종로, 을지로와 함께 동서로 잇는 서울 간선도로인 퇴계로가 확장 정비되기는 정부가 부산에서 환도한 뒤, 1953년이었다. 그 이전은 흙먼지 풀풀 나는 바닥 파인, 반듯하지 않은 한길이었다. 전봇대가 길 가운데 섰기도 했는데, 퇴계로 5가 쪽의 4가 네거리 주위는 제법 넓은 공터라 아이들은 전쟁 전부터 그곳을 놀이터 삼았다. 여자아이들은 땅따먹기, 고무줄넘기, 공기놀이를 했고, 사내아이들은 편을 갈라 전쟁놀이나 축구를 했다. 축구공은 가죽 공이 아니었고 타이어 튜브로 만든 검정 고무공이었는데 자주 빵꾸가 나서 덕지덕지 땜질되어 있었다. 자전거포에서 공에 바람을 탱탱하게 넣으면 새끼를 뭉쳐서 찰 때보다 한결 멀리 나갔다. 그 축구공 임자가 주호라 상급반 아이들은 그를 불러내어야 축구놀이를 할 수 있었고, 주호는 늘 아이들 앞에서 축구공 자랑을 하며 뻐기곤 했다. 아이들은 4가 네거리 공터에서 그런 놀이로 어둠이 내릴 때까지 법석을 떨었다. 당시 모퉁이를 이룬 축대는 길에서 안으로 들어앉았고 그 앞은 이웃 사람이 심심풀이로 부쳐 먹던 채소밭이 있었다. 채전 옆은 우마차나 다닐 수 있는 골목을 사이에 두고 영진공업사란 간판을 내단 단층 시멘트 건물 현관이 돌출해 있었고, 그 옆으로 고물상 판자 담장이 길게 이어졌다. 판자담이 끝나는 곳에 작은 네거리가 나섰는데 퇴계로 5가로 내처 빠지는 한길과 남산 쪽으로 오르는 좁은 길, 충무로로 내려가는 골목길이 있었다. 전쟁이 나자 4가 네거리 축대 위 선교사 사택의 서양인 가족은 재빨리 피난을 떠나버렸고, 인공 치하가 되자 그 사택은 북에서 내려온 고급 군관들의 숙소로 사용되었다. 군관들이 잔디밭에서 무슨 파티라도 벌이는지 아이들이 공터에서 놀 저녁때면 더러 손풍금 타는 박자에 맞추어 여럿이 손뼉 치는 소리와 왁자한 웃음이 축대 아래 네거리까지 들려오곤 했다.

전쟁이 난 그해, 인민군이 서울을 점령한 뒤 7월 중순부터 미군 전투기 편대가 자주 나타나 서울 사대문 안에 간단없는 폭격을 퍼붓더니, 8월에 들어서는 날마다 밤낮을 가리지 않고 전투기 편대가 날아와 폭탄을 떨구고 기총소사를 해댔다. 그러던 어느 날, 공교롭게도 퇴계로 4가 네거리를 지나던 소련제 T-34 탱크가 폭격을 맞았다. 전차병 하나가 즉사하고 둘은 크게 부상을 당했고, 탱크는 그렇게 버려졌다. 공터에 나와 놀던 동네 아이들에게 버려진 탱크는 좋은 놀이기구였다. 전쟁 중이기도 했지만 초등학교 상급반 애들은 모였다 하면 전쟁놀이였다. 낮 더위를 피해 해거름에 주로 벌이는 아이들의 전쟁놀이를 누가 고안해냈는지 그 방법이 재미있었다. 여덟 명에서 열 명쯤 모이면 먼저 가위바위보로 편을 가른다. 적과 동지로 나뉜 두 편은 탱크를 가운데 두고 양쪽으로 칠팔 미터쯤 물러나 전열을 갖춘다. 마치 서부영화의 총잡이 결투처럼 1번 아이가 앞으로 나와 십오 미터쯤 거리를 두어 마주보고 선다. 둘은 새총에 바둑알만한 돌멩이 총알을 재어 상대방을 겨누어 날린다. 그때 총알을 피할 요령으로 발을 떼거나 몸을 움직이면 안 된다. 양쪽 아이가 쏜 총알이 어느 부분이든 상대방 몸을 맞추지 못하면 한쪽이 맞을 때까지 2탄, 3탄을 쏜다. 어느 한쪽이 총알에 맞으면 전사로 간주해 1번 아이는 물러나고 승자는 계속 새총 쏠 자격이 있으며, 이긴 편은 탱크를 향해 세 발을 전진한다. 전사한 아이 대신 2번 전사가 나서면 마주보는 둘은 다시 새총 대결을 벌인다. 이긴 쪽 아이는 살아남고 이긴 쪽 편이 다시 세 발 전진하며…… 이렇게 해서 탱크에 먼저 도착하는 편이 이기는, 꽤 합리적인 놀이였다. 그렇게 편을 갈라 전쟁놀이를 할 때 처음 한동안은 명구가 전쟁놀이를 겁내기도 했지만, 어느 편도 명구를 끼워주지 않았다. 짝이 맞지 않으면 명구 대신 하급 학년인 주호를 끌어들였다. 명태처럼 홀쭉 마르고 얼굴이 핼쑥한 명구는 공부는 잘했으나 붙임성이 없고 소심해 또래들은 겁보라 불렀다. 아이 둘이 마주보고 버텨 서서 돌멩이 총알을 넣은 고무줄을 당겨 상대방을 겨누면, 명구는 구경하는 입장인데도 가슴이 뛰어 눈부터 감았다. 맞았다! 하는 함성이 터져야 그는 눈을 떴다. 어느 날 해거름이었다. 아이들이 편을 갈라 전쟁놀이를 시작하려는데 주호를 끼워 넣어도 한쪽 편에 한 명이 부족했다. "그쪽 편은 세 명이잖아. 겁보 저 애도 써." 탱크 아래 서 있는 명구를 가리키며 한 아이가 말했다. "겁보, 이리 와. 넌 우리 편 꼴지에 서. 네가 총을 쏘기 전에 우리가 이길 테니깐." 맨 앞에 선 육학년생 종규가 으스대며 말했다. 엄마가 알면 큰일 나, 난 전쟁놀이를 못하니 빠질 테야 하고 속엣말을 하며 명구가 가쁜 숨을 조절하는 사이, 주호가 뛰어와 그를 이끌었다. "형, 내 뒤에 서. 정말 내 차례에서 끝날 테니깐 형은 새총을 잡아보지도 못할걸." 엉겁결에 명구는 한쪽 편 꼬리에 서게 되었다. 그러나 웬걸, 명구 편이 한 차례만 이겨 겨우 세 발을 전진하는 사이 주호마저 전사하고, 상대 쪽은 아직 셋이나 남아 있었다. 이제 마지막 남은 명구 차례였다. 명구는 주호가 돌멩이를 재어 넘겨주는 새총을 잡았다. "형, 쏠 때 눈감지 마. 그럼 안 맞아. 춘길이 저 애 가슴을 겨눠서 쏘아야 해." 주호가 말했다. 명구는 떨리는 손으로 새총을 눈높이로 들었다. 발사! 하는 말이 떨어지자, 정신이 빠진 그는 어떻게 새총을 쏘았는지 자신도 알지 못했다. 이겼다는 함성이 자기 편에서 터져 나왔을 때에야 그는 어떻게 이겼는지도 모른 채 망연히 서 있었다. 상대의 총알은 고무줄을 너무 힘껏 당긴 탓인지 명구 귀 옆을 스쳤고 명구는 고무줄을 느직이 당겨 상대의 발등에 떨어졌던 것이다. 명구는 돌멩이 총알에 맞지 않았기에 다른 상대와 또 새총질을 해야 했다. 그는 조금 자신감이 생겨 동급생 5반 애를 똑바로 바라보았다. 두붓집 아들 한식이었다. 명구는 팔에 힘을 주어 총알 잰 고무줄을 어깨께로 당겼다. 발사! 하는 말이 떨어지자 서로의 총알이 상대를 향해 날아갔다. 겁보가 또 이겼다! 하는 함성과 박수가 명구 편에서 터졌다. 이번도 우연일 수밖에 없었다. 명구가 쏜 총알이 한식이 반바지의 사추리께를 맞추고 한식이 총알은 몸피 약한 명구 어깨 옆으로 비껴갔다. 이제 양쪽 모두 마지막 전사만 남게 되었다. 겁보가 새총 선수란 칭찬과 함께, 학교 운동회의 줄다리기 때처럼 영차, 영차! 하는 구호까지 이어졌다. 상대편이 마지막 아이를 명사수로 세웠는지 이번에는 명구가 전사하고 말았다. 상대 총알은 명구의 배꼽을 정통으로 맞추었고 명구가 쏜 총알은 빗나가고 말았다. 명구 편이 져서 탱크를 차지하지는 못했으나 그날 이후로 전쟁놀이 때면 상급반 아이들이 명구를 놀이에 끼워주었다. 그러나 명구가 새총놀이를 싫어했기에 한사코 꼬리를 뺐고, 축구에는 더러 끼였으나 공이 자기 쪽으로 날아오면 이를 몸이나 발로 받으려 하지 않고 피했기 때문에 겁보란 별명은 면할 수 없었다. 전쟁놀이를 할 때면 코흘리개 저학년 아이들, 전쟁이 나고 부쩍 늘어난 깡통을 든 거지 아이들, 아기 업고 바람 쐬러 마을 나온 노친네들이 그 놀이를 구경했다. 그들 중에는 아둔한 어른도 하나 끼여 있었다. 키가 껑충한 선돌이는 열아홉 살로 의용군에 뽑혀 나갈 나이였으나 조금 모자라는 팔불출이었다. 그는 늘 미소를 입에 달고 누가 무슨 말을 건네면 혀짤배기소리로, 고맙씁니다 하곤 머리를 까딱이는 버릇이 있었다. 선돌이는 고물상집 아들로 전쟁 나기 전에는 아버지를 따라다니며 폐지 수집일을 도왔다. 전쟁놀이를 구경할 때면 그는 옆사람에게, 재밌지, 그치? 하고 묻곤 했으나 아이들의 놀이 방식을 제대로 이해하지 못했다.

어느 날 해거름이었다. 아이들의 전쟁놀이가 끝나 이긴 편이 탱크를 점령해 탱크 위에 올라가 만세를 부르고, 어떤 아이는 포신에 매달려 다리를 대롱거리며 즐거워했다. 그날은 명구가 끼인 편이 이겼는데, 주호는 하급 학년이라 전쟁놀이에 끼이지 못해 시무룩해 있었다. 인민군 하급 군관이 공터를 지나다 아이들을 보곤 걸음을 멈추었다. 아이들이 젊은 군관 옆으로 우르르 몰려갔다. 아이들은 그 군관을 자주 보아왔기에 잘 알고 있었다. 군관은 절도 있는 걸음걸이로 중구 관내를 자주 순찰했다. 붉은 테가 있는 군모를 쓰고, 어깨에 금딱지 군관 계급장을 단 누런 인민군복은 늘 깨끗이 다림질되어 바지 줄이 빳빳이 섰다. 몸매가 날씬했고 굵은 눈썹에 콧날이 오똑한 미남이었다. 그는 날마다 면도를 하는지 구레나룻 자국이 새파랬고 윤곽 선명한 입술이 붉었다. 그의 말에 따르면 자신은 서울대학교 재학 중인 1947년에 월북하여 평양정치군사학원을 졸업하고 남조선 해방을 달성하기 위해 참전했다고 했다. 그가 부녀동맹 모임에서 자기를 소개한 말이다. 부녀동맹은 폐쇄된 교회에 사무실을 두었는데, 젊은 군관은 아녀자들의 그 모임에서 조국 통일의 당위성과 김일성 장군의 항일 투쟁을 두고 여러 차례 연설했고, 소년단 모임에도 나와 새나라소년단이 인민공화국을 위해 할 일을 두고도 강연했다. 서울시 중구 인민위원회 선전책인 젊은 군관은 청년단원들을 인솔하여 벽보 붙이는 일로 관내를 돌기도 했다. 벽보는 그날자『인민일보』나 지원병 모집 광고, 전쟁 포스터였고, 때로 전황을 소개한 지도도 붙였다. 전황 소개 지도는 몇 월 며칠 현재 인민군이 남조선 어느 지방까지 해방시켰는가를 화살표로 표시했다. 8월 초순을 넘기자 대구에서부터 경상도 낙동강 동쪽 지역만 남기고 남한 땅 사분의 삼이 온통 붉은색으로 덮여, 인민군이 그 지역을 해방시켰음을 알렸다. '남조선 전역 해방 완수 목전에 당도!' '10일 내에 부산 점령 확정적! 9월 1일 서울시당 인민위원회 청사(옛 시청) 앞 광장에서 조국 통일 완수, 남조선 해방 기념식 거행 예정!' 이런 문구도 쓰여 있었다. 고물상 판자담이 게시판 역할을 해서 그 담벼락은 온통 그런 선전물로 채워져 사람들을 모았다. "군관 동무 아저씨, 그 총 진짜 맞지요?" "아저씨 동무, 그 총에 총알도 들어 있어요?" "우리 보는 앞에서 총 한번 쏴보세요." 아이들은 군관이 허리에 차고 있는 권총을 보며 너도나도 말했다. 허리에 찬 혁대의 총집 안에는 권총이 손잡이를 보이고 있었다. "그럼 진짜 총이지요. 총알도 들었구." 군관이 미소를 띠며 허리에 찬 권총을 뽑았다. 그는 팔을 뻗어 들고 권총 방아쇠 고리에 손가락을 걸곤 한쪽 눈을 감으며 남산 쪽 축대를 목표점으로 겨냥했다. 윤기 있는 군청색 권총 총구에서 곧 총알이 발사될 것 같은 조마조마함으로 아이들이 숨을 죽이고 총구와 담쟁이덩굴, 호박잎으로 덮인 축대를 번갈아 보았다. 그러나 총알은 발사되지 않았고, 군관은 치켜들었던 팔을 내렸다. "피, 총 안 쏘네." "총알이 없는 모양이야." "잘 맞히지 못하나봐." 실망한 아이들이 한마디씩 했다. 아이들의 핀잔에도 군관은 미소를 입꼬리에 물고 말했다. "진짜 총은 소년 동무들의 고무줄 새총처럼 장난으로 쏘는 게 아닙니다. 꼭 필요할 때만 쏘지요." 군관 말에 아이들이 나섰다. "그때가 언젠데요?" "전쟁터에 나가서만 쏘나요?" "반동 국방군과 미 제국주의 군대를 만나면 쏘겠죠?" 권총을 총집에 꽂은 군관이 둘러선 아이들 머리를 쓰다듬어주며, "소년 동무들 말이 맞아요, 소년대원들이 얼른얼른 커서 장차 영용한 인민군 전사가 되면 얼마든지 총을 쏠 수 있어요" 하고 말했다. 빙긋 웃는 군관에게 아이들이 다시 응석을 떨었다. 우리들 앞에서 총을 한 방만 쏴봐달라는 주문이었다. 채소밭 뒤편의 축대를 타고 오른 호박넝쿨을 가리키더니 어른 키의 두 배 높이에 달려 있는 호박을 발견하곤 그걸 맞혀보라고 졸라댔다. "호박 심은 주인은 피난 갔어요. 임자 없는 호박이에요." "저 호박은 아무도 따지 못해요. 너무 높이 달렸거든요." "군관 아저씨, 호박 한 번만 맞혀보세요." 아이들의 성화가 빗발쳤다. 축대를 타고 오른 호박 줄기에 달린 호박잎 중 어른 손 뻗어 닿는 높이의 잎은 다 따먹었고, 작은 수박통만한 호박은 이층 높이에 높다랗게 달린 채 제 무게에 겨워 늘어져 있었다. 그 호박을 보는 순간, 군관의 얼굴에서 미소가 사라졌다. "좋아요. 꼭 한 번만입니다. 내가 호박을 맞혀보지요." 군관은 밭을 가꾸던 주인이 없는데다 자라던 푸성귀를 이웃 주민들이 다 따버린 축대 아래 묵정밭으로 걸어갔다. 아이들이 군관을 에워싸고 축대 쪽으로 걸었다. 주호와 선돌이, 거지 아이도 따랐다. 노친네들은 걸음을 멈추었고, 명구는 군관이 총 쏘는 걸 보고 싶지 않아 따라가지 않았다. 할머니나 엄마가 부르러 오기 전에 집으로 가고 싶었으나 군관이 쏜 총알이 호박을 맞힐지 못 맞힐지가 궁금했다. "형, 재밌잖아. 왜 거기 섰어. 오라니깐." 주호가 명구를 불렀다. 명구는 그 자리에서 꼼짝 않고 서 있었다. 벌써부터 가슴이 뛰기 시작했다. "소년 동무는 부모님이며 집이 없어요?" 군관이 따라오는 깡통 든 소년에게 물었다. 질문을 받자 소년이 당황해하며 때꼽 낀 고개를 빠뜨렸다. "저 애 부모는요, 저 애만 빠뜨리고 피난 가버렸어요. 우리 학교 삼학년인데요, 먹을 게 없어 거지가 됐어요." 춘길이가 말했다. "아냐. 집 지키고 있으면 곧 오신댔어. 천안 할아버지 댁에 가신 거야." 소년이 눈물 글썽한 얼굴로 되받았다. "전쟁으로 길이 막힌 모양이군. 곧 통일이 되면 부모님이 소년 동무를 찾아올 거예요. 그동안 기죽지 말고 집 잘 지켜야지." 군관이 소년의 머리를 쓰다듬어주었다. "길 막혀쪄. 아버지두 길 막혀쪄 못 와." 따라가던 선돌이가 벙글거리며 말했다. 인공 치하 서울 시민은 먹을거리 때문에 난리였다. 시장이 제 기능을 못해 양곡이며 채소류가 유통되지 않자 어른들은 집 안의 귀중품이며 옷가지를 들고 양곡과 교환하러 서울 근교로 빠져나갔다. 그래서 이삼 일 걸려 당분간 입에 풀칠이나 할 잡곡 한 자루를 구해서 메고 왔다. "고물상집 선돌이는 바보예요." 한식이가 말했다. 선돌이가 누런 대문니를 보이고 벙글거리며, 고맙씀니다 하고 군관에게 머리를 까딱했다. 그래요? 하며 군관이 선돌이와 달린 호박을 번갈아 보더니 둘러선 아이들에게 물었다. "소년 동무들, 호박이 곡식입니까, 채소입니까?" 다들 채소라고 대답했으나 곡식이라고 말하는 아이도 있었다. "맞습니다. 호박은 채소입니다. 그러나 호박은 인민이 식량으로 대용할 수도 있는 영영가 많은 좋은 먹을거리입니다. 더욱, 요즘 같은 전쟁 시기에는 인민들이 식량 구하기가 힘드니 호박은 대용 식량이지요." 아이들이 그 말을 듣고 있자, 군관이 다시 물었다. "인민을 보호할 책임이 있는 인민군이 그런 호박에 대고 총질해서야 되겠어요?" 아이들은 다소곳해져 호박에 총을 쏘면 안 된다고 대답했고, 어떤 아이는 머리를 끄덕였다. 그러나 군관이 총을 쏘지 않으려고 꾀를 부린다고 판단한 눈치 빠른 아이도 있었다. "그럼 호박 말고 다른 걸 맞히면 될 것 아닙니까?" 종규였다. 축대와 적당한 거리를 두고 멈추어 선 군관은 거지 소년이 들고 있던 깡통을 달라더니 그것을 선돌이에게 주며 말했다. "청년 동무, 저 축대 아래 이걸 번쩍 들고 서시오." 선돌이는 영문을 몰라 군관을 멀거니 보더니 또, 고맙씁니다 하며 머리를 까딱했다. "이렇게, 이걸 들고 저기, 저 밑에 서보시오." 선돌이는 군관이 시키는 대로 묵정밭 새끼 울타리를 넘어 축대 아래로 걸어갔다. 그는 그제야 무슨 감을 잡았는지, 갑자기 다리가 휘청했다. 깡통을 높이 치켜든 팔이 떨려 깡통조차 흔들렸다. 멀리서 이 광경을 지켜보던 명구는 너무 저어되어 숨조차 제대로 쉴 수 없었다. 창백한 안색이 순간적으로 벌겋게 달아올랐다. 명구는 총소리를 듣지 않으려 손으로 귀를 막고 눈을 감았다. 군관이 허리에 찬 총집에서 권총을 뽑아 팔을 쭉 뻗었다. 그는 한쪽 눈을 감고 선돌이가 들고 있는 깡통에 총구를 겨누었다. 주위에 둘러선 아이들이 숨죽이곤 선돌이를 보았다. 늘 웃음을 물고 있던 선돌이가 그때만은 눈을 질끈 감았고 굳게 다문 입술이 곧 울음을 터뜨릴 듯 씰룩거렸다. 이어, 귀청 먹먹할 정도로 총소리가 터졌다. 선돌이가 들고 있던 깡통이 요란한 소리를 내며 축대에 부딪쳐 떨어졌다. 총알이 정통으로 깡통을 차고 나간 것이다. 선돌이는 팔을 든 채 눈을 끔벅이며 넋이 빠진 듯 멀뚱히 서 있었다. 거지 아이가 재빨리 자기 깡통을 찾으러 뛰어가고 다른 아이들도 뒤따랐다. "와, 정말 대단하다!" "깡통을 정통으로 맞혔어!" "아저씨 동무는 일등 인민군입니다." 아이들이 군관을 우러러보고 손뼉을 치며 환호했다. 의기양양해진 군관이 허리춤에 양손을 짚고 말했다. "호박 주인이 없는 마당에 누구든 저 호박을 따면 안 돼요. 그건 남의 물건을 훔치는 나쁜 짓입니다. 소년 동무들도 학교에서 배웠지요? 남의 물건을 훔치거나 거짓말하면 나쁜 사람이란 걸. 새 나라 인민은 정직해야 돼요. 소년 동무들은 정직한 새 나라의 새싹입니다. 그러므로 호박을 심은 주인이 피난지에서 돌아올 때까지 소년 동무들이 저 호박을 잘 지켜줘야 해요. 돌아온 주인이 지금보다 더 커다랗게 달려 있는 저 호박을 보면 얼마나 반가워하겠습니까?" 군관 말에 아이들은 모두, 그 말이 맞다며 손뼉을 쳤다. 이어, 군관이 큰 소리로 말했다. "저 호박이 잘 큰다는 건 우리 인민의 희망입니다! 조국 통일의 날이 빨리 와서 주인이 돌아올 그날을 기다리는 희망 말입니다." 군관은 빙긋 웃으며 손을 흔들곤 꼿꼿한 자세로 자리를 떴다. 그는 한순간에 아이들의 영웅이 되었다. 이튿날 아침이었다. 전시라 수돗물이 끊겨 묵정동 사람들은 남산 약수터 물을 길어다 먹었는데, 선돌이 엄마가 약수터에서 아낙들에게 말했다. "글쎄, 우리 선돌이가 간밤에 경기에 들려 온몸을 떨며 밤새도록, 총 맞았다며 헛소리를 했지 뭐예요. 구경하던 애들 말로는 군관이 총을 쏠 때 겁에 잔뜩 질려 울음을 터뜨릴 듯 입을 비죽거렸다는데……" 그러자 철물점 아낙인 종규 엄마가 말했다. "그 총각 군관 말이죠? 얼마나 인기가 높던지 부녀동맹 작업장에서는 그 군관 말만 나오면 처녀들이 위문대 만들기도 손 재어놓고 한숨만 폭폭 쉰답니다. 그런 멋쟁이 총각이 전선에 나간다면 그 부대에 여전사로 따라가고 싶다나 어쩐다나. 짝사랑하다 목매는 처녀들도 나올걸요." 그네의 농담에 두붓집 한식이 엄마가 다른 말을 했다. 그네는 기독교 교인이었다. "짐승에겐 영혼이 없지만 인간은 누구나 자기 혼을 가졌대요. 인간만이 영혼을 가졌기에 죽은 후 그 혼이 갈 처소가 있지요. 천당과 지옥 말입니다. 선돌이는 착해도 너무 착한 영혼을 지녔기에 세속에 물든 사람들은 선돌이를 마치 혼 빠진 사람으로 보지요. 군관 권총이 자기를 겨누자 선돌이의 영혼이 그때에야 이를 짐작해, 이제 내 육신은 죽는구나 하고 놀란 겁니다. 다행히 총에 맞지는 않았겠지만 총구가 자기를 겨누자 얼마나 놀랬겠어요?" 그 말이 어려운지 선돌이 엄마가 고개를 빼딱하게 틀며 물었다. "그렇다면 우리 선돌이 영혼은 장차 천당으로 가겠군요?"

그 사건 이후 선돌이의 입가에 미소가 사라졌고, 더 멍청해져버렸다. 말을 잃고 아주 바보가 되었다. 의정부 쪽 친척 집을 찾아 양식을 구하러 갔다 닷새 만에 돌아온 제 아버지를 보고도 그는 낯선 사람을 대하듯 멀거니 바라보기만 했다. 날마다 4가 네거리의 축대 밑으로 나가 나날이 조금씩 크기를 키워가는 호박을 하염없이 올려다보며 서 있곤 했다. 그러던 어느 날 한밤중이었다. 야간 통행금지가 실시되어 밤이면 민간인들은 일절 바깥으로 나다닐 수 없었다. 서울 시내 일원에는 내무서원과 청년단원들이 짝을 지어 야간 순찰을 돌았다. 그날 한밤중, 비행기 소리도 뜸해 사위가 고요한 중에 4가 네거리의 축대 주변 사람들은 잠결에 적막을 찢는 날카로운 총소리를 들었다. 그 한 번의 총소리뿐, 사위는 다시 적막에 잠겼다. 이튿날 새벽, 한방을 쓰는 자식 잠자리가 비어 있자 선돌이 부친은 간밤에 아주 가까이에서 들렸던 총소리를 기억해냈다. 그는 불길한 예감이 들어 4가 네거리 모퉁이 축대 아래 묵정밭으로 나가보았다. 축대 아래에는 웃통이 알몸인 채 등판이 피로 물든 선돌이 시신이 엎어져 있었다. 이웃 사람들이 몰려왔다. 청계천 바닥에 버려진 시체도 많이 보아왔기에 그들은 선돌이의 시신을 보고도 외면하거나 놀라지 않았다. 축대 아래쪽엔 호박잎이며 담쟁이덩굴이 떨어져 짓밟혀져 있었고 벽에 붙은 잎사귀들이 힘없이 늘어져 있었다. 호박 줄기를 통째 당겼는지 호박이 제 위치에서 조금 아래로 처져 있었으나 떨어지지 않고 여전히 달린 채였다. 그러나 주위의 호박잎들이 생기를 잃고 축축 늘어져 있었다. "선돌이가 저 호박을 따러 축대로 올라가려 했나봐. 미련한 짓 하고서는. 사다리도 없이 저기까지 무슨 재주로 올라가겠어." "아니야, 줄기째 당겨 내리려고 용을 썼겠지." "선돌이가 어리석다보니 밤중에 나다니면 경친다는 걸 몰랐으니 그랬겠지. 선교사 사택이 군관들 숙소이니 경비를 오죽 단단히 서겠어." "개도 속생각은 있어 제딴엔 집안 양식감 보탠다고 사람이 안 볼 밤중에 호박을 따러 몰래 나섰나봐. 순진한 생각이 그만 생목숨을 날렸어." 구경꾼들이 혀를 차며 수군거렸다. 아침나절에 장충단 계곡에 멱 감으러 가자며 주호가 명구를 찾아왔다. 주호는 명구에게 선돌이의 죽음을 들려주었다. "선돌이 시체는 고물상 아저씨가 지게에 지고 남산으로 올라가서 묻었대. 그런데 호박은 그대로 달려 있어. 형, 멱 감으러 가기 싫다면 축대에 달린 호박 보러 안 나갈 거야? 군관 아저씨가 우리더러 호박을 잘 지키라 했잖아." 주호가 말했다. 명구는 선돌이의 시신을 떠올리자 너무 끔찍해 그곳에 가볼 마음이 없었다. "안, 안 나갈 거야." 명구는 가슴이 뛰어 말까지 더듬었다. 명구는 젊은 군관이 선돌이를 축대 아래 세우고 그가 치켜든 깡통을 겨누어 총질하는 장면을 보고 온 뒤부터 변비로 똥을 제대로 누지 못해 고생하고 있었다.

*

자기를 부르는 주호의 호출이 셔츠 주머니에서 울려 김씨는 휴대전화 뚜껑을 연다. "형, 지금 거기 어디야?" 조씨가 묻는다. "너 그, 그때 말이야, 왜……" 더위도 더위지만 소주를 반 병 넘게 비웠기에 김씨가 숨찬 목소리로 말한다. "형, 지금 무슨 말 하는 거야? 지금 거기가 어디냐구?" 그제야 김씨는 그해 여름의 기억에서 깨어난다. 축대에 달린 호박과 취기가 얼버무려져 또 부질없는 생각으로 속을 달구던 참이다. "나, 여기 그 추, 축대 아래 말이야, 박군 포장마차 이, 있잖는가……" 김씨가 헉헉대며 제풀에 역정을 낸다. "알았어. 그럼 거기 꼼짝 말고 있어. 내가 갈 테니." 전화가 끊긴다. 김씨 옆자리의 젊은 손님 몫으로 프라이팬에 물오징어를 양념 쳐서 덖던 박군이, 조씨 아저씨요? 하고 묻는다. 주호가 여기로 온다며, 김씨가 다시 술 한 잔을 목구멍에 털어 넣는다. 그는 줄곧 그해 여름에 호박 때문에 축대 아래에서 죽은 선돌이 형을 생각하고 있었다. 그는 그 뒤부터 호박나물이나 호박이 들어간 음식을 보면 목이 메었다. 국수에도 호박 고명이 얹혔으면 축대 위쪽에 달려 있어 아무도 딸 수 없었던 그해 여름철의 호박 생각이 났다. 그와 더불어 축대 아래 벌 서듯 깡통을 들고 선 선돌이 형의 겁에 잔뜩 질렸던 얼굴이 떠올랐다. 선돌이 형이 죽은 뒤 축대를 덮은 그 많던 호박잎이 시나브로 시들더니 노랗게 탈색한 호박잎과 함께 호박도 더 크지 않고 곯아갔다. 동네 사람들은 선돌이가 호박 줄기를 당겨 내려 줄기가 끊어졌다고 말하면서도, 가련한 선돌이 영혼을 따라 호박도 세상을 하직했다는 한식이 엄마 말이 그럴듯한 해석이라고 여겼다. 전시의 서울 서민들의 입살이가 하도 각박했기에 축대 주변 이웃들은 곯아버린 호박이라도 양식감에 보태고 싶어 자주 쳐다보았으나 누구도 감히 그 열매를 딸 엄두를 내지 못했다. 그 호박을 따려다 선돌이 형이 그렇게 죽었지. 그 뒤부터 엄마와 할머니는 내가 여기로 놀러 나오는 걸 극구 말리셨어. "설마 그 젊은 군관이 선돌이를 죽이진 않았겠지. 그래도 그렇지, 사람을 세워놓고 총질을 하다니. 우리가 잘못 봤어. 양식 갖다주었다고 착한 사람이라 여겼더니 못쓰겠구먼. 자기 솜씨만 믿고 그렇게 총질하다 사람이 맞을 수도 있잖아." 초전댁이 염주알을 굴리며 입장댁에게 말한다. 시어머니 삼베 적삼과 무명 치마를 다림질하던 입장댁이 뜸을 들이더니 나직이 그 말을 받았다. "야밤에 순찰 도는 청년단원 짓일 겁니다. 그자들이 작당해서 집집마다 돌며 반동분자와 양곡 색출에 얼마나 무작하게 설쳐대요." 그 말에 초전댁이 명구를 보고 말했다. "명구야, 이 할미 말 잘 들어. 넌 집에만 있어야 해. 그 축대 아래엔 얼씬도 마. 거기엔 마가 끼었어. 축대 아래에서 선돌이처럼 누군가 또 죽게 될 거야." 선돌이가 죽은 사건이 있고 난 뒤 명구는 한동안 축대 아래에는 얼씬하지 않았다. 동네 아이들과 주호가 전쟁놀이나 축구를 하자며 부르러 오면 초전댁이, 명구가 집에 없다며 그 애들을 쫓아버렸다. 명구는 그 더운 한철을 변비로 고생하며 집 안에서만 지냈다.

"허허, 형 벌써 취했어. 연립주택 떠나자니 심사가 꽤나 편찮은 모양이군. 박군은 묵정동 꼭대기, 이사 잘 마쳤어? 중구에서 그래도 산동네가 남은 덴 묵정동, 장충동하고 몇 군데밖에 없어. 따지고 보면 사람 사는 게 다 그렇지, 뭘. 우리 집 둘째놈은 쇠고랑 안 찬 것만도 다행이야." 조씨가 너스레를 떨며 김씨 옆 의자에 앉는다. "지방 어음들도 줄줄이 부도랍디다. 그래도 자제분 어음들은 대충 수습된 모양이군요?" 박군이 묻는다. "우리 세대는 하도 고생을 해서 만 원 한 장 쓸 때도 이리저리 견주어보는데, 요즘 간 큰 젊은 애들 보라구. 카드를 막 긁잖아. 몇십만 원도 못 버는 주제에 몇천만 원씩이나. 그 빚 감당 못해 살인하거나 자살해 버리구. 그렇게 일부터 먼저 저질러놓고 보니, 이를 감당해야 하는 부모가 등골이 빠지지. 둘째놈은 어디로 도망다니는지 그 녀석 못 본 지도 열흘 넘었어" 하더니, 조씨는 바람 한 점 없다고 더운 날씨를 두고 투덜댄다. "박군, 꼼장어나 좀 구워. 누군 돈 쓸 줄 몰라 안 쓰나. 여름철에 스태미나 식을 먹어야 기운을 차리지." 박군이 새 잔을 조씨에게 넘겨 술을 한잔 친다. 조씨가 잔을 비우고 오뎅 국물로 입을 헹군다. "아저씨, 축대 호박넝쿨에 호박이 달렸어요. 벌써 사과보다 더 큰걸요. 어둡기 전에 보실래요?" 박군 말에 조씨가, 그래? 어디 보자며 포장마차 뒤로 돌아간다. 박군이 뒤따른다. 한참 뒤에 둘이 다시 포장마차로 돌아오며, 조씨가 하던 말을 잇는다. "⋯⋯글쎄 말이야. 그 덜된 양반이 호박을 따려다 허무하게 죽었지. 요즘은 말이 안 되는 말이지만 전쟁 땐 입 한번 뻥긋 잘못 떼었다간 그대로 당하던 시절 아냐. 그러니 어디다 항의할 데도 없었지. 실제로는 통금 어기구 임자 없는 물건을 훔치려던 게 죄였지만 그게 어디 총질까지 당할 죈가? 군관들 숙소에 침입하려던 불순분자로 오해를 샀으니깐 선돌이가 당한 거지. 하긴 선교사 사택에 살던 고급 군관이 사람 모자라는 그 양반 시신을 두고 그렇게도 말했다더군. 히틀러가 유대인만 학살한 게 아니라 정신병자, 바보나 천치도 이 지상에서 사라져야 할 존재라며 모아서 죽였다구. 미국도 이십년댄가, 그런 시절이 있었다더군. 어떤 주는 아이큐가 아주 낮은 남녀 바보들을 추려내어 어릴 적에 모두 고자로 만드는 불임 수술을 시켰대." 조씨가 의자에 앉고, 주위가 어둑스레해져 박군이 승합차 천장에 매달린 알전구를 켠다. 그동안 김씨는 소주 한 병의 마지막 잔을 비우고, 도량이를 멍청히 보고 있다. 도량이는 의자에 앉아 다리를 대롱거리며 제 아버지가 사준 얼음과자를 빤다. "제발, 다리 좀 대롱거리지 말래두. 다리 털면 복 나간대. 사람이 경박해 뵈구." 명구가 마루 끝에 앉아 찐 옥수수를 먹으며 다리를 대롱거리자 입장댁이 늘 되풀이하던 잔소리를 했다. 그때가 언제였던가. 전쟁 나기 전인가, 훈가. 김씨는 머리를 채우는 술기운으로 정신이 흐리마리해 그 시간대를 가늠할 수 없다. "형, 오늘 정말 왜 이래? 꿀 먹은 벙어리가 따로 없네. 나한테 뭐 유감이라도 있어?" 조씨가 말한다. 김씨는 대답이 없다. "잠자리를 옮기려니 마음이 안정을 못 찾는 것 같아요. 아까 오실 때 즉석밥이며 인스턴트 반찬거리를 사들고 오셨더군요." 불판 위 석쇠에 올려진 꼼장어에 양념간장을 바르던 박군이 말한다. "그랬어? 보자 하니 형도 너무 하네. 요즘 쌀값이 몇 푼 된다구, 큰아들놈이 그런대로 장사를 하는데 내가 형 끼니 안 챙겨드릴까봐 밥까지 사다 날라? 고모님이 당신 눈감으면 부디 형 잘 돌보라구 신신당부한 게 엊그젠데…… 그러나 형이 정 우리 식구와 합상 안하겠다면 할 수 없지. 막말로 형이 박군 따라 옥탑방으로 간대두 난 안 말려. 여태껏 형을 부양했으니 나도 고모님 약속을 얼추 지킨 셈이니깐." 부아가 끓는지 조씨가 술병을 들었으나 빈 병이다. 어지간히 마셨군 하며 그는 박군에게 술 한 병을 청한다. "아저씨 말씀이 조금은 야박합니다만…… 김씨 아저씨는 제가 모실 수도 있습니다. 우리 도량이를 돌봐주는 것만도 저로서는 큰 짐을 더는 셈이니깐요." 박군이 김씨를 보며, 아저씨, 단칸방이긴 합니다만 오늘부터 제가 얻은 옥탑방에서 함께 사시죠? 하고 묻는다. 딴생각에 잠긴 김씨는 초점 없는 동공을 술상에 풀어놓은 채 대답이 없다. 흐리마리한 그의 머릿속에서는, 망령이 든 할머니가 띄엄띄엄 중얼거리는 말이 안 되는 소리를 엄마가 지치지 않고 응대해주고 있다. "예, 예. 수미산에 다녀왔어요. 약사여래님이 점지해주셔서 곧 명구 동생을 낳게 될 거예요. 제가 그 애를 잘 키울 테니 어머님은 이제 걱정 놓으세요. 명구 아버지하고 살기는 한 달이 채 못 되었구 어머님하고 한솥밥 먹으며 함께 산 세월이 예순 해쩬데, 제가 어머님 속마음을 모를 리 있나요." 누워 있는 초전댁의 땀 찬 얼굴을 물 축인 수건으로 닦아주며 입장댁이 말했다. "명구 아범 말이다…… 남정네들은, 그게 말이다…… 집 떠나면 안 와. 글쎄, 일본에서 지진이 났을 때, 그 양반이…… 어디 갔어? 어멈아, 어디 있어?" 초전댁이 며느리를 앞에 두고 찾았다. "저 여기 있잖아요. 어머님, 이제 눈감으셔도 될 텐데, 찾는다고 돌아오지 않아요. 아버님도 아범도 돌아오지 않는다니깐요. 저는 이 세상에서 그들 만나기를 아주 단념해야 할까봐요. 그러면 얼마나 속이 편하겠어요. 누구를 기다린다는 것은, 그 긴 세월을 기다리며 산다는 건…… 애간장이 다 녹아 없어졌어요." 김씨의 눈앞에 줄곧 두 노친네 모습이 어른거린다. 당장 집으로 가면 두 노친네를 만날 것 같다. 그러나 할머니, 엄마와 함께 산 그 집은 없어진 지 오래고 엄마와 마지막으로 살았던 연립주택마저 이제 돌아갈 수 없다. 꼼장어를 안주로 거푸 두 잔째 소주잔을 비운 조씨가 박군을 상대로 혈기를 올린다. "박군 자네, 오해 말더라구. 내 언젠가도 말했지? 그 연립주택은 일제 시대 말기 일반 가옥 시절에 고모님이 시집을 가게 되자 지짐이 부쳐 팔던 사돈마님 처지가 신혼방 한 칸 얻을 형편이 못 되어 할아버지가 그 집을 사주셨다는 것 말이야. 그러니 그 연립주택은 어디까지나 종손인 내 몫이야. 입은 비뚤어져도 말은 바로 하란 대로, 형, 내 말 어디 틀렸어? 고모님도 살았을 적엔 그렇게 말씀하셨잖아." 김씨가 말이 없자, 조씨가 토를 단다. "들은 얘기지만, 고모부는 결혼하고 한 달 만에 감옥으로 가게 됐구, 그것으로 영영 생이별을 하게 됐으니 형이나 나나 그분 얼굴도 못 보고 자랐지. 들은 말로는, 전쟁 때 원산과 속초를 거쳐 내려오는 인민군 부대에 정치위원으로 참전했다니 서울에 들를 기회도 없었겠구, 전쟁 와중에 어찌 됐는지……" 조씨의 말이 채 끝나기 전에 내내 침묵을 지키던 김씨가 불쑥 묻는다. "어찌 됐지? 우리 기, 귀염이 어찌 됐어? 귀염이 모, 못 봤니?" 김씨 말에 꼼장어 한 점을 젓가락질하던 조씨가, 귀염이라니, 삽사리 말인가? 아닌 밤중에 홍두깨라더니, 아직 칠순도 안 됐는데 고모님처럼 망령 났나? 형, 엔간히 취한 모양이네, 하고 되받는다. "참말, 삽사리가 안 보이네. 연립주택 삼층 방에 먼저 올라가서 기다리나? 빈집에서 기다리면 뭘 해. 영리한 놈이니깐 여기로 다시 오려나……" 박군이 말하며 주위를 살핀다. 얼음과자를 벌써 먹어치운 도량이는 의자 위로 올라가 쪼그려 앉아선 꼼장어 담긴 접시를 노려보며 한 점을 집을까 말까 망설인다. 김씨가 의자에서 엉거주춤 일어난다. 삽사리 찾으러 가냐며 조씨가 묻는다. 김씨가 말없이 포장마차 뒤 축대 쪽으로 허청허청 걷는다. "오줌 누러 가나봐요. 아저씨, 양철통에 누세요." 박군이 뒤돌아보며 말한다. 김씨는 비틀걸음으로 축대 턱밑으로 가서 박군이 준비해놓은 양철통에 오줌을 눈다. 박군은 손님들의 오줌을 모아 호박 뿌리에 거름으로 썼다. 김씨는 오줌을 누며 잎 무성한 호박넝쿨을 올려다본다. 가로등이 불을 밝혔으나 어두워 호박이 달린 위치를 가늠할 수 없다. 김씨가 오줌을 누고 바지춤을 여미자 어디선가 홀연히 앓듯 옹알거리는 개 신음 소리가 난다. 취기가 머리끝까지 올라 정신이 흐릿했지만 김씨 귀에는 분명 귀염이의 앓는 소리다. "기, 귀염이 어디 있어?" 그는 어두운 축대 아래 양쪽을 둘러보며 삽사리를 찾는다. 삽사리의 신음을 들었는데 그 자태는 어디에도 보이지 않는다. "명구야, 어미다. 그런데 너와 귀염이는 오늘 어디서 잠을 자겠다는 거냐? 딱한 자식 같으니라구. 네 처지가 그렇게 내몰릴 줄 내 이미 다 알았다. 그 소식을 듣더니 어머님이 식음을 전폐하고 누웠어." 축대 모퉁이의 어둠 속에 쪼그리고 앉아 입장댁이 말한다. "엄마, 왜, 왜 거기 있어요? 수, 수미산에서 언제 오셨어요? 그런데 우리 기, 귀염이가 어, 어디 있어요?" 김씨가 축대 모퉁이로 걷자 순간적으로 입장댁 모습이 사라진다. 내가 헛것을 보았나, 꿈을 꾸고 있나, 하며 김씨가 걸음을 멈추자 축대 위쪽에서 이제 제법 또렷한 소리로 삽사리가 콩콩 짖는다. 그해 여름 축대 위에는 인민군 군관들 숙소가 있었다. 초병이 정문을 지켜 민간인은 아무도 출입할 수 없었다. 선교사 사택이었던 시절에도 철대문은 늘 굳게 닫혀 있었고 큰 개가 잔디밭에서 어슬렁거렸다. 그런데 귀염이가 거기로 어떻게 들어갔을까 싶다. "기, 귀염아, 이리 온. 이, 이리 내려온, 왜 거, 거기에 있어." 김씨가 축대 위를 고개 쳐들고 보며 삽사리를 부른다. 그러자 개 짖는 소리가 문득 끊어진다. 그래, 맞아. 지금은 교회당이야. 교회당은 밤에도 문을 잠그지 않아 아무나 들랑거릴 수 있지, 하는 생각이 퍼뜩 들자 김씨는 축대 모퉁이를 돌아 남산 쪽으로 트인 한 길을 비틀걸음으로 걷는다. 주인을 찾아 삽사리가 짖어대는 소리가 이명으로 들린다.

"김씨 아저씨가 대답을 안하시니 궁금해서 늘 묻고 싶었던 말인데요…… 김씨 아저씨는 결혼한 적 없이 평생 독신으로 사셨나요? 그렇담 왜 결혼을 안하셨어요?" 박군 질문에 조씨가 축대 쪽을 힐끔 보곤 도리어 묻는다. "자네, 명구 형과 함께 목욕탕에는 안 가봤을 테고, 화장실에서 같이 몸 씻은 적 없어?" 손님이 없어 한가한 참이라 박군이 조씨 말에 솔깃해하며 말한다. "화장실이야 따로따로 사용하죠, 뭘. 도량이 몸 씻겨줄 때나 함께 쓸까. 그런데 김씨 아저씨 몸에 무슨 이상이라도 있나요?" 조씨가 겸연스러운 미소를 입꼬리에 물며 힘들게 말을 꺼낸다. "그게 말이지…… 말을 하자면 얘기가 길어. 명구 형이 삼대독자라 장수하신 사돈마님이며 고모님이 평생을 명구 형 하나 바라보며 눈물로 보내셨지. 형이 장가를 안 간 게 아니라 못 가서, 슬하에 자식을 못 둔 사연으로 말하자면……"

*

  그해, 유난히 무덥던 8월을 넘기자 고물상 판자 담장에는 새로운 전황 지도가 붙지 않았다. 전쟁이 교착 상태에 빠지자 기본전선(낙동강전선)에 변동이 없으니 전황 지도를 갈아 붙일 새 소식이 궁했다. 부산 점령을 눈앞에 두고 남조선 해방이 임박했다며 악대를 앞세워 거리를 행진하던 청년동맹원들과 부녀동맹원들의 기세도 풀이 꺾였다. 해방 전쟁 완수를 위한 지원병 모집을 떠들던 내무서원들도 강제징집 쪽으로 돌아 거리 곳곳에서 불심검문이 행해졌고 심야에도 느닷없이 들이닥쳐 가택 수색으로 분탕질을 쳤다. 열예닐곱 살에서 마흔 안쪽 남자들은 밖으로 나다닐 수가 없었고, 집 안에서도 폭격을 피하기 위해 파두었던 방공호조차 대피처가 못 되어 따로 숨을 데부터 찾아야 했다. 낙동강 돌파를 앞둔 마지막 단계에서 인민군 쪽 전황이 여의치 않음은 날마다 서울 하늘을 덮는 연합군의 폭격기와 전투기 편대에서도 잘 감지되었다. 제공권을 빼앗긴 해방구 서울은 무수히 투하되는 폭탄 세례를 고스란히 당할 수밖에 없었다. 위용을 자랑하던 뭉게구름도 차츰 자취를 감추고 아침저녁으로 서늘한 기운이 찾아드는 9월로 들어서자, 서울 시내 사대문 안은 멀쩡한 곳을 찾아볼 수 없을 정도로 파괴되어갔다. 그러나 아이들은 어느 쪽이 이기고 지든 전쟁 상황에는 별 관심이 없었다. 공습으로 길가 건물이 무너져 막혀버린 도로를 개통시키느라 낮 동안은 소년단에 동원되어 거리 정비에 나서서 무너진 건물의 벽돌 따위를 치웠고, 거기서 풀려난 해질녘이면 파괴된 탱크가 버려져 있는 4가 네거리의 공터에 모여 여러 놀이를 즐겼다. 사내아이들은 어두워질 때까지 편 갈라 전쟁놀이와 축구로 시간을 보냈다.
"군관 동무다!" "오랜만에 보네." "아저씨, 안녕하세요." 전쟁놀이를 하던 아이들이 젊은 군관을 보자 우르르 그쪽으로 달려갔다. 을지로 쪽에서 올라온 군관은 퇴계로에서 길을 틀어 5가 쪽으로 바삐 걷고 있었다. 그는 여전히 권총 달린 혁대를 차고 있었다. 아이들은 명사수 군관을 오랜만에 만난 셈이었다. 명구는 고무 축구공을 들고 탱크 옆에 우두커니 서 있다 군관을 보았다. 축구공은 주호가 전쟁놀이에 끼이게 되자 그에게 잠시 맡겨두었던 것이다. "소년단 동무들, 그동안 잘 있었어요?" 군관이 손을 흔들며 웃었다. 아이들은 군관을 에워싸고, 그동안 어디 갔다 왔느냐, 전선에서 오는 길인가 하고 물었다. 그도 그럴 것이 늘 빳빳하던 군관의 인민군복이 후줄근했고 깎지 못한 수염으로 구레나룻이 시커멨다. 간밤에 제대로 잠을 못 잤는지 눈두덩이 부어 있었고 눈의 흰자위에 핏줄기가 보였다. "이제 앞으로는 소년 동무들을 못 볼 것 같군요. 나도 전쟁터에 나가게 됐으니깐요." 피곤에 절어 보이는 군관의 말은 전과 달리 힘이 빠져 있었다. 종규가 불쑥 나섰다. "그럼 아저씨 동무와는 오늘이 마지막이네요. 기념으로 총 한 번만 쏴보세요." 그 말에 달아 다른 아이들도 한마디씩 했다. "그래요. 딱 한 번만 더 쏴보세요." "군관 아저씨를 본받아 우리도 이담에 총 잘 쏘는 인민군이 될 테예요." "군관 아저씨 총 쏘는 솜씨가 너무너무 멋져요." 명구는 그들과 거리를 둔 채 서서 군관을 졸라대는 아이들을 보고 있었다. 더위가 한풀 꺾인 석양 무렵이라 고추잠자리들이 공터 하늘을 낮게 날며 모기 따위의 먹이를 쫓고 있었다. 그는 주호에게 축구공을 돌려주고 집으로 갈까 어쩔까 망설였다. 그러나 주호가 있는 아이들 쪽으로 가기는 싫었고, 축대 아래에서 죽은 선돌이 형이 떠오르자 군관이 총질하는 걸 보고 싶지도 않았다. "여러분이 정 원한다면 마지막 작별 선물로 딱 한 번만, 한 번만 총을 쏴봐주지요." 아이들이 조르자 하는 수 없다는 듯 군관이 어깨를 늘어뜨리고 말했다. 아이들이 손뼉을 치고 팔짝팔짝 뛰며 좋아했다. 그때 명구는 축구공을 들고 퇴계로 5가 쪽으로 걷고 있었다. 축구공을 주호에게 돌려줘야 했으나 그쪽으로 가기 싫어 집으로 가던 참이었다. "소년 동무!" 하고 군관이 소리쳤으나 명구는 자기를 부르는 줄 모르는 채 내처 걸었다. 군관이 두번째 부를 때에야 명구가 겁먹은 얼굴로 뒤돌아보았다. "소년 동무, 공 가지고 여기로 와봐요." 군관이 손짓으로 명구를 불렀다. "예?" 저만치 서서 부르는 군관을 보자 명구는 너무 놀라 그쪽으로 걸음이 떼어지지 않았다. "빨리 와, 겁보야." "군관 아저씨가 부르시잖아." "형, 내 축구공 돌려줘." 아이들이 한마디씩 했다. "소년 동무, 이리로 오라니깐." 군관이 다시 손짓했다. 명구는 이러지도 저러지도 못한 채 떨고 있었다. 집을 향해 도망간다면 군관이 총을 쏠 것만 같았다. 그리고 군관 명령에다 축구공을 주호에게 돌려주어야 했기에 그는 그쪽으로 가지 않을 수 없었다. 비척비척 걷는데, 너무 겁을 먹은 나머지 그만 오줌까지 지리고 말았다. "그 공을 들고 저 축대 아래

서봐요." 군관이 명구를 보고 미소 띠며 말했다. 명구는 군관의 말을 들었으나 지남철에 붙은 듯 발을 움직일 수 없었다. "별명이 겁보라니? 새나라 어린이는 씩씩해야 돼요. 소년 동무, 지금도 전쟁터에서 조국 통일을 위해 목숨 내놓고 투쟁하는 인민군 전사들을 생각해봐요. 그런 전사가 되려면 담이 커야지. 내 말 알겠어요?" 군관이 떨고 서 있는 명구의 맨송머리를 쓰다듬었다. "빨리 축대 아래로 가서 서봐." "선돌이처럼 축구공을 번쩍 들고 서라니깐." "그럼 내 축구공이 빵구 나잖아." "신기료장수한테 때우면 돼. 지난번에도 거기서 땜질했잖아." 아이들이 떠들었다. 명구는 축구공을 들고 떠밀리듯 축대 쪽으로 걸었다. 그는 자신이 걷고 있다는 사실조차 느끼지 못할 만큼 너무 겁을 먹어 제정신이 아니었다. 누렇게 시들어 저녁 바람에 너울대는 축대에 붙은 호박잎들이 그의 눈앞에 어른거렸다. 명구가 축대 아래에서 축구공을 높이 들고 서자, 러닝셔츠 밖으로 드러난 수수깡 같은 팔과 풀색 반바지 아래 장작개비 같은 다리가 센 바람을 탄 듯 흔들렸다. 저만치에서 군관이 권총을 뽑아 들고 자신을 겨누자, 명구는 끝내 울음을 터뜨리고 말았다. 눈을 감기 전 눈물로 어룽지는 그의 눈앞에 고추잠자리 한 마리가 빠르게 지나쳤다. 그러나 총소리가 들리지 않았다. 아니, 총소리가 터졌으나 명구가 못 들었을 수도 있었다. 그는 귀청을 찢는 총소리를 이명으로 여러 차례 들었고, 그때마다 그의 쳐든 팔이 움찔거리며 더 심하게 떨렸다. "내가 간밤을 뜬눈으로 새우기도 했지만, 조준할 수가 없어. 소년 동무가 저렇게 떨어서야 어디 총을 제대로 쏘겠나." 군관이 고개를 흔들며 혼잣말을 했다. 사실 명구의 치켜든 팔은 곧게 펴지지 않은 채 벽시계 불알보다 더 빠른 속도로 흔들리고 있었다. "축구공을 다리 사이에 끼워봐요." 이 말은 군관이 했는지, 아이 중 하나가 했는지 명구는 분별할 수 없었다. 그만큼 그의 머릿속은 뒤죽박죽이 되어 혼미했다. 그는 할머니나 엄마가 나타나 군관이 총질을 못하게 말려주었으면 싶었다. 그래서 속으로 엄마를 부르며 울었다. "겁보야, 어서 다리 사이에 끼우라니깐." "축구공을 자지 아래 꽉 끼워!" 아이들이 외쳤다. 쳐든 팔이 저리기도 했지만 명구는 시키는 대로 축구공을 떨리는 다리 사이에 끼웠다. 그는 공포에 질려 두 다리를 떨며, 엄마! 나, 날 살려줘…… 하고 흐느껴 울었다. 반바지 아래 종아리로 오줌이 흘러내렸다. 명구는 다시 손을 쳐들고 눈을 감았다. 일순의 정적에 이어, 총소리가 터졌다. 그러나 분명 바람 빠지는 소리와 함께 터져서 쭈그러져야 할 축구공은 탱탱하게 그대로 있었다. 그 대신 명구의 반바지 오줌 구멍 아래가 피로 물들더니, 오줌 줄기로 젖은 종아리를 타고 피가 고랑을 이루어 흘러내렸다. 명구의 다리가 낫날에 베이듯 꺾이고, 그는 쓰러져 실신하고 말았다.

*

"……소년 적부터 약골이었지만 원체 마음이 여리고 소심했던 사람이었어. 그 사건이 있고, 명구 형은 많이 앓았지. 고자가 된 건 둘째치고 너무 혼겁을 먹어 제대로 뭘 먹지 못하고 토하기만

하더니 유엔군이 다시 서울로 들어오고 가을이 다 갈 때까지, 요즘으로 치면 지독한 독감이랄까, 열병에 걸렸어. 내가 놀러갈 때면 뼈만 남은 꼬치꼬치 마른 몸으로 팥죽같이 땀을 흘리며, 추 축구공, 공 가져가라는 헛소리까지 했으니깐. 당시는 전시라 무슨 약이 제대로 있었겠어. 삼대독자를 살려내려는 두 노친네의 지극 정성이 아니었담 명구 형은 그길로 세상을 떴을 거야. 형은 겨울에 들어서야 기적적으로 자리에서 일어났는데, 그때부터 말을 더듬기 시작했어. 뇌 어느 부분이 파괴되었는지 사람이 아주 바보가 됐지. 전쟁 전에는 공부를 썩 잘했더랬는데, 그 꼴이 되니 학교조차 못 다닐 수밖에. 머리가 아둔해져 도무지 수업을 따라갈 수 없었으니깐. 전쟁이 심약한 소년을 그렇게 망쳐놓았다고나 할까. 평생 동안 명구 형은⋯⋯" 조씨가 말을 멈추고 담배 한 대를 빼어 입에 무는 순간, 축대 아래에서 퍽, 하고 무언가 떨어지는 소리가 들렸다. 그러나 둘은 자동차 소음 탓에 그 소리를 듣지 못했다. 잠시 뒤, 도량이가 뛰어와 숨넘어가듯 크, 크, 하며 제 아버지 셔츠 자락을 끌었다. 박군은 아들이 끄는 대로 축대 뒤로 가보았다. 어둠 속, 김씨의 몸뚱이가 축대 아래 널브러져 있었다. 박군이 황급히 조씨를 불렀다. 조씨가 이미 숨이 끊어진 김씨의 시신을 확인하곤 축대를 올려다보았다. 축대 위에는 허리 높이의 난간이 있었다. 술에 취한 김씨가 난간에 몸을 기울여 호박 넝쿨을 내려다보다 거꾸로 떨어졌나? 조씨는 머리를 갸우뚱했다.

(『문학과사회』 2003년 가을호)

용초도 동백꽃

1

　3월에 들면 남녘 섬 지방은 봄이 찾아와, 낮이면 바다 물빛이 쪽빛에서 밝은 파랑으로 농도를 달리했다. 그러나 햇살 따뜻한 낮이 기울어 저녁에 들면 아직 겨울이 머무적거리는지 바람은 여전히 차가웠다. 해가 서쪽 바다로 기울자 바람이 한결 드세어지고 물결이 검남색으로 어두워졌다.
　통영으로 나가는 오후배가 떠나버리자 용호리 선착장은 파장처럼 썰렁해졌다. 선착장 부두거리에서 벗어나 마을로 들어가는 입구에 '민이네 집'이란 간판을 처마에 붙이고 통유리문에는 '민박함'이라는 종이를 따로 붙인 가겟집이 있었다.
　가겟집 통유리문이 열렸다. 드센 바람에 벙거지가 날아갈까봐 챙을 잡은 노인이, 쥔장 계시여 하며 들어섰다. 모자 달린 두툼한 파카에 배낭을 메고 있었으나 빈손이었다.
　방 두 개에 투숙했던 낚시꾼 패거리를 오후배 편에 보내고 저녁쌀을 안치던 민이네가 물 묻은 손으로 부엌에서 나왔다. 의암댁이 말하던 바로 그 노인이었다. "아침배 편에 들어왔나본데 저 영감이 죙일토록 내내 저게서 멀 저리 찾능공 모리겠네" 하던 의암댁 말에 민이네가 바다 쪽 동백나무숲을 내다봤더니 벼랑 앞 숲길을 어정대던 벙거지 쓴 바로 그 노인이었다.

"잠잘 방 있어여?" 노인이 벙거지를 벗으며 물었다. 상고머리로 깎은 머리칼이 새하앴다.

뜻밖의 노인 말에 민이네는 잠시 당황했다. 용초도 동백꽃 보러 오던 내지 관광객 발길이 근년 들어 뜸해진 대신 봄소식 타고 낚시철이 돌아올 절기라 내지에서 들어온 낚시꾼이 관광객을 대신 채워주었는데, 낚시도구도 들지 않았고 차림새도 허술한 노인은 그도 저도 아니었다. 어제 주말 맞아 섬 구경 온 유람객이나 낚시꾼은 저녁배 편에 모두 돌아갔고, 혼자 섬에 남아 하룻밤 몸 누일 곳을 찾는 내지인은 드물었던 것이다.

"방이 있기사 한데예…… 선착장 부두거리에 모텔인가 그런 기 있는데 거게도 빈방이 있을 낀데예."

부산에서 온 무슨 낚시동우회 회원 여덟이 간밤에 자정 넘게 술판 벌이며 북새통을 떤 통에 밤잠을 설친 터라 민이네는 혼잣손님을 받지 않기로 작정했다. 수상쩍은 노인이라면 술 취해 신소리 늘어놓으며 실없이 추근대거나, 아니면 노년의 외로움을 못 견뎌 바다에 투신하려고 왔을 수도 있었다. 더욱 노인의 초라한 행색이 못마땅했다.

"아무래도 여기가 조용할 것 같아 들렸어여."

노인이 돌아설 기미를 보이지 않고 도마의자를 당겨 앉더니 배낭을 벗어 술상에 얹고 담배를 꺼내 물었다. 실내가 어둑해져 민이네가 형광등을 켰다. 노인 상판을 뜯어보니 검버섯 핀 가무족족한 얼굴에 몸피 여윈, 낮춰 잡아도 자기보다 열 살쯤은 위로, 일흔 줄에 들어선 연세였다. 거친 일을 해왔는지 체구에 비해 손마디 뼈가 굵었다.

"안 재아준다면 할 수 없지만 소주 한 병 마실 수 있어여?"

"가게일 도와주는 으암때기가 딸네 집에 가뿌리고, 지가 안주감 만들기도 머하네예."

팔짱 끼고 부엌문 앞에 선 민이네가 나이 든 노인을 내칠 궁리만 했다. 가게일 거드는 의암댁이 낚시회 총무로부터 수고비조로 팁을 받아 챙기자 선착장까지 일행을 바래다준다는 핑계로 딸네 집으로 가버렸다. "오늘은 시마이(마감)임더. 내일 아침배 들어올 때 부쳐온 거 있으므 챙겨서 오께예" 하고 몸뻬 엉덩이 흔들며 일행을 뒤따라 가버렸다. 오늘은 일찍 가게 문 닫고 밥 한술 뜨고선 옛 동무들 만나러 마을로 밤마실 갈 일밖에 남지 않았다고 생각했는데, 노인이 찰거머리처럼 떨어지지 않았다.

의암댁은 손님 비위를 잘 맞춰 민이네가 집어주는 일당보다 팁으로 챙기는 돈이 더 쏠쏠했다. 그런 의암댁 덕에 한번 찾은 낚시꾼 패는 단골이 되어 용초도에 오면 민이네 집을 찾곤 했다. 주말이면 너나없이 차 끌고 나서는, 먹고살 만한 시절이 되자 용초도는 봄부터 늦가을까지 내지 낚시꾼이 그치지 않았다. 특히 초가을부터 영등철인 음력 2월까지가 성시로 낚시용 발동선들도 몰렸다. 가을 들어 수온이 내려가면 미역양식장과 김양식장 부근으로 감성돔과 벵에돔이 몰려, 멀게는 서울 낚시동우회 발길도 이어졌고 푸짐한 상품 내건 낚시대회도 수시로 열리곤 했다.

"잔과 젓가락통도 있겠다, 오징어포만 있으면 되겠어여. 남도 사람들은 오징어를 수루메라던가? 수루메포 하나 내놔봐여."

노인이 안 내용물이 훤히 보이는 가게용 냉장고에서 손수 소주 한 병을 꺼내더니 병마개를 땄다. 출어 전후 뱃사람들이 와서 간단한 술판 벌일 때를 위해 마련한 플라스틱 술상 가장자리에 수저통과 소주잔, 맥주 컵 몇 개가 차반에 담겨 있었다.

기어코 소주 한잔하겠다는 객을 민이네는 더 내칠 수 없었다. 오징어포를 접시에 담아 내온 뒤 안주로 김치라도 가져와야겠기에 부엌으로 들어갔다. 냉장고에서 김치 그릇과 꼴뚜기젓갈 종지를 내왔다.

"같은 경상도 말씨기사 한데, 어데서 여게까지 오셨습니꺼?"

"경북 김천시여. 말이 경북 김천시제 경남 쪽으로 칠십 리나 들어앉은 첩첩산골짜깁니더."

"이 외진 섬에 동백꽃 볼라꼬는 안 오셨을 끼고, 산골사람이라모 바다낚시도 자주 안해봤을 낀데, 여게 무슨 볼일이라도 계신 모양이지예?"

통영에서 한산도 한산포구를 거쳐 오는 배편이 오전 오후 하루 두 차례 있었다. 한려수도에 널린 작은 섬 중 하나인 용초도까지 경북 내륙 지방에서 왔다면 무슨 사연이 있는 노인이지 싶었다. 민이네는 지난겨울 초다듬에 서울에서 온 신체 건장한 잠바

때기 둘을 민박으로 하룻밤 재워준 적이 있었다. 알고 보니 그들은 용초도로 숨어 들어온 강도범을 잡으러 왔던 형사였다. 이튿날, 형사 둘은 통영 나가는 저녁배 편에 수갑 채운 청바지짜리 젊은이를 데리고 떠났다고 했다. 또 한번은 작년 가을로, 노인 내외가 부두거리 모델에 하룻밤을 투숙한 적이 있었다. 이튿날 새벽, 노인 내외가 방파제에 신발 나란히 벗어놓고 바다로 몸을 던져 자살하고 말았다. 모텔 방에 남겨둔 유서쪽지가 발견되었는데, 자식 밑바라지로 있는 돈 다 쓸어넣고 노년기가 닥치자 생계까지 위협받는 가난과, 자식들로부터 버림받은 외로움과 병고 탓이었다.

"이 민박집이 오 년 전에는 없었는데 언제 생겼소?" 노인이 잔에 술을 치며 물었다.

"삼 년쨉니더."

고향 섬 용초로 돌아가서 너 애비 무덤이나 지키며 오래 아는 얼굴들 보고 살다 죽겠다고 민이네가 졸라대자 통영 어판장에서 중개일 하는 아들이, 노년에 혼자 섬에 들어가 사시면 적적할 테니 소일거리 하라며 제 엄마 택호를 딴 간판 걸어 가게를 열어준 뒤, 한 달에 한 번꼴로 낚시 친구들 끌고 고향 섬으로 들어왔다 하룻밤 자고 가곤 했다.

"오 년 전 이맘 때 왔을 적엔 여기 이 가게며 민박집이 분명 없었어여. 그땐 저기 선착장 앞에 있는 다도해모텔은 신축 중이었고. 이 집은 돌담 친 민가 아니었소?"

"짚어쌓는 기 똑 지서 순사 가꾸마예." 민이네가 샐쭉해하며 대꾸했다.

"아지매가 여기 용초도 사람 맞긴 맞아여?" 노인이 그제야 입가에 주름을 잡으며 미소 띠고 물었다.

"손자놈 키아줄라꼬 통영 나가 산 사 년 빼모 여게서 나서 작년에 환갑잔치꺼정 치렀심더. 젊었을 쩍은 저 앞바다서 물질도 수태 했꼬예." 민이네가 가겟방 문턱에 걸터앉았다. 듣고 보니 그네는 김천 쪽에서 왔다는 노인 사연이 궁금했다. "그라모 오 년 전에 오고 첨 왔다는 말씀이신데, 무신 볼일로 이 먼 섬 구석꺼정 찾아왔습니꺼?"

"한 여자를 만낼라고 왔어여." 노인이 천연덕스레 대답했다.

"여자라이? 용초에 사는 사람잉교?"

"아니여. 부산 자갈치시장 부근 남포동 어디메에서 산다던데, 편지조차 끊긴 지 십 년이 넘어 거기서도 떠난 것 같고…… 오전 배에는 안 탔더랬소. 오늘이 삼월 첫 주일이라 기대가 잔뜩 컸는데……"

민이네가 노인 말을 들을수록 오리무중에 빠져들었다.

"연세도 엔만하게 드신 영감님이 참말로 얄궂은 일 다 보겠네. 용초도 여게서 여자하고 미아이(맞선) 볼라꼬예?" 민이네가 저승꽃 핀 주름진 손으로 입을 가리고 웃었다. "그 여자분이 안 오모 무작정 눌러앉아 기다릴 참입니꺼?"

"일주일 동안 기다리다 안 온다면 올라가야지여. 못 본 지가 벌씨러 십오 년째여. 이제 본다면 그 여자도 많이 늙었겠어……" 노인 입가에 쓸쓸한 미소가 떠올랐다. "십오 년 전에 만났을 적만 해도 아지매처럼…… 아지매 용모 보니 아직 한창 같아여. 젊었을 한 시절엔 여기 용초도에서는 해녀미인 소리도 들었겠고."

"하시는 말씀이 히야까시(희롱질)도 아이고, 환갑 넘긴 이 나이에 하시는 말씀 듣기 민망시럽네예." 민이네가 노인 칭찬 말이 듣기 싫지는 않은지 얼굴을 붉혔다.

"환갑 넘겼다이? 그 말 누가 곧이듣겠어여. 싱싱한 어물이며 해초 많이 먹다보니 여게 사람들은 나이도 안 먹는가봐." 노인이 껄껄대며 웃었다. 웃음소리가 체구에 비해 호방했다. "혼자 홀짝거리기 뭐한데, 같이 한잔하시겠어여?"

"아이라예. 지는 술을 한 모금도 몬해예. 쥔 양반이 술 주전자 끼고 살더이 오십 살을 제우 넘기고 마 가뿌렸심더." 민이네가 듣자니 내지 첩첩한 산골에서 왔다는 노인 하는 말과 수작이 갈수록 궁금증을 자아내고 의뭉스러웠다. 꼭 무엇에 홀려드는 기분이었다. "도대체 그 여자분 연세가 몇 살이나 묵었십니꺼?"

"내보다 두 살 아래이니 올해가 아홉수네."

"육십아홉 살? 그라모 마지막 만낸 기 십오 년 전이라 카모 그 여자분 나이 오십네 살 때란 말입니꺼?"

"가게 열고 있어서 그런지 셈 하나는 밝구려. 따져보니 쉰넷 맞네. 그새 저세상 갔다면 영혼인들 험한 물길 건너 용초도로 어데 들어올 수 있겠어여."

"그 여자분을 그리도 몬 잊어하는 거 보이까, 억시기 새첩었던 갑네예?"

"지금 생각하면 아담한 키에 그저 그런 평범한 용몬데, 홀딱 반해 빠질 때는 지 눈에 안경이란 말도 있지 않아여."

"십오 년 전에 용초도에서 만나 알게 됐는데 십 년 전에도, 오 년 전에 여게 와도 몬 만냈다는 말씸 아입니꺼?" 노인이 치살리기도 했지만, 섬 구석에 살아도 그런 말귀쯤은 알아듣는다는 듯 민이네가 의기양양하게 말했다.

"십오 년 전은 마지막으로 만난 기고…… 내 나이 스물한 살에 처음 만나 헤어진 후 지난 오십 년 동안 꼭 세 차례 더 만났어여."

"그래 따지보모 그 여자분이 어부인은 아인 모양인데, 자주는 몬 만냈어도 그래 오랜 세월 동안 소데도리(소매잡기)하고 지냈다이…… 정분 하나는 참말로 닻줄보담도 찔기네예."

"닻줄보다 찔긴 정분? 말은 되는 소린데, 그런 한 맺힌 인연을 정분이라고도 해여?" 노인이 쭝덜거리더니 표정이 어두워졌다. 술잔을 비워내곤 김치조각으로 입을 헹궜다. "그런데 저기 곶부리 앞 동백나무숲이 많이 훼손됐어여. 오 년 전에만 해도 그런대로 무성해 윤기 나는 푸른 이파리 사이로 동백꽃이 숯불처럼 빨갛게 피어났는데. 마치 핏방울처럼 말이여……"

"맞심더. 지가 처자 쩍에사 용초도 절벽 가에는 동백나무숲이 어우러졌고, 마실 뒤로는 왕사꾸라(왕벚나무)가 많았지예. 풀은 많고 나무가 귀한 섬이라꼬 붙여진 이름이 용초돈데, 사꾸라는 늙어 다 고사해뿔고 동백은 해마다 숲이 줄더니 인자 동백나무숲이 얼매 안 남았심더. 예전에 없던 서양 종자 돼지풀이 지 세상 만낸 드키 수북이 자라고 말임더."

"대부분 식물은 중성인 땅을 좋아해여. 중성 땅엔 식물에게 가장 중요한 삼대 영양소인 질소, 칼륨, 칼슘이 고루 섞여 있으니깐요. 그런데 동백나무만이 특이하게도 산성 땅을 좋아해여. 그래서 바닷바람 몰아치는 척박한 남쪽 해안 지방에 잘 자라여."

"나무에 대해서 아는 기 많네예."

"따뜻한 남해안 섬에는 어데나 동백나무가 흔해여. 왕벚나무는 일본사람들이 자기들 나라 나무라며 특히 기렸고. 그러나 근년 들어서 지구 온난화가 가속화되이 이쪽 섬 지방은 아열대권으로 편입돼서 동백꽃도 삼월 들면 벌써 끝물이여. 이쪽 해안 지방에 은제까지 동백나무가 뿌리내리며 자생할지 모르겠네."

"왜정 시절이사 통영, 거제도, 욕지도에 살던 쪽바리들꺼정 춘삼월이모 용초도 왕사꾸라와 동백꽃 보러 게다짝 딸각대미 벤또 싸들고 유람 오는 것도 봤답디더. 여게서 살아온 웃대 사람들이 그카데예."

"그래여. 일본이 안 망하고 몇십 년만 권세를 더 누렸어도 이 남쪽 해안 지방은 섬나라서 이주한 일본인 천지로 바뀌었을 것이여. 그쪽 현청들이 다투어 대대적으로 신문광고 내고 이주비꺼정 챙겨줘가며 하층민 위주로 조선 땅에 내보내 정착시켰으니깐. 식민지가 아니라 영영 자기네 땅으로 만들라꼬, 앞을 내다보고 그런 정책을 썼어여. 특히 저들 섬나라와 가까운 경남 지방으로 왜인들이 많이 들어왔어여. 그러다 보이 전라도 섬 지방 쪽은 몰라도 이쪽 섬 지방에는 아직 일본말이 무시로 사용되구만여. 해방된 지 몇십 년이 지났는데도 말이여. 선창으 선박 부리는 말들은 여전히 일본말이 태반이고."

"산골짜기 사람이라 카면서 여게 섬에 대해서도 아는 기 참말 많네예." 민이네는 행색 초라한 노인이 평범한 늙은이가 아니라 배운 바가 많은 유식꾼임을 그제야 짐작했다.

방에서 전화벨이 울렸다. 민이네가 방문 앞에 놓인 전화를 받았다. 통영 사는 아들 민이었다. 소주 두 짝, 막걸리 스무 병, 라면과 선(부탄가스통) 각각 열 상자를 내일 아침배 편에 보낸다는 전갈이었다. 밤낮 가려 기온 차가 심한 절기니 방 따뜻이 해서 지내시라는 말로 아들 통화가 끝났다.

노인이 담배 한 개비를 갈아 물더니 유리문 밖 곶부리 동백나무숲 쪽으로 망연한 눈길을 주고 있었다.

"저녁 바람이 이렇게 드세니 동백꽃도 뺨따구 맞듯 다 져버리겠어. 진 꽃잎은 땅에서도 서성거리지 몬해 바다로 다 쓸려가버리겠고. 동백꽃은 왜 선혈처럼 그렇게 붉고 붉은지……" 혼잣말하는 허탈한 노인 목소리가 풀어지는 담배 연기 속에 흩어졌다.

"그라모 보자, 그 여자분 열아홉 살, 영감님 나이 수물한 살에 만내가꼬 용초도에 동백꽃 필 때 동백나무숲에서 오 년마다 미아이하기로 하고 마 헤어졌다는 그런 말씀 같으신데…… 참말로 시상에 그런 기구한 곡절도 다 있다이. 소맷자락만 스쳐도 전생으 인연이란 말도 있드키, 시상 오래 살고 볼 일임더." 분위기가 숙연해져 민이네가 조심스럽게 말했다.

"아지매 말이 맞아여. 안 죽고 살아만 있다면 다섯 해마다 동백꽃 피는 삼월 첫 주에 여게서 만내기로 했는데……"

"처음에사 어데서 만낸는동 모르지마는 세 분썩이나 여게서 만냈다모 마실에 소문깨나 날 낀데, 마실 사람들도 글코, 지도 여태와 몰랐을꼬? 그기 이상하네."

무슨 생각에 잠겼는지 노인은 대답이 없었다. 노인 눈길이 머문 유리문 밖 저쪽, 거센 해풍과 저물어 오는 바깥 풍경이 을씨년스러운데, 동백나무숲이 도리깨질 맞듯 센 바람에 휩쓸리고 있었다. 성난 바다 이랑 건너 한산도 남녘의 긴 해안이 흐릿한 검은 띠를 이루어 가물거렸다. 그 위로 동백꽃 같은 놀빛이 자주색으로 스러지고 있었다.

"그라모 용초도는 은제 첨 와봤습니꺼?" 민이네는 노인 뒷말이 궁금해 견딜 수가 없었다.

"아지매가 여게서 태어나 여태 사셨다면 용호리 여기, 저쪽 해안에 인민군 포로수용소가 있던 것 아시겠네? 오십삼년도 초봄, 그때까지 전쟁이 한창 치열할 때 말이여." 그제야 노인이 허리를 곧추세우더니 말머리를 바로잡았다.

"알다마다예. 맞심더. 그때 여게 포로수용소가 있었심더." 민이네가 얼른 대꾸했다.

"그라면 인민군 포로들이 폭동 일으킨 것도 알겠네여?"

"맞아예. 인민군 포로들이 난리를 일으키서 결국에는 마이 죽고 마이 다치고 했지예. 코쟁이 병정이 쏘아대는 총소리가 콩 볶듯 했고예. 그해 지가 멫 살이었나? 하여간 아아 쩍이었는데, 지금도 눈앞에 보드키 생생하게 기억납니더. 수용소를 지키던 미군들이 나놔준 껌이며 비스케또며 쪼꼬레또도 먹어봤으니깐예. 증말로 수용소 난리는 엄청시럽었지예. 지름 도라무통을 재아놓은 창고에 불을 질러 수용소가 온통 불바다가 됐는데, 하늘 높이 타오른 불로 저 한산도 앞바다까지 시뻘겠습니다. 어무이가 막내 동상을 배고 있었는데 알라 떨어질까바서 시껍묵었다 캅디더." 그렇게 군사설까지 달다, 민이네는 후딱 짚이는 게 있었다. "그라고 보이 포로들이 난리친 달이 양력으로 삼월, 요새 절기 맞네예. 그라모 영감님이 그 당시 인민군 포로로 여게 용초도로 끌려와 있었습니꺼?"

"아니여. 포로를 지키던 국군이었어여. 열여덟 살에 대구에서 학도병으로 입대해서 거제도 수용소를 거쳐, 결국 여게서 군복 벗은 셈이지여."

"그라모 그때 그 난리로 시껍묵었겠네예?"

"포로 한 명을 빼돌린 게 들통 나서 미군부대서 영창 살고 난 후 군복 벗었어여. 빼낸 포로도 여러 군데 총상을 입어 사람 구실도 제대로 못한 채 얼빙한 반거충이로 지내다가 그나마 오 년 만에 죽었다 캐여. 숨을 거둘 때, 해방전쟁을 완수 못해서 미안하다 캤다든가 어쨌다든가······."

"용초도와는 그런 인연이 있었구만예." 민이네가 머리를 끄덕였다. 그네는 이 섬에서 태어나 배곯은 전쟁 시절을 보냈기에 노인이 용초도에서 군대 생활하며 겪은 아픈 상처에 이해가 갔다. 그러나 사실은 노인의 그런 이력보다 말끝을 매조지지 않은 다른 사연이 더 궁금했다. "말씀하던 김에 마자 해주이소. 그라모 정분 난 그 여자분하고 인연은 우예 생기게 된 깁니꺼?"

잼처 묻는 민이네 말에 노인이 쓸쓸히 웃었다.

"지가 잠잘 방값, 밥값은 달라는 대로 치라줄 테이까 오늘은 여기서 자몬 안 되겠어여? 재아준다면 오십년 그 시절 포로수용소에서 일어난 그 당시 기막힌 사연을 들려드릴께여."

2

삼일만세운동으로 한바탕 홍역을 치른 후 일본은 조선반도 통치를 무단정책에서 문화정책으로 선회했다. 그러자 대촌이 있는 지방마다 관립이든 사립이든 초등학교 과정을 가르치는 학교가 우후죽순으로 생겨났다. 사십여 호 산골마을 평전리에도 대구의 신학교 출신 젊은 목사가 개척교회를 열고 들어와 복음 전파와 농촌계몽운동을 전개한 게 그즈음이었다. 평전리는 경북 금릉군에서도 오지인 구성면 덕대산 아래 첩첩한 산골마을로 면소가 이십여 리 밖에 있었다. 면소 바깥은 나가본 적 없는 농투성이 부모가 평전교회에 초신자로 등록해 세례를 받자 우리 형제도 어릴 적부터 교회에 출석하게 되었다. 골짜기 천수답이나 비탈에 밭을 일구어 끼니를 해결하던 산골의 가난한 문맹자들에겐, 하나님 아들 예수는 가난한 자의 벗이며 가난한 자를 위해 천국이란 저세상을 예비했다는 목사 설교가 큰 위안이 되어, 평전리에도 십여 가구가 기독교를 받아들였던 것이다. 자녀만은 문맹에서 벗어나게 해주어야 한다는 목사 말에 따라 부모님은 장남인 나를 마을에서 이십 리 밖 구성면 면소 소재 초등학교에 입학시켜주었다.

나는 수재 소리를 들을 만큼 반에서 늘 일등을 놓치지 않았으나 초등학교 졸업으로 학업을 마칠 수밖에 없었다. 담임선생의 총애를 받았던 나는 학교 급사로 남아 이태를 보냈고, 팔일오해방을 맞았다. 해방 이듬해 1946년, 시골에서 썩기가 아까운 머리라는 학교 측과 평전교회 목사 추천으로 나는 면소에서만도 오십리 밖 김천시로 나가 거기서 난생처음 본 기차를 타고 먼 대구까지 유학길에 오를 수 있었다. 해방 직후 학제가 중학교와 고등학교로 나누어지기 전이라, 당시만도 경쟁률이 세었던 대구농업학교 임학과를 지원해 무난히 합격했다. 집안이 가난했기에 하숙이나 자취할 형편이 못 되어 나는 고향 교회 목사 주선으로 대구 어느 미국인 선교사 사택의 심부름꾼으로 들어가 숙식을 해결했다. 숲속에 벽돌집으로 별장처럼 지어진 선교사 사택에는 선교사 내외 외, 일제 때 서방이 징용 나가 과수댁이 된 살림을 맡은 가정부와 그네가 데려온 딸이 있었다. 다섯 되는 방과 큰 거실을 깨끗이 하기는 가정부와 딸애 몫이라 나는 어른 일꾼 하나와 바깥 일, 이를테면 방과 후 넓은 정원 가꾸기와 마당 쓸기, 허드렛일이 고작이었다.

지도상 어디에 박혔는지 알지 못했던 동양의 먼 식민지 땅으로 나와 예수의 복음을 전파하겠다는 선교사의 갸륵한 뜻은 이해할 수 있었으나 자녀는 모두 미국 본토로 유학 보낸 단출한 식구인데도 옛 양반들처럼 여러 하인을 둔다는 게 과연 예수가 말씀한 청지기의 삶일까에 어린 나는 의문을 품었으나, 그렇다고 내 신앙관까지 흔들리지는 않았다. 그러던 참에 삼학년에 들자 나는 성적 우수자로 집안 가난한 지방 출신 학생에게 할당되는 근로장학생으로 뽑혔다. 나는 선교사 사택을 나와 학교로부터 학비와 숙식을 제공받아 학교로 돌아왔다. 방과 후 학생들 실습장인 종묘장에서 일꾼들의 농사일을 도우며, 숙식은 종묘장 헛간 뒷방에서 해결했다. 내가 학교 울타리를 벗어나 외출할 기회라곤 주일날 교회 출석이 고작이었다. 내 신앙심은 소박했으나 뜨거웠다. 집안이 하나님의 아들 예수를 받아들임으로써 산골 평전리에서 유일한 도청 소재지 중학교 유학생이 되었기에 나는 늘 그 은혜를 두고 하나님께 감사했다.

중, 고등학교가 분리되어 내가 농업고등학교 이학년에 재학 중일 때, 육이오전쟁이 터졌다. 전쟁이 났지만 6월 하순이라 하기방학이 시작되지 않아 나는 집으로 다녀올 짬을 내지 못한 채 종묘장 숙소에서 혼자 지내는 사이, 인민군이 파죽지세로 밀고 내려와 김천시가 위태롭다는 소식이 들렸다. 학교 선생이나, 내가 다니던 교회 측 말로는 어차피 식구가 피난 나온다면 대구로 들어올 테니 귀향해봐야 헛수고며, 잘못 걸렸단 전투 현장에 끼여 오도 가도 못한 채 생목숨을 날릴 수도 있으니 여기서 기다리라고 말했다. 경부선 상행기차나 자동차 편은 군인과 군수물자만 실어 나를 뿐 북으로 가는 민간인은 통제했기에, 나는 이러지도 저러지도 못한 채 7월 중순을 넘겼다. 구성면 산간 지방은 전쟁이 나기 전에도 좌익패 야산대가 산채에 둥지를 틀고 있던 터라 집 소식이 궁금하던 참에, 7월 하순이 되자 김천시 일대 금릉군이 인민군 수중에 떨어졌다는 소식이 알려졌다.

학교는 방학에 들어갔지만 휴교령이 내려졌고 농업학교 건물은 군에 징발당했다. 식구가 피난 나올 엄두를 못 냈는지 고향 소식을 알 길 없었다. 나는 당장 하루 끼니 해결이 급해 목사 가족이 부산으로 피난 떠나 빈집으로 남은 교회 사택으로 거처를 옮겼다. 낙동강 전선이 최후 보루로 남은 가운데 대구를 언제까지 지켜낼지, 남한의 운명이 풍전등화였다. 몸 성한 청년은 무조건 육군에 징집되어 신병훈련소에 입소했다. 신병들은 열흘, 보름의 단기훈련을 거쳐 전선에 투입되었다. 대구 시내 각 학교는 신병 군사훈련장으로 변했고, 출정하는 장병을 실은 군용트럭이 북으로 뚫린 차도로 줄을 이었다. 시내 담벼락과 전봇대에 학도의용병 모집이 나붙어, 고등학교 이학년 정도만 되어도 입대가 가능했다. 반 애들도 어차피 영장 받아 곧 입대할 몸이라면 학도병 지원이 명분이 선다며 입대 대열에 합류했다. 교회 청년회 학생들도 공산주의는 종교의 자유가 없다며, 대한민국을 수호하자면 총을 들고 나서야 한다고 속속 입대했다. 대구 시내는 기피자를 색출하느라 헌병과 순경의 거리 검문검색이 심했다.

나는 여태 학교 공부, 종묘장 일, 교회 출석만 꼬박꼬박 챙겨온 모범생이었고, 남북이 등을 돌리게 된 이념 문제라면 두말할 필요 없이 자유민주주의를 신봉하는 대한민국 편이었다. 해방 후 정국이 어수선해 학교도 예외가 아니어서 급우들이 좌가 옳다느니 우가 옳다느니 하며 입씨름에 열을 올릴 때도 나는 늘 우편에 섰다. 무엇보다 종교의 자유가 있다는 점에서 나는 북조선보다 대한민국에서 태어났음을 다행이라고 여겼다. 잰 미국인들이 믿는 예수쟁이니깐 보나마나 우편이야 하고 빈정거릴 때도, 나는 좌가 아닌 우야 하고 당당히 맞서서 응대했다. 내가 학도병으로 지원하게 된 동기 역시 확고한 우편에 선 기독교 신자란 데 있었다. 나라의 운명이 존폐에 걸린 대한민국을 돕기 위해 속속 우방국 군대가 부산항에 도착하고 있으며 전쟁으로 고통 받는 난민을 위한 원조물자가 해외로부터 답지한다는 소식이 연일 신문에 실렸는데, 그들 대부분이 신교든 구교든 성경 말씀을 진리로 믿는 국가들이었다. 하나님이 모세를 보내 이스라엘 민족을 애굽 땅에서 구해냈듯, 우방 기독교 국가들의 지원은 대한민국을 망하게 버려두지 않겠다는 하나님의 단호한 뜻이라고 믿었다.

8월 중순에 들자 나는 가족 소식을 더 기다리지 않고 시내 동성로에 있던 병무상담소로 찾아갔다. 나처럼 학도병을 지원하러 온 학생복 차림이 와글거렸는데, 나는 거기서 급우를 만나 총탄이 빗발치는 전장에서 생사고락을 같이하자며 비장한 악수를 나누었다. 학도의용군 입대원서를 내자 그길로 대구중앙초등학교 교실에 다른 학도병 지원자들과 함께 수용되었다. 처음 본 알루미늄 식기판에 배식 받은 밥으로 오랜만에 배를 실컷 채울 수 있었다. 이튿날로 나는 군용트럭 편에 학도병 지원자들과 함께 경남 밀양으로 내려가 밀양초등학교 교정에서 단기 군사훈련을 받게 되었다. 군복이 미처 지급되지 않아 입고 갔던 교복 차림 그대로, '자유민주주의 대한민국을 죽음으로 사수하자', '군대란 상명하복 준수가 생명과 같다'란 따위의 정훈교육과 함께 개인별로 지급된 엠원소총으로 불볕더위를 무릅쓰고 제식훈련과 총검술훈련을 받았다.

　신병훈련 기간은 보름이었는데, 열흘째 각개전투훈련을 받던 중 나는 심한 복통으로 쓰러져 의식을 잃었다. 여름철 급성 유행성 질병인 이질에 걸렸던 것이다. 열이 삼십구 도로 끓고 피 섞인 설사가 계속되었다. 훈련 도중 실신해 군 병원으로 후송되지 않았다면 나는 다른 학도병과 함께 육본 직할 독립유격대에 편입되어 인민군 수중에 들어간 경북 강구 해안 '장사동 상륙작전'에 유격대원으로 투입되었거나, 김석원 장군이 지휘한 제3사단에 다른 학도병과 함께 편입되어 포항지구 전투에 참전했을 것이다. 거기에 투입되었던 학도병 대다수가 전사하고 말았으니 이질이 내 생명을 살린 셈인데, 나는 이를 하나님의 역사하심이라 믿었다. 명태같이 홀쭉 마른 몰골로 스무 날 만에 군 병원에서 퇴원하자 그새 학도병 동지들은 뿔뿔이 흩어졌고, 허약한 몸으로 당장 전선에 나설 수가 없었다. 대구 부근 경산으로 와서 보충대 대기병으로 며칠 보낼 때 내 자필 신상명세서를 본 인사과 부관이, 영어를 좀 한다? 하고 혼잣말하며 머리를 주억거리곤, 나를 대구 교외 동촌에 있는 텐트막사로 급조한 포로수용소 경비병으로 전출시켰다. 포로는 미군 소관이었다.

　9월에 들어 유엔군의 인천상륙작전이 있고 나자 퇴로를 차단당한 인민군은 생포자, 자수자가 급격히 늘어났다. 그들은 포로 신세라는 말 그대로, 미군의 인솔 아래 끌려와 경상도 각지에 있던 임시 포로수용소에 수용되었다. 포로 관리 지휘권은 미군이 장악해 포로 경비병으로 동원된 국군은 지킴이 개처럼 총 멘 허수아비에 불과했다. 선교사 집에서 삼 년간 숙식하며 익힌 짧은 영어 실력이나마 나는 의사소통 정도는 가능했기에 미군을 돕는 행정병으로 발탁되었다. 포로를 심문하는 미군을 도와 서투른 통역을 했고, 포로 신상명세서와 보고서 작성 등 눈코 뜰 새 없이 바쁜 나날을 보냈다. 나는 맡은 일을 꼼꼼하고 성실하게 처리해 미군 행정 실무자들로부터 신임을 얻었다. 주일이면 미군과 함께 천막교회에 출석하는 게 유일한 낙이었고, 전사자가 연일 속출하는 전방 전황을 들을 때마다 후방에 근무하게 된 것 역시 하나님의 도움이라 여겨 감사해했다. 나는 12월에 들어 일주일간 특별휴가를 얻자 김천시까지는 기차로, 거기서 트럭에 끼여 타거나 걸어서 고향으로 들어가 환란 중에도 몸 상하지 않고 무사히 살아남은 가족과 상면하는 기쁨을 누릴 수 있었다.

  1951년에 들자, 인민군 포로에 보태 중공군 포로가 급격히 늘어났다. 대구 동촌 소재 포로수용소와 여러 곳에 분산 수용되었던 포로를 제주도 다음으로 큰 섬인 경남 거제도에 있는 포로수용소로 소개하게 되었다. 상등병 계급장을 달고 있던 나 역시 국군 경비대원들과 함께 거제도 포로수용소로 이동했다. 내가 거제도에 도착한 직후인 초봄, 해일과 함께 드센 태풍이 있어 텐트막사가 모두 날아가버리자 포로를 동원하여 반영구막사 공사가 시작되었다. 거제도 신현면에 위치한 거제도 포로수용소는 철조망이 겹으로 울을 친 안에 다닥다닥 지어진 포로 막사가 작은 시에 해당될 만큼, 그 규모가 대단했다. 열일곱 개 포로수용소에 수용된 포로 수가 인민군, 중공군을 합쳐 이미 십칠만 명에 이르고 있었다. 투항했든 생포되었든 짧은 기간에 이토록 많은 포로가 생긴 사례하며, 십칠만 명을 한곳에 몽땅 수용하기가 세계 전쟁사에 처음 있는 일일 거라고 미군들이 입을 모아 말했다. 월남 피난민, 남한 피난민까지 거제도로 몰려들었다. 미군의 흥남부두 철수 때 미군 함정으로 실어 나른 피난민 칠만여 명도 거제도에 몽땅 풀어놓아, 거제도 인구가 폭발적으로 불어났다. 외지에서 들이닥친 인구가 이십만 명을 넘어서서, 섬 전체는 때 아니게 '후방의 전쟁터'를 이루었다.

미군이 포로를 심사하여 분류할 때 인민군은 출신지가 삼팔선 이남이라면 SK로 매겨 61, 62, 63…… 이렇게 6으로 시작되는 수용소에 수용했고, 삼팔선 이북 출신자들은 NK로 매겨 7로 시작되는 수용소로 넘겨 수용했다. 중공군 포로는 따로 수용해 별도로 취급했다. 말이 포로지 인민군이 수용된 포로수용소에는 어린애들부터 칠순 노인까지 섞여 있었다. 미군이 피난길에 나선 민간인 어린이나 노인을 첩자로 인식해선 붙잡아와 일단 수용소로 넘긴 탓이었다.

전쟁 수행에 따른 작전권을 미군이 행사하고, 국군은 미군 지휘권에 예속되어 있듯, 거제도 포로수용소 역시 미군 한 개 대대가 열일곱 개 포로수용소를 총괄하여 지휘 감독했다. 국군 경비 병력은 천삼백여 명에 불과했다. 실정이 그렇다보니 한 개 수용소에만도 만 명 내외의 포로가 수용되어 있는데, 열일곱 개 수용소를 다 관장하기란 현실적으로 불가능했다. 더욱 국군은 미군 명령에만 따를 뿐 어떠한 재량권도 없었다. 각 수용소마다 반공포로 중에서 발탁한 정보원을 두고 있었으나 그들 보고만으로는 각 수용소 안에서 무슨 사건과 모의가 일어나고 있는지 파악이 불가능했다. 포로수용소에는 친공포로와 반공포로가 편이 갈라져 실전을 방불케 하는 살육전을 일삼았다. 서로 사제 도끼와 날창, 몽둥이로 대결하다보니 사상자가 속출하여, 타살당한 시신을 나르고 매장하는 일이 포로들 일과 중 하나였다. 그렇게 각 수용소 막사에서는 날마다 쌍방 테러가 발생했으나 국군 경비병은 일체의 자율권이 없었기에 내 몸 상하지 않는 이상 이를 일일이 미군 당국에 보고하지 않았다. 손짓 발짓 해가며 업무보고를 해도 의사소통이 제대로 안 되는 이민족 군인에게 이를 낱낱이 고자질하기에는 그들이 비록 포로의 몸이지만 같은 말을 쓰는 동포였기에 애로가 따랐다.

수용소 철조망 바깥은 포로와 접선하려는 민간인이 날마다 장사진을 쳤다. 피난 나온 민간인도 먹고살아야 했기에 수용소 부근에는 얼기설기 루핑 올린 개딱지 같은 판잣집을 짓고 생존을 위해 전선 못지않은 투쟁으로 날이 새고 저물었다. 민간인이 눈독 들이기는 피엑스에서 흘러나오는 레이션박스와 각종 생필품이지만, 먹다 버린 음식물을 모은 드럼통의 꿀꿀이죽도 이권을 서로 차지하려 아귀다툼을 벌였다. 음식 쓰레기를 재탕해 먹는 꿀꿀이죽이야말로 피난민들에겐 성찬으로 영양보충의 보고였다. 미군 피엑스에서 흘러나오는 제니스라디오를 챙길 수만 있다면 어떤 대가를 지불하든 그만한 횡재가 따로 없었다.

국군 경비병들 눈을 피해 포로에게 지급되는 군용담요, 피복,

일용품들이 철조망 사이로 의약품, 먹거리, 신문 따위와 물물교환되었다. 자연스럽게 수용소 안으로 전시 상황이나 국내외 정치 동향 정보가 흘러들어갔다. 포로들은 자신의 장래 운명이 어떻게 결정될 것이냐가 무엇보다 궁금했기에 바깥 정보 획득에 혈안이 되었다. 수용소를 해방구로 만들기 위해 북조선에서 정치보위부 고급 요원을 포로로 가장하여 잠입시킨다는 정보도 있었다. 한편, 철조망 밖은 각종 현수막과 피켓이 난무했는데, 이를테면 '함남 정평에서 전쟁 직전 입대한 박흥국 가족이 피난 나왔음'이란 글귀를 적어 포로들 눈에 띄게 들고 나섰던 것이다. 가족이 모두 남한으로 피난을 나왔으니 북조선으로 송환되는 줄에 서지 말고 남한에 남는 쪽을 선택하라는 암시였다.

나는 미군의 비호 아래 반공포로가 다수라 그들이 장악한 제63 수용소 경비대에 배속되었으나 실제 업무는 총 메고 경비를 서기보다 미군 돕는 일반 행정이 주 임무였다. 나는 행정실 내무반에서 취침했는데 밤이면 포로 막사에서 들려오는 비명소리에 잠을 설치곤 했다. 처음엔 그 비명의 소재를 확인하기 위해 포로 막사에 들렀다가 기겁하여 뛰쳐나온 적이 있었다. 포로들이 평상에 일렬로 앉아 묵묵히 지켜보는 가운데 친공포로 몇을 발가벗겨 천장 들보에 개잡듯 매달아놓고 시뻘겋게 단 쇠꼬챙이로 고문하는 장면을 본 것이다. 자의든 타의든 인민군으로 입대해서 국군을 상대로 싸운 그들이 어느새 자유민주주의 신봉자가 되었는지, 극우 반공포로들의 작태야말로 전쟁의 광기를 그대로 재현하고 있었다. 고문은 잔혹 그 자체여서 비쩍 마른 친공포로는 악형을 참지 못해 비명을 질러대다 한참 뒤에는 기절하거나 숨이 끊어졌다. 전향하지 않으면 이 꼴이 된다며 발가벗겨 매달아놓고 몽둥이로 사정없이 패서, 그 매질에 타살당하는 친공포로도 부지기수였다. 그러다 보니 포로교환이 실시된다면 내심 북송을 원하는 포로도 침묵으로 일관하거나 반공포로 대표단 지시에 순종하며 몸 사리는 길을 택할 수밖에 없었다. 미군과 국군의 은밀한 지원을 받는 각 막사 반공포로 대표단은 친공포로를 세뇌한다는 명목 아래, 상담을 통한 교화작업은 아예 관심 밖이란 듯 폭행과 고문을 다반사로 행했다. 대한민국에 충성하겠다는 혈서 전향서를 제출해야 고문에서 겨우 풀려날 수 있었다. 고향의 가족 품으로 돌아가기를 원하는 포로들이 인간적인 처우 개선을 요구하며 항의하면 미군은 그들을 가차 없이 집어내어 호된 기합 끝에 영창에 구금하곤 이삼 일간 배식을 중단했다. 영창에서 풀려나오면 그들은 곧 친공포로로 낙인찍혔기에 반공포로의 무작한 작태에 겁부터 먹었다. 오늘밤은 무사히 넘길 수 있을까 하는, 하루하루 생존마저 위태로운 지경이었던 것이다. 친공포로들이 장악한 수용소 역시 반공포로는 '조국의 배신자'로 낙인찍어 쌍방이 똑같은 지옥도를 연출하기는 마찬가지였다.

반공포로 대표단과 행동대로 나선 그 졸개는 포로에게 지급되는 보급품을 착복해 이를 철조망 밖 민간인과 물물교환하여 '부르주아 포로'라는 빈축을 사고 있었다. 이를 보다 못한 나는 국군 경비병에게, 반공포로 대표단이 추종자를 동원하여 친공포로에게 가하는 사형(私刑)을 왜 그대로 방치하며, 그들이 저지르는 부정행위를 묵과하느냐고 따졌다. 국군 경비병 대답이, 하룻밤 새 한두 건도 아니고 수십 건씩 그런 일이 발생하니 일일이 나설 수 없고, 반공포로 대표단은 미군 명령에나 절절 길까 아무 권한이 없는 국군 말은 귀 밖으로 듣는다 했다. 사실 미군 당국은 반공포로 대표단을 우군 전위대쯤으로 여기고 있는지 그들이 저지르는 그런 짓거리를 모른 척 방치하고 있는 실정이었다.

친공분자라고 낙인찍힌 포로들이 당하는 고통에 같은 민족 구성원인 나는 동정심을 억제할 수 없었으나 한갓 국군 졸병으로서 할 수 있는 역할은 아무것도 없었다. 그런 사태를 수시로 목격하다보니 나는 1929년에 제정된 제네바협약의, 포로들은 어떠한 경우라도 인간적인 대우를 받을 권리가 있다는 국제규약이 거제도 포로수용소에서는 휴지조각에 불과함을 알았다.

한번은 내가 행정반에서 같이 일하는 리차드 중사에게, 포로수용소 실태가 성경 속의 연옥을 방불케 한다고 말한 적이 있었다. 그 말에 리차드는, 이름도 처음 들어본 코리아란 조그만 나라의 자유민주주의를 지켜주려 태평양을 건너온 미군 사망자가 조만간 삼만 명을 넘어설 거라며, 우리가 무엇 때문에 코리아전쟁에서 이런 희생을 치러야 하느냐고 되물었다. 그리고, 제 나라 자유민주주의조차 지킬 힘이 없기에 이를 도와주러 왔다 포로가 된 미군이 공산주의자들로부터 당할 학대는 조금도 생각지 않느냐고, 오히려 내 말에 분개했다. 그렇다고, 당신이 보다시피 날마다 수백 대씩 출격하는 항공 폭격으로 적군이 아닌 아녀자, 노인, 어린아이를 포함한 민간인들을 어떻게 그렇게 무차별 학살할 수 있느냐고 차마 따질 수는 없었다. 이번 전쟁에서 미군 삼만여 명이 희생당했다면, 마구잡이식 미군의 항공 폭격에 희생당한 민간인 수는 그 열 배가 넘을 터였다. 예수가 원수까지 사랑해야 한다고 가르쳤는데 미국이 과연 기독교 정신을 올곧게 실천하는 정의로운 기독교 국가가 맞느냐고 질문한다면 그가 덤빌 듯이 화를 낼 게 뻔했으므로 입을 다물 수밖에 없었다. 나와 리차드 중사가 이번 전쟁을 두고 서로의 견해가 다르듯, 종교와 전쟁이 명분을 두고 자기주장만 내세운다면 역시 견해차가 날 게 뻔했다.

남한이 혈맹이기에 정의의 십자군으로 참전했다는 미국의 주장과, 미국의 참전은 강대국의 약소민족 내정간섭이라는 친공포로 대표단의 주장 사이에 건널 수 없는 피바다, 연옥이 있음을 나는 차츰 인식하게 되었다. 그래서 자유민주주의든 공산주의든 사상이나 이념이란 말 자체에 환멸을 느꼈다. 내가 할 수 있는 건, 주일에 야외 천막교회에서 예배를 볼 때, 반공포로든 친공포로든 어느 줄에 섰다는 이념부터 내세우지 말고 쌍방이 전쟁에 상처 입은 피해자로서 형제적 우애를 나누게 해달라는 기도가 고작이었다. 그런 기도도 당면 현실에 적극적인 대안이 못 되는 허사(虛辭)에 지나지 않음을 알았기에, 나 자신이 생각해도 진정한 울림이 없는 읊조림이었다. 이 피비린내 나는 땅을 하나님이 지금 심판하신다고 생각하자 내 종교적 열성도 위축될 수밖에 없었다.

그해 6월부터 미국과 북한 당국이 전쟁 종식을 위한 휴전회담을 시작했다. 그 소식이 거제도 포로수용소에도 전해지자 휴전협정 체결과 더불어 포로교환이 시작될 것이란 기대 아래 친공포로가 장악한 제76, 77, 78수용소가 술렁이기 시작했다. 일명 '용광로'란 이름으로 '해방동맹'을 조직한 친공포로들은 각 수용소와 연락망을 구축해놓고 결속력을 다지려는 목적으로 군사행동부, 정치보위부, 민청, 당간부학교를 조직하여 정비하는 한편 정치학습에 열을 올렸다. 반공포로를 감싸고 친공포로를 학대하는 미군 당국의 차별대우도 분노의 대상이었지만, 반공포로들이 친공포로들에게 저지르는 야만적 행위를 더 참아내지 못하던 상황에서, 9월 17일 친공포로들이 장악한 제76, 77, 78수용소, 제60장교수용소가 반공포로 삼백여 명을 인민재판에 부쳐 처형해버린 사건이 발생했다. 미군이 제76수용소를 봉쇄하자 저들은 막사 밖에 인공기를 내걸고 '적기가'를 부르며 항쟁을 계속하여, 사흘 동안을 저들 해방구로 만들었다. 6으로 시작되는 수용소들과 제73, 74, 81, 82, 83, 94, 96수용소는 반공포로가 득세했기에 별다른 동요가 없었다.

  미군이 포로를 분류할 때 출신 지역별인 SK, NK로 분류할 게 아니라, '투항 귀순자'와 '일반 포로병'으로 분류했어야 했는데, 이념 성향이 다른 자들을 마구 섞어 출신지별로 나누어 수용했던 잘못이 그런 사태를 일으킨 원인이었다. 친공, 반공 사이의 충돌에 따른 난투극은 그칠 날이 없었다. 한때는 생사고락을 같이 한 전우였음에도 포로 신세가 되자 이념을 빙자해 제 살길을 찾아 불구대천의 원수가 되었다. 이념이 다르다고 때려 죽여 수용소 흙바닥에 암매장하거나 시신을 갈가리 찢어 쓰레기에 섞어 반출하는 등 수용소 안이 무법천지였으니, 미군의 포로수용소 관리가 그만큼 방만하고 허술했다.

한마디로 미군 눈에 비친 한국인 포로는 저들이 치른 남북전쟁 이전의 흑인 노예처럼 미개국 인종으로밖에 보이지 않는 모양이었다. 철조망 안에 갇힌 굶주린 짐승들이 약육강식의 이치대로 제 목숨 유지하겠다고 서로가 서로를 뜯어먹든 말든 방치하고 있는 실정이었다. 한편, 한정된 병력으로는 그 정도의 치안 유지조차 힘에 겨울 수밖에 없기도 했다. 예상을 훨씬 초과해 한꺼번에 밀어닥친 십칠만 명이란 엄청난 포로를 소수 병력으로 관리하며 먹이고 입히는 일만도 미군 당국으로서는 사실 벅찼다. 상부에 경비 병력을 충원해달라, 보급품을 더 보내달라는 주문으로 무전기와 야전용 전화기가 불이 날 지경이었다. 그러다 보니 수용소를 총괄하던 미군 당국은 수용소 안의 만성화된 소요사태와 살상의 참극에 대해 대외적으로 정보가 유출되는 것을 막기에만 급급했다. 세계 각국에서 한국으로 들어와 전쟁 상황을 경쟁적으로 취재 중인 언론기관 특파원의 귀에 언제 흘러들어갈지 모를 상황이므로, 미군이 포로를 비인간적으로 관리한다는 여론의 몰매를 맞을까봐 전전긍긍했다.

나는 연옥과 다름없는 포로수용소 안의 실태를 보며, 미군의 포로 관리에도 분개했지만 이념전쟁이 낳은 광기로밖에 보이지 않는, 오직 이념이 다르다는 이유만으로 동족이 동족을 무차별 죽이고도 아무런 죄책감을 느끼지 못하는 생지옥에 치를 떨었다. 나는 이제 우편도, 그렇다고 좌편도 아닌, 그 중간에서 회의하며 떨고 있는 나 자신을 발견했다.

5월 7일, 거제도 포로수용소 소장인 도드 준장이 친공포로가 장악한 제76수용소 포로대표단 대변인으로부터 면담을 요청받고 이에 응했다가 오히려 포로들에게 납치되어 구금당하는 사건이 발생했다. 도드 준장을 감금한 친공포로 대표단은 '조선인민군 및 중화인민의용군 대표단'의 이름으로 4개항의 요구 조건을 제시했다. 야만적 행위, 모욕, 고문, 감금, 학살을 중지하고 국제법에 의해 포로의 인권과 생명을 보장할 것, 불법적 자유송환을 즉각 중지할 것, 수천 명 포로들을 불법적으로 재무장하여 노예화하기 위한 강제심사를 즉시 중지할 것, '포로대표단'을 인정하고 긴밀히 협조할 것 등이었다. 미국은 도드 준장을 구출하기 위해 포로대표단 이름의 4개항 요구 조건에 굴복하는 서명을 해야 했다.

도드 준장 사건을 계기로 수용소 주변 민간인 이천백여 가구에 소개령이 내려졌다. 수용소 주변의 민간인을 통해 군사 정보가 수용소로 흘러든다는 판단에서였다. 북에서 내린 지령을 포로대표단이 접수하여 이를 토대로 저항의 고삐를 잡아챈다는 반공포로의 투서와 밀고도 있었다. 도드 준장 후임으로 부임한 보트너 준장은 좌익포로들의 아지트 격인 제76수용소의 해체 이전작전에 들어가 미 제187공정대와 제38보병연대를 동원했다. 낙하산부대와 탱크부대가 제76수용소 안으로 진입했으나 친공포로 천오백여 명은 수용소 안의 참호 속에서 끝까지 항복을 거부하며 사제 무기로 항전에 임했다. 그런 극단적인 대립은 총을 가진 쪽이 이기기 마련이라 비무장 상태의 포로들만 희생될 수밖에 없었으니, 포로 서른네 명이 죽고 백삼십여 명의 부상자가 났다.

 이 사건이 있고 나자 미군 당국은 포로를 한곳에 집중적으로 수용할 게 아니라 소규모로 분산 수용한다는 방침을 세워 막사를 새로 건설하여 십칠만 명의 포로를 오륙백 명씩 분산 수용했다. 그제야 미군 당국은 자신들의 실책을 깨닫고 개인 면담을 거쳐 심사한 뒤 반공포로와 친공포로를 분리하는 작업에 착수했다. 반공포로들을 영천, 부평, 마산, 논산, 가야 등지로 분산 이동시키는 계획을 진행 중일 때, 10월 1일 제주도 포로수용소에서 포로들이 폭동을 일으켜 미군이 이를 무력으로 진압하는 과정에서 포로 마흔다섯 명이 사망하고 백이십 명의 부상자가 생겼다. 이에 당황한 미군 당국은 포로 이동 작업을 서둘렀고, 일차로 마산 포로수용소에 억류되어 있던 민간인 만여 명을 석방했다.

 용초도 용호리 해안을 낀 경사도 밋밋한 개활지에 포로수용소가 생기기는 1952년 그해 11월 중순이었다. 한려수도에 널린 크고 작은 섬 중 하나인 용초도는 오백여 주민이 어업과 농업에 종사하고 있었다. 용초도 포로수용소로 전속 명령을 받은 나는 미군 수송선 LST에 미군 2개 중대, 국군 4개 중대, 기타 지원부대원, 인민군 포로 삼천사백여 명과 함께 거제항에서 출발하여 용초도 용호리로 떠났다. 우리가 용초도에 도착했을 때는 이미 수용소가 들어설 터가 군에 징발되어 미군 불도저들이 평지 작업을 하고 있었다. 포로들은 도착 즉시 임시 천막막사를 치고, 이튿날부터 자기들이 기거할 반영구막사 건설 작업에 동원되었다. 문제는 이들 모두가 심사 과정에서 조건 없는 북송을 강력히 주장한 친공포로라는 점이었다.

추위가 닥쳐오고 바닷바람이 몰아쳐 막사 건설 작업이 순조롭게 진척되지 못했고, 거기에다 보급품이 제때 지급되지 않아 포로들은 추위와 굶주림에 떨며 노역을 하게 되었다. 그러잖아도 미군에 대한 적개심과 불만에 쌓여 있던 포로들의 집단 항의가 터져 나왔다. 포로들은 '우리는 짐승이나 노예가 아니다', '제네바협정을 준수하라'며 연좌데모에 들어갔다. 미군 수용소장 제임스 중령이, 항명하는 자는 사살한다고 엄포를 놓자 포로 대표인 전 정치보위부 간부 출신이, 미 제국주의 군대는 침략자며, 민족 내부 문제에 무력으로 개입한 미 제국주의 군대의 명령을 받을 의무가 없다는 요지의 발언을 했다. 포로들이 일제히 이에 동조하여 미군에 야유를 보냈다. 미군과 국군 경비대가 무력으로 제압한다면 모를까, 다수가 뭉친 포로들의 결속을 명령만으로는 와해시킬 수 없었다. 수용소장은 원리원칙주의자라 포로 중에 앞장서서 항명하는 자나 이를 선동하는 자는 본때를 보인다며, 선동자를 추려내어 알몸으로 연병장에서 기합을 주었다. 중징계에 해당되는 자는 즉각 영창에 구금시키고 급식을 중단했다.

12월에 들어 반영구막사가 완성되어 입소식을 가진 날, 수용소장의 인사말이 있자 포로들이 그 말을 듣지 않겠다고 귀를 막아 경비하던 미군이 공포를 쏘아대는 소동까지 벌어졌다. 이런 사태의 극단적인 사례는, 12월 14일 한산도와 인접한 추봉도 봉암리에 있던 봉암 포로수용소에서 터졌다. 용초도 포로수용소 경우처럼 역시 친공포로로 분류되어 거제도 수용소에서 이송되어 여섯

개 막사에 수용되었던 포로 삼천육백여 명이 북으로의 즉각 송환을 요구하며 대규모 시위를 벌였던 것이다. 수용소장 미군 밀러 중령이 해산을 명령하자 포로들은 투석으로 응전했다. 미군 경비병이 수용소 안으로 진입하여 무차별 발포로 포로 여든두 명이 사살되고 백이십 명의 부상자가 생김으로써 소요사태가 가까스로 수습되었다.

  비교적 순탄하게 군대 생활을 해온 나로서는 용초도 근무가 그 어느 때보다 정신적으로 피곤했다. 행정병으로 미군 사무에 협조하지 않을 수 없었고, 그렇다고 같은 동포인 포로를 대하면 솟구치는 연민을 억제할 수 없었다. 겨울이 닥쳤는데 모포 하나 둘러쓰고 추위를 이겨내는 초라한 몰골의 포로들 신세가 가여웠다. 제때 깎지 못한 까치머리에 더부룩한 수염투성이 포로들이 추위를 무릅쓰고 작업하는 모습이나 한가한 짬에는 볕을 쬐며 이를 잡는 장면은, 성경 구약에 나오는 애급 땅에서 노예 생활로 학대받던 이스라엘 민족이 연상되었다. 겨레붙이로 일제 식민지 시절의 고통을 함께 견뎌낸 동족인데 이념이 무엇이기에 자기 쪽 이념을 좇아 피터지게 싸운 끝에, 끝내 이민족 총칼 아래 갇히는 신세로 전락했는지, 생각할수록 괴로움으로 마음의 부채가 쌓여갔다. 동족이 동족을 죽이는 행위만은 어떤 명분으로도 정당성이 성립될 수 없기에, 구제되기 힘든 미련한 민족의 소속원이란 점이 부끄러웠다. 한편, 우리 민족에게는 가해자요 세계대전에서 패전국으로 전락한 일본은 강대국 통치를 면했고, 수난 받은 우리 민족은 왜 남북으로 찢어진 끝에 또 이런 시련을 받아야 하는지,

이 나라의 슬픈 운명에 낙담했다.

일과가 끝난 저녁 시간이면 미군들은 피엑스에서 곧잘 떠들썩한 술판을 벌였다. 그들은 유성기를 틀어 자기네 노래를 합창하며 위스키에 취해 전쟁의 불안과 이국 땅 작은 섬에 유폐된 단조로운 일상을 잊으려 했다. 어쩌다 나도 거기에 끼이면 그들이 권하는 술을 사양하지 않게 되었다. 타국 땅 전쟁에 참전한 미군이 취흥으로 향수를 달랜다면, 나는 하나님조차 외면한 피비린내 나는 땅의 사병으로서 겪어내는 심적 갈등을 잊으려 술에 취했다. 교인이 술에 취하면 안 된다는 한국 교회의 금기를 나 스스로 깨버렸다. 예수도 포도주를 마셨다는 어느 미군 말에, 로마 압제를 받는 동족을 보며 그분도 그 괴로움으로 술을 마셨을 것이라고 나 자신도 이를 합리화했다. 살육의 현장인 비참한 조국 현실과, 운이 나빠 징집되어 와서 '더러운 피로 샤워한다'며 이 땅과 이 땅 사람을 깔보는 미군들을 보며, 하나님이 하시는 일은 다 정의롭다는 섭리에 회의했다. 어서 빨리 휴전협정이 조인되어 남에 있는 포로는 북으로, 북에 있는 포로는 남으로 송환되기만을 기다렸다. 그런 날이 빨리 와야 나도 군복 벗고 고향으로 돌아갈 수 있고 학업을 계속할 터였다.

미군이 중심이 된 연합군과 이를 상대하는 중공군의 대리전 양상으로 변한 전쟁은 중부전선에서의 살육전이 계속되는 가운데 1952년도 저물어갔다. 12월 중순에 이르자 통영에서 발동선 뱃길로 한 시간 남짓 걸리는 한산도 아래쪽 용초도에 포로수용소가 세워졌다는 소문이 내지로 흘러들어가, 엄동 절기의 매운 해풍을 무릅쓰고 수용소 철조망 바깥에서 서성거리는 민간인 수가 차츰 늘어났다. 그들은 현지 섬 주민이 아니라 용초도로 들어온 난민들이었다.

내륙 끄트머리에 위치한 통영 아래 바다에 크고 작은 섬이 널렸는데 큰 섬은 한산도와 욕지도, 미륵도를 꼽을 수 있고 그 사이 큰 마을이 있는 섬만도 추봉도, 사량도, 용초도, 비진도, 죽도, 매물도, 연화도, 두미도 등이 있었다. 남한에서 남으로 피난 나왔던 사람들은 수복된 고향으로 다들 돌아갔으나 월남민은 어디든 객지에 삶의 닻을 내려 생계를 꾸려나가야 했기에 어쩌다 떼밀려 섬 구석까지 들어오게 된 것이다. 다른 섬에도 월남 난민이 들어왔으나 용초도까지 흘러들어온 난민 중 절반은 저마다 절실한 사연을 간직하고 있었다. 북에서 인민군으로 징집되어 전선으로 떠난 가족 중 일원이 포로가 되었다는 소식을 풍문으로 전해 듣고 거제도 포로수용소 바깥에서 기약 없이 장맞이하다 포로수용소가 전국 각지로 분산되어버리자 각 수용소마다 찾아다니는 철새 난민들이었다. 그들은 낮이면 철조망 밖 한데서 찬바람 마다않고 가족 인적사항이 적힌 피켓을 들고 하루해를 보내곤 했다. 그들은 나름대로 수용소에서 흘러나온 각종 정보를 수집해 바닷길 험한 용초도까지 들어왔기에, 자기 자식이나 남편이 용초도 수용소에 있다는 신빙성 떨어지는 확신을 무슨 부적처럼 품고 있었다.

거제도 포로수용소 국군 경비병들이 수용소 밖으로 나가면 난처한 처지를 겪게 된다는 말을 나는 용초도에 와서 실감하게 되었다. 국군이 포로수용소 정문 밖으로 나서면 대기하던 난민들이

팔소매에 매달려, '여기에 포로로 수용된 우리 아들, 우리 남편한테 가족이 남한으로 피난 나왔다'는 소식을 전해달라고 인적사항 적은 쪽지를 내밀었던 것이다. 수용소 안에서 발생되는 어떠한 상황도 이를 외부로 유출해서는 안 된다는 엄명이 미군 당국 내부규정으로 하달된 터요, 그 많은 포로 신원을 일일이 확인할 수 없음에도, 난민 입장에서는 지푸라기라도 잡고 싶은 절박한 마음이었다. 포로 가족을 수소문하러 철조망 바깥에 대기하는 난민들 말이 이러했다. 용초도에 수용된 포로는 북조선에 있는 가족과 상봉하러 북송을 원해 친공 대열에 낀 모양인데 북조선으로 가봐야 가족이 남으로 내려왔는데 어떻게 상봉할 수 있겠느냐는 것이다. 그들이 딱한 사연을 눈물범벅으로 통사정할 때는 나도 마음이 찡하게 아렸다.

나는 그들이 하소연하는 마음을 이해했고, 행정병으로 포로의 신원 자료를 미군 눈치 보아가며 열람 정도는 할 수 있었기에 가능한 한 그 청을 들어주기로 작심했다. 공산주의를 철저히 신봉하는 당성 강한 포로라면 혈연에 앞서 북송을 고집할 수도 있겠으나 강철 같은 이념주의자일지라도 피붙이만은 어쩔 수 없기에 가족이 남한으로 내려와 있다면 북송을 포기할 수도 있을 거라고 믿었던 것이다. 그러나 내가 이를 이행하는 데는 적잖은 위험부담이 따랐다. 이를테면 남한으로 내려온 가족을 미끼로 전향 설득을 펼쳐야 했기에 첩자로 오인받아 포로 행동대원으로부터 불시에 사제 칼침을 당할 수 있었다. 한편, 미군 측에서 보자면 정보 유출에 따른 이적행위로 처벌 대상이었다. 나는 이미 우도 좌도 아닌, 그 경계선에 선 입장에서 그런 위험을 감수하기로 작정했다. 그래서 월남 난민이 준 쪽지를 근거로, 과연 난민이 지목한 포로가 수용소에 있는지부터 확인해보았다. 포로 인사기록철을 들추면 난민이 지목한 포로의 출신지와 이름을 찾아낼 수 없는 경우가 다반사였다. 월남민이 엉터리 정보에 의지해 용초도로 들어왔던 것이다. 쪽지를 건네준 민간인을 만나 수용소 안에 그런 인적사항의 포로가 없다고 알려주면 이튿날로 그들은 수용소 주변에서 얼쩡거리지 않았다.

1953년 1월 중순 들어 내가 수용소 밖에서 만나게 된 한 월남 난민 가족이 최여사 모녀로, 딸 이름은 송순임이었다. 모녀 역시 가족 중 일원이 용초도 수용소에 있다는 정보를 갖고 섬으로 들어온 이들이었다. 모녀가 수소문하고 있는 포로 된 자는 평양 태생의 송시혁으로 스물네 살의 인민군 위관급 출신이었.

송씨 집안은 일제 때 평양 역전에서 여관업을 했는데 주요 고객이 경성에서 출장 나온 일본 관리들이었다. 해방이 되어 공산 정권이 들어서자 친일 모리배 부르주아라 하여 집안이 평양 근교 강서 집단농장으로 강제이주를 당했다. 평양고보를 중퇴하고 집단농장에서 일하던 송시혁은 당증을 받아 실추된 명예를 회복하겠다며 1949년 여름에 인민군 입대를 자원했다. 이듬해 전쟁이 나자 강서에 있던 군수품 공장에서 실밥 따는 일을 하던 송순임은 일제 때 평양에서 중학교 이학년까지 다녔던 학력 덕에 간호보조원으로 차출되어 평양 외곽에 있는 군 종합병원에서 근무하게 되었다. 8월로 접어들자 전선으로부터 많은 부상병들이 후송

되어 왔는데 순임은 허리에 총상 입은 부상병을 통해 전선에 나간 오빠 소식을 듣게 되었다. 부상병은 시혁이 있던 중대의 전사였는데, 미군과 맞붙은 창녕전투에서 중대가 고립되어 그중 소대 병력 정도만 퇴로를 뚫고 탈출에 성공했다는 것이다. 빗발치는 총탄을 피해 사지를 탈출할 때 송시혁 부중대장을 보지 못했기에 부대원들과 함께 옥쇄했거나 포로가 되었기 십상이라고 부상병이 말했다. 인민군이 평양을 비우고 퇴각할 때 순임은 후퇴하는 병원 대열에서 이탈하여 강서에 있던 가족과 합류했다. 중공군 참전으로 연합군이 밀리자 그해 11월 가족이 피난길에 나섰다. 가족이 황해도 사리원까지 내려왔을 때 평소에도 지병이 있었던 순임 아버지 송씨가 추위와 노독이 겹쳐 심근경색증 악화로 객사했고, 모녀만이 피난민 대열에 섞여 부산까지 내려왔다고 했다. 모녀는 시혁의 행방을 수소문하러 거제도 포로수용소 주위를 피켓 들고 장맞이하다 철조망 주변에서 사역하던 포로가 당 간부인 송시혁 이름을 알고 있었기에, 모녀는 혈육이 제78수용소에 갇혀 있음을 알게 되었다. 최여사가 제78수용소에 근무하는 국군 경비병을 매수했는지 어쨌는지, 시혁이 용초도 수용소로 이송되었음을 알고 찾아왔다니 상당히 정확한 정보를 확보하고 있던 셈이었다.

  내가 포로 인사기록철을 확인해본 결과 송시혁이란 포로가 제4막사에 수용되어 있었다. 그는 인사기록철 상단에 별도로 표시되는 붉은 글자인 A급 분류자로, 인민군 군관 출신이었다. 가장 위험한 인물은 A로 표시하여 별도 취급했던 것이다. 기회를 벼른 끝에 어느 날 점호시간이 끝난 뒤, 나는 조사할 게 있다며 시혁을 행정실로 조용히 불러냈다. 보통 체격에 용모 반듯한 시혁은 첫 대면부터 미군 군복을 입은 나에게 거부반응을 나타냈다. 영양결핍으로 포로들 외양이 다 그렇지만 그의 움푹 꺼진 눈은 적의로 타올랐고 굳게 다문 입은 좀체 말문을 열지 않았다. 나는 그에게, 어머니와 누이가 평안도 강서에서 피난을 나와 지금 철조망 밖 민가에 있음을 알렸다. 평소 아들이 아버지를 존경했기에 사망 소식을 알리면 심적 타격이 클 테니 아버지는 부산 국제시장에 정착해 밀가루 소매점방을 열고 있다고 전하라는 최여사 말을 나는 시혁에게 그대로 옮겼다. 최여사가 딱 부러지게 말하지 않았으나 피난 도중 객사한 송씨가 일제 때 여관업을 하며 적잖은 금붙이를 모았고 피난길 나섰을 때 이를 지참했음을 나는 어림짐작하고 있었다. 민가 방 하나를 사글세로 얻은 점이나 생계를 유지하러 모녀가 험한 바다 일에 품을 팔지 않았고, 지참한 물건을 팔러 선창거리 난전에 얼쩡대지 않는 점이 그러했다.

송시혁이 처음에는 어머니와 누이가 철조망 밖 민가에 있다는 말을 못 믿어 하는 눈치였으나 내가 모녀의 인상을 설명해주자 수긍하듯 머리를 끄덕였다. "원쑤놈 날틀 폭탄 피해 피란 나셨을 수두 있었갔디요. 그러나 왜 남조선까디 내래왔는디 모르갔시오." 시혁의 첫마디가 냉담했다. 인민군 입대 후 당의 소양교육을 충실히 이수했는지 그가 지닌 확고한 사상관은 흔들림이 없었다. 그가 속사포로 말했다. 나를 물질을 우상으로 섬기는 자본주의 잣대로 교육시키려들지 말라. 당신들이 어떤 감언이설로 나를 꾀어도 내 신념에는 변함이 없다. 시혁은 나를 입막음하려는 듯 자신을 소개하며, 일개 인민전사로 입대했으나 투철한 당성과 충성심을 인정받아 525부대(제3군관학교) 단기반을 거쳐 위관급인 '소성 둘' 군관으로 조국통일전쟁에 참전했다고 당당히 말했다. 보태어, 자신은 미제 식민지로 전락한 부패한 남조선 사회보다 만민 평등주의를 실현한 북조선공화국에 봉사함을 영광으로 알고 있으며, 자력으로 민족통일전쟁을 수행한 북조선공화국이야말로 반도 땅에 유일한 정통 국가이기에 불명예스럽게 포로가 되었을 망정 조국으로 송환되기를 지금도 변함없이 적극 요구한다고 말했다. 한번 말문이 터지자 시혁은 자기 입장을 스스럼없이 단호한 어조로 밝혔다. 가족이 설령 남으로 왔다 해도 북송 요구를 변경할 마음이 추호도 없으며, 그것은 동지를 배반하는 처사이므로 더더욱 있을 수 없는 일이라고 했다. 나는 송시혁이 공산주의 이념으로 무장된 A급 포로여서 그렇게 버텨낼 수 있음도 예측했기에 첫 대화는 상대방 마음을 확인하는 정도에서 끝났다.

며칠 뒤 나는 제4막사를 경비하는 동향 출신인, 흔히 하는 말로 '빽'이 좋아 후방에 떨어진 박일병에게 월남민 모녀의 딱한 처지를 이해시키곤 협조를 부탁했다. 나는 시혁의 모친이 쓴 간곡한 사연이 담긴 편지를 다른 포로가 눈치 채지 않게 전달해달라고 박일병에게 맡겼다. 최여사가 쓴 편지의 마지막 구절이 내 코끝을 시큰하게 했다. '집안에서 하나뿐인 아들 시혁이 네가 남조선에 남지 않겠다면 나를 너와 함께 철사줄에 묶어 북송을 택하든지, 그렇게 못한다면 이 어미는 아들과 헤어져 살 수 없으니 목숨을 끊는 길밖에 없다.' 시혁은 모친 편지를 전달받았을 텐데도 침묵으로 일관하며 아무 반응을 나타내지 않았다.

나는 송시혁에게 편지를 썼다. 남한 사회의 부정적인 측면인 지도층의 부정부패, 빈부 격차, 빈곤한 농촌 실정, 도시민의 고용 불안 등을 인정할 수 있으나 누구에게나 자신의 노력 여하에 따라 성공이 보장되는 자유민주주의 체제가 가진 여러 장점도 있다며, 현재의 모순을 극복할 수 있는 전망에 대해 내 소견을 피력했다. 거기에 보태어, 어떤 이념도 궁극적으로는 개인의 행복권을 보장해주는 데 우선해야 하며, 그 단서는 가족으로부터 출발한다, 그러므로 가족, 곧 가정을 해체시키고 그들 눈에 눈물짓게 하는 이념이 있다면 어떤 명분을 내세우더라도 그 이념을 옳다고 말할 수 없

…… 나는 이런 내용의 편지를 박일병 편으로 시혁에게 전달했다. 그때서야 시혁이 박일병을 통해 모친 앞으로 답장을 보내왔는데, 자식 된 도리로 어머니의 간절한 마음을 이해할 수 있고 가족을 만나고 싶은 마음 또한 간절하나 자신의 신념을 저버릴 수 없기에 북조선공화국으로 갈 수밖에 없으니 불효를 용서해달라고 썼다. 그의 편지 마지막 구절이 이랬다. '통일되는 그날, 우리 가족은 기쁨으로 얼싸안고 삼천리 방방곡곡이 떠나가게 만세를 소리 높여 부를 수 있을 것입니다. 통일혁명 완정의 그날까지만 모든 고난을 참으시고 건강에 유념하여 부디 살아 계십시오.'

아들 편지를 읽은 최여사가, 아들 마음을 어떻게 하면 돌릴 수 있겠느냐며 나를 붙잡고 대성통곡했다. 아들을 철조망까지 불러

내어 이 어미를 만나게 해달라고, 그러면 자기가 직접 설득해보 겠노라고 내게 매달렸다. 그러나 나로서도 그런 일은 능력 밖이었고, 모친의 감정적 호소에 아들이 설득당할 것 같지도 않아 보였다. 시혁 가족이 수용소 밖에 대기 중이란 사실이 동료 포로들에게 알려지면 시혁이 반동적 개인주의자로 몰려 저들 규율에 따라 인민재판에 회부될 수도 있었다. 요컨대 송시혁의 마음이 문제였다. 그가 마음을 바꾸어 반공포로로 돌아선다면 미군 심문관과 직접 면담을 주선해 최소한 반공포로가 수용된 수용소로 빼돌릴 수 있겠는데, 그럴 가능성이 희박했던 것이다. 박일병 말에 따르면 최근 시혁의 태도가 더욱 강성 극좌로 돌아서서 저들 정치학습 교관으로 나서, 북조선으로 돌아가야 할 당위성을 설파하고 '적기가' '인민항쟁가'를 선창하며 임전태세를 독려하고 있다고 했다. 자기 이념을 더욱 견고히 강화하는 시혁과, 아들의 남한 정착을 설득해달라는 최여사 사이에 끼인 내 입장이 갈수록 난처해졌다.

내가 송시혁 문제에 그렇게 적극적으로 나서게 되기는 철저한 이념주의자인 시혁을, 고착화된 이념보다 궁극적으로는 공동체적 사랑이 더 중요한 만큼 그 사랑의 힘을 통해 가족과 만나게 하려는 뜻도 있었지만, 또 다른 측면에서는 내 마음이 순임에게 기운 때문이었다. 산골 태생인 내가 도회지로 나와 학교 물을 먹었다고는 하나 사회생활 경험은 우물 안 개구리 수준에 지나지 않았다. 더욱 어머니와 누이동생 외 다른 여자는 알지도 못하는 숙맥이었다. 그런 내가 스물한 살 나이에 난생처음 이성을 느꼈고,

첫사랑의 달콤한 감상에 젖어보기 또한 처음이었다.

이게 바로 사랑의 감정이구나, 하고 내가 분명히 감지하기는 2월 중순, 꽃눈이 부름켜로 부풀기 시작하는 동백나무숲 앞에 모녀를 세워놓고 사진 찍을 때였다. 그전까지 내 눈에 비친 순임은 난민들의 행색이 그렇듯 낡은 외투 걸친 추레한 입성에 핏기 없는 헬쑥한 얼굴로, 고개를 숙인 채 별말 없이 제 엄마를 그림자처럼 따르던 평범한 처녀에 불과했다. 그런 순임이 내일은 사진기를 가져와 모녀 사진을 찍어 시혁에게 전달하겠다는 말에, 이튿날 외투를 벗고 치마저고리로 치장하여 제 엄마를 따라 나왔다. 처음으로 머리꼭지까지 늘 두르고 다니던 보푸라기 핀 털목도리를 벗고 두 가닥으로 땋은 머리칼을 어깨 앞에 늘인 순임이 땟물 씻어낸 맑은 얼굴로 포즈를 취했을 때, 내 눈에 여태까지와 다른 열아홉 살 순임의 모습이 꽃처럼 피어났던 것이다. '새첩다'는 표현이 어울리는 용모와 그녀의 여성다움이 불화살이 되어 내 마음 한가운데에 꽂히는 순간이었다.

2월 중순에 들자 남도 섬에도 봄기운이 느껴지기 시작했다. 양지 쪽에는 풀이 연약한 파란 촉수를 내밀고, 쑥이며 각종 들나물이 돋아났다. 바닷바람이 아직도 차가운데 섬 계집아이들이 들나물을 뜯으려 바구니 들고 양지녘을 찾았다. 수용소 철조망 밖 해안가 벼랑 앞의 동백나무숲은 꽃망울을 터뜨렸다. 한밤중에 숯불을 보듯 진자주색 꽃이 푸른 잎사귀 사이 촘촘히 얼굴을 내밀었다. 순임에게 온통 정신이 빼앗긴 나는 갖은 이유와 핑계를 대어 틈만 나면 외출을 나와 용호리에 방 한 칸을 얻어 피난살이하던 순임을 동백나무숲으로 불러냈다. 최여사는 내가 순임을 좋아함을 눈치 챘으나, 내가 아들에 관한 새로운 정보를 가지고 나왔을지 모르고 아들을 가족 품으로 돌려받자면 그런 교제쯤 묵인할 수밖에 없다고 판단했는지 딸의 외출을 묵인했다.

그때까지 시혁과 모친 사이에는 팽팽한 긴장이 그대로 유지되고 있어, 내가 순임을 불러내어 동백나무 숲길을 산책할 때도 오빠에 대해 특별히 전해줄 소식이 달리 없었다. 순임을 앞에만 두면 마음만 설레었다. 포로의 집단행동은 용납될 수 없다는 수용소장 명령에도 불구하고 포로들이 막사 안에서 군사훈련을 실시하고 있으며 오빠가 그 훈련 교관으로 나서고 있다는, 순임이 듣기에 불편한 소식을 전하는 정도가 고작이었다. 순임은 내게 엄마가 뱃사람 한 분과 교섭하여 거룻배 한 척을 수배해놓았다는 말도 했다. 그즈음 나는 송시혁을 납치해선 수용소에서 빼내어 모녀와 함께 거룻배 편에 불과 일 킬로 바다 건너 빤히 보이는 한산도 죽전리 포구로 탈출시킬 계획을 최여사와 의논 중에 있었다. 박일병의 도움을 받아 설령 그런 모험을 감행하더라도 그 실현 가능성은 미지수일뿐더러, 만약 미군 당국이 이를 인지한다면 나는 구류 이상의 중징계를 면할 수 없었다. 더욱 송시혁은 A급으로 분류된 인민군 군관 출신이었다. 저돌적 강심장의 소유자가 아닌 내가 어쩜 무모하기까지 한 최여사의 그런 계획에 동조하게 되기까지는 두 가지 이유가 나를 적극 나서보라며 등 떼밀고 있었다. 반공포로 대표단과 그 하수인들의 극우적인 사고관이 그렇듯, 그 대칭 지점에 시혁과 같은 극좌 이념주의자가 있었다. 그런 극단적 이념주의자를 내가 말이 아닌 강압적 행동으로라도 꺾을 수 있음을 보여주고 싶었다. 다른 한편, 순임이 간절히 원하는 것이라면 어떤 일도 감수할 수 있을 만큼 그녀가 내 마음에 차지하는 자리 또한 컸다. 사랑에 눈이 뒤집혀버리면 사랑의 대상 이외 아무것도 보이지 않는다는 말처럼, 나는 사랑에 눈먼 당달봉사였다. 시혁의 전향까지는 바라지 않았어도 그를 가족 품으로 돌려보내고 싶은 마음과 사랑의 감정이 용케 합치되었던 셈이다.

첫사랑이란 다들 그렇다고 말한다. 나는 한 차례도 순임에게, 순임씨를 사랑한다는 말을 입 밖에 꺼내본 적이 없었다. 다른 말로 변방만 맴돌았다. 쌍방이 이만큼 희생을 치르고도 전쟁은 중부전선에서 요지부동이니 대리전쟁을 떠맡은 미국도 중공도 이제 지쳤다. 행정실에서 미군들 하는 말을 들어보면, 조만간 쌍방 휴전이 성립될 것 같다. 휴전이 성립되어 군복무를 끝내면 농업학교를 졸업한 뒤 농학대학으로 진학하여 임학자의 길을 걷고 싶다. 이렇게 장래 포부를 순임에게 들려주는 말은 입에서 수월하게 떨어졌다. 벌거숭이로 헐벗은 우리나라 산을 푸르게 녹화하는 게 꿈이란 말을 할 때도, 꼭 하고 싶은 말은 이게 아닌데 하며 조바심쳤다. 그렇게 순임과 둘이 동백나무 숲길을 산책하며 떨어진 꽃을 줍거나 동백꽃을 꺾어 그녀 외투 깃에 꽂아줄 때도 가슴만 두근거렸다. 춥지 않느냐며 목도리를 여며줄 때나 떨어진 동백꽃이 그녀 머리 위에 앉거나 뺨에 붙을 때, 마치 그녀에게 묻은 핏자국을 닦아주듯 살갗 터진 그 뺨을 쓸어보았을 뿐이었다.

동백꽃이 피기 시작한 어느 날이었다. 동백꽃이 이렇게 피어나도 꽃가루를 번식시킬 나비며 벌 따위의 곤충은 아직도 땅속에서 잠을 자는 겨울인데, 누가 동백꽃 꽃가루 번식을 돕는지 아느냐고 내가 순임에게 물었다. 순임은 입을 다물고 있었다. 임학과에 다니며 식물학을 얼치기로나마 공부한 나로서는 그 답이 쉬웠다. 북에서는 동백꽃을 보기 힘든 만큼 동박새 또한 보기 힘들지요. 남쪽 해안 지방 텃새니깐요. 참새보다도 작은 동박새는 동백꽃 꿀을 먹고 살며, 동백꽃은 동박새가 옮겨주는 꽃가루로 번식하는 공생관계를 맺고 있어요. 그러면서 나는, 순임이 동백꽃이라면 내가 동박새일까 하고 되뇌었다.

용초도 수용소 뒤 언덕에 왕벚나무가 흰 꽃을 눈부시게 활짝 피웠고, 동백나무숲이 온통 핏방울처럼 붉게 타오르던 3월 8일 정오였다. 제4막사 포로들이 배식된 점심을 먹고 난 뒤, 순찰하던 미군 경비병 넷을 인질로 잡았다. 이를 신호로 삼천여 명 포로가 그동안 은밀히 준비해온 거사에 돌입했다. 제네바협약에 따라 포로를 즉각 북송하라는 현수막과 인공기를 앞세우고 포로들이 시위에 나섰다. 그들은 행군 대열로 철조망을 돌며 감추어두었던 죽창과 각목을 깎아 만든 창, 쇠붙이를 갈아 만든 칼을 묶은 몽둥이를 들고, 저들 군가를 소리 높여 불러댔다. 포로들을 포위한 미군과 국군이 거총자세로 사격 대열을 갖춘 가운데 수용소장이 마이크로 시위 중단을 명령했으나 이에 굴복할 그들이 아니었다. 각 막사 대표단 군관들이 포로를 지휘 통솔하며 더욱 기세를 올렸다. 수용소장이 한 시간 내로 납치한 미군 병사를 석방한 뒤 사제 무기를 반납하고 막사로 돌아가라는 통첩을 내도 소용이 없었다. 수용소장이 포로 대표단에 협상을 제의했으나 거절당했다. 수용소장이 두 시간 내로 시위를 중단하고 납치한 미군을 석방하지 않으면 무력으로 진압한다는 최후통첩을 내렸다. 그럴 동안 용호리 주민이 죄 몰려나와 수용소 철조망 밖에 모여 서서 불안한 눈으로 사태의 추이를 지켜보고 있었다. 그들 속에 최여사 모녀도 섞여 있었다. 나도 보았으므로 최여사 역시 포로들의 행군 대열 열외에서 인공기를 높이 치켜든 시혁을 보았을 것이다.

서편 하늘에 붉은 놀이 자욱이 깔린 저녁 무렵, 저유소 창고에서 펑, 하는 폭발 소리가 들리고 검붉은 불길이 타올랐다. 연이어 폭발음이 들리고 바닷바람에 걷잡을 수 없게 타오른 화염으로 수용소 안이 낮같이 훤했다. 이를 기화로 포로들이 철조망을 무너뜨리려 맹렬히 달려들었다. 다급해진 수용소장이 난동을 주시하던 미군 경비대와 국군 경비대에 사격 명령을 내렸다. 나 역시 그랬지만, 국군은 같은 동포인 포로를 향해 차마 정조준을 할 수 없어 위협사격만 해댔다. 처음은 그렇게 총알이 포로 머리 위를 스쳤으나 영창 건물과 보급품을 재어둔 막사에까지 불길이 타오르고 홍분한 포로들의 소요가 더욱 거세어지자, 미군 쪽 사격이 포로들에게 정조준되었다. 무차별 쏘아대는 총소리가 콩 볶듯 터졌다. 앞에 나섰던 포로는 그 자리에서 퍽퍽 쓰러졌다. 대열이 순식간에 흩어졌고, 포로들이 막사 쪽으로 후퇴했다. 그들은 막사 밑에 비밀리에 참호를 파두었고, 제3막사와 제4막사는 지하로 비밀 통로를 뚫어두고 있었다.

장갑차까지 동원된 미군의 무력 진압은 자정 무렵에야 종료되었다. 이날 용초도 포로수용소 시위 사건으로 포로 스물세 명이 사살되었고 마흔두 명이 부상을 입었다.

3

 "그래서 우째 됐나예?" 민이네가 궁금증을 참지 못하고 김노인을 다그쳤다.
 시간은 이미 자정을 넘어서고 있었다. 저녁밥 먹고 나서 다시 시작한 술로 소주 한 병 반을 비운 김노인은 취해 있었다. 눈이 게슴츠레 풀렸고 발음이 분명치 못했다.
 "……미군 총소리가 뜸해지자 구급차 사이렌 소리가 들려. 칼빈총을 옆구리에 낀 채 말이여, 나는 국군 경비병들과 함께 제사 막사로 뛰어들었지. 부상당한 포로는 구출해내어야 했으니깐. 여기저기서 신음소리가 들리고…… 후라쉬를 이리저리 비추며 송시혁 그자부터 찾았어여. 그러다 말이여, 머리와 다리에 총상을 입고 신음하는 송을 찾아냈지. 그자 두 팔을 붙잡고 막사 밖으로 끌어냈어여. 거기서부터 송을 들쳐 업고 의무대로 뛰다가, 퍼뜩 생각을 바꿨지. 틀림없이 철조망 밖엔 최여사와 순임씨가 발을 동동거리며 기다리고 있을 꺼란 데 생각이 미쳤거든……" 김노인 몸이 무너지더니 뒤에 재인 이부자리 위로 머리가 떨어졌다. "여기저기 불이 타오르고, 군인들이 종종걸음으로 뛰는데…… 포로 막사 쪽에서는 아직 총소리가 들려. 모두가 정신없이 바쁜

이 기회를 놓칠 수 없다는 판단이 서자…… 그땐 나도 내 정신이 아니었어여. 얼음짱같이 굳은 송가 네놈 머리를 내가 우묵맨쿠로 물렁물렁하게 만들어줄께…… 내가 니 동상 순임이를 사랑하드끼 사랑이란 기 얼매나 부드럽고 말랑말랑한가를 내가 보여줄께. 주님도 이 세상에 귀한 것 중 사랑이 제일이라 캤는데, 사상보담 사랑이…… 그라고 어떻게 됐나? 내가 지금 무슨 말을 이렇게 지껄여…… 맞아, 그래. 정문으로 달려 나가니 미군 초병 하나가 이도 저도 못한 채 서 있는데, 내가 다짜고짜 총을 들이대고, 포로 시신이라도 가족에게 넘겨주겠다고 영어로 소리치자, 미군이 혼비백산하여 내빼기에……"

김노인 말이 여기서 중단되었다. 그의 눈이 감겼고 콧숨 소리가 높아갔다. 김노인이 다리를 뻗다 술상 다리를 건드려 마시다 남긴 소주병이 쓰러졌다. 민이네는 노인이 잠에 들었음을 알았다.

"요 페고 이불이라도 덮고 잠을 자든동 해야제" 하며, 민이네는 얼른 술상을 문께로 치웠다.

민이네는 방바닥 걸레질을 대충 한 뒤 김노인 머리를 들어 베개를 베어주고 이부자리를 내렸다. 그네는 한쪽에다 이부자리를 깔았으나 김노인을 옮길 엄두가 나지 않았다. 아무리 노친네라지만 남자 몸에 손을 댄다는 게 무슨 부정이나 저지르는 듯 께름칙했다. 김노인의 지난 이야기를 홀린 듯 듣다보니 시간이 자정을 넘겼고 집 안에는 김노인과 자기뿐이었다. 나이 네댓 살만 덜 먹었대도 마을에 해괴한 소문나기 십상이란 데 생각이 미쳤다. 비워두었던 방이 아니고 보일러가 가동되고 있는데다 김노인이 파카만 벗었지 스웨터를 입고 있으니 그대로 둬도 감기에 걸릴 것 같지는 않았다. 한숨 자고 깨어나면 이부자리를 스스로 찾아 들 겠거니 싶어 민이네는 형광등을 끄지 않았다. 그네는 술상을 부엌으로 내놓고 자신이 잠자는 가겟방으로 돌아왔다. 습관대로 방문 문고리를 걸고 이부자리를 편 뒤 겉옷을 벗었다.

민이네는 형광등 끄고 잠자리에 들어서도 쉬 잠에 들 수가 없었다. 김노인이 유리문을 밀고 가게로 들어오고부터 여태껏 함께 있은 시간을 셈해보니 여섯 시간 남짓이었다. 그동안 그네는 무엇에 홀린 느낌이었다. 마음이 싱숭생숭했고, 순임이란 여자와 김노인의 그 뒤 사연이 궁금했다. 그네는 노인이 미처 끝내지 못한 그 뒤 사연을 나름대로 엮어보았다. 모녀에게 인민군 아들을 인계하고 김씨는 포로수용소로 돌아온다. 모녀는 부상당한 아들을 업고 마을로 들어와 급한 대로 응급조치를 한 후 거룻배 주인을 불러낸다. 후한 배삯을 주고 모녀는 아들과 함께 용초도를 떠나 한산도로 내빼 자취를 감춘다. 여기까지는 쉽게 생각을 엮을 수 있었으나 김씨와 순임이란 여자가 그 사건이 있은 뒤 용초도에서 세 번 더 만났다는 사연은 아무리 생각을 엮으려 해도 오리무중이었다. 그것까지 내가 알아내서 뭣 하게, 잠이나 자야지 하고 그네는 돌아누워 잠을 청했다. 그러자 김씨가 그 여자와 몸을 섞는 관계를 맺었을지 갑자기 의문이 들었다. 참말 이상한 여편네 다 보겠네. 남이야 그짓 하든 말든 그걸 알아서 뭘 어쩌겠다는 거야. 민이네는 한밤중에 해괴한 상상을 엮고 있는 자신이 민망해 스스로를 책했다. 셈해보니 서방이 술병 끝에 간이 부어 죽은

지 십일 년째였고, 독수공방해온 세월도 그만큼 길었다.

 이튿날 아침 날이 밝자, 민이네는 오랜만에 얼굴에 분 바르고 통영에 사는 며느리가 생일선물로 사준 푹신한 캐시미어 스웨터 위에 벨벳 조끼를 걸치고 새 모직 통치마로 갈아입었다. 그네는 속풀이 술국을 끓이려 부엌으로 나간 김에 김노인이 자는 방을 힐끔 보니 방문 앞에 신발이 없었다. 간밤에 그렇게 취했는데도 부지런하게 아침 일찍 어디로 갔나 했으나 개의치 않았다. 나이 들면 잠이 없기는 누구나 마찬가지였다. 숙박비 안 내고 도망칠 사람 같지는 않았고 섬이란 배 안 타면 나갈 수도 없었다.

 장을 보지 않아 준비해둔 찬감이 없기에 민이네는 멸치 풀고 고춧가루 친 콩나물국을 끓이고 갈치 가운데 도막을 구웠다.

 해가 한참 올랐을 때야 김노인이 파카 모자 위에 벙거지를 얹고 허연 입김을 뿜으며 돌아왔다.

 "아지매도 너무했어여. 옷이야 몬 베껴준다 치고 이불이나 덮어주고 나갈 일이제, 그렇게 인정머리 없어서야 되겠소." 기둥서방이라도 되듯, 김노인이 대뜸 한다는 말이 핀잔이었다.

 "국을 새로 뎁히야겠네. 다 식어서." 민이네는 조그맣게 그 말만 했다.

 민이네가 말을 하고보니 여편네 말대꾸를 유난히 싫어했던 죽은 서방이 생각났다. 김노인이 새로 단장한 자기 차림을 보았을 텐데도 언급이 없다는 게 조금 서운했다.

 김노인은 차려준 아침상을 물리자마자 배낭은 방에 그대로 둔 채 벙거지 눌러쓰고 바쁘게 가게를 나섰다. 민이네는 김노인이 여객선 들어오는 시간 맞춰 장맞이하러 선착장으로 나감을 알았다. 통영 사는 아들이 아침배 편에 물건을 보낸다 했기에 따라나서보려다 그만두었다. '민이네 집 앞'이란 딱지가 붙은 물건은 의암댁이 챙겨올 테고, 순임이란 여자가 배에서 내리는지 목 빼고 지키고 섰을 김노인 꼴을 보고 싶지 않았다. 잠시 뒤, 선착장으로 여객선이 머리를 트는 뱃고동 소리가 들렸다.

김노인은 돌아오지 않았고 의암댁이 통영에서 아들이 부친 물건을 손수레에 담아 끌고 왔다.

"오늘이 마실 노친네들 곗날입니꺼? 그래 뽑아 입으이 하이칼라 할머이가 따로 없네예." 의암댁이 민이네 차림을 훑어보며 공치사를 했다.

"살면 몇백 년 산다고, 나도 며느리가 해준 옷 안 애낄라고 마음묵었다" 하곤, 민이네가 의암댁에게, 부두에서 파카에 벙거지 쓴 영감 못 봤냐고 물었다.

"어제 저쪽 베랑가 숲에서 어슬렁거리던 그 노인 말입니꺼? 봤심더. 목 빼고 배에서 내릴 누구를 기다리는 모양이던데, 그 영감 탕구 와 그캅니꺼?"

쉰 넘긴 나이에 머리칼에 색깔 넣어 볶고 입술에 구찌베니를 빨갛게 칠한 의암댁을 보자 민이네는, 내가 저 나이쯤만 됐어도…… 하는 생각이 들었다.

"그 영감 어제 우리 집에서 민박 안했나. 모텔로 가라 캐도 기어코 민박하겠다고 쫄라대서 재아줬다."

민이네는 의암댁 말로 미루어 순임이란 여자가 배를 타지 않았음을 짐작했다. 그네는 별 할 일도 없기에 의암댁에게 어젯밤에 김노인으로부터 들은 기구한 사연이라도 풀어놓을까 하다, "두 할배 할매가 호젓이 마주보고 앉아서 밤새도록 말씀 나눴다모 깨가 두 말이나 쏟아졌겠심더" 하는 흰소리라도 들을까봐 입을 다물었다.

점심때까지 김노인은 돌아오지 않았고, 민이네와 의암댁은 생미역쌈으로 한 끼니를 때웠다. 점심을 먹고 한참 뒤, 손님 저녁상을 보아야 하니 찬감이나 사오라는 민이네 말에 의암댁이 부두거리로 나갔다.

김노인이 민이네 가게로 돌아오기는 오후 두시가 넘어서였다. 점심밥은 어떻게 했느냐고 민이네가 묻자, 김노인이 선착장 식당에서 매운탕으로 때웠다고 말했다. 반주를 한잔 걸쳤는지 눈자위가 발그레했다. 조미료 듬뿍 친 부두거리 매운탕보단 오래 익힌 내 솜씨가 더 나은데 싶었으나 그네는 그런 말을 하고 싶지 않았다.

"포로수용소 있던 터를 둘러보고 왔어여. 억새가 잔뜩 우거졌는데 돌무데기로 막사를 구획 지은 흔적만 남았습디. 거기 바닥을 파보면 해골바가지며 뼈쪼가리도 수월찮게 챙길 거여. 그 지독했던 전쟁 때 살아보지 않은 사람이야 뭘 알겠어여. 거기 서서 앞바다를 바라보다, 경치 한분 좋다 하곤 무심코 지나칠 끼고⋯⋯" 김노인이 도마의자에 앉더니 담배를 붙여 물었다.

"오전배 보러 나갔다가 헛수고했지예? 내 암만 생각해도 그 여자분이 안 올 거 같으이께 지한테 집천 자택 전화번호나 남가주고 올라가시지예. 만약에 그런 여자가 섬에 오모 지가 그 여자 전화번호를 알아 영감님 집천 자택으로 연락해드리겠심더." 가겟방 문턱에 걸터앉은 민이네가 말했다.

"아니여, 그 무슨 말씀을. 나로서는 오 년 만에 학수고대 벼라서 온 여행인데 일주일은 여게서 채워야 해여. 따지고 보면 별것 아닌데도 사람은 늘 뭘 기다리는 재미로 산다는 말도 있잖아여. 자식 성공하는 것, 손자 크는 것도 다 기다리는 재미라잖소." 김 노인이 담배 연기를 내뿜으며 수월하게 지껄였다. "한번은 삼월 첫 주 들고 동백꽃도 시름시름 잎을 떨굴 때, 나흘째 되는 날이든가, 그 여자가 아침배에서 내렸어여. 그때사 망부석은 못 돼도, 기다린 보람이 있었지여."

"그때가 언젠데예?"

"새마을운동인가 먼가, 마을 이장집에 진종일 확성기 틀어놓고 새벽종이 울렸네 하며, 박가가 산골 구석꺼정 들쑤시며 한창 난리치던 다음해니, 칠삼년돈가 봐여."

"박대통령 그분 덕에 보릿고개 없이 이만큼 잘살게 됐다고 다 그라지 않습니꺼. 아무리 산골이라도 그분 덕 봤을 낀데 배았다는 사람이 그래 빈정거리싸모 되겠습니꺼?"

"경제개발이사 다들 칭찬하는데 나라고 꼬집을 마음은 없어여. 배 곯은 사정을 누구보담도 잘 알던 분이라 잘한 일이제. 그런데 난 그놈으 반공정신, 독재정치가 딱 싫었단 말이여. 북한도 대를 이은 독재정치 아닌가여. 군대에서 겪어봤지만, 나는 극우도 싫고 극좌도 싫소. 남북 공히 그런 이념주의자들이 독재하며 득세하이까 통일이 이래 영 애럽은 기고."

"그건 그렇고, 나흘째 되는 날 기어코 왔다는 그 여자분이 어데 살다 그 날짜에 맞차서 여게로 왔답디꺼?"

"부산 자갈치시장 부근에 산다며…… 의젓한 중년 아지매가 돼서 왔데여" 하더니, 그때를 회상하는지 김노인 입가에 잔잔한 미소가 떠올랐다.

입이 근지러웠으나 민이네는, 재미 좀 보셨겠네예 하는 말이 차마 입에서 떨어지지 않았다. 박정희 대통령의 새마을운동 시절, 삼십 년 전이라면 앞에 앉은 늙은이 김노인도 한창 힘이 좋았을 장년 시절이었다. 그네는 도무지 그럴 이유가 없는데도 질투 비슷한 그 어떤 감정이 슬며시 끓어오르는데, 김노인이 마음자리 편치 않은 궁금증에 슬며시 불을 댕겼다.

"원양어업이 한창 시작될 때라 서방이 목돈 쥐겠다며 배 타고 먼 바다로 나갔데여. 그때 한창 원양어업 붐이 일 때잖았어여. 지성이면 감천이라꼬, 하늘이 그런 기회를 만들어줘서…… 순임씨와 여객선 타고 동백꽃 보며 한려수도를 두루 도는 좋은 여행을 했지여. 일주일 동안 여행하며 첩첩으로 쌓였던 회포도 그때 실컷 풀어봤어여. 지금 생각하면 그 일주일간이 꼭 꿈에서 겪은 일 같게 아득하구만……"

"집에 돌아가셔서 어부인한테 억시기 추달받았겠심더."

"그다음 오 년 동안은 마음이 찔리서 마누라는 물론이고 식구들한테 열 배로 잘해줬어여. 사람 한평생이 일장춘몽이라는데, 사는 게 다 그런 것 아니겠어여? 한 가지쯤은 죽을 때까지 내 마음에만 꼭꼭 묻어두고……" 하며 헛웃음 웃던 김노인이, 막걸리

있소 하고 물었다.
　민이네가 받아다 드리겠다며 엉덩이를 일으켰다. 막걸리 권해 놓고 어젯밤 듣던 이야기를 마저 듣고 싶은 마음이 불끈 솟았다. 그네는 부두거리로 나간 김에 막걸리 두 병과 안주감으로 멍게를 샀다. 물 좋은 해삼이 있었으나 살이 여물어 노인들이 좋아하지 않았다. 가게로 돌아온 민이네는 멍게를 다듬고 김치와 어제 먹다 남은 꼴뚜기젓갈을 안주로 내왔다. 그동안 김노인은 휴대폰으로 전화를 걸고 있었다. 부엌에서 민이네가 듣기에, 거름을 어디다 쌓아두라, 삼월 들었으니 그 나무는 가지치기를 시작해라, 묘목을 어디로 옮기라는 따위를 누구에겐가 지시했다.
　"그 연세에 담배도 안 끊고 술도 마이 자시는 거 보이 신강이 좋은가봅니더. 예수 믿으신다면서 할 거는 다 하시고." 민이네가 상차림 하며 비꼬았다.
　"평생 나무를 벗하며 살아와 그런가봐여. 나무가 좋은 공기 그 자체잖아여."
　"용초도에서 군복 벗고 고향으로 돌아가 나무장사를 시작했습니꺼?"
　"그때, 여게서 석 달을 꼬박 영창 살고 나와 이등병으로 강등되어 불명예 딱지를 단 채 제대했어여. 제대하자 학업이고 머고 다 포기해버렸지여. 험한 전쟁을 겪고 나서 그런지 인간종자들 살아나가는 꼴에 신물이 납디다. 무슨 짓을 해서라도 돈 벌고 출세할라꼬 아등바등 사는 인간들이 보기 싫어 고향에 들어가자 그냥 그 땅에 묻혀버렸어여. 농업학교 댕긴 덕에 배운 도둑질이라고,

열심히 나무만 키웠어여. 느긋하게 잡아 십 년만 잘 보살펴주고 기다리면 그 나무가 돈이 돼서 주인 은혜를 갚으니…… 지금도 산골 고향땅 산자락에 묻혀 큰아들놈과 함께 나무만 키워여. 임간학교 열어 나무 공부하러 오는 젊은이들한테 나무으 정직한 한살이도 가르치고, 산골 아이들 장학금 줘서 도시 공부 뒷바라지도 하며, 머 그렇게 묻혀 살아여. 성큼성큼 크는 나무를 보면 그게 인간보다 백 배 낫단 말이여. 말없이 하나님을 섬기는 선한 목자들 같아여. 나무야말로 내가 정성을 들이는 만큼 정직하게 보답해여. 서로 키 자랑하며 박 터지게 싸우길 하나, 어데 남 험담할 줄 아나, 고자질하나, 거짓말을 하나……"

"말씀은 좋은데, 듣기가 쪼매 머슥하네예. 어부인한테, 임자 말고 평생 다른 여자를 마음에 두고 살아왔다고 말 안했으이 어부인 속이며 거짓말하고 살아온 세월 아입니꺼."

"그 말씀에는 할 말이 없네여."

"그거를 두고 돌예수꾼이라 캅디더."

"지금도 평전교회 문턱이사 주일마다 밟고 있지마는 십계명을 그대로 다 지키고야 어떻게 한평생을 살겠어여. 누구나 쉽게 지켜질 일이라면 하나님이 애초에 만들지도 않았을 거고. 하나님 말씀대로 다 잘 지키며 산다고 자랑하는 자보담 내가 부족한 죄인이라고 가슴 치며 통곡하는 자를 그분이 더 기린다고 했어여. 사람 한평생 한 가지쯤 회개할 거리도 있어야 해여." 수얼수얼 지껄이는 김노인이 막걸리를 흔들어 병마개를 땄다.

"어부인이 무던도 하십니더."

"집사람? 늦게 만난 별 배운 바 없는 시골 색시였지만 순박하고 부지런했는데, 작년에 그만……"

"그라모 돌아가실 때꺼정 그 사실을 몰랐겠네예?"

"하나님이나 알까, 몰랐지여. 어데 알 턱이 있어여." 김노인이 씨억하니 대답하곤 잔에 막걸리를 채웠다.

"얼라라! 그럴 수도 있습니꺼?"

민이네는 자신이 본부인이라도 된 듯, 다른 여자에게 마음 둔 걸 감쪽같이 모른 채 서방을 하늘로 받들어 평생 그 뒷바라지하다 죽은 본부인이 불쌍했고, 자신이 마치 본부인인 양 말솜씨 번드레한 김노인 행실이 얄미웠다.

"쌍팔년도 그해, 민주화 대장정인가 뭔가가 승리해, 해방 후부터니 사십 년이 지나서야 반공 극우세력이 꺾였지여. 인제 살만한 세상이 됐다 싶은 그즈음에 그 여자를 여게 용초도서 다시 만났을 때를 생각하면……"

김노인이 십오 년 전 이야기를 풀어놓으려 하자, 민이네는 김노인의 사설이 한순간에 귀에 거슬렸다. 마치 능구렁이가 눈앞에서 혀를 날름거리는 듯했다. 늙은이의 사통(私通)한 이야기를 더 듣고 싶지 않았다.

"그 이바구는 마 안해도 됩니더. 그라모예, 호문차 술 자시이소. 지는 볼일이 좀 있어서…… 의암댁 오모 지 대신에 점방 좀 봐달라 카시고예."

민이네는 말을 마치자 휭하니 유리문을 밀고 바깥으로 나왔다. 그녀는 된숨을 씩씩대며 마을 쪽으로 바삐 걸음을 놓았다. 마을에 특별한 볼일도 없으면서 김노인 그 말에 왜 발끈하여 불쑥 가게를 나섰는지, 그네는 자신의 심보를 스스로도 알 수 없었다. 밉상스러운 김노인과 잠시라도 마주하고 있기가 싫다는 게 이유라면 이유였다. 나이 들면 아침에 먹었던 마음이 저녁에 변하듯, 변덕이 죽 끓듯 한다는 말이 맞다고 그네는 자기 마음을 들여다보며 수긍했다.

민이네가 가게를 비운 채 마실 갔다 두어 시간 뒤 돌아오니, 의암댁이 방문을 열어놓은 채 가겟방에서 혼자 티브이를 보고 있었다. 의암댁 말로는 노인이 막걸리 한 병을 비우곤 센바람을 무릅쓰고 절벽 쪽 동백나무숲으로 허저허적 나갔다 했다.

"절벽에서 떨어져 죽을라고 씌있는지 모르겠심더. 지가 말려도 노래를 흥얼거리며 그냥 나갑디더. '굳세어라 금순아' 카는 유행가 안 있습니꺼. 눈보라가 휘날리는 바람 찬 흥남부두에…… 어쩌고 하는 육이오 노래를 숭얼숭얼 부르면서. 밖을 내다보이까 그쪽으로 허적허적 가데예."

"영감이 오늘 하룻밤 더 여게서 잘 모양이데이. 영감 주정 몬 받겠으이 오늘은 으암떼기가 내하고 같이 자자. 여게 더 있겠다모 내일 아침에 모텔이 편하이 모델로 가라꼬 쫓아뿌야제."

벼랑이 끝나는 지점에 바다로 내려가는 계단식 오솔길이 있는데, 노인이 곶부리로 간 모양이라고 민이네는 생각했다. 그쪽에 오목하게 들어앉은 작은 포구가 곶부리였는데, 용호리 지리에 밝은 내지인이 주로 찾는 횟집 몇이 있었고 낚시꾼들 실어 나르는 낚싯배가 대기하는 곳이었다. 술주정뱅이 영감탕구가 거기서도 한잔할 모양이지, 하고 그네는 생각했다. 어느새 민이네는 김노인의 과거 행실이 미워 견딜 수 없었고, 순임이란 그 여편네마저 간부(姦婦)로 여겨졌다. 서방 죽고 난 뒤 제 몸 건사하며 수절하는 자신을 여태껏 대견하게 여겨왔는데 그 세월이 속아 산 기분이었다.

아니나 다를까, 김노인은 해가 빠져서야 술에 취해 비틀걸음으로 돌아왔다. 의암댁과 가겟방에서 저녁밥을 먹던 민이네는 문짝에 달린 창을 통해 김노인을 힐끗 보았으나 모른 체했다. 엉터리 예수쟁이로 평생 본부인을 속여먹었다니 괘씸한 영감이란 생각이 머릿속에서 떠나지 않았다.

"연세도 엔간히 자신 분이 하루 점도록 술독에 빠져 사이 무신 곡절이 있는 모양입니더." 의암댁이 민이네에게 말하곤 젓갈 얹은 미역쌈을 삼키곤 방문을 열었다. 도마의자에 털썩 주저앉는 김노인에게 그네가 물었다. "곳부리에 예전에 잃가뿐 지갑이라도 찾으러 갔다 옵니꺼?"

"잃은 지갑? 그래 맞소. 곳부리 거기서 예전에 지갑보다 더한 걸 떠나보냈어여." 김노인 말은 벌써 혀 꼬부라진 소리였다. "석양빛에 잠겨가는 저 한산도 쪽 바다를 넋 놓고 보고 있자니 옛 생각이 사무쳐서 좀 울었어여. 그때 그 사람들을 그렇게 황황히 떠나보내기 전에 여자한테는 분명한 다짐을 받아뒀어야 했는데……" 김노인 목소리가 정말 울먹였다.

"누가 한산도 앞바다에 빠져 죽기라도 한갑네." 민이네가 젓가락질을 하다 말고 눈 흘기며 빈정거렸다.

"그날 밤, 거센 물살을 가르며 거룻배 편에 세 식구를 실어 보낼 때, 이렇게 놓치면 영영 못 만나다 싶어…… 그때야 퍼뜩 정신이 들어, 실신한 오라비를 제 엄마와 함께 쓸어안은 채 떨고 있는 순임씨를 보고 내가 소리쳤소. 기다릴 테니 오 년 후 삼월 첫 주 여기 동백꽃 아래서 만나자꼬. 그때 못 만나면 또 오 년을 기다려 다시 용초도로 오겠다고…… 왜 그런 쓸데없는 말만 소리쳤을꼬. 내가 등신이었지. 어디든 정착하는 대로 금릉군 구성면 평전리로 연락하라꼬, 그래 말했으면 될 텐데…… 순진떼기 바보, 맹꽁이 같은 녀석하고선. 겨우 씨부린 말이 철부지 기집아들 연애편지질도 아이고, 귀신 씻나락 까묵는 소리를 외쳐댔으이……" 기어코 김노인이 술상에 머리를 박았다. 흐느끼느라 파카 어깨 등심이 들먹거렸다.

민이네는 김노인 그 말에 가슴이 철렁했다. 젓가락을 떨어뜨릴 뻔하다, 다음에 이어질 김노인 말에 귀를 쫑긋 세웠다. 전방에서 전우들과 함께 찍었다는 사진 한 장 달랑 보고 부모가 정해주는 대로 족두리 썼던 자신의 지난 한 시절이 떠올랐다. 그렇게 어울려 자식 낳고 그냥저냥 한 세월을 동기같이 기대어 살아오다 서방 먼저 덜컥 저세상으로 갔다. 나는 이날 이때까지 누구 한 사람 미치게 그리워하고 사랑해본 적이 있었던가 하는 생각이 그네의 뇌리를 쳤다. 조만간 썩어질 이 나이에 이런 마음을 이끌어내는 영감탕구가 미운데, 왠지 싫지만은 않았다.

"저 영감님이 무신 소리를 하는공 모르겠네. 순임씨가 누군데, 저 연세에 우째 저래 슬피 울어쌌능공" 하고 당황해하며 의암댁이 민이네를 보았다.

"예전에 억시기 좋아하던 사람이 있었능가보제." 민이네가 엉겁결에 대답했다. 김노인의 말이 더 이어지지 않자 그네가 의암댁에게 말했다. "으암땍이 좀 부축해가서 방에 눕히야겠데이. 남자들은 내남없이 정신 잃도록 똑 저래 술을 퍼마셔야 직성이 풀리는지 모리겠네."

의암댁이 가게 술청으로 나와, 들어가서 주무셔야겠다며 김노인 어깨를 흔들었다. 김노인이 비틀대며 일어서자 의암댁이 노인 한쪽 겨드랑이를 꼈다. 김노인이 뒷곁 자기 잠잘 방으로 갈짓자 걸음을 걸었다.

"오 년째 안 오고⋯⋯ 좋은 혼처자리 다 마다하고 십 년을 채워서 내 나이 서른 넘은 노총각으로⋯⋯"

김노인이 중얼거리는 말을 귀 세워 듣던 민이네가 그 말을 놓치지 않고 일어섰다. 신발 거꾸로 꿰고 뒤따라 나섰다.

"그래서예? 십 년째 삼월에 그 여자가 용초도에 나타났다 말입니꺼?" 민이네가 김노인 등에 대고 소리쳤다.

"아암, 왔소. 걸음마하는 머스매를 데불고. 나는 아직 총각으로 오매불망 여자 하나 기다리며 살아왔는데⋯⋯ 억장이 무너져 할 말을 잃었어여. 그 여자 겨우 한다는 말이, 내가 만약 용초도로 오지 않아 나를 못 보면 송이송이 피는 용초도 동백꽃이나 보고 간다면서⋯⋯"

"그라모 오 년째는 와 몬 왔다 캅디꺼?"

"그때까지는 시집 안 갔는데⋯⋯" 김노인이 문득 돌아섰다. 얼굴은 주름마다 눈물이 괴어 번질거렸다. "오 년째 되던 그해 정월, 정신 놓은 사람으로 실어증에 걸려 줄창 병원 신세만 지던 시혁인가 그 작자가 끝내 숨을 놓았다지 않아여. 제 어머니도 상심 끝에 시름시름 앓다 그해 삼월에 숨을 거두었다 했고. 십 년째 되던 해 만나서 울며 한다는 말이, 오 년째 되던 그해, 마음이야 간절했지만 남한 객지에 홀홀단신이 돼서…… 혼이 빠져 어데 용초도에 올 정신인들 있었겠냐고……"

"지금 누구를 두고 하는 말이라예?" 영문을 모르는 의암댁이 김노인에게 물었다.

"……그 후 남한 땅에서 천애고아가 된 외로운 그 여자 마음을 사로잡은 남자가 따로 있었으니……" 김노인이 사무친 마지막 말을 뱉곤 의암댁이 열어놓은 자신이 잠잘 방문턱에 등을 눕히며 그대로 쓰러졌다.

민이네는 망연자실 그 자리에 서 있었다. 코끝이 찡해오고 서러움 같은 덩어리 하나가 목구멍을 가득 채웠다. 그네는 코끝에 고이는 물코를 땅바닥에 팽 풀었다.

"으암때기, 내일 아침 속풀이 맑은 조갯국이라도 끓여야 되겠데이. 저래서야 우예 심을 쓰겠노. 그 여자 기다릴라모 안죽 닷새나 남았는데……" 이부자리 펴 김노인을 눕히고 나오는 의암댁에게 민이네가 말했다.

김노인은 민이네 민박집에서 술만 퍼지르며 일주일을 채운 뒤, 금요일 오후 통영 나가는 저녁배 편에 용초도를 떠났다. 김노인을 떠나보내는 민이네는 시원함과 섭섭함이 섞갈리는 묘한 감정에 목이 잠겨 아무 말도 할 수 없었다.

"내 안 죽고 살아 있다면 오 년 후 이맘때 또 오겠어여. 오 년을 더 기다리며 나무 키우고 열심히 살다가, 또 헛걸음치더라도 반드시 꼭 올 거여!" 뱃전에 오르던 김노인이 민이네를 돌아보곤 벙거지를 벗어들고 흔들며 말했다.

(『현대문학』 2006년 1월호)

카 타 콤

카
타
콤

서재에서 청년부 다음 주일 설교 내용을 정리할 때, 딸애가 아빠 찾는 전화가 왔다고 했다. 뜻밖에도 강시욱 목사였다. 지난봄 일시 귀국 때 만난 뒤 처음 듣는 목소리라 반가웠다. 강목사는 중국 랴오닝성 선양에 북방선교사로 사역한 지 사 년차에 접어들었다. 잠시 다녀가는 참인데 바쁘지 않다면 오늘 저녁이나 같이하자는 말에 나는 선선히 승낙했다. 교회는 월요일이 휴무라 일반 직장인들 주말에 해당되는 셈이다. 저녁 여섯시 반에 강목사와 나는 봉천 3동 주유소 앞에서 만나기로 약속했다. 강목사는 선양으로 떠나기 전 부천 조선족교회의 협동목사로 헌신하는 한편 짬을 내어 봉천동 소재 탈북 청소년 대안학교에 시간강사로 봉사하기도 했다.

장마 뒤끝이라 저녁이 되어도 기온이 떨어지지 않아 날씨가 무더웠다. 전철로 이동하여 주유소 앞에서 강목사를 만났다. 자그

마한 체구에 쥐색 남방 차림인데, 낡은 가죽가방 든 모습은 예전과 변함이 없었다. 나는 광대뼈 도드라진 가무잡잡한 강목사의 여윈 얼굴을 보며 건강은 괜찮으신지 물었다. 여태 보아온 바로 그는 채식만을 고집했고, 일일 이식주의자였다.

　우리는 부근 식당으로 자리를 옮겼다. 강목사가 청국장을 주문했기에 나도 따라 그걸 시켰다. 박권사님은 여전히 강녕하시지요? 내가 그의 모친 소식을 묻자, 모교회에서 얻어준 원룸에서 홀로 생활하며 여전히 교회에 헌신 봉사하신다고 했다. 팔순이 넘은 연세일 텐데도 몸 움직일 수 있을 때까지 자식들 신세를 지지 않겠다는 권사님 고집은 알아줄 만했다. 강목사의 말투는 부모 영향으로 평안도 억양이 실려 있었다. 강목사는 서울 출생이었으나 부모는 전쟁 때 피난 나온 월남민으로, 그의 부친 역시 목회자로 봉직했다. 다섯 해 전 강목사 부친이 별세했다는 연락을 받고 나는 그 장례식에 참석한 바 있었다. 강목사는 위로 누나 하나에 형이 둘이었는데 분향소에 세 형제가 상주로 나란히 서 있었다. 고향땅 다시 밟아보디 못하구 소천하신 것 외에는 하나님 뜻대로 다 이루셨다구 늘 말씀하셨디. 내 손을 잡고 온화하게 미소 띠던 권사님이 생각났다. 신학교 재학 시절 나는 강목사 부친이 세운 고현교회에 유년반 교사로 출석했고 목사관에도 들락거려 사모님이 차려주신 밥도 먹었다.

　강목사 부친은 우리나라 기독교 전래의 요람인 평북 정주가 고향으로 일제 때 오산중학과 평양신학교를 나온 분이시다. 해방 후 북한에서 시무하던 많은 목회자들이 삼팔선 넘어 남하했으나 당시 갓 결혼한 청년 목회자로 두메마을 고현리에서 개척교회를 열었던 강목사 부친은 교우들을 남겨두고 떠날 수 없다며 지하교회 격인 가정예배로 신앙을 지키다 전쟁이 나고 남한 군대가 들어오자 그해 12월 눈보라를 뚫고 여덟 가정 교우가족을 이끌고 피난길에 나섰다고 했다. 서울에 도착해 피난 짐을 풀자 함께 월남한 교우들과 힘을 합쳐 해방촌 판잣집에 고현교회 간판을 건 입지전적인 분이셨다.

중국이 괄목할 경제 성장을 하고 있으나 여전히 사회주의 체제를 고수하는데 선교 활동이 힘들지 않느냐고 내가 묻자, 강목사는 중국 동북 지역은 동포가 많이 살아 다른 지방보다 낫다고 했다. 중국어에도 능통하시겠네요? 내 말에 그는, 이제 귀가 웬만큼 뚫렸다며, 교회 청년부를 맡고 있는 내 근황을 물었다. 직장이 토요일부터 휴무니 한국 여건도 차츰 서구 교회를 닮아가는 것 같고, 주일이면 디지털 세대들이 교회보다 피시 앞에 붙어 앉았거나 영화관을 더 선호하는 실정이라며 나는 허탈하게 웃었다.

나는 신학대학원을 졸업한 뒤 군목장교로 군 복무를 마쳤다. 지금 재직 중인 신도 수 이천 명이 넘는 정통 보수교단 교회에 전도사로 첫발을 들여놓은 지 여섯 해째다. 청년부 사역으로 오 년, 목사 안수를 받은 지는 삼 년째다. 한 교회 교육목사로 여러 해 한 가지 사역에 헌신하다 보면 타성에 젖는다는 말대로, 프로그램 따라 늘 바빠 쏘대는데, 한 달이 어떻게 지나가는지 모를 나날이었다. 목회자가 자리나 지위에 연연해서는 안 되겠지만 이러다 아까운 세월만 허송하는 게 아니냐는 회의가 든 적도 있었다.

"일제 때 길선주 목사님의 평양 장대현교회가 그랬듯, 부흥회를 열었다 하면 사람이 구름같이 몰리던 시절이 좋았다구, 소천하시기 전 아버님이 자주 말씀하셨지요." 생활이 너무 팍팍해 영혼마저 메말랐던 오륙십년대 한 시절을 두고 강목사가 말했다.

남한 교회의 부흥은 그 시절이 절정이었고 그 뒤 완만한 포물선을 이루다가 90년대 이후 평행선을 유지하는 추세였다. 그는 대중소비문화와 물신화가 가속화되는 이런 시대일수록 목회자의 소명이 크다고 말했다. 지난 3월 하순 고난주간 때 나는 일주일간 철야예배로 금식기도 기간을 가지기도 했으나 달수가 지나자 그 각성도 차츰 무디어졌다. 영적으로 거듭남이란 그만큼 힘들었고, 소명의식 당당한 강목사를 면전에 두고 앉아 있자니 마음자리가 불편했다.

음식이 나오자 강목사가 식기도를 했다. 정해진 식사 시간에 먹을 수 있는 은혜를 베풀어주신 주님, 북의 주민에게도 일용할 양식을 주십사고, 그는 그 대목을 특별히 강조하여 기도를 마쳤다. 나는 강목사의 가족 안부를 물었다. 자녀 둘이 중, 고등학교에 다녀 집사람이 애들 뒷바라지하느라 서울에 눌러 있으며 선양에 직행 비행기가 떠 더러 다녀간다고 했다. 대체로 해외 선교사는 모교회의 지원에 힘입어 가족이 함께 현지로 떠나 선교 활동을 하지만 강목사 경우는 사명감 하나로 선양을 택해 홀홀히 떠났기에 물질적 어려움이 많을 터였다. 내가 알기로 그의 해외 선교를 돕기는 형제분과 주위에 가까운 이들 열댓 명이 조직한 '강목사 선교후원회'에서 송금해주는, 한 달에 백오십만 원 정도가 전부였다.

집사람도 그 후원회에 월 오만 원 한 구좌를 들고 있었다.

우리는 화제를 돌려 예전 학창 시절로 돌아가 하기방학 때마다 지역사회를 돌며 전도운동에 열성적으로 동참했던 지난날을 회상했다. 군사정권의 강압통치에 저항하는 대안으로 민중해방신학이 힘을 얻었던 80년대를 넘겨 소련과 동구권 사회주의가 몰락을 재촉했던 90년대 초였다. 강목사는 일반 대학을 졸업하고 직장 생활을 하다 하나님의 부르심을 받고 신학교에 재입학했기에 나와 입학 동기였으나 나이는 아홉 살 연상이었다. 내가 대학에 첫발을 내디뎠을 때 그의 성경적인 신앙 생활은, 저게 바로 참다운 기독교인의 자세다 싶게, 내 삶에 많은 영향을 주었다. 다람쥐 쳇바퀴 돌리듯 직장 생활에 매였을 때 직장 동료들과 휩쓸려 다니며 술과 담배도 해보았어. 리허설 없는 한 번뿐인 인생에 이게 아니라는 회의가 들자 직장 생활을 더 못 배겨내겠더군. 내 마음이 그렇게 확정되기에는 내 뜻보다 하나님이 정하신 일이요 부모님 기도가 더 컸겠지. 신학교에 입학했을 때 그가 한 말이었다. 세분하지 않고 뭉뚱그려 말한다면 그는 개혁주의자로, 나는 복음주의자로 지금은 각자의 길을 걷고 있지만 그는 내 초기 신앙의 모델이었고, 인생 선배로서 그의 신앙적 태도를 본받으려 했기에 흠모의 대상이었다. 작은 체구에 어디서 그런 힘이 나오는지 그는 매사에 적극적이었다. 중세 교회의 부패를 답습하는 오늘의 한국 교회는 제2의 교회 개혁이 필요하다고 곧잘 역설하기도 했다. 그래서 그는 목사 안수를 받은 뒤 교회에 적을 두지 않고 경인 지방 서민층을 파고들어 한동안 다락방 예배 형식으로 노동자, 장애인, 빈민, 외국인 노동자 선교에 동분서주했다.

식대는 내가 우겨 지불했고, 우리는 식당을 나섰다. 긴 여름해도 어느덧 기울고 있었다. 나는 선교에 보태라며 준비해온 봉투를 강목사에게 건넸다. 그는 내가 내민 봉투를 보고 멋쩍어하더니, 좋은 일에 쓰겠다며 받았다. 망설이던 강목사가, 실은 할 말이 있어 정목사를 보자고 했다며 잠시만 더 시간을 내달라고 말했다. 그는 앞서 걸으며 마땅한 대화 장소를 물색하더니 동네 제과점이 나서자 유리문을 밀고 들어갔다.

제과점에서 마주보고 앉자 강목사가, 자기 청을 거절해도 상관없으니 짐스러워하지 말고 들어달라는 말부터 꺼냈다. 내가 주스잔을 들다 말고 바라보았다. 한참 뜸을 들인 끝에 그가 준비한 말을 던졌다.

"정목사, 이제야 하나님 시간표가 된 것 같구려. 북으로 들어가 선교에 나설 때가 말이오."

멈칫거리며 뱉는 강목사 말에 나는 깜짝 놀랐다. 그게 가능하냐고 내가 묻자, 그는 압록강 건너 그쪽으로 들어간 게 여러 차례 된다고 말했다. 바짝 긴장한 나와 달리 그는 아무렇지 않다는 듯, 그래서 하는 말인데 자신 혼자로는 선양 선교가 힘에 부치니 자기를 도와주었으면 한다고 덧붙였다. 나는 경제적으로 어려운 북한 주민에게 보낼 생필품 모음에 나서달라는 말로 해석했다. 그런 일이라면 지난날의 인연을 생각해서라도 마땅히 앞장서야 도리겠지만, 그보다도 아직은 종교가 봉인된 상태인 북한에 기독교 복음 전도를 위해 직접 뛰어들겠다니, 생명의 위험을 담보한 그 순교적 각오에 나는 우선 놀랐다. 김정일 수령 동지의 '현장지도' 란 말이 설핏 떠올랐다. 결사적으로 빗장을 걸어 외부 세계와 등 돌린 채 인민들에게, 수령님의 훈시를 받들어 지도자 동지의 영도 아래 우리 식대로 살자고 획책하는 그 닫힌 사회에서 강목사의 복음운동이 이 시점에서 과연 가능할까 하는 의문이 들었다.

해방 당시만도 북한에는 이천육백여 개의 교회가 있었고 '동방의 예루살렘'으로 불린 평양에만도 이백칠십여 개의 교회가 있었다지만, 그 교회들이 지상에서 사라진 지 긴 세월이 흘렀다. 기독교를 두고 서방 제국주의가 인민에게 주입하는 아편과 같다고 선전하는 지금의 북한에도 백여 개의 지하교회가 존재한다는 풍문이 간간히 들렸다. 러시아 연해주 지방에서 활동하는 미국 국적의 한인 선교사는 연해주에 외화벌이로 나와 있는 북한 출신 벌목공을 통해 들었다며, 북한의 지하 기독교인들 실태를 소개했다. 그에 따르면, 북한의 기독교인들은 당국의 감시와 온갖 핍박을 감수하고 비밀 집회를 통해 감추어둔 성경을 돌려 읽으며 선대의 신앙을 아직까지 지키고 있다고 했다. 그러나 이는 전해진 말일 뿐 사실로 확인된 바는 없었다.

강목사는 선양 외곽 지대 농촌에서 '진맥회(眞麥會)'란 지하교회 목회를 삼 년째 맡고 있었다. 중국의 종교정책이 '하나의 행정 구역당 하나의 교회' 인정이라 해외 선교사가 교회를 독자적으로 세워 당국으로부터 공인받는다는 게 불가능했다. 그러다 보니 진맥회는 강목사의 선교로 만들어진 조선족 가정예배 처소였다. 농촌 어린이들에게 영어를 가르치는 학습소도 열고 있다고 했다.

진맥회는 도시 근교 농업에 종사하는 조선족 신도 수가 삼십 명 쯤 되며, 작년에는 선양의 서탑거리에 한국 해외공장 직원이나 상사 주재원을 중심으로 지교회 격인 '밀알회'도 개척했다는 말을 지난봄 그의 귀국 때 들은 바 있었다.

강목사는, 한국에서 자기를 돕겠다며 선양으로 들어온 젊은 전도사가 있긴 한데 아무래도 목사 한 사람이 더 필요하다고 했다. 정목사가 진맥회와 밀알회의 담임을 맡아주면 어떨까 한다며 내 의향을 물었다.

"그렇게 되면 내가 본격적으로 북측 사역에 나설 수가 있어요. 북측은 외국인들을 위한 선전용 교회가 평양에 두 곳 있을 뿐 오십 년 넘게 공동 예배처가 없었는데 이제야 중, 조 국경지대에 그 싹이 보여요. 정목사, 금방 결정을 내려달라는 말은 아니구 사흘 정도 기도해보구 제게 가부간 연락 주시오. 지금 맡구 있는 사무의 인수인계두 있을 테니, 현지 부임 시기는 천천히 결정해도 될 일이니깐요."

자신은 닷새 뒤 토요일 출국한다고 강목사가 말했다. 그의 말은, 만약 내가 거절한다면 출국 전에 다른 목사를 물색해보고 출국하겠다는 말로 들렸다. 강목사의 돌연한 제안에 나는 얼떨떨했다. 내가 겨우 할 수 있는 대답이, 하나님의 계획과 뜻이 어디 있는지 기도응답을 받고 집사람과도 상의해보겠다는 말이었다. 아내는 중학교 교사였고, 금년 봄에 초등학교에 입학한 쌍둥이 남매가 있었다.

강목사 제의를 일단 뒤로 미루었으나 나는 그의 북한 선교에 부쩍 더 의문이 들었다. 목회자로서 강목사 경우, 일반적인 목사 유형과는 차별성을 인정하더라도 그가 조선족 선교를 목표로 선양에 뛰어들었듯 이제 북한 선교를 목표로 지뢰밭과 다름없는 그 지역에까지 뛰어들겠다니, 우선 내 신앙관 눈높이로는 의욕 과잉에 따른 돌출 행동으로 비칠 수밖에 없었다. 나는 '통일을 준비하는 북한 선교'란 세미나에도 참석해보았으나 북한 선교는 아직 준비 단계에 머무는 상태였다. 현재로서는 기독교적 동포애로서 북한 주민 돕기와, 남한에 정착한 탈북자를 기독교인으로 훈련시키는 일이 통일의 그날을 대비한 북한 선교에 최선의 방법으로 이해되는 수준이었다. 한 사례로 '한민족의 집'이란 탈북인 교회가 통일의 그날을 위해 북한 땅에 세울 교회의 일꾼을 미리 양성하는 정도였다. 그러나 현시점에서 얼마든지 왕래가 자유로운 중국을 북방 선교의 교두보로 삼는다는 것과, 북한으로 직접 들어가 종교 활동을 펼치는 선교 방법은 분명 사안이 달랐다.

"북한 사회가 변화 중이라지만 동구권 사회주의가 몰락한 지 이십여 년, 베트남이 적대국 미국과 수교한 지가 벌써 십 년이 넘었는데도 저쪽 체제는 여전히 요지부동입니다. 언젠가 북한이 개방화로 진로를 바꾸어 국제 사회의 일원이 되더라도 종교의 완전 개방화는 맨 나중 순서일 겁니다. 현재로서는 북한으로 몸소 들어가 선교 활동을 한다는 것은 시기상조요 모험이 아닐까요?" 잠시 침묵 끝에 내가 물었다.

나는 강목사의 북한 잠입 선교가 가능성이 희박한 선교 방법이요, 희생의 자의적 선택이란 말은 차마 할 수 없었다. 그러나 내 말에 강목사의 대답은 망설임이 없었다.

"내가 그 숙제를 두구 간절히 기도했을 때 주님께서, 네 뜻이 정 그렇다면 그렇게 하라구 응답하셨습니다. 아버지께서 나를 보내신 것같이 나도 너희를 보내노라는 말씀이 있지 않습니까. 주님께서 나서라 허락하시는데 누가 내 앞길을 막겠으며 그 무엇이 두렵겠습니까. 우리나라 천주교 수난사를 돌이켜보면 알잖습니까. 몽매한 백성이 하나님의 존재조차 모른 채 미신을 신봉하던 그 시절에 서양 선교사들이 동방 귀퉁이에 붙은 낯선 땅, 풍습조차 다른 이 이방에 복음을 전하려 첫발 내딛었을 때를 생각해보십시오. 관리들이 서양 귀신을 잡아 죽이려 눈에 불을 켜고 설쳐댔지요. 우리말조차 제대로 못하던 이방 선교사들은 순교 당할 각오하구 방갓 쓰고 숨어 다니며 결신자를 하나 둘 모아 비밀히, 초대교회 시절 마가가 다락방 예배를 드렸듯이 전도했습니다. 초신자들은 목숨 내걸고 그런 비밀 예배에 참석했습니다. 나는 그 흑암의 시절보다야 북쪽 선교가 한결 쉽다구 봅니다. 우선 북측 동포는 피부색 같구 같은 말 쓰는 한 핏줄 아닌가요. 하나님을 받아들인 탈북자 청년과 국경 지방 조선족 동포가 제 사명을 돕구 있어요."

강목사가 그 말을 할 때, 나는 그의 우묵한 눈자위에 퀭하게 뚫린 눈에서 한줄기 광채를 보았다. 아흔아홉 마리 양보다 한 마리 잃은 양이 더 귀하며 그 잃은 양의 영혼을 구원할 책임이 자기에게 있다는 듯, 그의 눈에 섬광이 번쩍였다.

육신을 던져 오직 십자가에 의지해 가시밭길을 걷겠다는 강목사의 북한 사역 자세에는 두 가지 상반된 해석이 가능했다. 그가 행하겠다는 전도 사명이야말로 소명 받은 자가 아니면 감히 결단 내리기 힘든 그리스도의 진정한 제자로서의 임무였다. 다른 한편, 북한 안전원에 체포되어 수난 끝에 순교할 수 있는 만큼, 그 뜻이 현실 상황의 경계를 넘어선다는 점이었다. 강목사의 북한 선교가 설령 하나님이 지시한 시대적 사명에 따르는 길일지라도 현시점에서는 이상론에 치우쳐 있어, 내 입장으로서는 경계심을 가질 수밖에 없었다.

"햇볕정책을 계승한 참여정부 입장은 북한의 심기를 건드리지 않는 가운데 남북이 평화공존을 유지하자는 민족공조에 있지 않습니까. 그러면서 남한은 북한의 점진적인 변화를 기대하지만 북한은 여전히, 사회주의 체제를 흠집 내는 어떠한 외세도 용납할 수 없다는 입장입니다. 겉으로는 민족공조지만 속으로는 양쪽 다 서로의 정치적 이념을 포기할 수 없다는 주장이 상존하고 있다고 보는데요. 이런 현실을 감안한다면, 우리 측 기독교인들이 실질적으로 할 수 있는 일은 북한을 탈출한 탈북자 돕기, 굶주리는 북한 주민 돕기 차원이 현실적 대안인 줄 압니다. 그런데 아직 열려 있지 않은 상태인 북한으로 직접 들어가 선교하는 대중 선교가 어떻게 가능합니까? 비밀 집회도 한계가 있지 않을까요?" 말을 시작하자 평소의 내 대북 기독교관이 거침없이 쏟아져 나왔다.

"정목사 생각이 정 그렇다면……" 강목사 표정이 굳어졌다.

"북에도 조선그리스도교연맹이란 단체가 있고 평양에 봉수대교회, 칠곡교회가 있다는 건 잘 압니다. 그러나 연맹과 교회는, 우리도 종교의 자유를 보장한다는, 선전용 견본에 불과하지 않습니까? 우리 정부도 북한 직접 선교는 남북 화해에 걸림돌이 된다고 반대하는 줄 압니다. 몇 년 전 북으로 들어간 목사님이 보안대에서 몇 달 옥살이한 끝에 자본주의 사상으로 북한 주민을 오염시킨다고 추방당한 사례도 있잖습니까?"

미국 우파 보수교단 목사들이 북한을 지칭해서 하는 말을 내가 그대로 읊조림에 내 마음도 찔끔했다. 그러나 강목사의 냉소 스민 말투에 심기가 불편해 내 말이 엇길로 나감은 어쩔 수 없었다. 아니, 강목사의 뜻에 반대 표시가 아니라 현실 상황을 객관적으로 전달했을 뿐이다. 강목사는 자신이 받은 불가항력적인 하나님의 허락하심을 이해 못하는 내가 안타깝다는 듯 눈을 지그시 감고 까칠한 손으로 얼굴을 쓸어내렸다.

"오로지 주님만 바라보며 섬기는 목자야말로 그런 세속적인 정치적 차원은 넘어서야겠지요. 성직자 앞에는 자유주의고 사회주의고, 그런 이념적 편 가르기조차 없는 줄 압니다. 사람이 만든, 사람이 만들었기에 죄의 근원이 되는 그 모든 인위적 체계 위에 초월해 계시는 주님만을 바라보는 목회자로선 더욱이." 강목사가 나를 정시했다. "주님은 이 지상 어디에도 성령으로 임재하십니다. 교회를 넘어, 국가를 넘어, 북측 땅에서두 주님은 십자가에 달려 여전히 고난 받으시며, 지금도 사랑의 복음을 전파할 자를 찾고 계십니다. 그 땅을 버려두고 너희들은 지금 어디에서 무엇 하구 있느냐며……"

강목사가 극단적인 포용까지 언급하는 데야 나는 대꾸할 말이 없었다. 깊은 뜻을 이해하지 못한 채 현실적 잣대만 들이대며 일

방적으로 나섰다는 자책감이 들었다. 설령 상대방 말이 사리 판단에 맞지 않더라도 겸손한 경청이야말로 목회자가 갖추어야 할 기본적 소양이기도 했다.

"정목사, 내가 체험한 계시가 그 어떤 환각이나 착각으로 보입니까? 진실 여부를 두구 오래 묵상하지 않은 채 현실에서 일탈하여 부나비가 불빛을 쫓듯 불가능한 환상을 쫓구 있습니까?"

강목사의 비유에 나는 머리를 저으며, 그렇지 않다고, 다만 북한이 당면한 현재 상황을 지적했을 뿐이라고 말했다. 강목사는 실망스런 표정으로, 자기가 말을 잘못 꺼냈다며, 여태 했던 말은 없었던 일로 하자고 말했다. 미안해하는 내 얼굴을 보더니 자기가 오히려 미안하다며, 시간을 내줘서 고맙다는 토를 달았다. 그는 주스를 반쯤 남긴 채 그만 가봐야겠다며 가방을 들고 자리에서 일어났다. 나는 뭔가 크게 결례한 듯 느꼈고, 이렇게 헤어져서는 앞으로 그를 다시 뵐 면목이 없다는 생각이 들었다.

"견해차가 있었으나 강목사님 뜻을 존중합니다. 다른 어떤 분보다 목사님만이 그런 일을 행할 분이기도 하구요. 다만 목사님 신변이 위험하기에 걱정스러워 해본 말입니다."

강목사를 흠모하는 입장에서 그의 마음속으로 들어가 그가 행하겠다는 그 고난의 뜻을 이해의 차원에서 해석하자면, 사실 그의 행함이 맞기도 했다. 목회자로서 전도의 지경이 내 생각을 한 차원 넘어섰을 뿐이었다. 지상의 모든 장소와 사람이 선교 대상이요, 아직도 그리스도의 말씀을 모르는 자가 있는 곳이라면 목회자는 지옥 불에라도 뛰어들 사명감을 가져야 한다. 선양 지하

카타콤 319

교회의 내 파송 여부를 떠나서, 그의 말은 침체된 요즘의 내 신앙관을 깨우치겠다고 정수리에 붓는 성수 격이었다. 나는 이틀 동안 묵상기도로 하나님의 응답을 기다려보겠다고 말했다.

　강목사와 헤어져 집으로 돌아오자 나는 서재에서 컴퓨터를 켜고 인터넷 검색을 통해 중국 선교와 북한 선교를 다룬 사이트를 열어보았다. 여러 교단, 선교단체, 교수진, 해외 선교사들이 올린 중국과 북한 선교 전략의 자료가 많았다. 사회주의 국가의 종교정책 소개에서부터 전도 전략의 이론적 접근과 현장에서의 전도사업이 구체적으로 예시되어 있었다. 북한의 경우, 주체철학과 기독교의 접목에 관한 어느 종교학자의 이론적 분석도 있었다. 여러 사이트에 뜬 북방 선교 전략은 한결같이 소영웅주의적 사명감, 물량 위주의 식민지주의식 접근에서 벗어나야 한다는 점을 강조했다. 적선하듯 물질 선교에 의지하지 말고 케노시스, 즉 자기를 비우는 정신으로 그쪽 체제를 이해하고 그들과 한몸이 되어 스며들듯 선교에 임해야 한다고 당부했다. 중국, 몽골, 러시아, 동남아에 흩어져 국적 없이 방황하는 삼사십만 명으로 추산되는 탈북자를 위해 엔지오나 기독교 인권단체의 지하 활동 수기도 실려 있었다. 중국 공안원의 감시망을 피해 굶주리며 떠도는 탈북자를 구출해 중국 내의 비밀 장소에 보호하거나 수만 리를 이동해 동남아 여러 나라로 탈출시키는 모험 찬 사례담도 밝혔다. 그런 실화 사례담을 접하자 강목사의 북한 선교 전략에 수긍이 갔다. 나는 필요한 자료를 프린터로 뽑았다.

　문이 열리더니 아내가 선하품을 하며 서재로 들어와, 뭘 한다고 여태 이러냐고 했다. 시계를 보니 어느덧 자정이 가까웠다. 아내가 프린트된 자료 한 장을 집어 들고 제목을 읽었다.

"동일집단 이론에 따른 통일선교 전략?"

나는 컴퓨터를 끄고 거실로 나와 식탁으로 자리를 옮겼다. 아내가 냉장고에서 오렌지주스 병을 꺼내더니 두 잔에 따르고는 맞은편에 앉았다. 완전히 잠이 깬 모양이었다. 나는 아내에게 강목사를 만나 제의 받은 선양 선교 건을 꺼냈다. 내 의견을 보태지 않고 강목사가 했던 말만 그대로 전달했다. 내 말에 정신이 번쩍 드는지 아내 표정이 굳어졌다. 그네가 주스로 목을 축이며 한참 생각에 잠겨 있다 입을 열었다.

"지난 주일 담임목사님 설교에서, 모든 사건, 모든 만남, 모든 장소에 하나님의 절대 주권이 역사하신다고 말씀하지 않습디까. 제 생각으로는, 북한 선교가 언젠가는 꼭 필요하겠지만 하나님이 작정한 시간표에서 아직은 때가 이르다고 생각합니다. 세상의 통념을 깨뜨리고 한발 앞서 선교 현장으로 들어간 강목사님의 근원적 소신은 그렇다 치고, 저는 목사님이 선양 선교사로 나가는 데 반대합니다. 더 젊었거나 아이들이 다 자라 자립했을 때라면 몰라도 지금 목사님은 어중간한 나이 아닙니까? 그 외에도 선교사로 나가기 힘든 여러 이유가 있지요. 제가 말하지 않아도 우리 집안 형편을 잘 알고 있잖아요? 그러나 제 말은 여편네의 의견에 불과하니 강목사님 초청을 두고 어느 쪽이 합당한지 기도해보세요. 성령께서 목사님을 예비하신 길로 인도할 겁니다."

내가 목사 안수를 받은 뒤부터 아내는 나를 '당신'에서 '목사님'

으로 격상시켜 불렀다. 아내는 보수적 복음주의 집안 출신으로 선대 신앙관을 그대로 따르고 있었다.

  나는 아무 말도 할 수 없었다. 가족 동반으로 해외 선교에 나설 처지가 아님은 물론, 내 단독으로도 해외 선교를 지원할 시기나 나이 또한 아님을 아내는 지적하고 있었다. 가족이 나의 해외 선교에 따라나선다면 갓 초등학교에 입학한 쌍둥이 애들 학업도 현지로 옮겨가야겠지만, 아내는 교직부터 포기해야 했다. 나는 이백만 원 남짓한 봉급을 집에 들여놓는데 선교사로 나간다면 생활비 반 토막이 사라지는 셈이다. 내가 받는 봉급으로 아파트 관리비와 공과금, 입학할 두 애에게 각자 방을 마련해주려 작년에 입주한 삼십이 평형 아파트 융자금 상환, 두 애 학원 비용, 양가 부모님께 용돈을 보내는데 그게 당장 구멍이 뚫린다. 만약 내가 단독으로 선양으로 떠난다면 아내가 직장인이니 어머니나 장모가 집안 살림을 도와주어야 한다. 쌍둥이 두 애의 유아기 때는 어머니와 장모가 번갈아 와서 안살림 살며 애를 보살펴주었는데도 학교로 출근해 교단에 설 때면 엄마 품 떠난 두 애가 눈에 밟혀 아내는 수업을 제대로 할 수 없었다고 했다. 그 시절 아내는 몸과 마음이 너무 고달파 노이로제 현상을 보였으나 교직을 놓지 않았다. 집 안에 들어앉아 전업주부로 만족해서는 한국적 현실로 장차 두 애의 학업 뒷바라지가 불가능하다고 했다. 내가 단독으로 해외 선교에 나선다면, 기러기 아빠란 말이 유행이지만 이 경우는 거기에도 해당되지 않았다.

  아내는 내일 아침도 일찍 출근해야 했기에 안방으로 들어가버렸다. 나는 식탁에 멍하니 앉아 나의 장래 문제를 따져보았다. 몇 해 안에 지금 교회의 교육목사에서 부목사로 임직될 테지만 내 위로 부목사가 두 분이나 있어 특별한 사유가 생기지 않는 한 지금 교회에서 담임목사로 강단에 설 가능성은 희박했다. 그렇다면 연로한 목사가 담임하는 시골 교회 부목사로 내려가거나 개척교회를 열어 홀로 서는 길밖에 없었다. 나는 이러지도 저러지도 못하는 어정쩡한 상태에서 해를 넘기고 있었다. 아직 미혼이라면 당장 교회에 사직서를 내고 두 팔 걷어붙여 강목사를 따라나서서 십자가를 지고 그를 돕고 싶었다. 그러나 잡다한 세속적인 문제가 나를 잡아매었고, 내 나이 이미 삼십대 중반 고개를 넘어서고 있었다. 그의 청을 거절할 마땅한 구실이 떠오르지 않았다.

*

강목사의 선양 초청에 가부간 답을 알리기로 약속한 이틀 뒤 수요일, 나는 뵙고 말씀드리겠다며 그에게 전화를 냈다. 강목사 청을 들어줄 수 없는 입장을 전화로 전달하는 것은 예의가 아닌 것 같아 만나서 솔직히 털어놓기로 했다. 일시 귀국하면 여러 일로 바쁜 강목사가 짬을 내주었기에, 지금으로선 해외 선교에 나서기가 어렵겠다는 뜻을 전했다. 내 거절에 그는 말을 잘못 꺼내 미안하다 했고 전화로 알려주어도 되는데 이 더운 날에 찾아왔느냐며 부담스러워했다. 그리고 어디에서나 그 지역을 향한 하나님의 계획을 발견한다면 그곳이 선교지라며 내 손을 굳게 잡았다.

그의 여윈 손은 마디가 세고 거칠어 부드러운 내 손이 부끄러웠다.
 나는 다음달 말에 일주일간 하기휴가를 얻게 되는데, 그때 선양을 방문하고 싶다고 말했다. 내가 그렇게 결정하기는 그의 청을 거절한 데 따른 미안함도 작용했지만 이번 기회에 그의 북방 선교 현장을 직접 보고 싶었다. 내 신앙 생활과 목회 활동에도 자극제가 될 터였다. 내 말에 강목사는 언제라도 좋으니 들르라며, 최근에 만들었다는 전도지 한 장을 주었다. 상단에 고딕 글자체로 박은 말이 눈에 들어왔다.
 ─한 민족으로 묶고 한 임금을 세워 다스리게 하리니 다시는 두 민족으로·갈리지 않을 것이다. 다시는 반으로 갈라져 두 나라가 되지 않을 것이다.
 구약 에스겔서에서 뽑은 말씀인데, 한국어 성경에서 직접 따오지 않은 듯 성경 문투가 일반적인 산문 문장이었다. 전단 아래에는 강목사와 전도사 박요섭의 휴대폰 전화번호와 이메일이 박혀 있었다.
 교회에서의 내 휴가 순번은 8월 마지막 주였다. 이번 하기휴가는 애들의 초등학교 입학 기념으로 가족과 모처럼 제주도 여행 계획을 세워두었는데 나는 세 식구를 실망시켜가며 단독 선양행을 결정했다. 일주일간 선양을 다녀오겠다는 내 말에 아내는 파송이 아닌 방문까지 반대할 수는 없었던지, 강목사를 따라 북한으로 잠입하는 경솔한 행동은 하지 말라고 당부한 끝에, 자기는 애들 데리고 안동 친정을 다녀오겠다고 말했다.
 내가 하기휴가를 맞아 선양 선교 현장을 방문한다는 말이 교회 청년부를 통해 알려지자 함께 따라나서겠다는 교인들이 있었다. 중장년층 넷에 청년부 대학생 넷으로 나를 포함해 아홉 명, 모두 남성 교우였다. 그들은 중국 선교 현장을 방문한다는 목적에 찬동했으나 사실은 지안 지방 고구려 유적 탐방과 백두산 오름에 관심이 더 많았다. 나는 그들에게 선양에서 선교하는 강목사가 북한 선교에 직접 나선다는 말까지 하지는 않았다. 해외 단체여행에는 국내 여행사가 따라붙게 마련인데 여행사를 끼지 않고 교우들끼리 홀가분히 떠나게 되어 경비가 제주도 여행보다 저렴했다. 일정을 6박7일로 잡자 이를 이메일로 선양의 강목사에게 알린 뒤 인터넷 채팅을 통해 세부 계획에 따른 서로의 의견을 주고받았다. 강목사는 이메일을 통해 영양제와 기초 의약품을 가져왔으면 좋겠다고 부탁했다. 선양 교우들을 위해서라기보다 강목사가 북한으로 들어갈 때 필요한 물품으로 짐작되었다. 마침 선양행에 지원한 선우 집사가 약국을 경영하기에 나는 그분을 통해 종합비타민제, 항생제, 진통제, 항히스타민제, 구충제 등 의약품과 피부 질환 치료제를 원가에 구입하거나 희사 받았다.

세계 기독교계가 깜짝 놀랄 정도로 급성장한 한국 교회의 해외 선교사 파송이 본궤도에 오르기가 70년대 들고부터이고, 지금은 세계 각지에 흩어져 복음을 전파하는 선교사가 만 명을 넘어섰다. 우리 교회에서도 동남아, 중앙아시아, 아프리카에 해외 선교사 여덟 명을 파송하여 그들을 지원하고 있었다. 그러나 나는 교회에 해외 선교비의 일부나마 보조해달라는 말을 꺼낼 수 없었다. 선양행을 결정한 교우들에게 강목사가 선양의 지하교회를 통해 탈북자 돕기, 북한 주민 돕기도 한다는 말을 내가 전하자, 청년부 학생들이 자선 바자회를 여는 등 선교 헌금 모금에 앞장섰다. 장년층 네 분과 함께 나도 재력 있고 신심 두터운 교우 집을 방문하며 열심히 뛰었다. 선양 출발 하루 전 강목사에게 전달할 물품을 점검하니 의약품, 책자와 학용품, 각종 의류제품, 포장된 식료품 등, 그 양이 꽤 많아 추가 운송비를 물어야 하지 않을까 걱정될 정도였다. 중국 세관 검사가 까다로운데다 약품 반입은 불법이기에 우리는 가져갈 의약품은 각자 개인 짐에 나누어 갈무리하기로 했다. 8월 마지막 화요일, 교회의 심방용 승합차를 타고 인천공항에 나갈 때는 개인 짐과 선물 꾸러미가 짐칸을 가득 채웠다. 구름 낀 후덥지근한 날씨였다.

인천공항을 이륙한 지 두 시간이 못 되어 일행은 선양 국제공항에 도착했다. 사전에 전화로 약속한 대로 조선족 청년이 승합차를 가지고 마중을 나와주었다. 기사 역시 진맥회에 소속된 교인이었다. 세관을 무사히 통과해 짐을 싣고 공항 터미널을 떠나자, 시 외곽 지역인데도 곳곳에 철탑을 세우며 고층건물이 치솟고 있었다. 외곽 시가지를 정비하느라 토목공사가 한창이었고 새로 선 고층 아파트단지가 연달아 이어졌다. 매년 지엔피 성장 십 퍼센트 달성이 말해주듯 중국 동북 지방의 발전상이 한눈에 들어왔다. 한국 성인 삼분의 일이 이미 한 차례 여행했다는 이웃나라인데도 나로서는 중국이 초행길이었다. 몇 해 전 전도사 시절 교회 교인들과 함께 로마, 이스라엘, 터키의 에베소로 성지순례를 다녀온 뒤 해외여행은 처음이기도 했다.

일행 중에 절반은 이미 북간도 엔지를 거쳐 백두산 관광을 다녀왔기에 차 안에서도 그들은 정상에서 바라본 백두산과 천지로 들어가 그 물에 손 적셔본 감격을 두고 말이 많았다.

"고구려를 자기네 역사에 편입하려는 중국의 동북공정 정책은 잘 알고들 있지? 특히 학생들은 말조심하라구." 일행 중 가장 연장자인 교직에서 은퇴한 백장로가 말했다.

"한국에서 온 어느 목사님이 엔지에서, 만주는 우리의 고토로 고구려의 옛 땅이라며, 복음으로 삼만 리 강산을 통일하자고 설교했다가 중국 공안당국에 연행당해 조사받고 반성문을 제출해 겨우 풀려났대." 편의점 점장으로 이번 여행에 총무를 맡은 한집사가 말했다.

그러나 젊은 층들은 그 말을 심드렁히 들으며 묵묵부답이었다.

일행은 출국 전 예약해둔 조선족 집단 거주구역 서탑거리 시장통에 있는 한양호텔에 짐을 풀었다. 한국인과 조선족이 합자해 운영하는, 한국 관광객을 주로 받는 호텔이었다. 말이 호텔이지 한국으로 치면 모텔급의 낡은 오층 벽돌 건물이었다. 로비도 평수 큰 아파트의 거실 넓이 정도였다. 응접용 의자 몇과 보조의자가 놓인 로비에 강목사와 그를 돕는 박요섭 전도사가 우리를 기다리고 있었다. 우리 일행은 강목사, 박전도사와 인사를 나누었다. 서른 초반의 키가 성큼하고 허여멀쑥한 박요섭은 내 손을 모아 잡고, 정목사님 일행을 진심으로 환영한다며 고른 치아를 드러내고 활짝 웃었다.

카운터에서 열쇠를 받아 온 한집사가 내 방이 310호라고 일러

주었다. 나는 그를 따로 불러 사전에 의논한 대로 선양의 진맥회에 선물할 물품과 북한 주민에게 넘겨줄 물품을 분리해달라고 말했다. 그가 내 트렁크를 310호실로 들여놓겠다고 하기에 나는 현지 목회자와 잠시나마 대화를 나누려, 미안하지만 그렇게 해달라고 부탁했다. 방문단 대표 격인 목사라고 나만 일인 일실이었고 나머지 여덟은 이인 일실이었다. 중장년층 넷은 각자 정해진 삼층 호실로 개인 짐을 끌고 엘리베이터 쪽으로 몰려갔고, 청년부 넷이 선양에 떨어뜨리고 갈 짐을 맡았다.

한국에서 온 우리들을 환영하는 뜻으로 시내 지교회 격인 밀알회의 황집사가 오늘 저녁 만찬에 초대했다고 강목사가 말했다. 황집사는 부천 소재 경안염료 선양공장 출장소장으로 조선족 종업원 사십여 명을 두고 있었는데, 밀알회가 경안염료 출장소의 도움을 많이 받는다고 했다. 박요섭이 현지 교인 몇 분도 참석한다고 덧붙였다. 나는 준비해 온 일주일간 선양 체류 일정표를 둘에게 한 장씩 건넸다.

내일 수요일은 선양 근교 진맥회를 방문하여 교우들과 간담회를 가진 뒤 저녁예배에 참석, 선물 전달. 목요일 오전에 백두산으로 출발하여 지안 지방의 고구려 유적을 둘러보고 백두산 아래 이도백화 봉화호텔에서 일박. 금요일 새벽 백두산에 오른 후 천지를 거쳐 오후에 출발, 밤늦게 선양으로 귀환. 토요일은 선양 유적지 관람. 주일 낮예배는 선양 교외의 진맥회, 저녁예배는 선양 시내 밀알회 참석 후 현지 교인들과 친선 교류. 월요일 조식 후 선양공항을 거쳐 인천공항으로 귀국한다는 일정이었다.

이렇게 짜여진 칠 일간의 일정표였으나 출발하는 날과 귀국하는 날을 빼면 온전히 쓸 수 있는 날은 닷새뿐이었다. 이틀간의 백두산 관광에 나는 스스로 빠졌다. 백두산 관광을 해보지 못한 나로서는 아쉬웠으나 닷새간의 짧은 일정이라 포기할 수밖에 없었다. 목요일은 현지 교인들과 함께하는 시간에 할애하고 금요일은 나 혼자 선양에 남으니 서탑교회를 방문하고 시내의 청나라 유적지를 돌아볼 참이었다. 선양은 한때 청조(淸朝)의 수도로 그때 건축된 볼거리가 많았다. 주일 낮예배와 저녁예배 설교는 내가 맡기로 했다. 강목사가, 사례비 드릴 처지도 못 되는데 주일예배를 맡아주어 고맙다며 너털웃음을 웃었다. 그가 소리 내어 웃는 모습을 보기가 오랜만이었다.

　"중국엔 소수민족만두 쉰일곱이나 된답니다. 그중 민족 분열을 일으킬 조짐을 보이는 소수민족으로 중국 정부가 특별 관리하기는 네 민족인데, 달라이 라마의 서장지구, 신장지구의 이슬람, 몽고가 자기네 땅이라구 주장하는 내몽고, 그리고 조선족이 많이 사는 지린성이지요. 중국이 시장경제를 받아들인 지 이십 년이 넘건만 중국 공산당의 종교정책은 요지부동입니다. 종교는 인정하지만 교회의 세계화만은 철저히 반대하는, 어디까지나 국내용이지요. 청나라 말기 서방 제국주의에 혹독한 시련을 겪었다보니 지금도 기독교를 제국주의의 앞잡이라며 색안경 끼구 보지요. 자립, 자전, 자치란 사회주의 건설 삼대 목표를 내세워 외세 배격의 '삼자애국회'를 적극 추진하는데, 기독교 정책두 '삼자교회'의 취지와 목적에 따라야 합니다. 선양엔 일구칠구년에야 조선족 기독교 신자를 위해 서탑교회가 섰으나 이 공인된 교회 이외는 교회란 간판 달구 문을 열 수 없습니다. 베이징에만도 자생적 가정교회가 수천 개 있다지만 모두들 쉬쉬하며 몰래 모여 숨어서 예배를 보는 형편이랍니다. 동북 지방 가정교회두 공안당국의 주목을 늘 받고 있지요."

"서탑교회 사정은 어떻습니까?"

강 목사 말이 끝나자 내가 물었다. 박요섭이 나섰다.

"우리 민족은 종교적 체질이 강한 것 같습니다. 중국인은 가는 곳마다 식당을 차리고, 일본인은 가는 곳마다 전파상을 차리고, 우리는 가는 곳마다 교회부터 세운다고 합디다."

"한국 교회의 성장을 두고 세계가 경이의 눈으로 바라보지요." 내가 말했다.

"조선족의 본격적인 중국 이주사를 따지면 백오십 년에 이르는데, 선양 지방은 일제 때 관북 지방 기독교인이 많이 넘어왔지요. 종교도 사회주의 건설에 복무할 의무가 있어 우리 쪽 입장에서 보면 완전한 종교적 자유라 말하기 무엇하지만, 이천년대 들어 서탑교회 부흥은 놀라울 정돕니다." 박요섭이 말했다.

"정 목사, '골에 접수가 안 된다'는, 여기 조선족이 쓰는 말뜻을 압니까?" 강 목사의 엉뚱한 질문에 내가 멍하니 바라보자, 그가 주름진 입가에 미소 띠며 뒷말을 덧붙였다. "북에서 건너온 말인데 '리해가 안 된다'는 뜻이지요. 로마에 가면 로마법에 따르라구, 여기서는 우선 중국의 종교정책을 이해해야 합니다. 그리구 중국에 뿌리내린 조선족 내면 또한 잘 헤아려야 하구요. 조선족이 여태까지 우리말과 우리 풍습을 지키구 있으나 벌써 오대손까지 여기서 뿌리내렸습니다. 중국이 강대국으로 올라서구 인민의 생활이 이제 웬만큼 향상되자, 조선족도 어엿한 중국 인민으로 자부심을 가지구 있습니다. 중국이 시장경제를 받아들여 인민이 돈맛을 알자 개인 소유욕에 눈이 어두워 한국에 나온 중국 동포들이 갖은 수모를 받아도 그저 네, 네 하며 굽실거린다구 그게 이 사람들 본심이라구 생각하면 자만에 빠진 단견이지요. 내 한 몸 희생으로 중국에 있는 가족에게 실질적인 도움을 주겠다는, 한국인 특유의 유전인자 속에 박힌 가족애지요. 남측 사람들이 중국 땅을 밟기가 팔십년대 초부터니, 그 이전까지 사십여 년은 북측을 유일한 조국으로 알구 그쪽 문물을 소화하며 살아왔습니다. 한국 전쟁 때는 북측이 중국 도움으로 나라를 건졌기에 혈맹 형제국이기도 하구요. 지금은 북측 주민 생활이 말이 아니지만, 여기 조선족은 그렇게 된 이유를 잘 알고 있구 북이 당면한 속사정을 안타까워하며 골에 접수하구 있어요. 여기 조선족은 지금두 정당한 입국 수속 절차를 밟으면 북측에 자유로운 내왕이 가능합니다. 여기 조선족 식자를 만나 대화하며 그 속내를 들여다보면, 북측의 주체철학을 대단히 훌륭한 독창적인 사상으로 인식하구 있음 또한 접수할 수 있어요……"

한국에서 온 일행이 각자 객실에 짐을 부려놓고 간편한 옷차림으로 로비에 나타나기 시작했다. 정목사는 그들을 개의치 않고 말을 계속했다.

"……이데올로기 차원으로 해석하지 않는다면 주체철학이란 거창하지도, 어렵지도 않아요. 쉬운 말로, 자기 운명의 주인이 자기 자신이니 자기 운명도 자신이 개발, 개척하기 나름이라는 게 바로 주체정신이지요. 누구나 주체성을 가져 도덕적 교양을 고무시키자는 공동체 실천운동입니다. 사회와 역사의 주체로 나서서 좋은 일하기 운동, 좋은 일 따라 배우기 운동, 이런 슬로건의 실천이야 뭐 그리 어렵겠습니까. 주체철학은 한마디로 사람의 지위와 역할을 설파한 인간 중심의 철학이지요. 북측 선교두 그들이 혁명정신이라구 말하는 그 주체적 사고방식을 이해하구 받아들여 자기를 낮추는 신앙적 자세로 겸손하게 다가가야 합니다. 북측이 말하는 유일사상 주체철학을 타도의 대상으로 보구 십자군 쳐들어가듯 해서야 선교가 제대로 안 되지요."

해외 선교사로 나온 목회자 신분인 강목사가 교우들이 듣는 앞에서 북한의 주체철학을 설파하자 내 입장이 난처해지고 말았다. 나는 강목사를 누구보다도 이해하는 편이었으나 한편으로 그가 지금 수월하게 뱉어내는 말이 여기 조선족 말처럼 골에 접수가 되지 않았다. 강목사가 말은 그렇게 해도 내심 기독교와 주체철학의 양립을 주장하지는 않을 것이다. 통일이 되기 전에 북한 선교에 임하자면 저들이 신앙처럼 받드는 주체철학을 긍정적으로 이해해야만 북한 주민 접근이 가능하다는, 선의의 뜻으로 해석했다. 기독교적 입장에서 나는 강목사의 진정성을 두고 묻고 싶은 말과 하고 싶은 말이 있었다. 그러나 장소가 호텔 로비였고 교인들 앞이라 입을 다물 수밖에 없었다. 대학 졸업반인 채군이 강목사 말에 안경알 뒤편 두 눈을 반짝이며 호기심을 보이는 데도 신경이 쓰였다. 그는 내가 시무하는 교회의 채춘식 장로 자제였다. 대학 새내기 시절 한총련 소속이었던 그는 경기도 포천 미군 사격장으로 들어가 장갑차를 점거하는 시위에 나서서 경찰서 유치장에서 구류를 살기도 했다. 부모의 골치를 썩이던 채군은 햇수가 지나자 운동권에서 한발을 뺐는지 채장로 말이, 요즘은 취직 공부를 착실히 하고 있어 한시름 놓았다는 것이다. 여행길에 오르기 전 채장로는 교회가 주선하기에 여행을 승낙했다며, 아들을 잘 부탁한다고 내게 당부까지 했다.

갑자기 분위기가 딱딱해지자 박요섭이 나섰다.

"북측 사람들이 주로 쓰는 말인, 일없습네다가 괜찮다는 말인 줄은 여러분도 아시지요? 여기 조선족도, 머리가 아프지 않다를 골이 일없습네다라고 말하지요."

한국에서 온 일행 여덟은 저녁식사 전에 서탑거리를 둘러보고 오겠다며 몰려나갔다. 저녁 여섯시 로비에 집합하기로 했으니 한 시간 반 여유가 있는 셈이었다. 한 무리 한국 관광객들이 로비로 몰려들었다. 그들은 쇼핑을 하고 오는지 각자 비닐 꾸러미를 들고 들어오며 왁자하게 떠들어댔다. 나는 여기가 한국인지 중국인지 잠시 헷갈렸다. 강목사가 자리에서 일어나 시계를 보더니 선약이 있다며, 나중에 식당에서 만나자고 말했다.

박요섭만 남게 되자 나는 홀가분한 마음으로 그에게 선양 선교 사정을 두고 이것저것 물었다. 그는 선양으로 온 지 열 달째로 미혼이었다. 시내 변두리에 위치한 진맥회와 시내의 밀알회 중간 지점의 다세대 주택 열여덟 평을 월세로 빌려 강목사, 탈북자인 조근식과 함께 생활한다고 했다. 방 두 개 중 강목사가 한 방, 조근식과 자기가 방 하나를 함께 쓰는데 화장실과 주방이 딸려 있어 세 사람이 생활하기에는 별 불편이 없다고 말했다.

이태 전 평양 봉수대교회에 컴퓨터 등 미화 이만 달러에 해당되는 선물을 전달하려 북한 출신 원로목사 다섯 분이 북한 방문길에 오를 때 박요섭은 실무를 맡은 행정 간사로 일행 뒷바라지를 하러 따라나섰는데, 선양에서 고려항공 편에 평양 근교 순안공항으로 들어갔다고 했다. 그때 원로목사 한 분이 강목사 부친과 가까웠던 사이라 선양에서 강목사를 뵙게 되었다고 했다. 그 인연으로 선양 해외 선교를 자원하게 되었다는 것이다.

"강목사님께 반했다고나 할까요. 그분이야말로 주님이 바라시는 진정한 선교 청지기입니다." 그렇게 말한 뒤 그는, 강목사님이 잘 이끌어주어 별 어려움 없이 해외 선교 경험을 쌓아가는 중이라고 했다. 박요섭은 호인다운 인상에 말투가 시원시원해 한눈에도 성품이 활달해 보였다. "나간 분들이 이 지역 주변을 둘러보곤 금방 느끼고 오겠지만, 여긴 서울 한 모퉁이를 그대로 옮겨놓았습니다. 한국 식당가, 전자제품 상가, 의류점, 노래방, 나이트클럽, 마사지방, 사우나탕에 국산 화장품 점포까지 한글 간판 버젓이 달고 널렸지요. 모두 한국인들이 들어와 운영합니다. 심지어 피시방과 비디오 대여점, 머리방도 들어왔어요. 주 고객은 중국인 신흥 중산층에 신세대 젊은이들로, 한류 덕을 톡톡히 본다고나 할까요. 가격이 한국 수준이니 여기 가난한 조선족은 엄두조차 낼 수 없게 비싸지요. 한국인이 직접 그런 장사에 뛰어들기도 하지만 세금 문제로 조선족을 앞세우고, 종업원도 모두 조선족을 쓴답니다. 양쪽 말이 통하고 임금이 싸니깐요. 그러니 공장이나 상사 주재원들과 한국 업소에 근무하는 조선족 모두가 선교 대상 아닙니까. 저는 그들의 인생 상담자 역할을 자청해 업소에 무턱대고 쳐들어가 접촉부터 시작하지요. 먼저 인간적으로 통해놓은 후 간접적 선교 방법으로 접근합니다. 강목사님도 그렇게 출발했대요. 저야 여기 주변 도심이 주 선교 대상이지만, 강목사님은 처음 와서 근교 농촌 조선족 집단부락으로 들어가 농사일을 거들어가며 그들의 인생 상담 역할자로 나서서 결신자를 하나 둘 다락방 기도처로 인도했답니다. 정말 목사님은 초대교회 시절 주님 제자들의 행함을 그대로 실천하는 분입니다. 목회자이기에 앞서 인간적인 진실함에 모두 감복당해 주일이면 진맥회 가정예배처를 찾지요. 교회 간판을 버젓이 못 내다는 건 여기 사정이구요." 박요섭의 강목사 칭송이 늘어졌다.

나는 로비를 둘러보았다. 로비에는 누군가를 기다리며 대화를 나누고 있는 중국인 둘, 비치된 한국 신문을 읽는 등산복 차림의 남자 외 이쪽에 관심을 둔 사람은 없었다. 나는 목소리 낮추어, 강목사가 한 달 전에 잠시 귀국했을 때 북한 선교를 두고 말하던데 잘되어가느냐고 물었다. 아, 그 문제 말입니까 하곤 그 역시 주위를 둘러보더니, 나중에 기회를 보아 조용히 말씀드리겠다며 입을 닫았다.

한국에서 온 일행은 한 시간 남짓 동안 호텔 주변 거리를 둘러보고 돌아왔다. 그들은 내 주위에 앉거나 서서 제가끔 현장에서 부닥친 선양 방문 첫 소감을 피력했다. 중국 인구가 세계 인구의 이십 프로가 넘는다는 사실을 실감할 정도로 거리가 콩나물시루다. 서울 남대문시장을 그대로 옮겨다놓은 듯한데, 자본주의 시장경제가 한국 뺨칠 정도다. 부딪혀 못 다닐 지경이라 주머니 지갑에만 신경이 쓰였다. 잣이 너무 싸기에 심심풀이로 먹으려 한 되를 사왔다. 다들 여러 말이 분분했으나 채군만이 잠자코 있었다. 그는 뭘 샀는지 두툼한 종이 쇼핑백을 들고 있었다.

잠시 뒤 공항에서 우리 일행을 데려온 조선족 기사가 나타나, 식당으로 갈 시간이 되었다고 했다. 그는 일주일 동안 우리 일행 이동을 책임지기로 계약되어 있었다. 박요섭을 포함한 일행이 호텔 앞에 대기 중인 승합차에 올랐다. 인도와 차도 구별이 없는 시장거리는 차고 넘치는 통행인으로 기사가 연방 클랙슨을 눌러댔다. 차가 큰길로 빠져나와 십여 분을 달린 끝에 황룡대반점이란 중국음식점 앞에 우리를 부려놓았다. 테니스장 크기의 일층 홀은 이미 식도락객으로 넘쳐났고 식탁마다 그들이 조잘대는 빠른 말이 대밭에 참새 떼 지저귀듯 했다. 우리는 예약된 이층 별실로 안내되었다.

저녁 만찬에는 두 목회자를 빼고 현지인 일곱 명이 참석했다. 우리 일행과 현지인의 쌍방 인사 소개가 있고, 친교하자면 섞여 앉는 게 좋겠다는 박요섭의 말에, 현지인들이 한 사람씩 건너 자리를 정했다. 현지인 넷은 한국 상사에서 파견된 주재원이었고 둘은 진맥회에서 온 조선족 중년층이었다. 줄무늬 남방셔츠를 입은 나머지 한 사람은 조근식이라고 간략하게 자기소개만 했다.

키와 머리통이 작고 얼굴색 검은 그는 나이 스무 살 정도였다. 내 옆에 자리한 박요섭이 조근식을 눈짓으로 지목하며, 서울에서 강목사님 따라와서 북한 선교를 돕고 있다고 귀엣말로 말했다. 호텔에서 말한 그 탈북자인 모양이었다. 저녁 만찬에 초대한 황집사의 환영사에 이어, 나는 선양을 방문한 게 하나님이 허락해주신 은혜라고 답사했다.

첫 요리가 테이블에 오르자 강목사가 식기도를 했다. 그는 서울에서 만났을 때처럼 북한 동포가 겪고 있는 어려운 경제 사정을 기도 중에 빠뜨리지 않았다. 기근에 시달리는 북한 동포 중 특별히 병약한 어린이와 노약자를 두고 그가 꺽센 목멘 소리로 언급할 때는 성찬을 앞두고 있어 분위기가 숙연했다. 기도가 끝나고 음식에 젓가락을 댈 때부터 옆사람과 끼리끼리 도란도란 자기 소개를 나누는 말로 분위기가 살아났다. 한 상 가득 차려내는 한국 음식문화와 달리 회전식 테이블에 주문한 음식이 한 가지씩 차례대로 올랐는데, 요리의 천국답게 청요리가 입맛을 당겼으나 기름에 볶아낸 저들 음식이 우리 식성에는 느끼할 수밖에 없었다. 외국에 나가면 왜 그렇게 끼때가 기다려지는지 모르겠다는 한집사 말처럼, 한국에서 온 일행은 몇 끼 굶은 사람들처럼 요리가 나오는 족족 앞접시에 퍼내어 금방 비워냈다. 중국에서 한창 인기리에 방영이 끝난 「대장금」이 먼저 화제에 올라 한류 현상을 두고 대화가 이어지다가 중국 선교의 문제점으로 차츰 대화가 옮아갔다. 현지인 측은 황집사와 박요섭이 대화를 이끌었고, 강목사는 식사량도 적었지만 별말이 없었다. 한국에서 온 측은 장년층

집사들이 중국에서의 종교 활동을 주로 질문을 했다.

한 시간 반에 걸친 만찬을 마치자 첫날 공식 일정은 그로서 끝났다. 나는 박요섭에게 내일이 수요일이니 서탑교회로 새벽기도를 갈 수 있느냐고 물었다. 한국에서 온 여행자는 새벽이나 늦은 밤 단독 외출을 삼가는 게 좋다고 그가 말했다. 교회는 개방되어 있으나 말이 통하지 않고 위험하다는 것이다. 최근에도 밤거리에 혼자 나선 한국 여행객의 납치 사건이 있었다며, 객실에서 혼자 새벽예배를 드리라는 조언이었다.

식당 앞 한길에서 현지인과 내국인은 떠나기 전, 주일에 다시 만나자며 헤어졌다. 우리 일행 아홉만이 승합차에 오르자 박요섭이, 내일 아침 열시에 여러분을 모시러 가겠으니 선양 첫 밤을 푹 쉬라고 말했다. 차창 밖을 내다보니 손을 흔드는 강목사 뒤에 조근식이 그림자처럼 붙어 서 있었다.

한양호텔로 돌아온 아홉 명은 엘리베이터가 소형 육인용이라 나누어 타게 되었다. 먼저 탄 일행이 삼층에서 내려 각자 객실로 흩어지기 전, 목사님께 따로 드릴 말이 있다며 채군이 나를 세웠다. 총무님께 말씀드렸는데 자기는 백두산 여행에서 빠지겠다는 것이다. 왜냐고 내가 묻자, 백두산은 작년에 여행했다며 목사님과 함께 선양에 남겠다고 했다. 갑자기 일정을 변경한 채군의 의도를 짐작할 수 없었으나 가지 않겠다는 사람을 억지로 보낼 수 없는 일이었다.

"그런데요, 목사님. 목요일 하루는 백두산 여행객 방 네 개를 빼기로 사전 계약되었다니, 그날 하룻밤만 목사님 방을 함께 쓰면 안 될까요?"

"그렇잖아도 나만 독방 쓰게 되어 일행에게 미안한데, 잘됐군."

내 말에 채군은 고맙다며 절하곤 자기 객실로 걸음을 돌렸다.

*

수요일 아침 여덟시에 한국에서 온 일행은 호텔에 딸린 일층 식당으로 내려와 조찬을 겸해 오늘 일정을 두고 상의했다. 내가 방으로 올라오기는 아홉시가 못 되어서였다. 잡책에 어제 하루 일정을 메모로 정리하고 있을 때 손기척 소리가 났다. 문을 여니, 잘 주무셨냐며 박요섭이 들어섰다. 나는 그가 어제 못다 한 말을 하기 위해 약속시간보다 일찍 내 방으로 찾아왔음을 알았다. 전기주전자와 찻잔이 비치되어 있기에 나는 그에게 준비해온 인스턴트 커피를 대접했다.

몇 마디 일상적인 대화가 오고간 뒤에 화제는 자연스럽게 강목사의 북한 선교 문제로 옮아갔다.

"강목사님이 토요일에 북측으로 들어간다고 말하시지 않았습니까?" 박요섭이 물었다.

"주일까지는 며칠 남았지만 그런 말은 듣지 못했는데요."

"이번 주일은 정목사님한테 주일예배를 맡기고 들어가게 되어 마음이 홀가분하다고 말씀하십디다. 조근식 군과 함께 북으로 들어가 거기서 주일예배를 인도하시겠지요. 한 달에 한 번씩 마지막 주일은 저쪽에서 예배를 드립니다. 만포시 북쪽 월기봉이라구,

천이백 미터 넘는 산 중턱에 비밀한 예배 처소를 마련했나 봅디다. 자연동굴에다 말입니다."

"그게 어떻게 가능합니까?"

"요즘에 와서야 그런 감을 잡았지만, 목사님이 선양으로 들어온 건 조선족 선교가 주목적이 아닌 걸 알았습니다. 북한 선교 개척의 길을 뚫어보겠다는 원대한 계획 아래 지난 삼 년 동안 하나하나 실천에 옮겨왔습니다. 그 증거로 국경도시 지안은 중국 땅이고 코앞에 있는 압록강을 건너면 북조선 만포시지요. 철로가 연결되어 있어 국경 무역이 이루어지고, 지안 지방에 사는 조선족 보따리 상인들이 허가증을 가지고 국경 넘어 만포시로 들어가지요. 만포시에 큰 장이 선답디다. 목사님이 그 점에 착안하신 것 같아요. 틈만 나면 지안을 부지런히 드나들다 지안 근교에 사는 조선족 한 가정을 일 년 걸려 결신자로 영접하는 데 성공했답디다. 강계에 친척이 있어 만포시로 자주 드나드는 고만복 씨가 목사님의 북한 선교 교두보인 셈이지요. 그래서 조근식 군도 길잡이 삼아 한국에서 불러들인 겁니다."

"조군이 탈북자란 말을 들었는데, 탈북자가 북한을 제 집처럼 드나든다는 게 가능합니까?"

"북측의 국경 경비대원을 매수하면 가능합니다. 중국 돈 오백 위안 정도면 된답니다. 우리 돈으론 육만 원 남짓하지요. 고만복 씨를 통해 경비가 허술한 지점의 월강 루트를 뚫었겠지요. 자세히 들여다보면 사람 사는 곳은 어디나 허점이 있게 마련이지요. 경비원들도 인간적으로 봐주는 체하며 개인 이득을 챙기는 거지요. 강목사님은 북측에서 지안으로 귀환할 때 저쪽 강안에서 유리걸식하는 탈북자 가족도 두 차례나 빼내어 고씨 집에 숨겼구요."

"그럼 조군이 안내자 역할을 맡겠군요?"

"처음은 고만복 씨가 길잡이로 나선 모양인데 지금은 조군과 둘이서 북측으로 드나드나봐요. 제가 한번 조군한테 물었지요. 남한 체제가 북한 체제보다 좋지 않느냐. 우선 배불리 먹는 문제만은 해결되니깐, 했더니 그 말에는 대답 않고 성경을 읽고 새로운 세계에 눈뜨게 된 점, 그리고 강목사님을 만나게 된 게 남한에 온 가장 큰 보람이랍니다. 구약은 세 번, 신약은 벌써 열두 번을 정독했대요. 조군은 베드로같이, 목사님의 충실한 제자입니다. 지금은 대입 검정고시를 준비 중인데, 때가 되면 신학교에 진학하겠대요."

조근식 군이야말로 강목사 못지않은, 언젠가 통일이 될 그날 북한 선교에 앞장설 일꾼임에 틀림없었다. 식당에서 침묵으로 일관하던 조군의 모습이 떠올랐다. 그의 신앙적 의지를 보는 듯했다. 조군과 나를 비유컨대 나중에 된 자가 먼저 되고 먼저 된 자가 나중에 되는, 믿음을 반석으로 따지자면 내가 푸석한 사암이라면 조군은 단단한 화강암이었다. 내가 잠시 자괴감에 빠져 있는데, 박요섭이 말을 이었다.

"조근식은 우리가 흔히 말하는 꽃제비 일세대 출신입니다. 북이 구십년대 중반에 내리 흉년이 들어 배급 사정이 악화되자 거점 도시를 빼곤 전국적으로 기근이 만성화되기 시작했고 집을 떠나 유리걸식하는 꽃제비 아이들이 생겨났죠. 굶어 죽거나 국경 경비대 총질에 맞아 죽거나 한가지라며 주민들이 결사적으로 국경을 넘기 시작한 게 그때부터였습니다. 조군이 이쪽으로 넘어오기는 구십년대 말이라고 들었습니다. 베이징 외국인학교 담장을 넘기는 육 년 전이었구요. 그러니 한국에 나온 지가 벌써 육 년째입니다. 강목사님이 선양으로 오시기 전 조군과는 탈북 청소년 대안학교에서부터 인연을 맺었다고 들었습니다. 조군은 자강도 내륙 성간 출신인데 재작년부터 강목사 따라 선양을 들랑거렸다더군요. 압록강 넘어 성간까지 잠입해 형을 탈출시키는 데 성공했지요. 그 형은 지금 서울에서 기술학교에 다니고 있습니다. 성간으로 들어가보니 부모님은 이미 영양실조 끝에 굶어 죽어 못 모시고 나왔답니다. 북한 주민 평균 수명이 예순을 못 넘기니깐요. 지금은 강계로 출가한 누님네 가족을 탈북시키는 계획에 힘을 쏟고 있지요. 조군 자형이 아직 마음 결정을 못 내리나봐요."

나는 박요섭에게 강목사를 따라 북으로 동행한 적은 없었느냐고 물었다. 강목사가 허락하지 않을뿐더러 자신은 강목사를 대신해 선양의 주일예배 설교를 맡아야 하기에 아직은 그쪽 사역까지는 나서지 못했다고 말했다. 순교를 각오하고 자기도 북으로 들어가려 기도 중에 있다는 그의 표정이 사뭇 경건했다.

"강목사님 부친이 평안북도 정주에서 개척교회를 시작했다는 건 알고 계시지요? 통일이 되면 고향으로 돌아가 고현교회를 부흥시키겠다는 소망을 끝내 이루지 못하시고 소천하셨지요. 강목사님이 부친의 그 소망을 자신이 실현하려 나서서 우선 만포 부근 월기봉 중턱에다 동굴 지하교회를 개척했나봅니다. 모르긴 해도 분단 이후 남한 목사님이 북으로 들어가 직접 개척한 지하교회로서는 처음일 겁니다." 박요섭의 말이었다.

"기독교와 주체철학의 양립이 가능하다면, 그건 분명 변질된 기독교관입니다. 선교지의 현지 사정을 이해하자는 차원에서 강 목사가 북한의 주체철학을 은근히 두둔하던데, 저는 목사님의 진심이 아직 잘 이해되지 않습니다."

하나님의 아들 그리스도께서 우리 인간에게 가르친 말씀과, 인간이 만든 철학이나 사상은 양립할 수 없고 높낮이를 저울질할 성질이 아니란 게 내 생각이다. 아무리 훌륭한 철리를 담았다 해도 인간이 만든 학설의 탐구 영역은 궁극적으로 지상에서의 공동체적 삶에 기초하기 때문이다. 물론 윤리, 도덕, 정의와 같은 정신적 영역에 이론적인 정의를 내리기도 한다. 그러나 인간이 만든 학설은 시대의 변화에 따라 달라지고, 새로운 학설이 생겨나며, 사회적 합의에 따라 한 집단이 이를 수용하거나 폐기하기도 한다. 자유주의 철학과 사회주의 철학, 나아가 주체철학도 한 시대가 흘러가면 소멸되거나 변화의 과정을 거치게 됨은 불가피한 현상이다. 단언하건대 주님의 말씀은 과학적 합리주의 논리로는 규명이 불가능한, 시공을 초월한 영원불멸의 진리라 감히 말할 수 있다. 나 역시 그 말씀의 진리를 확신하기에 구도자로 나섰다. 그런데 강목사의 발언은 실용적인 다원주의를 편리한 대로 수용하는 면이 없잖았다.

"강목사님이나 저 역시 그렇게 생각지는 않습니다. 양립이라니요? 양립이라면 기독교가 이기느냐 주체가 이기느냐, 종국에는 결판이 날 게 아닙니까. 기독교와 이슬람 관계도 마찬가집니다. 평화적 공존을 원하지 않고 자기 세력 부식에만 몰두하여 으르렁대면 쟁투와 분란뿐입니다. 서방 국가와 중동의 종교적 문명 충돌은 서로 상처밖에 남지 않습니다. 우리가 이 땅에서 진정 평화를 원한다면, 서로가 상처를 주고받지 않아야 합니다. 기독교의 최종 목표는 인류의 구원입니다. 이 땅에 하나님의 뜻으로 평화의 나라가 임하게 만들자는 거지요. 그 어떤 새로운 철학이나 사상을 기조로 하든, 남북이 통일될 그날까지 북의 실체를 저주의 대상으로 보지 않고, 유일체제 철학조차도 포용할 수 있는 사랑의 대상으로 인정하자는 거지요. 장차 어떻게 될 것이냐의 결과는 뿌린 대로 거두듯, 사회적 질서의 개편에 맡겨야지 종교가 현실에 휩쓸려 감 놓아라 배 놓아라 해선 안 됩니다. 궁극적으로 주님이 하신 말씀 중에 가장 핵심적인 말씀은 사상과 계급, 인종적 편견까지 넘어서서 모든 사람에게 '서로 사랑하라'는 가르침 아닙니까?"

박요섭이 강목사를 존경하는 만큼 그의 말은 강목사의 논리로 보아도 무방했다. 강목사는 북한의 실체를 반공 논리를 떠나서, 그쪽의 억압 상태의 인민에서부터 통치자 집단까지 포괄적으로 '골에 접수하고' 있었다. 논리에 혼란이 와서 나는 화제를 돌렸다.

"강목사가 동굴에 지하교회를 개척했다면 상주자도 있습니까?"

"월기봉이 만포시에서 압록강 따라 북상하기 삼십 리, 팔순 노인 한 분이 동굴을 지키나봅니다. 애들 말처럼, 남의 눈에 안 띄게 꼭꼭 숨어서 말입니다."

나는 한순간 심장이 멎는 소리를 들었다. 팔순 연세라면 해방 후 북한 정권이 수립되기 전까지는 세례교인으로 교회에 출석한 분이리라. 그분의 마음 깊이 간직해온 오랜 신앙심을 생각하자, 남한에서 왔다는 목사를 처음 만났을 때 그분이 받았을 감격과 충격에 내 목젖이 아려왔다. 죽음을 앞둔 그제야 노인은 강목사를 통해 주님이 당신에게 찾아왔음에 감읍했을 것이다.

"깊은 산골이라면 부근 주민이 화전민일 텐데, 교인이 몇 분입니까? 안전원이나 다른 사람들에게 들키지 않아야 비밀 교회 유지가 가능할 텐데요?"

"물론이지요. 강제수용소로 넘어갈 각오 없이는 불가능하지요. 노인이 산동네 주민을 비밀리에 접촉해, 한 달에 한 번 지하교회에 모이는 신자는 네 집안으로, 열두 명이라 들었습니다."

나는 문득 성지순례 중 로마 근교에서 목격한 지하묘지 카타콤이 떠올랐다. 카타콤은 초기 기독교인들의 묘지로 사용되었으나, 로마제국의 기독교 박해 시대 초대 입신자들의 피난처를 겸한 예배 장소로도 이용되었다. 습기로 눅진한 컴컴한 지하동굴로 내려가 곳곳에 켜진 안내등 불빛에 의지해 종횡으로 뚫린 통랑(通廊)을 이동할 동안 초기 기독교인들이 겪은 수난의 흔적을 눈으로 더듬으며, 햇빛을 보지 않고 몇십 년간 지하에서의 일상생활이 어떻게 가능했을까, 그 기적 같은 삶을 의심하지 않을 수 없었다. 지하동굴에서 아기를 낳으면 그 아기는 바깥세상으로 나와보지 않는 이상 지하동굴 내부만을 세상의 전부로 인식했을 것이다. 주님이 비추는 마음의 빛에 의지하여, 주님 말씀만을 양식으로 삼고, 언젠가 이 지상을 떠나 천국에서 맞을 주님만을 고대하며 형극의 시간을 극복했을 그 자취는 감동과 눈물 없이 볼 수 없었다. 오직 구원의 확신만이 그들이 맞을 최후를 승리의 영광으로 보장해주었으리라. 당시 쫓겨난 박해받던 기독교인들의 그런 피난처 지하동굴은 로마 이외 이교도가 사는 땅, 터키의 내륙 깊숙이 카파도키아에도 있었다. 월기봉 중턱에서 주님만을 의지해 동굴 생활을 하는 팔순 노인이야말로 북한의 카타콤에 다름 아니었다.

손기척 소리가 나고, 총무 한집사가 들어왔다. 그는 우리 일행이 모두 로비로 내려와 있다고 말했다. 오늘도 마지막 늦더위가 기승을 부릴 것 같았다. 칠팔월 한철 낮 기온은 선양도 서울 못지않게 영상 삼십 도를 오르내린다고 했다. 중국 동북 지방은 비도 여름 한철에만 집중적으로 내려 벼를 비롯한 갖가지 농작물이 강렬한 햇빛과 풍부한 수량 덕분에 결실을 맺는다고 했다. 그러다 9월에 들면 갑자기 기온이 뚝 떨어지기 시작해 서늘한 가을철을 느낄 틈도 없게 시베리아 쪽에서 북풍이 몰아오는 동절기로 서둘러 접어든다고 했다.

우리 일행은 승합차 편에 진맥회에 전달할 선물 꾸러미를 싣고 교외로 빠졌다. 사방이 탁 트인 너른 들판이 대 평원지대인 만주평야 일부를 실감케 했다. 멀리로도 구릉지대만 눈에 가물거릴 뿐 산 같은 산이 보이지 않았다. 작물이 늦여름 아침 볕살 아래 푸르게 자라는 경작지가 끝없이 이어졌다. 이렇게 들판이 넓으니 중국 농산물이 우리네 밥상을 점령하는 게 당연하다고 앞자리에 앉은 백장로가 말했다.

"유전자 속에 인간의 소유 욕망이 내장되어 있어 사유화의 욕심이 끝없는 경쟁심을 부추기지요. 자본주의가 사회주의를 이긴 원동력이 바로 개개인의 이기적 경쟁심을 유발시켜 물질의 소유 욕구를 충동질하는 데 있습니다." 늘 조용하던 채군이 뒷자리에서 댓글 달듯 나섰다.

소규모 인쇄소를 경영하는 중년층 권집사가, 북한의 국가 경영 집단농장이 성공하지 못하는 이유가 사유화를 인정하지 않는 데 있다고 말했다. 사회주의 국가들이 시장경제를 받아들여 소득의 사유재산권을 보장해주자 도시는 물론 농촌 경제까지 한 해가 다르게 달라졌다는 저간 소식은 이제 낡은 뉴스거리가 되고 말았다. 아시아 국가 중 유일하게 북한 정권만이 지금의 체제 유지를 위해 개방화를 반대하고 있는 참이다.

진맥회는 촌락 변두리 건초 저장창고 한 방을 '영어 학습장'이란 이름으로 빌려 쓰고 있었다. 우리가 창고 앞에 도착했을 때 창고 앞마당에는 조선족 교인 네댓 명이 서성이다 우리 일행을 맞았다. 강목사가 먼저 와 있었다. 창고 안으로 들어가자 열댓 명의 조선족과 그만한 수의 소년 소녀들이 박수로 우리 일행을 맞았다. 개중에는 중국 아이들도 있었는데, 중국도 지금 영어가 붐이라, 실용회화 중심의 영어를 가르친다니 부모가 아이들을 보내준다고 했다. 내가 영어는 누가 가르치느냐고 강목사에게 묻자, 경안 염료 선양공장에 나와 있는 젊은 직원 셋이 번갈아 자원봉사하고 있다고 했다.

"황집사님이 영어 교사를 주선했지요. 영어 학습장은 인기가 대단해요. 바람직한 중국 선교는 조선족 선교를 넘어서서 현지 원주민 선교로 나아가야 합니다. 이제야 현지 말로 설교가 어느 정도 가능하게 되었으니 영역을 차츰 넓혀나가야지요. 그러나 중국인을 대상으로 한 선교는 여기 공안당국 복무원 귀에 금방 들어갑니다. 대놓고 포교 활동을 했다간 감옥 생활 끝에 추방당하기 십상이지요. 영어 학습두 종교 문제는 일절 개입시키지 않겠다구 아이들 부모님과 약속하구선 시작했으니깐요. 저두 그 점은 찬동합니다. 저 역시 기독교나 주님을 먼저 내세우지 않습니다. 보편적인 인간애, 즉 공동체 생활에 서로 아끼구 사랑하는 마음이 얼마나 중요한가부터 가르치지요. 주님이야말로 윤리적 주체이므로, 주님이 하신 말씀이라구 부언하지 않더라두 타인을 조건 없이 받아들인 이타정신이 기독교의 본질 아닙니까. 그런 사랑만이 국경과 이념을 초월할 수 있다구 믿습니다. 선양에서 나는 목사로 행세한 적 없습니다. 그저 마음속으로만 주님의 종이라 자복할 뿐이지요."

강목사 입가에 쓸쓸한 미소가 스쳤다. 나는 그가 북한 선교에 임하는 태도를 그 말을 통해 간접적으로 받아들였다. 한국에서 가져온 의류와 책과 학용품 전달을 마친 뒤, 강목사는 진맥회 신자들 앞에서 강론했는데, 이런 대목이야말로 북한 선교에 임하는 그의 자세를 올곧게 읽을 수 있었다.

"여러분, 이 세상을 살 동안 무엇에든 이기겠다는, 승리를 목표로 도취된 삶을 살아서는 안 됩니다. 주님은 권능의 승리자로 이 세상에 오시지 않았습니다. 삼십삼 년을 사실 동안 늘 패배자였구,

십자가에 달린 마지막 사건이야말로 패배의 상징입니다. 다른 말로 하자면 주님은 세상 사람들로부터 멸시 받구 자신 스스로 고통으로 대속하겠다구 이 세상에 오셨다구 생각지 않습니까? 주님은 이 지상에 계실 동안 이방 사람은 물론이구 이스라엘 자기 동족으로부터두 끊임없이 고난을 겪으셨습니다. 그러나 주님은 자신을 멸시하는 세상 사람을 원망하지 않으셨습니다. 죄의 구렁텅이에 빠진 인간들에 대한 연민과 사랑으로 오히려 늘 슬픔에 잠겨 있었습니다. 그런 뜻에서 그리스도의 백성인 우리 역시 이기적인 세상 사람들로부터 멸시 받구 고통 받을 각오를 해야 합니다. 저는 그런 고통을 달게 받으며 주님의 말씀인 사랑의 체온을 마음이 가난한 사람들에게 전파하려 합니다……"

그날, 수요일 하루는 어떻게 지나가는지 모르게 바빴다. 우리 일행이 밤늦게 숙소로 돌아왔을 때는 다들 파김치가 되었을 정도였다. 모두 유익하고 보람 있는 하루였다고 입을 모았다. 강목사와 박요섭이 호텔까지 우리를 바래다주었기에 나와 총무 한집사는 따로 챙겨둔 북한으로 보낼 구호품 짐을 넘겼다. 그 양이 진맥회에 전해준 선물보다 많았다. 진맥회에는 책과 학용품이 위주라면, 북으로 보낼 물건은 생필품 위주였다. 부피를 줄인다고 애썼으나 꽉꽉 채운 물건이 큰 백으로 두 덩이였다. 각종 영양제와 의약품, 분유, 찹쌀 미숫가루, 육포, 생선 통조림, 라면 등 먹을거리에, 방한복과 신발, 내의, 양말 등이었다. 한집사는 이 구호품이 북한으로 드나드는 조선족 보따리상을 통해 기근에 시달리는 북측 가정에 전달되는 줄 알고 있었다. 어쨌든 이런 구호품이 동굴교회에 모이는 네 가정을 통해 인근 지역사회에 암암리에 풀어질 때, 그 출처를 의심하는 주민의 보안대 밀고가 뒤따르지 않을까 걱정스러웠다. 그러나 무책임한 말이 되겠지만 내 소관 밖의 일이었고, 하나님이 주관하시니 하나님의 뜻대로 될 거라고 믿을 수밖에 없었다.

강목사와 박요섭은 천막 천으로 만든 배부른 검정 백을 대기 중인 승합차로 옮겼다. 조근식이 이를 차 짐칸에 실었다. 오늘 내내 조군이 무슨 말이든 입을 떼는 것을 본 적이 없었다. 산전수전 겪은 자가 그렇듯 무심한 표정으로 있듯 없듯 뒷전에 대기 상태로 서 있었고 날카로운 눈빛으로 주위를 살피곤 했다. 백장로가 말길을 트려 사탕이나 껌을 주어도 그는 고맙다며 받아 챙기기만 할 뿐 먹지를 않았다.

승합차에 마지막으로 오르기 전 강목사가 내게 말했다.

"정목사, 사실은 내일 백두산 떠나는 일행 편에 나두 편승 좀 할까 해요. 내가 국경 지방 지안 쪽에 볼일이 있어서요. 조군과 함께 갑니다. 우리 둘은 저녁에 따로 시외버스 편을 이용해 선양으로 돌아올 겁니다."

강목사는 차에 올랐다. 그가 갑작스럽게 그 말만 남기고 훌쩍 떠나버려 서운했다. 호텔 로비로 들어오자 젊은이 넷이 서성대고 있었다. 그들은 사전에 말을 맞춘 듯 선양 거리 밤 외출을 나서겠다는 것이다. 내일 아침 일곱시 정각에 백두산으로 출발하자면 새벽 여섯시에 기상해야 한다고 한집사가 말렸으나 차편으로 백두산 이동 중에 눈을 붙이면 된다고 부득부득 우겼다. 한집사가 외출을 허락하는 대신 분실 우려가 있다며 그들이 지닌 여권을 압수했다. 개중 셋은 미국 어학연수를 다녀와 미국 비자가 있었는데, 중국에서 미국 비자가 찍힌 여권 밀매는 고가를 받는다는 소문이 있었던 것이다. 310호로 올라와 샤워를 끝냈을 때 강목사로부터 전화가 왔다. 그는 내일 나와 동행하지 못하게 되어 미안하다며 박전도사 안내를 받아 가정예배를 잘 인도해달라고 부탁했다. 우리들 방문으로 바쁜 강목사님께 부담을 끼쳐 죄송하다고 나는 말했다. 조금 전 서운했던 마음이 그제야 풀렸다.

*

이튿날 목요일 새벽, 호텔 식당에서 조반을 서둘러 끝내자, 채군과 나만 남고 한국에서 온 일행 일곱 명은 승합차 편으로 백두산을 향해 떠났다. 승합차가 시외로 빠지는 길에 강목사 숙소에 들러 강목사와 조근식을 픽업하기로 되어 있었다. 차에 오른 일행은 날씨가 쾌청해 백두산을 한눈에 조감할 수 있겠다며 들떠 있었다. 기사 말로, 한국 관광객이 엔지로 들어가 그쪽에서 백두산 관광에 나서는 게 통례였으나 최근에는 도로 사정이 좋아져 선양에서 출발하는 백두산 관광 코스도 인기가 있다고 했다. 한국에서 오자면 엔지 쪽보다 선양 쪽이 비행시간 단축은 물론, 이쪽에서 출발하면 거리가 조금 먼 대신 지안을 거치기에 광개토대왕비며 장군총 등 고구려 유적지를 관광하는 이점도 있었다.

"채군이 선양에 왜 남으려는지 이유를 모르겠지만 개별 행동으로 풀어놓진 마세요. 과거에 운동권 전력이 있는 애니 목사님이 잘 챙기시구요." 봉고차 앞자리에 오르며 총무 한집사가 말했다.

그 말을 곁귀로 들었는데 채군은 아무 말도 하지 않았다. 일행을 떠나보내고 나자 나는 홀가분해졌다. 아침 열시에 박요섭이 호텔로 오기로 해서 그와 함께 하루를 보내기로 약속되어 있었다. 진맥회와 밀알회의 교우를 한집에 모아 구역예배를 들이는 가정심방이었다. 개인 짐을 내 방으로 옮겨다놓은 채군이 등산모에 배낭을 메고 나를 따라나섰다.

나와 채군은 박요섭과 함께 시외버스를 타고 나가 오전에는 진맥회 지역 조선족 집에서 가정예배를 드렸다. 조선족이 사는 농촌 가옥은 우리나라 60년대 초 재래식 농촌 수준이었다. 당시 우리나라 농촌은 텔레비전과 냉장고를 들여놓은 집이 없었고 라디오를 듣는 정도의 수준이었으나 지금의 중국 농촌은 텔레비전과 냉장고를 갖추고 산다는 게 달랐다. 구역예배에 참석한 아홉 명의 성인 조선족 중에 세 명은 이미 한국을 다녀간 분이었고, 조선족 집에 숨어 지내는 탈북자 한 가족 세 식구도 섞여 있었다. 강목사가 데려온 탈북자로 한국행을 주선 중에 있다고 했다.

기동공안대의 순찰을 염려해 아이들을 지킴이 삼아 집 주변에 세워놓고 주님의 식구와 함께 성경을 읽고 나지막이 찬송가를 부르는 가정예배의 감회가 내게는 새롭고 뜨거운 체험이었다. 강목사의 말을 의식해 나는 바울의 전도서인 로마서 몇 말씀을 인용해서 혈연을 중시하는 우리 민족의 전통과 가족 중심으로 엮인 사랑의 본질에 대해 강론하곤, 궁극적으로 성경적 가르침은 내

가족을 넘어 이 사회 구석구석까지, 나아가 어느 민족이든 차별하지 않고 인류 전체에 주님 사랑을 전파하는 헌신이라고 설교를 마쳤다.

우리는 첫 예배를 본 집에서 소박한 점심 대접을 받았다. 채군은 별말이 없었고 예배가 끝나자 집 밖으로 나가 조선족 가옥과 농촌 풍경을 디지털카메라에 부지런히 담았다. 오후에 한 구역을 더 돌며 가정예배를 드렸다. 거기에도 탈북자 한 가족 네 식구가 예배에 참석했다. 두 구역 가정예배를 마치고 시내로 들어오자 채군과 나는 호텔로 돌아왔다.

저녁예배는 한국 모 전자제품 선양지점 영업소장 아파트에서 드렸다. 조선족 여자 한 분을 빼고는 한국에서 나온 해외 공장 기술자 부인, 상사 주재원 부인 여섯 명이 참석했다. 예배를 끝내자 목사님을 한국 식당으로 모셔 대접하겠다고 영업소장 부인인 김집사가 말했다. 그러자 채군이 나서서 선양에도 북측에서 나와 직접 운영하는 식당이 있다던데 기왕이면 거기가 어떠냐는 말을 꺼냈다. 박요섭이, 날씨도 더운데 '평양관' 평양냉면이 좋겠다고 찬동했다. 십시일반으로 가능한 한 북한 식당을 이용해주자며 경안염료 선양공장 상무 부인 노집사가 내 의견을 물었다. 전주비빔밥을 전문으로 하는 한식당 여주인 손집사에게 미안했으나 나도 평양냉면이 좋겠다고 동의했다.

일행은 김집사 승용차와 또 한 분이 몰고 온 승용차에 나누어 탔다. 나와 채군은 김집사 승용차에 올랐다. 김집사가, 선양국제공항에서 평양으로 가는 북한 여객기 고려항공이 뜨며, 북한으로 입국할 남한 사람은 그들이 직영하는 묘향산호텔에 투숙했다가 북측 입국비자를 취득한 뒤 고려항공을 타게 된다고 말했다. 북한 입국 수속을 호텔 측에서 대행해주기에 편리하다는 것이다. 개성공단과 금강산 관광을 빼고 남한 사람이 북한으로 들어가는 통로는 고려항공을 이용하는 길밖에 없는데 베이징과 선양 두 곳에서 유일하게 그들 비행기가 뜬다는 것이다.

"북측은 북한이란 용어를 싫어한다면서요? '한'이 한국을 뜻하니깐요. 그렇다고 조선민주주의인민공화국은 명칭이 길고 북조선이라 부르기는 우리 측이 싫어해, 쌍방 회담 때도 서로 북측, 남측 이렇게 간단히 사용하기로 했다던데요?"

채군 말에 김집사가, 우리는 그래도 입에 익어 북한이란 말을 그대로 쓴다고 했다. 박정희 대통령 시대만 해도 북한을 북괴라 불렀는데 거기서 한 걸음 발전된 게 아니냐는 것이다. 강목사는 북한을 북측이라 구별하여 말했음이 되짚어졌다.

평양관이 있는 남점거리는 지저분했고, 구멍가게 수준을 벗어나지 못한 재래식 상점들은 불빛이 어두웠다. 가로등조차 띄엄띄엄 켜져 있었다. 에어컨을 켜 시원했던 승용차에서 내리자 훅 끼없는 더위 속에 양구이 냄새가 코에 스몄다. 카바이드 켠 포장마차가 어두운 거리에 늘어앉아 있었다. 도마의자에 둘러앉은 이들이 꼬치구이를 안주로 맥주를 마시며 중국말을 주고받았다.

평양관은 이층이었다. 식당 안으로 들어서자 저고리 가슴에 저들 배지를 단 한복 차려입은 꽃다운 접대원 처녀들이 우리를 맞았다. 천장에 켜진 꽃봉오리 갓을 씌운 전등의 조명도가 낮아 식당치고는 실내가 밝지 않았다. 조명도 은은한 실내 공간에 남한에서도 곧잘 불린 노래 「휘파람」이 고운 목청으로 빛살을 뿌리고 있었다. 안쪽에 등산복 차림의 한국 관광객 열댓 명이 큰소리로 떠들 뿐 나머지 좌석은 비어 있었다. 접대원 동무들이 너무 예뻐 며느리 삼고 싶다고 그쪽 자리에서 누군가 하는 말에 남남북녀란 말이 있지 않느냐고 응대하자, 웃음소리가 왁자하게 터졌다. 누가 한국 관광객 아니랄까봐 저렇게 티를 낸답니다. 손집사가 그쪽 자리를 힐끗 보며 말했다.

여 접대원이 웃음 띤 상냥한 표정으로 커튼 쳐진 별실로 우리를 안내했다. 배낭을 벗어든 채군이, 안쪽은 더우니 홀에서 그냥 먹자며 입구 쪽 계산대 옆자리를 지목했다. 식당으로 들어오고부터 그의 표정이 생기를 띠었다. 채군이 지목한 자리 뒤쪽에 에어컨이 가동되고 있었다. 계산대 안쪽에는 머리칼을 올백으로 빗어 넘긴 안경 낀 홀쭉한 중년치가 앉아 있었는데 그는 손님이 와도 본 체 만 체 시력이 좋지 않은지 신문에 얼굴을 빠짝 붙여 기사 읽기에만 열중했다. 작은 활자가 빽빽한 『로동신문』이었다.

"라동숙 지배인 동무, 안녕하십네까?" 박요섭이 싱글거리며 지배인에게 인사말을 건넸다.

그제야 반소매 회색 모직셔츠를 입은 외양이 홀쭉한 사내가, 목사 동무를 자주 뵙는다며 금이빨을 보이며 웃었다. 일행이 열 명이라 접대원 동무들이 식탁 두 개를 붙여놓았다. 모두 평양냉면이지요, 하며 김집사가 동의를 구하곤 차림표를 살피더니 별도로 빈대떡 넉 장을 주문했다. 다른 여자 집사가 양이 많다며 빈대떡을 두 장으로 줄였다. 순 메밀로 만든 우리 빈대떡을 많이많이 드시고 건강하세야지요 하는 애교 떤 접대원 말에, 김집사가 빈대떡 넉 장을 그대로 달라고 했다.

한참을 기다려 주문한 음식이 나왔다. 냉면 그릇을 각자 식탁 앞에 두자, 내가 대표로 식기도를 했다. 나는 이역만리 먼 곳에서도 주님 말씀을 따르며 섬기는 분들의 갸륵한 신심과 그 가족의 건강을 지켜주시는 주님 은혜에 감사했고, 주님의 능력을 증거하기 위해 중국 선교에 힘쓰는 강목사와 박전도사가 뜻하는 일마다 승리하게 해주기를 기도했다. 강목사처럼 어려운 사정에 처한 북한 동포를 구원해달라는 말은 하지 않았다. 내 기도를 엿듣고 있을 접대원 동무와 지배인이 감고 있는 눈앞에서 떠나지 않았다.

평양의 '옥류관'과 '청류관' 냉면이 평양냉면의 원조라 했고, 북한 음식 중 그들이 자랑하는 평양냉면과 단고기는 과연 먹을 만했다는 말을 들어왔던 터라, 나는 평양냉면에 기대가 컸다. 놋그릇에 담겨 나온 냉면 육수부터 한 모금 맛보았다. 서울식 냉면과 달리 육수 맛이 심심했다. 조미료 느낌이 혀에 붙지 않는 담백한 맛이었다. 우리 한국 식당도 아시아나항공 편으로 재료를 들여오지만 여기도 주방장은 물론이고 냉면 재료도 모두 평양에서 직접 가져온다고 손집사가 말했다. 이어 빈대떡이 나왔다. 밀가루가 섞이지 않은 순 녹두 빈대떡을 먹어보기도 오랜만이었다. 저쪽 한국 관광객 자리에서 룡성맥주 네 병 더, 하는 말이 들렸다. 이차는 노래방으로 자리를 옮기자고 누군가 큰소리로 의견을 냈다.

내 옆에 앉은 박요섭이 낮은 소리로, 선양의 한국 식당은 물론 북한 식당 식사비도 서울과 비슷하다고 했다. 중국 식당에 비해 평균 서너 배나 비싸다는 것이다.

"시장경제를 받아들인 후 중국도 양극화 문제가 심각하다는데 절대 빈곤층은 식생활을 어떻게 해결합니까?" 채군이 박요섭에게 물었다.

"선양에도 일 위안으로 하루를 사는 빈곤층이 있지요. 우리나라 돈 백이십 원 정돕니다. 내가 빈민가 길거리 장사가 파는 일 위안짜리 누런 부대종이에 싼 일인분 도시락을 보았는데, 좁쌀밥에 장아찌가 박혀 있더군요. 양은 많습니다. 예전에 우리나라 넝마주이 있잖아요? 빈민층은 그렇게 폐품 따위를 주워 근근이 생활하지요. 중국도 국가가 인민의 식생활을 다 해결해주는 사회주의 시대는 끝났지요. 이번 중국인민대표대회에서도 도시의 부와 농촌의 빈곤, 즉 심각한 양극화 문제가 최우선 과제로 채택되었는데 그 해결이 역시 쉽지 않나봐요. 정부가 몇 조의 돈을 농촌 경제 살리기에 풀겠다 했으나 돈을 풀어 빈곤을 해결하려 한다면 이는 임시방편이지요. 우리도 그렇지만 중국 역시 양극화 해결은 더 많은 일자리 보장에 있습니다. 노동 능력이 없는 극빈층, 독거노인, 장애인, 소년가장은 복지정책의 최우선이 되어야 하겠지만 말입니다."

중국은 앞으로도 당분간 이념과 현실 사이에서 심각한 갈등을 겪게 될 거라고 채군이 말했다. 본처 마르크스를 따르자니 새 애인 시장경제가 울고, 새 애인 시장경제를 따르자니 본처 마르크스가 울 수밖에 없지 않느냐는 그의 말에 식탁에 둘러앉은 여신도들이 모두 웃었다. 그렇다면 북한 당국은 조강지처도 놓쳤고 새 애인도 없으니 그게 문제지요 하고 받던 김집사가 낮은 목소리로 말을 덧붙였다.

"애들 아빠 말로는, 장거리 유도탄, 아편, 달러 위조 유통이 돈줄이었는데 부시 행정부의 압박 봉쇄로 그 길이 막히고 해외 은행창구마저 거덜 난 판에 언제까지 저렇게 버티겠다고 고집을 부리는지 모르겠다잖아요. 부시 정권까지만 견디자? 근본적인 해결책을 찾아야지 그런다고 얼마나 사정이 나아지겠어요. 최소한 인민을 굶어 죽게 버려두지 않으려면 중국과 남한이라도 열심히 도와줘야 하는데……"

채군이 또 무슨 말을 꺼내려다 입을 다물었다. 식당 안에 울려 퍼지는 노래 한 소절이 모두의 귀를 끌었는데 그도 그 노래에 귀를 세웠다. 꾀꼬리 같은 낭랑한 목소리로 여성 합창단이 부르는 서정적인 가곡이었다. 언젠가 들어본 러시아 카자크 지방 민속가곡 「스텐카라친」풍으로, 슬픔에 찬 애절한 가락이 심금을 울렸다.

　고향 떠나 칠백 리 낯설은 길을 / 강 건너 령을 넘어 외로이 갈 때 / 그 누가 알아주랴 고달픈 신세 / 구름도 끝이 없이 흘러만 가네 / 걸음걸음 피눈물 뿌리며 가네 / 타향 산천 낯선 길을 가고 또 가네……

노래 일절이 끝나자 채군이 옆에 둔 배낭을 들고 일어나 서둘러 계산대로 갔다. 현지 부인 교우들은 저들끼리 대화를 나누었으나 나와 박요섭은 채군이 뭘 하러 저러나 싶어 계산대 쪽을 보았다. 채군이 배낭에서 두툼한 종이 쇼핑백을 꺼내 그 속에 담긴 포장된 작은 상자 여럿을 내놓았다. 그는 지배인과 한참 대화를 나누곤 꺼내놓은 물건을 그대로 두고 자리로 돌아왔다.

"뭘 선물하고 온 모양인데 그게 뭐였습니까?" 박요섭이 채군에게 물었다.

"제가 접대원 동무들에게 나누어주라며 백화점에서 구입한 중국제 콤팩트를 선물로 내놓자, 일없습네다 하며 한사코 안 받겠다지 뭐예요. 노래 테이프는 나갈 때 선물로 그냥 주겠답니다. 조금 전 그 노래는 「고향 떠나 칠백 리」로, 혁명가곡 「꽃 파는 처녀」에 나온답니다. 어머니를 잃고 감옥에 갇힌 오빠를 만나러 칠백 리 길을 걸어가는 꽃분이가 부르는 노래래요."

채군 말을 듣고 노집사가 육일오 세대는 다르다고 한마디 했다. 한국을 자주 내왕하는지 국내 사정에 밝아, '6·15 남북공동성명'을 지칭한 말이었다. 실컷 먹었으니 그만 일어서자며 손집사가 핸드백을 챙겼다. 식당을 나설 때 식탁을 둘러보니 여신도들 태반이 냉면을 남겼고, 접시에 남은 집적대다 만 빈대떡을 합친다면 이 인분은 될 듯했다. 시간은 저녁 여덟시가 조금 지났다. 식당 문을 나서자, 채군이 자기는 식당에 잠시 더 남았다 호텔로 돌아가겠다고 말했다. 백두산으로 떠난 일행에게 자네를 책임지겠다고 했으니 나와 함께 호텔로 돌아가자고, 나는 채군 말에 제동을 걸었다. 제 앞가림할 만한 성년인 그를 내가 이래라 저래라 간섭할 입장은 아니었으나 장소가 북한 식당인 만큼 그를 거기에 혼자 남겨두고 갈 수는 없었다.

"한 시간 후에 호텔로 돌아갈게요. 호텔 명함을 가지고 있으니 택시기사에게 보이면 데려다주겠죠. 호텔로 갔다 저 혼자 나올 수도 있지만 목사님께 허락을 받는 게 도리인 것 같아서요. 아버지와도 그렇게 약속했구요."

내가 망설이자, 목사님이 걱정되신다면 박전도사님과 함께 식당에 남았다 호텔로 돌아가겠다고 했다. 북한 식당에 와서 동포들을 만난 김에 그들과 사적인 대화를 나누어보고 싶다는 채군의 마음을 읽을 수 있었다. 어쩌면 그는 이런 기회를 기대하고 백두산행을 포기하고 선양에 남기로 했는지도 몰랐다. 여기는 북한이 경영하는 식당이니 단체 식사는 모를까 개인적인 접촉은 곤란하다며 내가 노파심으로 말린다 해도 채군이 선선히 따를 것 같지 않았다. 지금이 어느 시대인데 낡은 이념으로 사사건건 간섭하느냐며 핀잔이나 사기 알맞았다. 반공이 득세하던 시대라면 모를까 남과 북이 화해와 협력을 추구하는 시대에 중국 땅에서 북한 동포와 접촉하는 일에 내가 전전긍긍할 필요는 없을 것 같았다. 강목사는 북한 땅으로 직접 넘어가기까지 한다지 않는가. 나는 채군에게, 그 사람들 비위에 거슬리는 말은 조심하라며, 한 시간 안에 호텔로 돌아온다는 약속을 다짐받곤 그를 풀어주었다. 내가 교회 청년부를 맡고 있지만, 모험심을 동반한 세상사의 호기심은 젊은이만이 누리는 특권이기도 했다.

채군이 따라 나오지 않자, 한 시간 개인 시간을 허락했다고 내가 박요섭에게 말했다. 채군이 호텔 주소를 가지고 있다는 내 말에 박요섭이, 룽성맥주 마셔보고 싶은 모양이지 하며 대수롭지 않게 대답했다. 김집사가 자기 승용차 편에 박요섭과 나를 한양호텔 앞까지 데려다주었다. 나를 호텔 로비까지 바래다준 뒤 숙소로 돌아가려는 박요섭을, 채군이 돌아올 때까지 차나 한잔하자며 붙잡았다. 로비는 사람들이 붐볐고 투숙객의 아침식사를 제공하는 식당은 술을 파는 주점으로 탈바꿈되어 번쩍이는 네온사인과 요란한 음악 소리가 귀청을 따갑게 했다.

박요섭과 나는 310호실 내 방으로 올라왔다. 채군이 호텔 측에 부탁했는지 일인용 침대가 하나 더 들어와 있었다. 나는 박요섭에게 설록차를 대접한 뒤, 선양에서 지안까지가 차로 몇 시간쯤 걸리느냐고 물었다. 쉬지 않고 달린다면 다섯 시간 반 정도 거리라며, 땅덩어리 큰 중국에서 대여섯 시간이면 이웃 동네라고 말했다. 박요섭 말로는, 자기도 지안의 고만복 씨 집까지는 강목사와 세 차례 동행한 바 있다고 했다. 오늘 지안으로 들어간 강목사는 조근식과 함께 고만복 씨를 만나고 시장에서 압축건빵, 좁쌀, 밀가루 등 북으로 가져갈 양식감을 구입하고 위안화를 북한 돈과 교환하는 등, 동분서주할 거라 말했다.

"북한 화폐를 달러로 환산하면 얼마쯤 됩니까?"

"일 달러에 백오십 원 정도랍니다. 개성공단 북한 근로자 한 달 급료가 우리 돈 사오만 원 수준 아닙니까." 박요섭이 말머리를 돌렸다. "한국에서 나온 목사님들 기도 중 강목사님이 가장 듣기 거북해하는 게, 공산당 학정 아래 고통 받는 북한 동포를 복음의 말씀으로 구출하자고 할 때입니다. 강목사님 견해로는 주님의 초자연적인 능력을 인정하더라도 우리들의 간절한 통성기도만으로는 해결 능력이 부족하다는 것입니다. 우리들의 기도만으로 이루어주시기를 기다리기엔 상황이 너무 절박하다는 거죠. 저쪽 남자 성인 평균 체중이 오십 킬로 내욉니다. 하도 굶주려 이차대전 때 독일 점령지 게토에 수용된 유대인들 같아, 그들 모색만 보아도 눈물이 쏟아진답니다. 물론 목사님의 북한행은 선교가 최종 목적이 되겠지만, 먼저 영양실조 끝에 질병으로 죽어가는 생명부터 구하는 데 전력투구하시는 것 같아요. 사람의 목숨은 그 무엇과도 바꿀 수 없다고 했는데, 생명을 잃으면 아무것도 할 수 없지 않습니까? 목사님은 좌파니 우파니, 진보니 보수니, 어떤 이념이 옳으니 그르니, 어떤 방식으로 남북이 통일되어야 하느냐는 따위의, 이를테면 중구난방으로 자기주장이 옳다고 떠들어대는 정치성 발언에 별 관심이 없는 것 같아요."

"그럴 수도 있겠으나……"

"우리들 숙소를 방문한다면 강목사님 방 벽에 붙여놓은 사마리아인의 선행을 두고 주님이 하신 말씀부터 볼 수 있습니다. 강목사님의 북한 선교 실천의지가 그 성경 말씀에 그대로 압축되어 있으니까요."

나는 박요섭이 지목한 누가복음 10장 30절에 있는 사마리아인의 선행을 생각했다. 그러나 사마리아인은 자기 생명의 위험을 감수해가며 선행을 베풀지 않은 점에서 강목사의 경우와는 달랐다. 북한 동포들을 살려내겠다는 헌신적인 실천도 중요하지만 박요섭의 말처럼 자신의 목숨 역시 중요하다. 그에게는 사모와 자녀 둘이 딸려 있다. 어쩌면 사모나 자녀들은 강목사가 북한에 잠입해 선교하는 사실에 대해 모르고 있을 수도 있었다. 강목사가 한국 천주교 수난사를 비유로 들었지만, 그럼에도 불구하고 나는 강목사의 모험을 쉬 납득할 수 없었다. 하지만 문득 내 생각이 세속적인 데 너무 치우쳐 있음을 깨달았다. 살려고 하면 죽을 것이요 내가 죽기로 마음먹었을 때 그 목숨을 건져준다는 말씀을 강목사는 실천하고 있는 셈이었다.

 야음을 틈타 인민군 국경수비대의 감시를 피해, 아니면 선이 닿는 수비대원이 초소를 지킬 때를 이용해서 압록강의 물이 얕은 지점을 건너는, 아니면 뗏목이나 조각배 편에 숨 죽여 도강하는 강목사와 조군의 그림자가 내 눈앞을 스쳤다. 그러고 보니 허름한 인민복만 걸친다면 강목사는 텔레비전에서 본 북한 주민 모습과 흡사했고 평안도 사투리를 제대로 쓴다면 그쪽 주민 행세도 할 수 있을 것 같았다. 저쪽 땅으로 들어가면 갖가지 생필품을 담은 배낭을 등판 짜부라지게 지고 인적 피해 비지땀 흘리며 몇 킬로 산길을 탈 터였다. 둘 다 일 미터 육십 센티 남짓한 키에 여윈 체격이라 등짐이 자기 몸무게보다 더 나갈 게 틀림없었다. 만성적 기근으로 주린 북한 교우들이 애타게 기다릴 것을 생각하면 수고로움도 잊을 터였다. 강목사가 그 고난을 스스로 감당하고 나선 데는 분명 이 일을 내가 맡아야 한다는 하나님과의 약속, 소명감이 자리하고 있을 것이다.

 "국경은 무사히 넘는다 해도, 야밤을 이용해서 동굴 예배처로

가자면 더러 북한 주민도 조우할 게 아닙니까?"

"역시 먹을거리 구하러 떠돌아다니는 주민들과 부닥쳤다는 말을 조군한테 들었습니다. 지금 저쪽 실정이 대체로 그렇지만 자강도 산간 지방에도 그런 떠돌이 주민이 흔하다더군요. 조군 말로는 그들을 만나면 피하지 않고 그냥 대면했답니다. 중국땅 지안으로 들어가 거기 사는 친척으로부터 양식을 구해온다고 말하곤 그들에게도 양식감을 조금 나누어주었대요. 너무 고맙다며 감복해하기에 그들과 같이 울기도 했답니다. 거기도 사람 사는 덴데 어딘들 다르겠습니까. 북한 주민들이 하도 주려 그렇지, 본심만은 다들 착하대요."

잠그지 않은 방문이 살그머니 열렸다. 얼굴빛이 상기된 채군이었다. 시간을 보니 돌아오기로 한 약속시간에서 이십 분이 지나 있었다. 박요섭과 대화를 나누는 사이 어느덧 시간이 그렇게 흘렀으나 채군이 무사히 돌아왔으니 다행이었다. 채군이 오자 박요섭은 자기도 숙소로 가봐야겠다며 일어섰다. 나는 그를 엘리베이터 앞까지 배웅했다. 연락이 없는 걸 보니 목사님이 아직 선양에 도착하지 않은 모양이라며, 내일은 뵙기 힘들겠다고 박요섭이 말했을 때 엘리베이터 문이 닫혔다.

내일 금요일 하루는 선양에서의 이레 동안의 일정 중에 유일한 내 자유시간이었다. 채군과 함께 서탑교회를 둘러보고, 시내 유적지를 관람할 참이었다. 저녁 늦게야 백두산으로 갔던 일행이 돌아올 터였다.

*

 금요일 아침, 나는 일찍 잠에서 깼다. 습관대로 방바닥에 무릎 꿇고 앉아 기도로 하루 일과를 열었다. 건너편 침대를 보니 채군은 이불을 둘러쓰고 아직 잠에 들어 있었다. 머리맡 스탠드 등 옆에 옥색 표지의 책이 펼쳐진 채 엎어져 있었다. 들고 보니 표지에는 '김정일 주체철학에 대하여'가 붓글씨체 금박활자로 큼지막이 박혀 있었다. 양장본으로 누런 갱지에 인쇄된 141쪽의 얇은 책자였다. 평양관에서 돌아온 어젯밤, 잠자리에 든 채군이 스탠드 등을 밝혀놓고 오랫동안 그 책을 읽은 모양이었다. 풋잠이 들었다 내가 눈을 떴을 때도 채군 자리 쪽은 불빛이 밝았다.
 내가 화장실로 들어가 양치질과 세수를 마치고 나오자 부스럭거리는 소리를 들었던지 채군이 침상에서 부스스한 얼굴로 일어나 앉았다. 저 책을 식당 지배인 동무한테 선물로 받았느냐고 내가 물었다. 채군이 그렇다며, 라동숙 지배인 동무는 스스럼없이 탁 트인, 대단한 식견을 갖춘 분이라고 추켜세웠다. 라동숙이 캄보디아 북측 공관에서 삼 년 근무했고, 북경 대사관을 거쳐 개성공단에 근무하다 작년에 선양으로 왔다는 이력까지 꿰고 있었다. 마침 손님이 없어 지배인 동무와 남북문제를 두고 진지한 대화를 나누었다고 했다. 대학 새내기 시절 반미와 외세 배격, 민족 공조, 자주적 민족통일이란 진보적 학습을 받았던 그로서는 라동숙 동무와의 대화가 주거니 받거니 잘 소통되었을 것이다. 라동무 입장에서 보자면 남측에도 저런 우호적이요 동지적인 젊은 동무가 있으니 한결 든든한 유대감을 느꼈을 터였다.

　채군이 화장실을 이용할 동안 나는 어제 일정을 잡책에 정리했다. 채군과 나는 일층 식당으로 내려가 조반을 먹고 삼층 방으로 돌아왔다. 오늘은 공식 일정이 없기에 나는 짐을 풀어 양복이 아닌 간편한 외출복으로 갈아입었다. 채군과 나는 현지인의 도움 없이 선양 소개 팸플릿만 들고 구경에 나설 참이었다. 채군이 평양관 지배인한테 선물 받은 책과 테이프를 챙기다 걱정되는지 나를 보고, 이런 책을 소지하고 인천공항을 무사히 통과할 수 있느냐고 물었다. 된다, 안 된다 둘 중 하나 선택해야 하는데 나로서는 대답이 망설여졌다. 남북 이념문제를 좌파 입장을 대변해서 자유롭게 토론해도 무방한 시대가 되었지만 아직 국가보안법이 존재하는데 이적 출판물의 국내 반입이 가능할지 나 역시 염려스러웠다. 짐 검사를 받지 않는다면 통관이 무사하겠으나 그런 행위는 남을 속이는 짓이다. 채군은 한때 한총련에 몸담은 이력도 있었다. 이번 선양 여행을 인솔한 대표로서 여행자 개개인 신변을 책임져야 했기에 나는, 가능한 한 머릿속에 저장해 귀국하는 게 어떠냐고 간접적으로 반대 의견을 말했다. 채군은 그렇게 하도록 노력하겠으며 오늘 저녁에 돌아오는 친구들과도 상의하겠다고 시무룩이 대답했다.

　"목사님, 로마의 카타콤 가보셨지요? 북측 땅이 거대한 카타콤 같다고나 할까…… 북의 당면 현실이 초기 기독교 박해 시절 카타콤과 비슷한 데가 있지 않아요?"

　채군이 엉뚱한 질문을 해왔다. 박해로 고난 받는 처지이기는 초대 기독교인과 북한 주민이 유사점은 있으나 그런 처지에 놓이게 되기까지의 동기가 엄연히 다르다는 것을 채군이 모를 리 없는데 그는 다른 말을 하고 싶은 모양이었다.

 "식당 지배인과 토론 중에 그분이 한 말이 밤 내내 잊히지 않습니다. 라동무 말이, 기독교인의 신이 예수라면 북조선 인민의 신은 김일성 수령님이시다, 라고 단칼에 제 말을 자르데요."

 "우상화 작업의 극치로 보아야지."

 "목사님, 제 말 더 들어보세요. 저는 라동무 그 말은 전적으로 이해할 수 있다고 했지요. 내재적 접근으로, 북측 입장에 서면 이해 못 할 것두 없잖습니까. 그런데 그다음 논리 전개가 인상적이었어요. 예수를 숭모하며 그 유훈을 따르겠다는 기독교 초기 신자들이 로마제국의 압제 아래 고난을 견디며 믿음을 굳건히 지켰듯, 북조선 인민 역시 김일성 수령님을 숭모하며 그 유훈을 따르겠다고 미제의 압제에 굴복하지 않고 혁명정신으로 고난을 굳세게 견디고 있다구. 목사님, 라지배인의 비유가 논리적으로는 그럴듯하잖아요?"

 "궤변이지. 수령을 신이라 말하다니, 비교할 게 따로 있지."

 나는 북한의 세습제에 의지한 개인숭배, 일인 독재, 인권 탄압이란 말로 채군을 면박주지는 않았다. 그 점은 나보다 그가 먼저 그 폐해를 알고 있을 터였다.

 "목사님, 궤변이라도 지배인 하던 말을 더 들어보세요. 당신네들 성경이 예수 말씀의 경전이라면 주체철학은 김일성 수령님 말씀의 경전이고, 수 세기 동안 기독교 신자들이 어떤 탄압과 악형에도 굴하지 않고 배교하지 않겠다며 많은 순교자를 냈듯, 우리 역시 김정일 지도자 동지 아래 똘똘 뭉쳐 기독교의 순교처럼 고난도 죽음마저도 영광으로 받아들이고 있다구요. 미 제국주의가 아무리 북조선을 다그쳐 다수의 희생자가 생기더라도 끝내는 승리의 혁명 깃발을 올릴 거라구요. 수 세기가 걸리더라도 승리할 그날을 위해 아무리 살기가 바빠도 주체 인민은 견뎌낼 수 있다고 말입니다."

"아무리 살기 바빠도 견뎌내다니?"

"힘들고 아프다, 생활이 어렵다는 말을 그들은 살기가 바쁘다고 말한대요. 살기 바쁜 조선족 처녀를 남조선 자본가들이 자본을 미끼로 꾀어내서 서탑 술집에서 성을 팔게 한다고 타락한 자본시장의 노예근성을 비웃으며, 남조선 동무들의 비인간적인 작태를 비판하더군요. 거기에 비해 북측은 에이즈는 물론 성병조차 없는 깨끗한 조국이라구 자랑하던걸요. 기독교를 안 믿어두 북조선이야말로 청교도 국가라며. 그런데 실제 북측 사회는 어떻습니까? 지하가 아닌 태양 아래, 거대하게 펼쳐진 카타콤 아닙니까. 김일성 수령이 남긴 주체철학에 의지해 승리의 그날까지 어떠한 고난도 영광으로 알고 견뎌낼 자신이 있다는 혁명정신? 지금의 북측은 어떤 의미에서든 지하가 아닌 지상의 카타콤, 바로 그 자체입니다." 채군이 라지배인의 궤변에 가까운 발상을 두고 가당찮다는 듯 감탄조로 읊었다.

방을 막 나서려는데, 화장대에 놓인 전화벨이 울렸다. 내가 전화를 받았다. 박요섭이었다. 아직 호텔에 계시군요 하고 그가 서두를 뗀 뒤, 강목사와 조근식이 아침까지 숙소로 돌아오지 않고 있다고 말했다. 어젯밤부터 휴대폰 통화도 연결되지 않는 점으로 보아 아무래도 지안에서 무슨 일이 생긴 모양이라는 그의 말이 전화선을 타고 불안하게 떨렸다. 지안의 고만복 씨 집에는 가정 전화가 없고 고씨는 휴대폰도 없어 연락이 안 된다는 것이다. 박요섭의 말은, 정오까지 기다려보다가 자기가 지안으로 가겠다고 했다.

전화를 끊자 나는 침대에 털썩 주저앉았다. 강목사와 조군이 지안에서 중국 기동공안대에 체포되지 않았을까 하는 생각부터 들었다. 무언가 일이 꼬인다는 불안이 마음을 저몄다. 채군이 물어서 나는 박요섭과의 통화 내용을 말해주었다. 덧붙여 우리가 가져온 구호품은 강목사를 통해 지안의 선교단체를 거쳐 북한 주민에게 전달된다는 점도 일러주었다. 강목사가 구호품을 가지고 직접 북으로 들어간다는 말까지 할 필요는 없었으나 왠지 그런 내력을 채군에게 숨기자니 마음이 찜찜했다.

어느새 채군의 입을 빌린 평양관 지배인의 황당한 변설은 잊혔고, 당면한 사태 앞에 기도로 하나님의 도움을 찾는 것도 잊은 채 나는 멍해져버렸다. 여기는 한국이 아닌 중국이고, 더욱 선양에서 지안이라면 서울에서 부산 정도의 거리 바깥에 있었다. 두 사람 소식이 오리무중인 마당에 이를 방관하고 선양 시내 관람을 나가본들 마음걱정이 앞서서 무슨 구경인들 제대로 되랴 싶었다.

박요섭 전도사 휴대폰에 자주 연락을 취하는 길밖에 우리로선 대책이 없다는 내 말에, 그렇다고 방에 우두커니 앉아 박전도사님의 연락이 오기만 기다리고 있을 수는 없지 않냐고 채군이 말했다. 채군 말이 사실이었으나 그렇다고 내가 취할 수 있는 다른 어떤 대안도 떠오르지 않았다. 박요섭으로부터 좋은 소식이 있기까지 서탑교회며 시내 관람은 아예 포기하는 게 좋을 듯했다. 나는 이렇게 앉았을 게 아니라 박전도사 숙소를 찾아 나서보자고 채군에게 말했다. 셋이 합심하여 간절히 기도드린다면 그 어떤 응답이 있을 터였다. 나는 박요섭 휴대폰에 전화를 냈다. 기다렸다는 듯 그가 전화를 받았으나 그새 강목사로부터 연락이 있을 리 없었다. 나는 숙소 위치를 물어, 택시 편으로 채군과 함께 거기로 가겠다고 말했다.

채군과 나는 호텔을 나서서 빈 택시를 잡자, 현지인 기사에게 박요섭으로부터 받아 적은 그쪽 주소를 내보였다. 기사가 알겠다는 듯 차에 시동을 걸었다. 택시는 동쪽으로 난 큰길을 빠져나갔다. 박요섭이 있는 숙소는 시내를 벗어나 청조 대에 지어진 고궁을 감싸안은 성벽을 거쳐갔다. 신시가지로 한참을 달려 연립주택이 다닥다닥 늘어선 변두리에 강목사 일행의 거처가 있었다. 박요섭이 주택가 길에 나서서 우리를 기다리고 있었다. 셋이 세를 든 연립주택 숙소는 사층이었다.

입식 부엌 겸용 거실은 좁았고 남자 셋이 임시로 기거하다보니 붙박이장 이외 갖춰놓고 사는 가구가 없었다. 벽에 걸린 작은 십자가 예수의 고행상이 눈에 들어왔다. 한쪽 벽면 붙박이장 앞에는 우리 일행이 한국에서 가져온 북한으로 보낼 구호품이 든 검정 백 두 덩이가 그대로 있었다. 응접용 소파 대신 플라스틱 의자가 있기에 우리는 거기에 앉았다. 강목사의 안전을 위해 잠시 기도드리겠다고 내가 말했다. 기도가 끝나자 우리는 강목사와 조군의 연락 두절을 두고 예상되는 여러 경위를 짚어보았다. 박요섭 말로는 이 숙소에 기거한 지 열 달 동안, 딱 한 번 어느 날 저녁 기동공안대원 둘이 찾아와 체류 목적 따위를 묻곤 건성으로 방을 둘러보고 갔다고 했다. 공안원은 한국인 셋이 장기 체류한다는 주민 신고가 있었다고 말했다. 강목사와 박요섭은 경안염료 선양공장 직원증이 있었고, 조근식은 한국 모 전자회사 선양 주재원이라 둘러댔다는 것이다.

"강목사님이 중국 공안당국으로부터 미행당한 적은 없었습니까?" 채군이 물었다.

"여기가 사회주의 국가라 매사에 신중해서서 그런 적은 없는 줄 아는데요." 박요섭이 말하곤 덧붙였다. "작년 들고부터 탈북자 행렬이 부쩍 줄을 잇자 중국 공안국도 이래 두어서는 안 되겠다며 탈북자를 체포하는 족족 북으로 넘겨 보내고 있습니다. 그래서 국경의 검문검색이 강화된 줄 알고 있습니다."

"여행에 나서기 전 인터넷에서 여기 뉴스를 보았는데, 선양지구의 중국군 병력이 압록강, 두만강 조만 국경지대로 대폭 이동했답디다. 중국의 동북공정 일환이겠지요. 중국은 팽창하는 국력을 주체 못해 최근엔 여태까지의 정설인 역사마저 날조해 대동강 유역까지 자기네 고토라 주장하지 않습니까. 우리가 간도 지방 영유권을 주장할까봐 지레 방패막을 치는지 원……" 채군이 불퉁거렸다.

"지안이 국경지대라 중국 공안원들이 깔렸을 텐데 검문검색에 걸려들지 않았나 모르겠습니다." 내가 말했다.

"지안에 가보면 알겠지만 특히 여름 한철 지안은 한국 관광객으로 넘쳐납니다. 옛 고구려 도읍지를 둘러보는 한국인의 감회가 남다를 수밖에 없지요. 그렇다보니 중국 당국의 심기가 불편한 건 사실입니다." 박요섭이 말했다.

강목사의 무사 귀환이나 그쪽 전화를 기다리는 것밖에 할 일 없이 마주보고 앉았기가 무엇해 나는 방 구경을 해도 되겠느냐고 물어 박요섭의 허락을 받았다. 방문을 열어둔 채 첫번째 방으로 들어갔다. 박요섭과 조근식이 쓰는 방이었다. 간이침대 두 개, 책상과 걸상이 두 개였다. 천으로 된 간이 옷걸이장, 삼단 서랍장이 있었고, 이불은 서랍장 위에 얹혀 있었다. 한 책상 위에는 컴퓨터 앞에 읽고 있는 책인 듯 『영계 길선주 전기』가 놓여 있었다. 형제가 덕수궁 석조전 앞에 나란히 서서 찍은 사진들이 있어 조근식이 쓰는 책상임을 알았다.

나는 방 구경을 하는 김에 강목사가 쓰는 방도 둘러보았다. 가재도구가 없는 역시 간소한 방인데, 아니나 다를까 정면 벽에는 박요섭이 말했던 대로 전지 크기의, 누가복음에서 발췌한 말씀이 매직펜 글씨로 큼직하게 붙어 있었다. 나는 벽에 붙은 그 말씀을 천천히 읽었다. 강도를 만났다? 비유컨대 강도라면 누구를 지칭한 것일까? 나는 잠시 그 암시를 음미했다. 강목사가 쓰는 책상에 놓인 성경책이 색달라 보였는데, 성서공회에서 발간한 한국판이 아니었다. 흑색 비닐 표지의 두툼한 신구약 성경책으로, '성경

전서'란 붓글씨체에 '조선기독교련맹 중앙위원회'에서 발행했다는 금박 글자가 찍혀 있었다. 얇은 미농지에 인쇄된 성경책 맨 뒷장을 보니 평양종합인쇄공장에서 1990년 4월에 찍어냈다는 판권이 붙어 있었다. 북한에서 발간된 이 복음서가 과연 몇 권이나 주민들에게 보급되었을까를 생각하며 나는 뿌듯한 감회에 사로잡혀 성경책을 쓰다듬었다.

그때 거실에서 휴대폰 신호음이 터졌다. 나는 성경을 그 자리에 놓고 거실로 나왔다. 박요섭이 신호음 울리는 휴대폰을 급히 열었다.

"네, 네. 목사님. 접니다…… 나오셨다구요? 아무래도 이번 주일은 연기하심이…… 무리 아니십니까? 제 소견으로는 한 주일 건너뜀이…… 네, 네. 무슨 말씀인지 알겠습니다…… 그럼 그렇게 조치하겠습니다…… 저녁때나 되어야 뵙겠습니다…… 알았습니다. 그럼 뵈올 때까지 몸조심하시구요."

한참 만에 통화를 끝낸 박요섭이 휴대폰 폴더를 닫고 안도의 숨을 내쉬었다. 강목사로부터 온 전화임을 알고 통화 내용에 귀를 기울이던 채군과 나는 박요섭 입만 바라보았다.

"예측했던 대로 공설시장의 암거래상과 위안화를 북측 돈으로 환전하다 순찰 중인 기동공안원 눈에 띈 모양입니다. 그래서 목사님이 조군과 함께 공안대에 연행당했답니다. 하룻밤을 꼬박 새우고 이제야 풀려나 압수당했던 소지품을 돌려받고 전화 건다 하셨는데…… 제가 말렸는데도 목사님이 기어코 내일 저쪽으로 들어가시겠대요. 기다릴 분들을 생각해서. 그래서 저보고 저 구호품을 지안으로 운반해달라는 거예요. 오늘 선양 나왔다 내일 다시 지안으로 들어가는 게 번거로우니 숫제 거기서 기다리겠다구…… 고만복 씨 집은 피하고 지안에 도착하기 전 접선 장소는 서로 휴대폰으로 연락 취하기로 했어요."

박요섭의 설명이 끝나자 채군이 마침 잘됐다는 듯 불쑥 나섰다.

"그럼 당장 지안으로 가시게요? 큰 짐이 두 덩이라 혼자 옮기자면 아무래두…… 제가 도와드리면 안 될까요?"

"자네가 지안으로 간다구?" 내가 채군 말을 막았다.

나는 박요섭 따라 채군을 지안으로 보낼 수 없다고 생각했다. 내일까지 지안에서 무사히 돌아오면 다행이겠지만 모험심 강한 젊은이라 내일 일을 예측할 수 없었다. 강목사처럼 기동공안대의 불심검문을 당할 수 있고, 자기도 강목사 따라 북한으로 들어가보겠다고 부득부득 우길 수도 있었다. 오늘 저녁에 백두산에서 일행이 돌아오면 그들은 채군을 혼자 지안으로 보낸 나를 두고 원망깨나 할 터였다.

"전도사님도 내일 토요일은 선양으로 돌아오실 테지요?" 채군이 박요섭의 다짐을 받곤 나를 보았다. "목사님, 전도사님과 함께 지안에 갔다 오겠습니다. 고구려 유적을 후딱 눈요기라도 해야겠어요. 내일 꼭 전도사님과 함께 돌아오면 되잖습니까."

"안 돼. 여기 남아 백두산서 오는 일행을 맞아야지."

"목사님이 대표로 맞으세요. 목사님은 모레 주일에 진맥회와 밀알회 설교 준비도 하셔야지요. 저는 전도사님 짐 옮기는 일을 돕겠습니다."

"내 걱정까진 안해도 되구, 여권도 소지하지 않고 지안에 나갔다 무슨 봉변을 당하려고 그래? 채장로님께서 자네를 잘 보살피라는 특별 부탁까지 받았어."

"잘됐잖습니까. 여권을 두고 가니 목사님도 마음이 놓이잖아요. 여권과 비행기표도 없는데, 저 혼자 중국에 남았다 어떻게 귀국하게요."

귀국용 항공권과 여권은 개인별로 지참케 하지 않고 총무 한집사가 모아서 보관하고 있었다. 인솔을 책임진 자로서 채군 앞에 말발이 서지 않아 체면을 구긴 내 입장이 난감했다. 내가 망설이자 박요섭이 나섰다.

"내일 아침 지안에서 출발해 채군을 선양으로 데려오는 건 제가 책임질게요. 내일이 토요일이니 저도 어차피 들어와야 주일예배를 준비할 수 있으니깐요. 그런데 강목사님 못 뵙고 월요일에 귀국하시자면 섭섭해서 어떡해요? 강목사님도 정목사님께 미안하다고 말씀은 합디다만……"

박요섭은 말동무 삼아 채군과의 지안행 동행을 원했다. 젊은이 둘이 배짱이 맞아 말을 맞추니 나 혼자 선양에 남을 수밖에 없었다. 일이 이렇게 되고 보니 강목사와 작별인사를 하려 내가 지안까지 들어갈 처지가 못 되고 말았다. 나는 백두산에서 저녁에 돌아올 일행을 맞기 위해 그들을 기다려야 했다.

문득 내 눈에 북한으로 옮겨질 검정 백 두 덩이가 들어왔다. 강목사로부터 저 선물을 받고 감읍할 북한 주민의 모습이 떠올랐다. 그러자 마음 한 귀퉁이에서 내 양심을 향해 묻는 소리가 들렸다.

카타콤 375

너는 여리고로 길을 나선 제사장과 레위 사람과 다른 점이 없지 않은가?

*

 예수께서 이렇게 말씀하시였다. "어떤 사람이 예루살렘에서 여리고로 내려가다가 강도를 만났다. 강도들은 그 사람이 가진 것을 모조리 빼앗고 마구 두들겨 패서 반쯤 죽여놓고 갔다. 마침 한 제사장이 바로 그 길로 내려가다가 그 사람을 보고 피해서 지나가버렸다. 또 레위 사람도 거기까지 왔다가 그 사람을 보고 피해서 지나가버렸다. 그런데 길을 가던 어떤 사마리아 사람은 그의 옆을 지나가다가 그를 보고 가엾은 마음이 들어 가까이 가서 상처에 기름과 포도주를 붓고 싸매어주고는 자기 나귀에 태워 려관에 데리고 가서 간호해주었다. 다음날 자기 주머니에서 돈 두 데나리온을 꺼내어 려관 주인에게 주면서 '저 사람을 잘 돌보아주시오. 비용이 더 들면 돌아오는 길에 갚아드리겠소'라고 부탁한 다음 떠나갔다. 자, 그러면 이 세 사람 중에 강도를 만난 사람의 이웃이 되어준 사람은 누구였다고 생각하느냐?" 율법학자가 "그 사람에게 사랑을 베풀어준 사람입니다"라고 대답하자 예수께서는 "너도 그렇게 하라"고 말씀하셨다.

(『문학과사회』 2006년 여름호)

| 작품 해설 |

성실한 아픔

허윤진(문학평론가)

1. 어떤 메모

허윤진(33세, 김원일 독자): 어떤 유년의 공간이 있었다. 유난히 높이가 낮은 마당이 있고 작은 방들이 다닥다닥 붙어 있고 그 안에 제각기 고달픈 사연을 가지고 몸 붙인 가족들이 있었다. 그곳에 모인 사람들은 모두 뭔가를 잃은 사람들이었다. 누군가는 사지를 잃었고 누군가는 혈육을 잃었다. 모든 것을 가진 사람은 아무도 없었다. 가진 것이 없는 가난한 사람들이 모여 있는데 알 수 없는 풍요가 흘러나와서, 그 공간은 이따금 나의 뇌리를 스치고 지나가며, 내가 겪어본 적 없는 유년기를 향한 그리움의 대상이 되곤 했다. 그곳은 김원일의 『마당 깊은 집』이었다. 어린아이가 깨어 있어서는 안 된다고들 하는 밤 시간, TV 드라마로 극화된 소설을 보면서, 나는 내가 겪어본 적 없는 온갖 감정들을 극 속의 인물들에게 배웠고, 그 인물들은 나에게 너무도 강렬한 추억으로 남았다. 그래서 그 극의 원작 소설이 있다는 것을 알게 되고 원작인 『마당 깊은 집』을 실제로 읽게 되었을 때 나의 심장은 세게 뛰었다. 사람들이 집으로 돌아가고 난 후 어쩐지 쓸쓸하게 텅 빈 도서관에서 김원일의 모든 소설을 찾아 읽던 대학 이학년의 어느 가을밤에도 나의 심장은 또 세게 뛰었다. 나의 유년 시절과 나의 대학 시절에 문학의 공간을 지어준 그를 나는 잊지 못한다.

2. 수정의 밤(Kristallnacht)

한 독일인 관리가 유대계 청년에 의해 살해된 데 분노한 독일 시민들은 1938년 11월 9일에 유대인 상점과 주택과 회당을 습격하여 약탈과 방화를 저질렀다. 그 밤은 '수정의 밤' 혹은 '깨진 유리의 밤'이라고 불린다. 수정과 깨진 유리의 모순적인 이미지는 격렬하게 공존한다. 인간이 인간을 미워하여 서로의 등에 칼을 꽂는 미움과 폭력의 역사는 인간이 지상을 떠돌게 된 이후로 어쩌면 한순간도 그친 적이 없지만, 지난 20세기는 인간의 비극적인 역사가 정점에 달했던 시기였다. 전쟁에 첨단 기술이 도입되면서 모든 것은 감상할 만한 추상적 스펙터클이 되었고, 그로써 나와 너가 함께 저지르는 폭력은 직접적인 것이 아니라 간접적인 것이 되었기 때문이다. 전쟁이 기술의 발전과 더불어 이처럼 세계전의 형태를 띤 것을 우리는 이전에 본 적이 없었다. 인간으로서의 우리가 바라는 것은 우리가 마치 보석의 작은 결정(結晶)처럼 응집되어 있는 공동체적 상태이지만 우리에게 실제로 주어진 것은 누군가의 발에 짓밟혀 산산조각 난 우리의 사지(四肢)였다.

지금을 살아가고 있는 우리는 지난 시절을 잘 알지 못한다. 증오의 세기는 한국 사회에도 씻을 수 없는 반목의 기억을 문신처럼 새기었다. 그 끔찍한 광증을 두 눈으로 보고도 사람들은 어떻게 살아남았고, 어떻게 살아가는가. 한국전쟁에 대한 기억을 지니고 있는 작가들이 모든 작품에서 전쟁을 반추하는 것은 아니지만, 어떤 순간엔가는 다시 전쟁의 문제로 회귀할 수밖에 없는 것은 전쟁의 체험이 인간의 인간됨 자체를, 실존을 도저하게 묻게 하는 너무도 충격적이고 공포스러운 계기이기 때문이다. 자신의 의지와는 상관없이 벌어진 대규모의 비극이 막을 내리고 나서도 그 연극에 동원되어야 했던 배우들은 유령처럼 무대로 돌아간다. 그래서 자신이 무대 위에 존재했던 순간이 어떤 것이었는지를 기억하려 애쓰고, 순간들을 규명하기 위해서 모든 지력(知力)을 동원한다.

기억한다는 것은 살아남은 자가 벌이는 고통스러운 사투이며, 시간의 해산(解産)이다. 살아남은 자는 기억 속에서 죽은 자들을 낳고 살리고 또다시 죽여야 하는 복잡하고 양면적인 역할을 맡게 된다. 살아남은 자는, 전쟁으로 대표되는 증오와 폭력은 전쟁 이전에도 존재했으며, 전쟁 이후에도 존재한다는 것을 증거한다. 「용초도 동백꽃」에서 볼 수 있는 것처럼 전쟁만으로도 충분히 비참했던 약하고 가난한 사람들은 그들의 편으로 참전한 이들에게 차별받으며 더욱 비참한 시간을 보내야 했다. 운이 좋지 않아 세계의 시골 구석까지 흘러들어올 수밖에 없었다며, 불운을 이 불행한 사람들의 탓으로 돌렸던 이들이 있었다. 친구라고는 했지만 이방인이었던 이들이었다. 그들은 "더러운 피로 샤워한다"(274쪽)고 말했다. 여기에서 피를 흘리는 자들에 대한 염려나 긍휼은 찾아볼 수 없다. 무고한 자의 피로 더럽혀진 땅은 계속해서 더 많은 피를 요구한다. 남녀노소 할 것 없이 이 무대 위의 배우들은 누군가의 실없는 장난 같은 적의에 의해 죽고 다친다.

「4가 네거리의 축대」에서, 그리고 이 소설집 전체에서 가장 끔찍한 장면의 하나는 명구라는 소년이 실없이 하나의 제물이 되는 순간이다(239쪽). 동네에 머무르던 한 인민군관은 전쟁을 하기 위해 이동하기 전, 소년들의 사기를 고취시키겠다는 명목으로 명구에게 축구공을 다리 사이에 끼우게 하고 그를 사격 목표물로 삼는다. 소년들의 무리에서 떨어져 나와 목표물로 선택되고, 타인이 당길 방아쇠 앞에 서 있다는 것만으로도 어린 소년은 형언할 수 없는 공포를 느꼈을 것이다. 바로 이 순간 죽을 수도 있다는 각성은, 유한자인 인간이 경험할 수 있는 가장 예리한 고통을 준다.

어째서 우리의 삶에는 늘 함부로 오발탄이 끼어드는가. 오발이 예정된 운명이기라도 한 것처럼. 명구가 다리 사이에 끼운 축구공 대신 그의 어린 성기가 총에 맞는 장면은 지금 이 시간에도 지구의 어느 편에선가 자행되고 있는 잔인한 생명 말살을 연상하게 한다. 소설은 이름 없는 자에게 이름을 주고, 그의 이름을 오래 기억하려 한다. 역사의 자료가 기록하지 않는 무수한 틈이야말로 소설이 번식하기에 가장 좋은 공간이다. 어이없는 오발로 인해 번식할 수 없게 된 수많은 소년들을 소설은 번식시킨다.

3. 묘지의 축제

 인간은 삶 속에서 다양한 공간을 경험하지만 결국 현대의 인간은 병원과 묘지의 순례자일 것이다. 인간의 지성으로 온전히는 이해할 수 없고, 인간의 의지로는 해결할 수 없는 병과 죽음이, 도처에 가득하다. 우리는 어두운 지하묘지에 숨어 빛을 두려워하며 살아가고 있다. 서울의 밤거리는 온통 휘황찬란한 불빛으로 채워져 있지만 그만큼 더 어둡다.「카타콤」에서 중국 선교를 하고 있는 기독교인들은 북한의 현실을 로마 시대의 카타콤에 비유한다. 정치권력의 박해를 피해 초기 기독교인들이 지하묘지에서 숨죽여 살았던 상황을 연상하게 하기 때문이다. 그런데 진정한 묘지는 어쩌면 자본주의의 풍요에 도취된 남한 사회인지도 모른다. 아니, 모든 곳이 묘지다. 죽음으로 난 길의 바깥에는, 혹시 또 다른 길이 없는가?

 「손풍금」은 마르크스-레닌주의자로 평생을 살았던 작은할아버지 박광수 씨의 삶을 석사 논문을 통해 추적함으로써 시대와 사회의 단면을 밝혀내고자 하는 젊은 청년의 시점으로 시작된다. 이 중편소설은 한국 소설이 성취할 수 있는 화성학적인 다양성을 최고의 수준으로 이뤄냈다고 해도 과언이 아니다. 소설은 손자의 시점과 할아버지의 시점을 모두 사용함으로써 시간을 해석하는 서로 다른 시선을 겹쳐놓고 있다. 손자의 시점 안에는 삼촌을 바라보는 조카들('나'의 백부와 고모)의 시선이나 사돈의 시선 등, 이 상황에 '연루'되어 있는 가족 구성원들의 진술이 증언적인 구술담의 형태로 들어 있다. 작은할아버지는 마지막에 위암으로 말미암아 어쩔 수 없이 전향서를 쓰기는 했지만 평생 마르크스-레닌주의자로 살았고, 할아버지는 가난한 자들을 위로하는 기독교의 가르침에 따라 평생 기독교인으로 살았다.

형과 동생이 모두 꿈꾸었던 것은 결국 혁명이었을 것이다. 북한에서 내려오기 전, 형과 동생은 가난한 자들의 가족으로 살았다. 신분제와 경제적 문제로 인해 고통 받았을 그들은 모두 각자의 유토피아를 꿈꾸었고, 그들의 유토피아는 기독교와 공산주의라는 두 개의 길로 갈라졌다. 공산주의는 계급 혁명을 꿈꾸고 기독교는 사랑의 혁명을 꿈꾼다. 그래서 세상이 인간을 위한 것이 되기를 모두 바란다. 다만 공산주의가 간과했던 것은 인간에게 욕망이 있다는 것이었다. 살고자 하는 욕망. 남한으로 내려온 이후 폐지 더미에서 숨어 살다가 조카의 실화(失火)로 중화상을 입고 병원에서 정체가 발각된 이후, 동생은 전향을 거부하고 감옥에서 계속 살았다. 그러던 그를 결국 전향하게 한 것은 병이었고 죽음의 공포였다. 그는 이념의 투사였지만 동시에 연약한 인간이었다.

그렇다면 형은 어떤가? 사랑의 역성혁명을 꿈꾸는 기독교인답게 그는 잘, 살았는가? 북한에서 동생과 살던 때에도 권력의 앞잡이 같은 노릇을 하던 사내가 동생이 집에 숨어 있다는 것을 눈치 챘다고 판단했을 때, 그는 사내가 동생을 밀고할 것이 두려워 사내에게 술을 거나하게 먹이고 그의 뒤통수를 망치로 내려쳐 죽였다. 그는 기독교인으로서 십계명을 어기고 사람을 죽였다. 동생을 살리기 위해서. 청교도적인 관점에서 보면 그는 너무나 크

나쁜 죄를 범한 채로 완전히 타락해버렸다. 혁명을 꿈꾸었던 형과 동생은 자신들의 신념을 자신들의 손으로 부인하게 되었다. 형과 동생은 사람들을 살리는 세상을 동일하게 꿈꾸었고, 사람을 죽이고 사람이 피를 흘리게 하고 그를 함께 땅에 묻었다. 신념과 행위가 결렬되는 뼈저린 실패가 반복되는 것, 이것이 인생의 고통스러운 신비일 것이다.

형과 동생의 내면을, 그들의 내면을 추적하는 젊은 혈족의 내면을, 우리는 다 알 수도 이해할 수도 없다. 지워지고 찢겨진 공책과 수첩의 구절들, 페이지들처럼, 누군가의 인생은 누락된 비밀을 수없이 감추고 있기 때문이다.

우리가 사실을 확인할 수 없을 때에, 그래서 어떤 것도 확신할 수 없을 때에, 우리는 무엇을 해야 하는가? 이데올로기도, 제도로서의 종교도 실패한 것처럼 보일 때에, 무엇이 우리를 위로하는가? 소설가의 관점에서 그것은 예술이다. 형은 동생의 음악을 기억한다. 동생이 연주한 손풍금의 소리를 기억한다. 형은 동생이 잘 추었던 소련 춤을 기억한다. 먼 이국에서 이곳으로 흘러들어온 경쾌하고도 우수 어린 이방의 춤을. 다 알아들을 수 없는 이방의 말과 이방의 리듬을. 콜로미카와 카라린스카야를 추던 너의 모습을 형인 내가 다 기억한다. 우리의 삶이 결국 묘지에서 마침표를 찍게 될지라도 우리가 이 지상 위에 머물렀던 기억은 삶의 행군을 넘어선 기쁨의 원무(圓舞)로서 우리로 하여금 고통을 초월하게 할 것이다. 그러기 위해서 형인 내가 너를 기억한다. 비록 네가 나의 평온한 소시민적 일상을 불안케 하는 유일한 존재였을

지라도. 내가 너를 사랑하도록 묶여 있었기에.

4. 그대 손으로 나를

사랑이 없다. 지금은 젊은 남녀가 연애도 결혼도 할 수 없는 시대라고 한다. 연애를 하고 결혼을 하기 위해서는 조건이 필요한데, 조건의 목록에 부합하는 삶을 살기란 쉽지 않기 때문이다. 가진 것이 있어야 누구를 더 가질 수 있는 시대인 것이다. 그렇다, 어쩌면 우리는 연애와 결혼을 할 수 없을지도 모른다. 그러나 사랑은 할 수 있을지도 모른다. 사랑은 인간을 실제보다 더 매력적으로 보이게 단장하는 모든 조건을 뛰어넘으려 하는 어떤 포기와 확장의 힘이기 때문이다.

세속적으로 따졌을 때 그다지 훌륭할 것 없는 대학을 다니다 휴학했으며 어린 시절은 보육원에서 자랐고, 따라서 자신을 알뜰하게 챙겨줄 가족과 친지도 없는 29세의 여성이 있다. 지적 장애를 겪다가 불의의 사고로 육체적 장애까지 갖게 된 33세의 복합장애인 남성이 있다. 그는 비교적 부유한 아버지를 둔 덕분에 먹고사는 걱정은 하지 않아도 되지만 여자에게 달콤한 말을 속삭일 수도 없고 여자에게 쾌락을 줄 수도 없다. 그에게는 약간의 식욕과 수면욕만 있을 뿐, 우리가 인간에게 기대하는 복합적인 정신적, 육체적 작용이 없다. 여자도 남자도 세상 속에서 이성에게 사랑을 받기는 어려워 보인다. 아니, 정확히 말하면 이성에게 연애의 대상이나 결혼의 대상이 되기에는 자격이 없어 보인다.

여자에게는 아무에게도 말할 수 없는 고통스러운 기억이 있다. 그녀는 여덟 살 때 보육원의 실장이라는 작자에게 강간을 당했다. 가진 것이 없는 자들은 역설적이게도 보호의 대상이 되지 못한다. 남녀 간의 성(性)이라는 것은 그때부터 그녀에게 사치가 되었을 것이다. 남자 집안의 공개 구혼 광고를 보고 복합 장애인인 남자와 결혼한 여자는, 여자로서 불행한 인생을 살게 되는 것인가? 그녀는 생계를 유지하기 위해 자신의 젊음을 저당 잡히는 것인가?

우리는 온전한 육체와 정신이 주어진 것으로도 모자라 더 많은 것으로 우리 자신을 부요케 하려 노력하다가 죽는다. 남자와 여자가 사랑을 하는 데에는 그다지 많은 것이 필요하지 않은지도 모른다. 세상 사람들의 눈으로 보면 똥오줌도 가리지 못하고 말도 할 수 없는 남자는 여자의 시선이 가닿자, 세밀한 감정들의 눈빛과 표정으로 미세하게 표현할 수 있는 남성이 된다. 그는 여자의 손이 자신의 몸을 닦아주고 어루만져줄 때에는 그 손에 자신의 몸을 맡기지만, 가정부를 비롯한 다른 여자들은 내외한다. 나의 존재가 당신을 필요로 한다는 애절한 마음을, 떨리는 영혼을, 그보다 더 솔직하게, 가감 없이 표현할 수 있는 남자가 그녀에게 또 있을까. 당신이 존재하는 것만으로도 나는 충분히 기쁘다고 진심으로 생각할 수 있는 여자가 그에게 또 있을까.

그와 그녀는 비록 낭만적인 연애를 하다가 결혼한 것은 아니었지만, 결혼이라는 숙명적 약속의 장에서 우연히 만나 사랑은 가난하고 헐벗은 존재를 감싸는 무조건적인 포용임을 증거하고 있다. 「물방울 하나 떨어지면」의 동수와 금순이 바로 그런 남자와 여자다. 그녀가 그의 몸을 대하는 태도는 아름답다(172쪽). 그는 그녀의 손에 처음부터 자신의 알몸을 맡기지 않았다. 그녀가 얼굴과 목을, 등을, 전신을 씻겨주는 데까지는 반년도 넘게 시간이 걸렸다. 처음에 그는 그녀의 앞에서 알몸이 되는 것이 부끄러워 얼굴도 들지 못했으나 점차 그녀의 손길에 자신의 몸을 맡길 때 더할 수 없는 만족감을 눈으로 표현하게 되었다. 흔히들 덜렁대는 성기를 과시하는 것을 남성적이라고 이야기하지만 수줍음과 섬세함이야말로 아름답고 남성적인 것이다. 여성에게 살며시 드러난 남성의 이 수줍은 육체가 관능적이지 않다면 또 무엇이 관능적이겠는가.

'이 시대의 사랑'이 드문 것은 우리가 알몸이 되기에는 너무나 많은 옷을 소유하고 있기 때문인지도 모르겠다. 사랑하는 자는 상대의 알몸에 자신이 기대하지 않은 그 어떤 병증이 있을지라도 그 환부를 기꺼이 받아들이며, 사랑받는 자는 상대가 자신의 초라한 나신을 보고서도 자신을 저버리지 않을 것이라는 믿음을 갖고, 눈을 감고, 허물 같은 옷을 벗는다. 허물을 벗는다. 각자의 믿음과 각오가 이중의 나선으로 얽힐 때 우리는 그와 그녀처럼 정말로 사랑할 수 있을지도 모른다. 서로가 존재한다는 것만으로도 너무 기뻐서, 서로가 가진 것을 그것을 필요로 하는 이들에게 모두 나눠주고, 우리는 함께 길을 떠날 것이다. 우리의 옷에는 주머니가 없을 것이다. 우리는 서로를 가져서 모든 것을 가졌고 그래서 더 이상 필요한 것이 없으므로. 그들처럼.

5. 성실한 아픔

오랜 시간 동안 글을 쓴 한 남자는 글을 쓰면서 변함없이, 꾸준하게, 오래 오래 아팠을 것이다. 자기 몫의 아픔뿐만 아니라 타인들 몫의 아픔까지 떠맡으면서. 그는 아픔의 천재여서, 아픔의 재능이 있어서, 자기 몫의 아픔을 앓고도 다른 사람들의 아픔을 거들어주었을 것이다. 소설은 그런 아픔의 기록이다. 그는 성실하게 아파왔다. 성실한 아픔은 무엇인가? 사랑이다. 사랑하는 마음은 상한 갈대처럼 꺾이고 마모되어 더 이상 아름다운 것을 만들어낼 수 없는 타인을 버리지 못한다. 사랑하는 마음은 타인이 상해서 오히려 버리지 못한다. 타인이 기름 없는 등불처럼 꺼져가서 오히려 버리지 못한다.

이 소설집에 모인 소설들에는 아픈 줄도 모르고 여전히 깨진 유리를 밟고 돌아다니는 사람들이 너무나 많이 등장한다. 김원일은 자연인으로서 자신이 가지는 정치적 입장과는 다를 수도 있는 인물들을 끝까지 이해하기 위해 노력하고 있다. 그래서 그가 어떤 인물들에 심정적으로 동의하는지는 잘 드러나지 않는다. 그의 꾹 다문 입술 뒤에 숨겨진 말을 우리는 다 알 수 없지만, 호오를 떠나 한 인간을 입체적으로, 끝까지 이해하기 위해서 노력하는 것이 어쩌면 숭고한 윤리적 자세라는 것을 우리는 안다.

소설 속 인물들은 김원일이 창조한 인물들인 동시에, 김원일의 역사에, 김원일이 경험한 역사에 찾아온 인물들이다. 그가 만일 소설을 쓰지 않고 혼자 살았다면 그는 건강한 몸과 마음으로 아프지 않고 살았을 것이다. 그러나 그는 이제껏 소설을 써왔고, 그래서 아픈 사람들을 버리지 못했다. 소설을 쓰기 위해 방문을 닫을 때마다 그는 원하든 원하지 않든 자신의 중병을, 타인의 중병을 목격해야 했다. 그는 성실한 아픔의 대가이다. 그래서 성실한 사랑의 대가이다. 그가 나와 같은 시대에 살고 있다는 사실을 나는 사랑한다.

작가의 말

　중편소설집 세 권 중에 소설전집 24권은 이천년대를 넘어서서 쓰인, 내 문학 후반기에 속하는 작품들이다.
　남과 북이 나누어진 지 칠십 년 세월이 가까우나 아직도 분단의 한 맺힌 후유증을 안고 사는 노인 세대들을 다룬 작품이 「손풍금」「4가 네거리의 축대」「용초도 동백꽃」이다. 「손풍금」은 해방공간 당시의 북한 현실을 다루어보고 싶은 마음에서 구상하게 되었다. 제2차 세계대전의 종결에 따른 불로소득으로 안겨진 준비 안 된 해방을 맞자, 남북한은 공히 다른 체제를 선택하여 국가 건설에 매진했다. 훗날 학자들은 해방 초기의 공과를 두고 여러 각도에서 평가하겠지만, 내 소견으로 일제잔재 청산 과정 등 몇 가지 조치는 북한 정치력의 주체성을 존중해야 마땅할 것이다. 그 시절을 회상하는 노년의 그리움을 짚어보았다.
　「4가 네거리의 축대」는 제목 그대로 육이오전쟁 당시의 현장이 지금도 고스란히 남아 있다. 더러 충무로 4가의 그 축대 앞을 지날 때, 우리 가족이 살았던 장소라 한동안 그 주변을 서성이기도 했다. 그해 여름, 그 축대를 타고 올랐던 호박 넝쿨과 전시의 통금시간임에도 축대 중간에 달렸던 애호박 한 개를 따려다 총에 맞아 즉사한 이웃집 아저씨며, 그 축대 아래 이웃 동무를 세워놓고 인민군 장교가 뽐내던 사격 솜씨를, 여덟 살 때 내가 겪고 보았던 그대로 그렸다.

「용초도 동백꽃」은 육이오전쟁 기간 중 인민군 포로 처리 문제를 더 자세히 알고 싶어 자료를 뒤지던 중 「1953년 3월 8일, 용초도포로수용소 폭동, 23명 사살, 42명 부상」이란 단문을 읽게 된 것이 촉매제가 되어, 그때 그 현장을 방문하는 오늘의 노인 한 분을 내세웠다.

「물방울 하나 떨어지면」은 이전에도 내가 줄곧 관심 대상으로 다루어온 장애인이 겪는 고단한 삶과 그들을 연민의 눈으로 바라볼 수밖에 없는 정상인의 입장을 두고 고뇌하다 쓰게 된 소설이다. 소설에 등장하는 주인공 김금순은 소설로 만들어졌으나 테레사 수녀의 생애를 보며 눈물짓듯, 언제나 내 마음에서 솟는 옹달샘 물 같은 존재이다.

누구나 나이 들면 자신의 현생과 내세를 두고 종교적인 상념에 빠져드는 시간이 길어진다는 이치대로, 「카타콤」은 닫힌 체제 북한을 생각하며, 거기에 불어넣을 종교적인 절대 권능은 없을까를 생각하다 쓰게 된 소설이다. 나이 들고 더 짙은 그림자를 앞세우는 신앙에 관한 질문 중 하나를 강시욱 목사를 통해 던져보고 싶었다.

여기 실린 다섯 편의 중편소설은 그런 점에서 노년기에 접어든 내 문학의 자취일 것이다.

2012년 4월
김원일

김원일 소설전집 24

손풍금 | 물방울 하나 떨어지면 외
1판 1쇄 발행　|　2012년 4월 13일

지은이　　|　김원일
펴낸이　　|　정홍수
편집　　　|　김현숙 김정현
펴낸곳　　|　(주)도서출판 강
출판등록　|　2000년 8월 9일(제2000-185호)

주소　　　|　서울시 마포구 서교동 460-45(우 121-842)
전화　　　|　325-9566~7, 070-7566-8496
팩시밀리　|　325-8486
전자우편　|　gangpub@hanmail.net

값 13,000원
ISBN 978-89-8218-172-6　04810
　　　978-89-8218-133-7(세트)

이 도서의 국립중앙도서관 출판시도서목록(CIP)은 e-CIP 홈페이지(http://www.nl.go.kr/ecip)와 국가자료공동목록시스템(http://www.nl.go.kr/kolisnet)에서 이용하실 수 있습니다.(CIP 제어번호:CIP2012001493)